Substitution ?

SANDRA BROWN

Substitution ?

Traduit de l'américain par Delphine Nègre

J'AI LU
POUR elle

Titre original :
Mirror Image
First published in the United States by Warner Books, New York
By arrangement with Maria Carvainis Agency, Inc. and Agence Hoffman.
Translated from the English *Mirror Image.*

PROLOGUE

Le comble de l'ironie, c'est que l'on ne pouvait rêver meilleure journée pour prendre l'avion. Le ciel de janvier était dégagé, et si bleu que l'on avait presque du mal à le regarder. La visibilité était parfaite, et un petit vent frais, tout à fait délicieux, soufflait en direction du sud.

Le trafic aérien était relativement dense à ce moment de la journée, mais grâce à l'efficacité de l'équipe au sol les horaires étaient parfaitement respectés. Aucun avion ne tournait en attendant l'autorisation d'atterrir ; seuls un ou deux attendaient leur tour pour pouvoir décoller.

C'était un vendredi matin tout à fait comme les autres à l'aéroport international de San Antonio. Pour les passagers du vol 398 des lignes Air America, le seul problème avait été de se rendre à l'aéroport en raison des travaux effectués sur la West 410 – la principale artère de l'autoroute le desservant –, qui avaient provoqué des embouteillages sur près de deux kilomètres.

Néanmoins, les quatre-vingt-dix-sept passagers avaient pu embarquer à l'heure, ranger leurs bagages à main dans les compartiments, boucler leurs ceintures et s'installer dans leurs sièges avec une provision de livres, revues et journaux. L'équipage avait ensuite procédé à une dernière vérification avant le décollage pendant que les hôtesses, en plaisantant, garnissaient les chariots de boissons qui ne seraient jamais consommées. On fit un dernier comptage et quelques passagers sans réservations furent autorisés à monter à bord. Enfin, la passerelle fut retirée et l'avion roula lentement jusqu'au bout de la piste.

La voix amicale du capitaine se fit alors entendre dans les haut-parleurs, et informa les passagers de leur décollage imminent. Après un rapport sur les excellentes conditions météorologiques de la ville de Dallas, le capitaine ordonna à l'équipage de se préparer.

Ni lui ni personne à bord n'aurait pu imaginer que l'avion n'allait rester que trente secondes à peine dans les airs.

– Irish !

– Hmm ?

– Un avion vient de se crasher sur l'aéroport.

Irish McCabe releva prestement la tête.

– Il s'est écrasé ?

– Oui, et il brûle. Il y a un feu de tous les diables au bout de la piste.

Le rédacteur en chef laissa tomber sur son bureau déjà encombré les dernières estimations qu'il consultait. Avec une extraordinaire agilité pour un homme de son âge, il contourna le coin de la table et franchit d'un pas la porte vitrée, manquant renverser le reporter qui lui avait apporté le bulletin depuis la salle d'information.

– Décollage ou atterrissage ? demanda-t-il par-dessus son épaule.

– Non confirmé.

– Compagnie aérienne ou avion privé ?

– Non confirmé.

– Bon sang, es-tu sûr au moins qu'il y a eu accident ?

Des reporters, des photographes, des secrétaires et des coursiers s'étaient déjà rassemblés devant les radios de la police. Irish joua des coudes afin d'augmenter le volume.

– ... piste. Aucune trace de survivants pour le moment. Les pompiers de l'aéroport sont sur les lieux du désastre. Les hélicoptères survolent l'avion en flammes. Les ambulances...

Irish se mit à hurler des ordres d'une voix qui voulait couvrir les vociférations des radios.

– Toi, dit-il en désignant le reporter qui était entré dans son bureau quelques instants plus tôt, file là-bas avec une caméra.

Accompagné d'un cameraman, le reporter s'élança vers la sortie.

– Qui a donné l'information ? interrogea Irish.

– Martinez. Il allait à son travail et s'est fait coincer dans un embouteillage sur la 410.

– Il est dans le coin ?

– Il y est toujours. Il appelait de sa voiture.

– Dites-lui de filmer ce qu'il peut de la carlingue jusqu'à ce que le cameraman arrive. Envoyez également un hélicoptère !... Que quelqu'un trouve un pilote disponible... Et rejoignez-le à l'héliport !...

Il scruta les visages en cherchant celui du présentateur des informations matinales.

– Où est Irke ? demanda-t-il.

– Au café.

– Allez le chercher. Dites-lui de se rendre au studio. On va faire un communiqué exceptionnel. Je veux un rapport de la tour, des employés de l'aéroport, de la compagnie aérienne, de la police... enfin, quelque chose avant que ceux de la N.T.S.B. ne nous prennent de vitesse. Vas-y, Hal. Que quelqu'un appelle Avery chez elle. Dites-lui...

– Impossible. Tu sais bien qu'elle part pour Dallas aujourd'hui !

– Zut, j'avais oublié. Non, attends ! fit Irish en faisant claquer ses doigts. Elle est peut-être encore à l'aéroport ! Si elle pouvait se rendre au terminal d'Air America, nous aurions un témoin en avant-première. Si elle appelle, je veux qu'on m'en informe immédiatement !

Tournant les talons, il retourna aux radios afin d'avoir les dernières estimations. Il se sentait terriblement excité. Cet accident signifiait des heures supplémentaires et des maux de tête, des repas froids et dc mauvais cafés. Mais Irish était dans son élément. Rien de tel qu'un bon accident d'avion pour faire monter l'audimat.

Tate Rutledge arrêta sa voiture devant la maison. Il fit un signe de la main au propriétaire du ranch qui sortait dans sa camionnette. Un colley bâtard bondit et s'agrippa à ses genoux.

– Salut, Shep, dit Tate en se penchant pour caresser le poil hirsute du chien qui leva la tête d'un air plein d'adoration.

Des milliers de personnes considéraient Tate avec la même dévotion. Cela pouvait se comprendre : de ses cheveux en bataille au bout de ses bottes éraflées, il incarnait l'homme par excellence et le fantasme de toutes les femmes.

Mais Tate avait autant d'ennemis jurés que d'admirateurs.

Il ordonna à Shep de rester dehors et entra dans le large vestibule en retirant ses lunettes de soleil. Tandis qu'il se dirigeait vers la cuisine, attiré par une délicieuse odeur de café, ses pas résonnaient sur le sol carrelé. Son estomac lui rappela soudain qu'il n'avait rien mangé avant de faire l'aller-retour jusqu'à San Antonio. Il se prit à imaginer un steak cuit à point et des œufs brouillés accompagnés de pain grillé.

Ses parents étaient assis autour de la table ronde en chêne qui faisait partie du décor depuis sa plus tendre enfance. En l'entendant entrer, sa mère se retourna. Son visage, d'une pâleur de mort, reflétait une profonde angoisse. Nelson Rutledge, son père, se leva aussitôt et l'accueillit les bras grands ouverts.

– Que se passe-t-il ? demanda Tate d'un air intrigué. À vous regarder, on dirait que quelqu'un vient de mourir.

Nelson tressaillit.

– Tu n'as pas écouté la radio dans ta voiture ?

– Non. Des cassettes. Pourquoi ? fit-il, en sentant des frémissements de panique lui serrer le cœur. Que s'est-il passé ?

Ses yeux se posèrent sur la télévision portable que ses parents étaient en train de fixer à son arrivée.

– Tate, dit Nelson d'une voix tremblante d'émotion, la deuxième chaîne vient de passer un communiqué en plein milieu de « La roue de la fortune ». Un avion s'est écrasé au décollage il y a quelques minutes à l'aéroport.

Tate poussa un gémissement étouffé.

– On ne sait toujours pas exactement quel vol c'était, mais on pense que...

Nelson s'interrompit, incapable de poursuivre. Assise devant la table, Zee pressait un mouchoir sur ses lèvres.

– L'avion de Carole ? demanda Tate d'une voix sourde.

Nelson hocha la tête.

1

Elle tenta de se débattre dans le brouillard grisâtre qui l'enveloppait.

Il doit y avoir une issue, se disait-elle pour se rassurer, bien qu'elle ne pût encore rien voir. L'espace d'un instant, elle voulut renoncer à se lancer dans une telle lutte, mais elle sentait derrière elle quelque chose de si terrifiant qu'elle n'avait pas le choix.

A un rythme qui ne cessait de s'accroître, elle passait d'une sorte de coma bienfaisant à un état de conscience accompagné d'une douleur si intense et si déchirante qu'elle était incapable de la localiser. Une douleur insupportable qui se répandait partout, à l'intérieur de son corps comme à la surface. Et chaque fois qu'il lui semblait ne plus pouvoir l'endurer une seconde de plus, elle retombait dans une sorte d'engourdissement voluptueux, et l'inconscience tant désirée s'emparait à nouveau d'elle.

Mais ses moments de lucidité se faisaient de plus en plus longs, de plus en plus fréquents. Des sons étouffés parvenaient jusqu'à ses oreilles. Elle dut se concentrer intensément pour les identifier : le ronflement incessant d'un respirateur, le bip répétitif d'un appareil électronique, le crissement de semelles de caoutchouc sur le carrelage, les sonneries d'un téléphone.

A un certain moment, émergeant de l'inconscience, elle perçut même une conversation assourdie.

– *... une chance incroyable... avec toute cette essence qui l'a inondée... des brûlures, mais superficielles pour la plupart.*

– *Combien de temps... pour répondre ?*

– *... patience... un traumatisme de ce genre endommage plus... le corps.*

– *De quoi... aura-t-elle l'air quand... sera fini ?*

– *... chirurgien demain. Il vous... comment procéder.*

– *Quand ?*

– *... plus de danger... infection.*

– *Est-ce que... des effets sur le fœtus ?*

– *Fœtus ? Mais votre femme n'était pas enceinte.*

Tous ces mots vides de sens se projetaient contre elle comme des météores dans les ténèbres, qu'il lui fallait esquiver pour rester dans sa paisible léthargie.

– Madame Rutledge ? Vous m'entendez ?

Elle répondit instinctivement par un sourd gémissement. Elle essaya en vain de soulever les paupières puis sentit soudain qu'on lui ouvrait l'œil de force et qu'un rayon lumineux transperçait douloureusement son crâne. Enfin, la détestable lumière s'éteignit.

– Elle revient à elle. Avertissez immédiatement son mari, dit la voix désincarnée.

Elle tenta de tourner la tête dans sa direction mais ne parvint pas à bouger.

– Avez-vous le numéro de leur hôtel sous la main ?

– Oui, docteur. M. Rutledge nous l'a donné au cas où elle reprendrait ses esprits en son absence.

Les volutes du brouillard environnant se dissipèrent peu à peu. Les mots qu'elle ne réussissait pas à déchiffrer quelques minutes auparavant s'assemblaient à présent distinctement dans son cerveau. Elle les comprenait mais ils lui paraissaient absurdes.

– Je sais que vous vous sentez très mal, madame Rutledge. Nous faisons tout notre possible pour soulager votre douleur. N'essayez pas de parler, vous ne le pouvez pas. Détendez-vous. Vos proches seront bientôt là.

Son pouls s'accéléra en résonnant dans sa tête. Elle voulut inspirer mais n'y parvint pas. Un appareil – un long tube enfoncé dans sa bouche – se chargeait de respirer à sa place en lui propulsant de l'air directement dans les poumons.

Elle tenta de nouveau d'ouvrir les yeux et réussit à soulever à demi une paupière. A travers la fente, elle distingua de la lumière, et des silhouettes d'abord indistinctes prirent bientôt forme.

Elle se trouvait dans un hôpital.

Mais comment ? Pourquoi ? Cela avait certainement un rapport avec le cauchemar qu'elle avait laissé derrière elle dans le brouillard. Mais, peu désireuse de se le remémorer, elle se concentra sur la situation présente.

Elle était comme paralysée. Quoi qu'elle fasse, ses bras et ses jambes refusaient de remuer. Sa tête n'obéissait pas plus. Elle avait l'impression d'être emprisonnée dans un carcan. Cela durerait-il toujours ?

A cette terrifiante perspective son cœur se mit à battre furieusement et, presque aussitôt, elle sentit une présence à ses côtés.

– Madame Rutledge, vous n'avez plus aucune raison d'avoir peur. Tout va s'arranger.

– Son pouls est trop rapide, remarqua une deuxième personne de l'autre côté du lit.

– Je crois qu'elle a peur, tout simplement, répondit la première voix. Elle est désorientée et ne comprend pas ce qui lui arrive.

Une forme vêtue de blanc se pencha au-dessus d'elle.

– Ne vous inquiétez pas. Nous avons appelé M. Rutledge et il ne va pas tarder. Vous allez être contente de le voir, n'est-ce pas ? Il est tellement soulagé que vous ayez repris connaissance.

– La pauvre ! Comme ce doit être terrible de se réveiller dans cet état...

– Je ne sais pas comment elle a fait pour survivre à cet accident d'avion...

Un cri sourd résonna dans sa tête.

Elle se souvenait !

Un fracas de métal, des gens hurlant, de la fumée, épaisse et noire. Puis des flammes et une peur panique.

Elle avait machinalement exécuté les consignes de survie qu'on lui avait tant de fois répétées. Echappant au fuselage en feu, elle avait commencé à courir aveuglément à travers une forêt de métal fumant et de corps ensanglantés. Malgré l'angoisse qui l'oppressait, elle avait poursuivi sa course, tenant fermement...

Tenant quoi ? Elle se souvint qu'il s'agissait de quelque chose de précieux, quelque chose qu'elle devait absolument protéger.

Elle se rappela sa chute. Lorsque l'avion avait commencé à tomber, elle avait attrapé ce qui représentait alors le dernier vestige du monde. Elle n'avait même pas ressenti de douleur au moment où l'avion s'était écrasé au sol. Puis elle avait sombré dans l'inconscience.

– Docteur !

– Que se passe-t-il ?

– Son pouls s'accélère terriblement.

– Madame Rutledge, dit le médecin d'une voix ferme, calmez-vous. Tout va bien, vous n'avez aucune inquiétude à avoir.

– Docteur Martin, M. Rutledge vient d'arriver.

– Ne le faites pas entrer avant qu'on ne l'ait calmée.

– Que se passe-t-il ?

La nouvelle voix semblait venir de très loin mais trahissait une certaine autorité.

– S'il vous plaît, monsieur Rutledge, attendez quelques...

– Carole ?

Elle eut soudain conscience de sa présence. Il était tout près, penché sur elle, et lui parlait avec une grande douceur.

– Tout va bien se passer. Je sais que tu as peur et que tu es inquiète, mais tu vas t'en sortir. Et Mandy aussi, Dieu merci ! Elle a quelques petites fractures et des brûlures superficielles sur les bras. Maman est avec elle dans sa chambre d'hôpital. Elle va se remettre. Tu m'entends, Carole ? Toi et Mandy avez survécu, et c'est la seule chose qui compte à présent.

Une lumière fluorescente derrière lui l'empêchait de distinguer son visage, mais elle parvint à distinguer ses traits et à se faire une vague idée de son apparence. Elle croyait chacun des mots qu'il prononçait tellement il y mettait de conviction.

Elle tenta de lui prendre la main. Il dut sentir qu'elle avait besoin d'un contact car il s'empressa de poser délicatement sa main sur son épaule. Son anxiété s'apaisa alors peu à peu, ou peut-être était-ce le calmant qu'on lui avait administré qui commençait à agir.

– Elle va s'endormir. Vous pouvez partir maintenant, monsieur Rutledge.

– Non, je reste.

Sa paupière se referma sur cette image floue. Le médicament l'enivrait et la berçait doucement vers les rives sécurisantes de l'inconscience.

Qui est Mandy ? se demanda-t-elle.

Etait-elle censée connaître cet homme qui l'appelait Carole ?

Pourquoi tout le monde l'appelait-il Mme Rutledge ?

Croyaient-ils qu'elle était sa femme ?

Ils se trompaient, assurément.

Elle ne le connaissait même pas.

Lorsqu'elle se réveilla, il était toujours là. Elle se demanda combien de minutes, d'heures ou de jours s'étaient écoulés. Au moment où elle ouvrit les yeux, il se pencha et dit :

– Bonjour.

C'était agaçant de ne pouvoir le distinguer clairement. Un seul de ses yeux parvenait à s'ouvrir. Elle se rendit compte que sa tête était entourée de bandages, ce qui expliquait qu'elle ne pût la bouger. De même, comme le lui avait fait remarquer le médecin, elle était incapable de parler. La partie inférieure de son visage semblait pétrifiée.

– Est-ce que tu me comprends, Carole ? Est-ce que tu sais où tu es ? Cligne des yeux si tu me comprends.

Elle cligna des yeux.

Il fit un geste de la main et la passa dans ses cheveux, du moins en eut-elle la sensation.

– Bon, dit-il en soupirant, ils m'ont demandé de ne rien te dire mais, comme je te connais, tu veux tout savoir, n'est-ce pas ?

Elle battit des paupières.

– Te souviens-tu d'être montée à bord de l'avion ? C'était avant-hier. Toi et Mandy deviez aller faire des courses à Dallas pendant quelques jours. Te souviens-tu de l'accident ?

Elle tenta désespérément de lui faire comprendre qu'elle n'était pas Carole et qu'elle ne connaissait pas de Mandy, mais elle répondit à sa dernière question en clignant.

– Vous êtes quatorze survivants.

Ce n'est que lorsqu'il lui essuya l'œil avec un mouchoir – d'un geste étonnamment doux pour d'aussi fortes mains – qu'elle se rendit compte que des larmes en coulaient.

– Je ne sais pas comment, mais tu as réussi à te sortir de l'incendie avec Mandy. Tu t'en souviens ?

Elle ne cilla pas.

– Cela ne fait rien. Quelle qu'en soit la manière, tu

lui as sauvé la vie. Elle est bouleversée et terrifiée, naturellement. J'ai bien peur que ses blessures ne soient plus mentales que physiques, et par conséquent plus difficiles à soigner. Son bras cassé est dans le plâtre et elle n'a pas de lésion importante. Elle n'aura même pas besoin de greffes de peau pour ses brûlures. Tu... continua-t-il en lui lançant un regard pénétrant ... tu l'as protégée de ton corps.

Elle ne vit pas son regard mais eut l'impression qu'il doutait des faits qu'il lui exposait.

– La N.T.S.B. fait son enquête, poursuivit-il. Ils ont trouvé la boîte noire. Tout semblait parfaitement normal jusqu'à ce que l'un des moteurs explose. Le combustible a pris feu et l'avion a été livré aux flammes. Avant qu'il ne soit trop tard, tu as réussi à quitter le fuselage par une sortie de secours latérale en traînant Mandy avec toi. Un des autres survivants a dit que tu t'évertuais à lui arracher sa ceinture. Vous seriez ensuite sortis tous les trois dans la fumée. Ton visage était déjà tout couvert de sang, a-t-il dit, ce qui semble prouver que tes blessures datent du moment de l'impact.

Elle ne se souvenait absolument pas de tous ces détails. Elle ne se rappelait que sa terreur à l'idée de mourir asphyxiée, si elle n'était pas auparavant brûlée vive. Il la complimentait d'avoir fait preuve de courage dans cet accident alors qu'elle n'avait agi que par instinct de survie.

Peut-être tous les souvenirs de la catastrophe lui reviendraient-ils peu à peu. Ou peut-être pas. Elle n'était pas sûre de vouloir se les rappeler et revivre ces terribles minutes qui avaient suivi l'accident.

Si quatorze passagers seulement avaient survécu, combien d'autres étaient morts !... Le fait de s'en être sortie vivante la laissait perplexe ; le sort avait voulu qu'elle survive, et elle ne saurait jamais pourquoi.

Sa vue se voila et elle se rendit compte qu'elle était

de nouveau en train de pleurer. Sans un mot, il appliqua le mouchoir sur son œil ouvert.

– On a examiné ton sang, à cause des gaz, et on a décidé de te mettre sous respirateur. Tu as une commotion, mais aucune lésion grave. Tu t'es cassé le tibia de la jambe droite en sautant de l'aile, et tes mains sont bandées et maintenues par des attelles à cause des brûlures. Dieu merci, toutes tes blessures – à part les inhalations toxiques – sont externes. Je sais que tu t'inquiètes pour ton visage, continua-t-il d'une voix mal assurée, et je ne vais pas te cacher la vérité, Carole. Je sais que tu ne le veux pas.

Elle cligna des yeux et il s'interrompit en la regardant d'un air hésitant.

– Ton visage a été très touché. J'ai pris rendez-vous avec le plus grand chirurgien esthétique de la région, spécialisé dans la plastie des accidentés.

Ses paupières battaient furieusement à présent, non en signe de compréhension mais d'intense anxiété. Son orgueil féminin avait refait surface et, malgré sa chance d'être sur un lit d'hôpital, vivante, l'idée même de chirurgie réparatrice la révulsait.

– Ton nez est cassé, ainsi que l'os d'une de tes pommettes. L'autre a été pulvérisée ; c'est pour cela que ton œil est bandé... il n'a plus rien pour le soutenir.

Elle émit un faible son de terreur.

– Rassure-toi, tu n'as pas perdu ton œil. Ta mâchoire supérieure aussi est brisée, mais ce chirurgien peut la réparer, peut tout réparer. Tes cheveux repousseront et on te fera des implants de dents qui ressembleront exactement à celles que tu avais.

Elle n'avait ni cheveux ni dents...

– Nous lui avons donné des photos de toi, les plus récentes. Il pourra remodeler ton visage à la perfection. Les brûlures n'ont attaqué que l'épiderme, tu n'auras donc pas besoin de greffes. Et selon ce médecin, quand ta peau pèlera, tu auras rajeuni de dix ans. Cela ne devrait pas te déplaire.

Les subtilités de son discours lui échappaient et elle essayait de se concentrer sur les mots importants. Ce qu'elle avait pu en retenir, c'était que sous ses bandages elle avait l'air d'un monstre.

La panique s'empara d'elle et il dut le ressentir car il posa de nouveau la main sur son épaule.

– Carole, je ne t'ai pas dit tout cela pour te faire du mal. Je sais que tu es très inquiète. Mais je préfère être franc afin que tu te prépares à subir l'épreuve qui t'attend. Ce ne sera pas facile, mais toute la famille te soutient. Et je suis prêt à tout faire pour t'aider à te rétablir. Je te le promets. Je te dois bien ça pour avoir sauvé la vie de Mandy.

Elle essaya de remuer la tête en signe de contestation, mais en vain. Elle ne pouvait pas bouger. Chaque effort pour parler – en raison du tube dans sa gorge – écorchait son œsophage endolori.

Sa frustration empira jusqu'à ce qu'une infirmière entre et demande à l'homme de partir. Elle lui administra une dose de narcotique qui se propagea dans ses veines et l'endormit.

– Carole, tu m'entends ?

Sortant de sa torpeur, elle émit un faible gémissement. Le médicament la rendait lourde et engourdie, comme si les seules cellules vivantes qu'il lui restait avaient abandonné son corps mort pour se concentrer dans son cerveau.

– Carole ? insista la voix près de son oreille bandée.

Il ne s'agissait pas de ce Rutledge ; elle l'aurait reconnu. Elle ne se souvenait plus s'il l'avait quittée et ne savait pas à qui elle avait affaire à présent. Elle voulut échapper à cette voix, loin d'être aussi apaisante que celle de M. Rutledge.

– Tu es encore en très mauvais état et tu peux mourir. Mais si tu te sens partir, ne fais aucune confession, même si tu en es capable.

Elle se demanda si elle rêvait. Effrayée, elle ouvrit son œil et fut éblouie par la vive lumière de la pièce. Son respirateur soufflait régulièrement. La personne qui lui parlait se tenait hors de son champ visuel ; elle la sentait mais ne pouvait la voir.

– Nous sommes toujours ensemble dans cette affaire, toi et moi. Et tu es en trop mauvais état pour te défiler à présent. Alors ce n'est même pas la peine d'y songer.

Elle essaya, sans résultat, de chasser cette sensation de torpeur en battant vivement des paupières.

– Tate n'arrivera jamais au pouvoir. Cet accident est mal tombé mais nous pouvons l'utiliser à notre avantage, si tu ne paniques pas. Tu m'entends ? Si jamais tu t'en sors, nous reprendrons là où nous en étions et il n'y aura jamais de sénateur Tate Rutledge. Il sera mort avant.

Elle ferma son œil de toutes ses forces pour tenter de réprimer la vague de panique qui s'emparait d'elle.

– Je sais que tu m'entends, Carole. Ne prétends pas le contraire.

Au bout d'un moment, elle ouvrit de nouveau l'œil et regarda aussi loin qu'elle put sur le côté. Elle ne parvint à rien voir, mais elle sentit que le visiteur était parti. Quelques minutes passèrent, au rythme obsédant du respirateur. Elle flottait entre l'inconscience et l'état de veille, en essayant vaillamment de lutter contre les effets du médicament conjugués à ceux de la panique. Puis une infirmière entra, vérifia sa perfusion et lui prit son pouls sans sembler s'apercevoir de rien. Si quelqu'un était entré dans sa chambre récemment, elle l'aurait sûrement remarqué et l'aurait signalé d'une façon ou d'une autre. Mais elle sortit, satisfaite de l'état de sa patiente.

Juste avant de se rendormir, Carole avait réussi à se persuader que cela n'avait été qu'un mauvais rêve.

2

Tate Rutledge se tenait près de la fenêtre de sa chambre d'hôtel et regardait la circulation autoroutière. Les phares se réfléchissaient sur l'asphalte mouillé, laissant de longues traces rouges et blanches.

Entendant la porte s'ouvrir dans son dos, il se retourna et fit un signe de bienvenue à son frère.

– J'ai appelé ta chambre il y a quelques minutes, dit-il, où étais-tu passé ?

– Je prenais un verre au bar. Les Spurs jouent contre les Lakers.

– Ah oui, j'avais oublié. Qui gagne ?

Le regard moqueur de son frère lui fit immédiatement comprendre l'absurdité de sa question.

– Papa n'est pas encore rentré ?

Tate secoua la tête, laissa retomber le rideau et s'éloigna de la fenêtre.

– Je meurs de faim, dit Jack. Et toi ?

– Moi aussi, je suppose. Je n'y ai même pas pensé.

Tate s'effondra dans le fauteuil et se frotta les yeux.

– Ça ne va pas aider Carole et Mandy de te négliger comme ça. Tu as vraiment une sale tête.

– Je sais, répondit Tate en lançant un sourire désabusé à son frère. Tu as un bon fond mais pas beaucoup de tact. C'est pour cela que je suis politicien et pas toi.

– Politicien est un mot à bannir de ton vocabulaire, souviens-t'en. Eddy t'a entraîné à ne pas l'utiliser.

– Même avec mes amis et ma famille ?

– Tu pourrais prendre de mauvaises habitudes. Il vaut mieux ne pas l'employer du tout.

– Dis donc, quel acharnement !

– C'est simplement pour t'aider.

Tate baissa la tête, honteux de s'être laissé aller.

– Désolé, fit-il en jouant avec la télécommande du téléviseur. J'ai tout raconté à Carole concernant son visage.

– C'est vrai ?

Assis au bord du lit, Jack se pencha en avant et posa les coudes sur ses genoux. Il était vêtu d'un pantalon noir, d'une chemise blanche et d'une cravate.

– Comment a-t-elle réagi ?

– Comment veux-tu que je le sache ? marmonna Tate. On ne peut voir que son œil droit. Des larmes en coulaient, je suppose donc qu'elle pleurait. Connaissant son orgueil, j'imagine qu'elle est au bord de l'hystérie sous ses bandages. Si elle pouvait bouger, elle serait probablement en train de parcourir en hurlant les couloirs de l'hôpital. D'ailleurs, qui ne ferait pas de même ?

Jack baissa la tête et examina ses mains en essayant de les imaginer brûlées et bandées.

– Tu crois qu'elle se souvient de l'accident ?

– Oui, elle me l'a fait comprendre, mais elle ne se rappelle probablement pas grand-chose. Je lui ai épargné les détails sordides. Je lui ai seulement dit qu'elle, Mandy et douze autres passagers s'en étaient sortis.

– Aux dernières informations, ils en étaient toujours à assembler les morceaux des corps pour les identifier.

Chaque fois que Tate pensait que Carole et Mandy auraient pu faire partie des victimes, son estomac se nouait. Pendant des nuits, cela l'avait empêché de dormir. Dans son imagination, il ajoutait leurs noms à la liste des décédés : *Parmi les victimes du vol 398 figurent la femme du candidat au Sénat Tate Rutledge et leur fille de trois ans.*

Mais le sort en avait décidé autrement. Elles n'étaient pas mortes. Grâce à l'extraordinaire courage de Carole, elles avaient réussi à s'en sortir vivantes.

– Nom d'une pipe, quel déluge, dehors !

La voix de Nelson qui entrait, encombré d'un grand carton de pizza et d'un parapluie dégoulinant, rompit le silence.

– Nous avons une faim de loup, annonça Jack.

– J'ai fait ce que j'ai pu pour rentrer le plus vite possible.

– Ça sent bon, papa. Que veux-tu boire ? demanda Tate en se dirigeant vers le petit réfrigérateur que sa mère lui avait donné.

– Avec de la pizza ? Une bière.

– Et toi, Jack ?

– La même chose.

– Comment s'est passée votre visite à l'hôpital ?

– Il a tout dit à Carole, pour ses blessures, répondit Jack de but en blanc.

– Ah oui ? fit Nelson en prenant une part de pizza fumante. Es-tu sûr que ce soit bien raisonnable ?

– Non, mais si j'étais à sa place, je voudrais savoir ce qui m'est arrivé. Pas toi ?

– Sans doute. Comment allait ta mère quand tu es parti ?

– Elle était épuisée. Je l'ai suppliée de revenir ici et de me laisser rester avec Mandy ce soir, mais elle a rétorqué qu'elle en avait pris l'habitude, et qu'il valait mieux ne rien changer pour la petite.

– C'est ce qu'elle t'a dit, répliqua Nelson. Mais elle

a probablement vu à ta tête que tu avais besoin d'une bonne nuit de repos. C'est toi qui es épuisé.

– C'est ce que je lui ai dit, avança Jack.

– Eh bien, peut-être que cette pizza me remontera, répondit Tate en se forçant à plaisanter.

– Ne prends pas nos conseils à la légère, prévint Nelson. Tu ne peux pas laisser ta santé se dégrader.

– Je n'en ai pas l'intention.

Il les salua avec sa canette de bière, en but une gorgée et ajouta gravement :

– Maintenant que Carole a repris connaissance et qu'elle sait ce qui l'attend, j'ai moins de souci à me faire.

– Ça va être une dure et longue épreuve. Pour tout le monde, remarqua Jack.

– Heureusement que tu le fais remarquer, Jack, fit Tate en s'essuyant la bouche. Peut-être vaut-il mieux que j'attende encore six ans avant de présenter ma candidature, ajouta-t-il pour les tester.

Pendant quelques secondes, le silence s'installa autour de la table, puis Nelson et Jack se mirent à parler en même temps, chacun essayant de couvrir la voix de l'autre.

– Tu ne peux pas prendre une telle décision avant d'avoir les résultats de son opération.

– Est-ce que tu penses à toute l'énergie que nous avons dépensée ?

– Il y a trop de personnes qui comptent sur toi.

– Ce n'est pas le moment de tout laisser tomber, petit frère. C'est la chance de ta vie !

Tate leva la main pour obtenir le silence.

– Vous savez combien j'y tiens. J'ai toujours rêvé d'être membre du Congrès des Etats-Unis. Mais pour rien au monde je ne sacrifierais le bien-être de ma famille, pas même pour ma carrière politique.

– Carole ne mérite pas autant de considération de ta part.

Tate plongea ses yeux gris dans ceux de son frère.

– C'est *ma* femme, articula-t-il.

Le silence retomba. Nelson s'éclaircit la voix et dit :

– Il est bien entendu que tu dois soutenir ta femme autant que possible durant cette épreuve. C'est admirable de ta part de la faire passer avant ta carrière politique. Je n'en attendais pas moins de toi.

Et, comme pour donner plus d'impact à la déclaration qui allait suivre, Nelson se pencha au-dessus de la petite table ronde sur laquelle reposaient les restes de pizza.

– Mais souviens-toi que Carole elle-même n'a pas cessé de t'encourager dans cette entreprise. Je crois qu'elle serait très fâchée de savoir que tu abandonnes la partie à cause d'elle. Terriblement fâchée, dit-il en le menaçant de son index. Et, pour être tout à fait franc, ce malheureux accident pourrait fort bien tourner à ton avantage, en te faisant une publicité gratuite.

Révolté par cette remarque, Tate jeta brutalement sa serviette et se leva pour arpenter la pièce.

– Est-ce que tu en as déjà parlé avec Eddy ? Il m'a dit pratiquement la même chose quand je l'ai appelé pour en discuter.

– C'est ton directeur de campagne, fit Jack qui avait blêmi à l'idée que son frère puisse abandonner avant même que la campagne ne soit lancée. Il est payé pour te donner des conseils.

– Pour me casser les oreilles, tu veux dire.

– Eddy, tout comme nous, veut voir Tate Rutledge devenir sénateur, et son salaire n'a rien à voir là-dedans.

Nelson se leva en souriant et administra une tape amicale dans le dos de Tate.

– Tu te présenteras aux élections de novembre. Carole serait la première à t'y encourager.

– Bon, d'accord, avança Tate sans conviction. Je

voulais simplement m'assurer que je pouvais compter sur votre soutien.

– Tu peux nous faire confiance, Tate, déclara Nelson avec sincérité.

– Eddy a-t-il dit autre chose ? demanda Jack, vivement soulagé de voir la crise se terminer.

– Il a engagé des volontaires pour mettre sous enveloppe des questionnaires qui seront envoyés dans la semaine.

– Et pour tes conférences ? A-t-il réussi à en programmer d'autres ?

– Oui, sans doute une allocution dans un lycée de la vallée. Mais je lui ai dit de laisser tomber.

– Pourquoi ? s'étonna Jack.

– Les lycéens ne votent pas, répondit Tate avec raison.

– Mais leurs parents, si. Et nous avons besoin de mettre les Mexicains de la vallée de notre côté.

– Ils le sont déjà.

– N'en sois pas si certain !

– Bien sûr, dit Tate, mais c'est devant ce genre de situation que je dois décider de mes priorités. Carole et Mandy vont me demander beaucoup de temps et il va falloir que je fasse des choix. Chaque apparition compte et je ne crois pas qu'une allocution dans un lycée soit d'une importance capitale.

– Tu as sûrement raison, intervint Nelson avec diplomatie.

Tate sentit que son père essayait de le ménager, mais ne releva pas. Il était fatigué, inquiet, et souhaitait se coucher. Avec tout le tact dont il était capable, il le leur fit comprendre.

Tandis qu'il les raccompagnait à la porte, Jack se retourna et lui fit une accolade maladroite.

– Je suis désolé de t'avoir importuné ce soir. Je sais que tu as beaucoup de soucis.

– Si tu ne m'importunais pas, je deviendrais vite gras et paresseux. C'est ton rôle, dit Tate en le gratifiant du sourire radieux qui allait bientôt paraître sur les affiches électorales.

– Si vous n'y voyez pas d'inconvénient, je crois que je passerai à la maison demain matin, dit Jack. Il faut bien que j'aille voir si tout le monde se débrouille.

– Comment vont-ils tous ? s'enquit Nelson.

– Bien...

– Ce n'était pas le cas la dernière fois que je suis rentré. Ta fille n'avait pas donné de ses nouvelles depuis plusieurs jours, et ta femme... enfin, tu sais dans quel état elle était. Voilà où on en arrive quand on n'est jamais chez soi, comme vous deux. Vous avez laissé vos épouses n'en faire qu'à leur tête... Tu devrais apporter de l'aide à Dorothy Rae avant qu'il ne soit trop tard, continua-t-il en s'adressant à Jack.

– Peut-être après les élections, grommela celui-ci.

Puis, se tournant vers son frère, il ajouta :

– Je serai à une heure d'ici, si tu as besoin de moi.

– Merci, Jack.

– Le médecin t'a-t-il dit quand aurait lieu l'opération ?

– Pas avant que les risques d'infection ne s'atténuent, répondit Tate. Les vapeurs toxiques ont tellement endommagé les poumons qu'il faudra peut-être attendre deux semaines. C'est un véritable dilemme pour lui, car s'il attend trop longtemps, les os de son visage risquent de se resouder dans leur position actuelle.

– Mon Dieu, soupira Jack.

Puis, d'un ton qu'il voulait enjoué, il ajouta :

– Eh bien, transmets-lui mes amitiés, ainsi que celles de Dorothy Rae et Fancy.

– Je n'y manquerai pas.

Jack s'éloigna dans le couloir pour rejoindre sa chambre, mais Nelson s'attarda.

– J'ai parlé à Zee ce matin. Pendant que Mandy dormait, elle a fait un saut au service de réanimation. Elle a dit que Carole n'était pas belle à voir.

Les épaules de Tate s'affaissèrent légèrement.

– Non, effectivement. J'espère de tout mon cœur que ce chirurgien sait de quoi il parle.

Nelson posa une main sur le bras de Tate en un geste de réconfort.

– Ce Dr Sawyer a reproduit aujourd'hui son image en vidéo, reprit Tate ; il a peint sur écran le visage de Carole à partir des photos que je lui avais données. C'était remarquable.

– Et il pense pouvoir reproduire cette image en l'opérant ?

– C'est ce qu'il affirme. Il m'a dit qu'il risquait d'y avoir quelques légères différences, mais que la plupart seraient à son avantage. Ce qui ne devrait pas lui déplaire, ajouta-t-il en riant sèchement.

Il revit en pensée cet œil unique, enflé et injecté de sang, de la même couleur café cependant, qui le regardait avec effroi. Il se demanda si elle avait peur de mourir, ou plutôt de vivre sans la beauté qui l'avait toujours si bien servie.

Nelson lui souhaita une bonne nuit et se retira dans sa chambre. Plongé dans ses pensées, Tate éteignit la télé et les lumières, se déshabilla et se glissa dans son lit. Des éclairs dansaient sur les draps, illuminant la pièce par intermittence. Le tonnerre grondait non loin de là et faisait trembler les vitres.

Ils ne s'étaient même pas embrassés.

A cause de leur récente et odieuse querelle, la tension n'avait cessé de croître entre eux ce matin-là. Carole avait manifesté son impatience d'aller faire des achats à Dallas, mais ils étaient arrivés assez tôt à l'aéroport pour prendre une tasse de café. Mandy avait renversé son jus d'orange sur sa robe. Naturellement, Carole s'était énervée et avait réprimandé la petite pour sa maladresse.

– Enfin, Carole, on ne voit même pas la tache, avait-il riposté.

– *Moi*, je la vois.

– Eh bien, tu n'as qu'à ne pas la regarder.

Elle lui avait lancé ce regard noir qui ne l'impressionnait plus et il avait porté Mandy jusqu'au terminal en bavardant avec elle. Arrivé à la porte, il s'était agenouillé et l'avait tenue dans ses bras.

– Amuse-toi bien, ma chérie.

Il s'était redressé et avait demandé à Carole si elle souhaitait qu'il reste jusqu'au départ de l'avion.

– Ce n'est pas utile.

Il n'avait pas insisté et s'était simplement assuré qu'elles avaient toutes deux leurs bagages à main.

– Alors, à mardi.

– Ne sois pas en retard, avait-elle exigé, tout en entraînant Mandy vers la passerelle, je déteste perdre mon temps dans les aéroports.

Au dernier moment, Mandy s'était retournée et lui avait fait au revoir de la main. Carole avait continué d'avancer avec son habituelle détermination.

Peut-être était-ce pour cela que son œil reflétait tant d'inquiétude à présent. Son assurance, qui reposait essentiellement sur son physique, lui avait été dérobée par le destin. Elle haïssait la laideur. Et les larmes qu'elle avait versées n'étaient peut-être pas destinées aux victimes de l'accident, comme il s'était plu à le croire, mais plutôt à sa propre image. Peut-être même aurait-elle souhaité mourir plutôt que de rester défigurée.

La connaissant, il n'en aurait pas été étonné.

Dans l'ordre hiérarchique des assistants du coroner du comté de Bexar, Grayson figurait au bas de l'échelle. Cela expliquait pourquoi il vérifiait et revérifiait les informations avant de faire part de ses conclusions à son supérieur.

– Vous avez une minute ?

L'air éreinté et bougon, un homme vêtu d'un tablier et portant des gants de caoutchouc le foudroya du regard par-dessus son épaule.

– Qu'est-ce que tu veux ? Faire une partie de golf ?
– Non, vous montrer ceci.
– Quoi ?
Le contrôleur retourna à son travail, ou plutôt au tas de chair qui avait été un corps.
– Le dossier dentaire d'Avery Daniels, dit Grayson. Victime numéro quatre-vingt-sept.
– Elle a déjà été identifiée et autopsiée.
Le contrôleur consulta le tableau affiché au mur pour s'en assurer.
– Ouais.
– Je sais, mais...
– Elle n'avait pas de famille. Un de ses amis l'a identifiée cet après-midi.
– Mais ce dossier...
– Ecoute, petit, fit le contrôleur d'un air exaspéré, j'ai des corps sans tête, des mains sans bras, des pieds sans jambes qui doivent être réassemblés avant ce soir. Alors, si quelqu'un a été identifié, autopsié et bouclé, ne viens pas m'embêter avec des dossiers, compris ?
Grayson rangea les radios dentaires dans leur enveloppe et jeta le tout dans une corbeille à papier.
– Compris. Tant pis pour vous, dit-il en haussant les épaules.
Après tout, il n'était pas payé pour jouer les détectives. Si personne ne voulait se pencher sur cette anomalie, ce n'était pas son problème.

3

Le temps semblait s'être endeuillé, lui aussi, et la pluie n'avait cessé de tomber pendant l'enterrement d'Avery Daniels. Une pluie fine, froide et grise. Tête nue, indifférent à l'inclémence du temps, Irish McCabe se tenait debout près du cercueil. Sachant combien elle les aimait, il avait insisté pour qu'on le recouvre de roses jaunes dont les pétales flamboyants semblaient vouloir défier la mort.

Des larmes coulaient le long de ses joues colorées et son nez imposant était plus rouge que de coutume, bien qu'il n'eût pas beaucoup bu ces derniers temps. Avery le taquinait sans cesse à ce sujet et lui disait que trop d'alcool était néfaste pour son foie, sa tension et son embonpoint.

Elle taquinait également Van Levejoy, pour sa consommation excessive de haschisch, mais il était malgré tout venu à l'enterrement, déjà bien endommagé par du mauvais whisky et un joint qu'il avait fumé pendant le trajet. Sa cravate démodée témoignait de la solennité de la circonstance et prouvait qu'il tenait Avery en estime, considération dont ne jouissaient pas la plupart de ses semblables. Ce sentiment était réciproque. Avery avait fait partie des très rares personnes qui pouvaient le supporter. Lorsque le reporter chargé de couvrir la mort tragique d'Avery pour les informations de K.T.E.X. avait demandé à Van s'il souhaitait filmer, le photographe lui avait jeté un regard plein de mépris et s'était retiré de la salle d'information en lui répondant par un geste obscène du doigt. Cette grossière façon de s'exprimer était bien dans son caractère.

Une fois la cérémonie terminée, tout le monde retourna vers les voitures garées dans l'allée de gravier. Tous, sauf Irish et Van qui restèrent près de la tombe. Van, la quarantaine, était maigre comme un clou. Son ventre était creux et son dos légèrement voûté. Ses cheveux, pendant de chaque côté d'une raie centrale, atteignaient presque ses épaules et encadraient un long et fin visage de hippie tout droit sorti des années 60. Irish, au contraire, était petit et trapu. Alors que Van donnait l'impression de pouvoir s'envoler au moindre souffle de vent, Irish paraissait capable de braver toutes les tempêtes. Malgré tout, c'était lui qui semblait avoir le plus de chagrin.

Dans un geste de compassion tout à fait inattendu, Van posa sa main fine et pâle sur son épaule.

– Allons nous prendre une bonne cuite...

Irish hocha la tête d'un air absent et suivit Van qui s'engageait dans l'allée.

– Je... euh... je suis venu en limousine, dit-il comme s'il venait de s'en souvenir.

– Tu veux monter avec moi ?

Irish jeta un œil sur la camionnette délabrée de Van.

– D'accord, répondit-il.

Il fit un signe au conducteur de la limousine qui attendait et grimpa dans la camionnette. L'intérieur était encore pire que l'extérieur. Les sièges éventrés étaient recouverts d'une vieille serviette de plage et la moquette brune qui tapissait l'ensemble empestait la marijuana froide.

Van monta sur son siège et fit démarrer le moteur. En attendant que celui-ci daigne chauffer, il alluma une cigarette de ses longs doigts jaunis par la nicotine et la passa à Irish.

– Non, merci, fit ce dernier.

Puis, changeant d'avis, il prit la cigarette et aspira fortement. Avery avait réussi à le faire arrêter de fumer, et il n'avait pas touché une cigarette depuis des mois.

– Que c'est bon, soupira-t-il en tirant une seconde bouffée.

– Où va-t-on ? demanda Van en s'allumant une autre cigarette.

– N'importe où, pourvu qu'on ne nous reconnaisse pas. J'ai envie de me défoncer.

– Je suis connu dans tous les bars.

Il allait sans dire que Van se défonçait souvent, mais, dans les endroits qu'il fréquentait, cela n'importait guère. Il engagea la première vitesse.

Quelques minutes plus tard, Van entraînait Irish dans un bar miteux de banlieue.

– Y a de l'action là-dedans ? demanda Irish.

– On est fouillé à l'entrée.

– Et si t'as pas d'arme, on t'en fournit une, répliqua Irish sur le même ton de plaisanterie.

Ils s'installèrent dans un coin sombre et retiré. Les clients matinaux avaient l'air aussi flétris que les guirlandes qui avaient été déroulées d'une lampe à l'autre quelques Noëls auparavant et qui servaient à présent de refuge aux araignées. Une *señorita* dénudée souriait langoureusement depuis le rideau de velours noir sur lequel elle avait été peinte. Dans un coin, un juke-box vociférait.

Van commanda une bouteille de scotch.

– Je devrais manger quelque chose, marmonna Irish sans conviction.

Lorsque le barman vint leur apporter la bouteille et les verres, Van lui commanda un plat.

– Ce n'était pas la peine, objecta Irish.

Le cameraman haussa les épaules et remplit les deux verres.

– Sa bonne femme fait de la cuisine quand on le lui demande.

– Tu manges souvent ici ?

– Quelquefois, répondit Van en haussant de nouveau les épaules.

Le plat arriva mais, au bout de quelques bouchées, Irish décida qu'il n'avait pas si faim, après tout. Il repoussa d'un geste l'assiette ébréchée et tendit la main vers son verre de whisky. Les premières gorgées enflammèrent son estomac, et des larmes lui emplirent les yeux tandis que sa respiration s'accélérait. Mais, en buveur professionnel qu'il était, il se remit vite d'aplomb et en reprit une lampée.

– Elle va terriblement me manquer, déclara-t-il en imprimant des mouvements circulaires à son verre sur la nappe graisseuse.

– Ouais, à moi aussi. C'était une vraie emmerdeuse, mais pas autant que les autres.

– Je la considérais comme ma propre fille, tu sais.

Sans répondre, Van alluma une nouvelle cigarette avec le mégot de la dernière.

– Je me souviens du jour de sa naissance. J'étais à l'hôpital, mort de peur, avec son père. On attendait... Et maintenant, je devrai me souvenir du jour de sa mort.

Il termina son verre d'un trait et le remplit à nouveau.

– Tu vois, pas une seule seconde je n'ai pensé que c'était son avion qui s'était écrasé. Je ne pensais qu'à ce foutu bulletin d'informations. C'était tellement peu important que je n'avais même pas envoyé de photographe. Elle allait en recruter un d'une chaîne de Dallas...

– Hé, mon vieux, arrête de culpabiliser ! Tu ne pouvais pas savoir...

Irish plongea son regard dans le liquide ambré de son verre.

– Est-ce qu'on t'a déjà demandé d'identifier un corps, Van ? demanda-t-il sans attendre de réponse. Ils les avaient tous alignés, comme... Oh, j'en sais rien. Je ne suis jamais allé à la guerre, mais je suppose que ça doit être pareil. Elle était enfermée dans un sac en plastique noir. Elle n'avait plus de cheveux, ajouta-t-il d'une voix tremblante, ils avaient complètement brûlé. Et sa peau... Ô mon Dieu...

Il se couvrit le visage de ses mains épaisses d'où s'échappèrent quelques larmes.

– C'est à cause de moi qu'elle a pris l'avion.

– Hé, mon vieux...

Ces trois mots épuisaient le répertoire de commisération de Van. Il versa une nouvelle rasade dans le verre d'Irish, alluma une cigarette et la passa en silence à son compagnon éploré. Puis il se prépara un joint.

Irish tira fébrilement sur la cigarette.

– Heureusement que sa mère n'a pas eu à la voir dans cet état ! Si elle n'avait pas serré son médaillon dans sa main, je n'aurais jamais deviné que c'était elle. C'est dur à dire, mais je suis content que Rosemary Daniels ne soit plus en vie. Une mère ne devrait jamais voir son enfant dans cet état.

Irish remua son whisky pendant quelques minutes avant de lever vers son compagnon des yeux gonflés de larmes.

– Je l'aimais, Rosemary. La mère d'Avery. Bon sang, je ne pouvais pas m'en empêcher ! Cliff, son père, était toujours par monts et par vaux. Et chaque fois qu'il partait, il me demandait de garder un œil sur elles. C'était mon meilleur ami, mais plus d'une fois, j'aurais voulu le tuer pour cette raison.

Il but une gorgée et reprit :

– Rosemary l'avait deviné, j'en suis sûr, mais nous

n'en avons jamais parlé. Je savais bien qu'elle aimait Cliff.

Irish avait servi de père à Avery depuis ses dix-sept ans. Cliff Daniels, reporter photographe de renom, avait trouvé la mort au cours d'une bataille dans un village aussi insignifiant qu'imprononçable au cœur de l'Amérique centrale. Rosemary était décédée quelques semaines après la mort de son mari, laissant une Avery affligée et sans personne vers qui se tourner, à l'exception d'Irish, le plus fidèle ami de la famille.

– Je suis autant son père que Cliff l'a été. Peut-être davantage. Quand ses parents sont morts, c'est vers moi qu'elle s'est tournée. Et c'est vers moi qu'elle a accouru après s'être mouillée dans cette affaire à Washington, l'année dernière.

– Elle s'était d'ailleurs fichue dans un sale pétrin cette fois-là, mais c'était quand même un bon reporter, commenta Van à travers un nuage de fumée douceâtre.

– C'est vraiment terrible qu'elle soit morte avec cette bêtise sur la conscience, répliqua Irish. Tu vois, Avery avait la hantise de l'échec. C'était ce qu'elle craignait le plus. Cliff n'était pas souvent là quand elle était gosse, c'est pour cela qu'elle tentait désespérément d'être à sa hauteur... Nous n'en avons jamais discuté, continua-t-il, mais je l'ai toujours su. C'est pourquoi cette pagaille à Washington l'a tant affectée. Elle voulait se rattraper, retrouver sa crédibilité et son amour-propre. Mais le destin ne lui en a pas laissé le temps. Elle est morte en se considérant comme une bonne à rien.

Le chagrin d'Irish toucha profondément Van. Il décida de consoler son compagnon en lui annonçant ce qu'il savait.

– Tu sais, pour... pour tes sentiments envers sa mère ? Eh bien... Avery était au courant.

Les yeux rouges et larmoyants d'Irish plongèrent dans les siens.

– Comment le sais-tu ?

– Elle me l'a dit une fois, répondit Van. Je lui avais demandé depuis combien de temps vous vous connaissiez tous les deux, et elle m'a répondu que tu étais gravé dans sa mémoire depuis toujours. Elle avait deviné que tu aimais sa mère en secret.

– Est-ce que cela lui faisait quelque chose ? demanda Irish anxieusement. Je veux dire, est-ce que cela semblait lui déplaire ?

Van secoua ses longs cheveux filasse en signe de dénégation.

Irish retira la rose flétrie de sa pochette et en froissa les pétales entre ses doigts potelés.

– Heureusement ! Je les aimais toutes les deux.

Ses lourdes épaules se mirent à trembler et sa main se resserra fermement sur la rose.

– Merde alors, elle va me manquer, marmonna-t-il.

Il posa la tête sur la table et éclata en sanglots, tandis qu'en face de lui, Van noyait son chagrin à sa façon.

4

Avery se réveilla, parfaitement consciente de son identité.

Elle ne l'avait jamais vraiment oubliée, mais les médicaments ajoutés à sa commotion l'avaient laissée dans un état semi-comateux. Hier – du moins pensait-elle qu'il s'agissait de la veille –, elle s'était sentie perdue, ce qui se comprenait aisément. Se réveiller après un coma de plusieurs jours pour se retrouver immobilisée, incapable de parler et à peine capable de voir, avait de quoi désorienter n'importe qui. N'étant jamais malade, du moins jamais gravement, son état ne pouvait que la bouleverser.

Par ses lumières et son activité constantes, le service de réanimation tendait à entraver le rétablissement mental des patients. Mais ce qui avait laissé Avery particulièrement perplexe était le fait que tout le monde se trompait à son égard. Comment pouvait-on la confondre avec une femme nommée Carole Rutledge ? Même M. Rutledge semblait convaincu de s'adresser à sa femme.

D'une façon ou d'une autre, il fallait qu'elle leur fasse comprendre leur erreur. Mais elle ne savait comment, et cela la terrorisait.

Elle s'appelait Avery Daniels. C'était clairement écrit sur son permis, sur sa carte de journaliste et sur tous les autres papiers d'identité qui encombraient son portefeuille. Tout cela avait dû brûler pendant l'accident, pensa-t-elle.

Où était Irish ? Pourquoi n'était-il pas venu à son secours ?

La réponse l'illumina brusquement et la fit réagir d'une manière tout à fait inattendue. Son corps entier se mit à vibrer comme s'il était chargé d'électricité. C'était impensable, insoutenable, et pourtant, clair comme le jour. On l'avait prise pour Mme Rutledge, cette dernière étant tenue pour vivante... Par conséquent, Avery Daniels était déclarée morte.

– Bonjour.

Elle reconnut immédiatement sa voix. Le gonflement de son œil avait dû diminuer car elle le voyait plus clairement. Ses traits hier encore indistincts étaient à présent beaucoup plus nets. Ses sourcils épais et bien dessinés se rejoignaient presque au-dessus d'un long nez droit. Malgré une mâchoire forte et un menton volontaire, il ne semblait guère querelleur. Ses lèvres étaient fermes, longues et minces, celle du bas légèrement plus charnue que l'autre.

Il souriait, mais pas avec ses yeux, remarqua-t-elle. Ce sourire n'était pas sincère et Avery se demanda pourquoi.

– On m'a dit que tu t'étais bien reposée. Toujours aucun signe d'infection pulmonaire. C'est une excellente nouvelle !

Elle connaissait ce visage, cette voix. Pas depuis hier, mais bien avant. Elle ne se rappelait cependant pas où elle avait rencontré cet homme.

– Maman a quitté la chambre de Mandy pour venir te dire bonjour.

Il tourna la tête et fit signe à quelqu'un d'approcher.

– Mets-toi ici, maman, si tu veux qu'elle te voie.

Un visage mûr et ravissant apparut dans le champ de vision d'Avery. Une jolie mèche argentée se mêlait à une chevelure brune et souple.

– Bonjour, Carole. Nous sommes tous soulagés de savoir que vous allez bien. Tate m'a dit que les médecins étaient très satisfaits de vos progrès.

Tate Rutledge ! Mais oui, bien sûr !

– Dis-lui à propos de Mandy, maman.

L'inconnue s'exécuta et lui parla d'une autre inconnue :

– Mandy a mangé presque tout son petit déjeuner, ce matin. On lui a donné un calmant hier soir pour qu'elle dorme mieux. Le plâtre de son bras la gêne un peu, mais je suppose que c'était à prévoir. Elle est la chouchoute du service de pédiatrie, et tout le personnel est aux petits soins pour elle.

Des larmes apparurent dans ses yeux et elle les essuya avec un mouchoir en papier.

– Quand je pense à ce qui...

Tate Rutledge passa un bras autour des épaules de sa mère et dit :

– Mais ce n'est pas arrivé, Dieu merci !

Avery comprit alors que c'était Mandy Rutledge qu'elle avait portée hors de l'avion. Elle se souvint de ses hurlements quand elle avait frénétiquement tenté de lui enlever sa ceinture de sécurité. Lorsqu'elle y était parvenue, elle avait pris l'enfant terrifiée tout contre elle et, avec l'aide d'un autre passager, avait plongé dans la fumée épaisse et âcre, en quête d'une sortie de secours.

Et, parce qu'elle avait porté l'enfant, ils avaient supposé qu'elle était Mme Rutledge. D'autant plus qu'elles avaient échangé leurs sièges. Mentalement, elle reconstitua le puzzle dont les éléments lui revenaient progressivement en mémoire. Elle se rappela que sa carte d'embarquement indiquait le siège près de la fenêtre mais que, quand elle était arrivée, une femme l'occupait déjà. Elle ne lui avait pas fait remarquer son erreur et s'était installée sur le siège côté couloir. L'enfant était assise au milieu.

La femme portait ses cheveux bruns lâchés sur les

épaules, comme Avery. Ses yeux étaient tout aussi foncés, ce qui leur donnait un petit air de ressemblance. Le fait qu'elle ait tenu l'enfant et occupé le siège de Mme Rutledge, ajouté à sa terrible défiguration, avait induit tout le monde en erreur. Mon Dieu, il fallait qu'elle le leur dise !

– Tu ferais mieux de retourner voir Mandy avant qu'elle ne s'inquiète, maman, conseilla Tate. Dis-lui que j'arrive bientôt.

– Eh bien, au revoir, Carole, fit la femme. Je suis certaine que lorsque le Dr Sawyer en aura terminé, vous serez plus jolie que jamais.

Ses yeux non plus ne sourient pas, pensa Avery en la regardant partir.

– Avant que je n'oublie, dit Tate en s'approchant d'elle à nouveau, Eddy, papa et Jack t'envoient leurs amitiés. Je crois que papa assistera à la réunion avec le chirurgien cet après-midi ; tu le verras à ce moment-là. Jack est rentré à la maison ce matin, continua-t-il en croyant s'adresser à sa femme. Je suis sûr qu'il s'inquiète à propos de Dorothy Rae. Quant à Fancy, on se demande ce qu'elle peut bien trafiquer sans surveillance, bien qu'Eddy ait réussi à la faire travailler comme volontaire aux bureaux. Ils ne seront autorisés à te voir que lorsqu'on t'installera seule dans une chambre. Mais je ne pense pas qu'ils te manquent beaucoup, n'est-ce pas ?

Il semblait présumer qu'elle savait de qui et de quoi il parlait. Comment lui faire comprendre qu'elle n'en avait pas la moindre idée ? Ces gens lui étaient totalement inconnus, leurs allées et venues la laissaient complètement indifférente. Il fallait qu'elle contacte Irish, qu'elle fasse savoir à cet homme qu'il était veuf.

– Oh, à propos de la campagne, Carole... reprit-il en baissant un moment la tête avant de la regarder à nouveau, j'ai l'intention de suivre le programme prévu. Papa, Jack et Eddy sont d'accord, ils m'ont assuré de leur soutien. C'était déjà une rude épreuve avant et, avec ce qui t'arrive, cela va l'être encore davantage. Mais je me suis engagé.

Tate Rutledge était récemment passé aux actualités, voilà pourquoi son visage et sa voix lui étaient familiers. Il espérait gagner les élections primaires de mai avant de se présenter comme sénateur à celles de novembre.

– Je ne veux pas me dérober à mes responsabilités envers toi et Mandy pendant votre rétablissement, mais faire partie du Congrès a toujours été le but de ma vie. Je ne veux pas attendre encore six ans, je dois tenter ma chance maintenant.

Il consulta sa montre et ajouta :

– Je ferais mieux de retourner auprès de Mandy. Je lui ai promis une glace. Avec ses bras bandés et... continua-t-il en jetant un œil sur les bras également bandés de la jeune femme... Enfin, tu sais ce que c'est. Le psychologue a eu sa première séance avec elle aujourd'hui. Rien d'inquiétant, s'empressa-t-il de dire. C'est plus par mesure de précaution qu'autre chose. Simplement, je ne veux pas qu'elle soit traumatisée à vie.

Il s'arrêta et la regarda d'un air éloquent.

– C'est pour cela que je préfère qu'elle ne te voie pas tout de suite. Cela peut te paraître cruel, mais tes bandages risqueraient de la terroriser, Carole. Une fois que le chirurgien aura refait ton visage et que tu seras la même, je te l'amènerai. De plus, je suis sûr que tu n'as pas toi non plus très envie de la voir pour le moment !...

Avery tenta désespérément de parler, mais en fut empêchée par le tube respiratoire. Elle avait entendu une infirmière dire que les inhalations avaient temporairement atteint les cordes vocales et, de toute façon, elle était dans l'impossibilité de remuer la mâchoire. Elle battit des paupières en signe de détresse.

Mais son geste fut mal interprété car il posa une main réconfortante sur son épaule et dit :

– Je te promets que ta défiguration n'est que provisoire, Carole. Le Dr Sawyer viendra demain t'expliquer le déroulement des opérations. Il sait à quoi tu ressemblais avant ton accident et garantit que tu seras exactement la même une fois l'intervention terminée.

Elle essaya de nier de la tête. Ses yeux s'emplirent de larmes de panique et de terreur. Une infirmière entra.

– Je crois qu'il vaudrait mieux que vous la laissiez se reposer maintenant, monsieur Rutledge. D'ailleurs, je dois changer ses bandages.

– Bien, je vais voir ma fille.

– Nous vous appellerons en cas de besoin, lui dit gentiment l'infirmière. Oh, pendant que j'y pense, on a appelé du rez-de-chaussée pour dire que les bijoux de Mme Rutledge étaient dans le coffre-fort de l'hôpital. On les lui avait enlevés avant son entrée aux urgences.

– Merci. J'irai les chercher plus tard.

Maintenant ! Va les chercher maintenant ! cria Avery en elle-même. Car le coffre-fort de l'hôpital ne contenait pas les bijoux de Carole Rutledge, mais les siens. Et quand ils les verraient, ils comprendraient la terrible erreur qu'ils avaient commise. M. Rutledge apprendrait que sa femme était morte ; cela lui ferait un choc, mais il valait mieux qu'il découvre la vérité maintenant. Elle compatirait au chagrin des Rutledge, mais Irish serait fou de joie. Ce cher Irish. Son deuil prendrait fin.

Mais si M. Rutledge omettait de récupérer les bijoux de sa femme avant que son visage ne devienne celui de Carole Rutledge ?

Ce fut sa dernière pensée avant qu'elle ne succombe aux effets du calmant qu'on lui administrait.

Tate ne s'en sortira pas vivant.

Le cauchemar recommençait. Elle essaya désespérément de rester sourde aux mots soufflés à son oreille. Une fois de plus, elle ne pouvait le voir, mais elle sentait sa sinistre présence planant au-dessus d'elle.

Il n'y aura jamais de sénateur Tate Rutledge. Tate Rutledge sera mort avant. Il n'y aura jamais... mourra...

Avery se réveilla en hurlant. Un hurlement silencieux, bien sûr, mais qui se répercuta dans son crâne. Elle ouvrit les yeux et reconnut les lumières au-dessus d'elle, l'odeur si caractéristique des hôpitaux et le sifflement de son respirateur. Elle avait dormi, et il ne s'agissait donc que d'un cauchemar. Mais la nuit dernière, cela s'était réellement passé. La nuit dernière, elle ne savait pas encore le prénom de M. Rutledge ! Elle n'avait pas pu le rêver puisqu'elle ne le connaissait pas. Et elle se souvenait parfaitement d'avoir entendu cette voix anonyme et menaçante le chuchoter à son oreille.

Son esprit lui jouait-il des tours, ou bien Tate Rutledge était-il vraiment en danger ? Qui donc pouvait désirer le tuer ? Sa mort pouvait avoir de terribles conséquences, mais Avery était incapable de faire quoi que ce soit. Elle était encore trop sous le choc de l'accident pour formuler une explication ou trouver une solution. Bien que la vie d'un homme fût en danger, son esprit était encore trop lent et ne pouvait réagir normalement.

Avery était presque contrariée de cette intrusion dans ses propres problèmes. N'avait-elle pas assez d'ennuis pour s'inquiéter de la sécurité d'un candidat aux élections sénatoriales ?

Elle était incapable du moindre mouvement et néanmoins bouillait intérieurement. Une telle impuissance était épuisante, et elle dut se résigner une fois de plus à s'abandonner au flottement de l'inconscience.

5

– Cela ne m'étonne nullement ! C'est tout à fait courant chez les victimes d'accident, dit le Dr Sawyer en souriant placidement. Imaginez votre réaction si votre joli minois avait été pulvérisé !...

– Merci pour le compliment, répondit Tate sèchement.

Il se retenait pour ne pas casser la figure au chirurgien. Malgré sa solide réputation, tout sentiment d'humanité semblait lui faire défaut.

Il avait retouché le visage des plus grandes célébrités de la région, notamment celui de jeunes débutantes aussi fortunées que vaniteuses, de cadres d'entreprise refusant les premiers symptômes de la vieillesse, de mannequins et de stars du petit écran. Malgré tout, Tate réprouvait cette façon suffisante qu'il avait de minimiser les appréhensions de Carole.

– J'ai essayé de me mettre à sa place, expliqua Tate. Etant donné les circonstances, je trouve qu'elle tient très bien le coup – beaucoup mieux que je ne l'aurais cru.

– Tu te contredis, Tate, remarqua Nelson.

Il était assis près de Zee sur le canapé de la salle d'attente.

– Tu viens de raconter au Dr Sawyer que Carole semblait bouleversée à l'idée de l'opération.

– Je sais que cela semble contradictoire, mais je

voulais simplement dire qu'elle a très bien pris ce qui concerne Mandy et l'accident lui-même. Mais dès que j'ai commencé à lui parler de l'opération, elle s'est mise à pleurer. Mon Dieu, fit-il en se passant une main dans les cheveux, vous n'avez pas idée de l'aspect pitoyable qu'elle a lorsqu'elle pleure de son unique œil.

– Votre femme était très belle, monsieur Rutledge, intervint le médecin. Le fait qu'elle soit défigurée la panique : elle a évidemment peur de ressembler à un monstre pour le restant de ses jours. Mais une partie de mon travail est de lui assurer que son visage peut être entièrement refait, et même amélioré. Je vous sens tous un peu hésitants, reprit-il après un silence, et je ne veux pas qu'il en soit ainsi. J'ai besoin de votre entière coopération et de votre confiance en mes compétences.

– Si je ne vous faisais pas confiance, je ne vous aurais certes pas demandé vos services, répondit Tate sans mâcher ses mots. Je ne pense pas que vous manquiez de compétence, mais de compassion.

– Cela, je le réserve pour mes patients. Je ne veux pas perdre de temps à faire des salamalecs à leur famille, monsieur Rutledge. C'est bon pour les politiciens comme vous...

Tate et le chirurgien se toisèrent un long moment. Enfin, Tate sourit puis éclata de rire.

– Je ne tiens pas non plus à faire de salamalecs, docteur. Vous m'êtes indispensable et c'est pour cette raison que vous êtes ici. J'ai rarement vu quelqu'un d'aussi arrogant que vous, mais je dois reconnaître que vous êtes le meilleur. Je coopérerai donc jusqu'au complet rétablissement de Carole.

– Très bien, répliqua le chirurgien sans paraître affecté le moins du monde par l'insulte. Allons voir la malade.

A peine entré dans la salle de réanimation, Tate s'empressa de se placer au chevet de la patiente.

– Carole ? Tu es réveillée ?

Elle répondit immédiatement en ouvrant l'œil.

– Bonjour. Maman et papa sont là, dit-il en laissant la place à ses parents.

– Re-bonjour, Carole, fit Zee. Mandy m'a chargée de vous embrasser très fort.

Elle s'écarta et fit place à Nelson.

– Bonjour, Carole. Vous nous avez fait une de ces peurs ! En tout cas, nous sommes bien contents de savoir que vous serez bientôt guérie.

Il céda la place à Tate.

– Le chirurgien est là, Carole, dit-il en laissant s'approcher le Dr Sawyer, souriant.

– Nous nous sommes déjà rencontrés, Carole. Mais vous ne vous en souvenez pas. A la demande de votre famille, je suis venu vous examiner le deuxième jour de votre hospitalisation.

Elle manifesta des signes d'inquiétude qu'à la grande satisfaction de Tate le Dr Sawyer remarqua. Il lui tapota l'épaule.

– La structure osseuse de votre visage a été sérieusement endommagée. Je suis sûr que vous vous en rendez compte vous-même. Je sais que votre mari vous a déjà annoncé que votre visage serait entièrement refait, mais je veux que vous l'entendiez de ma propre bouche. Je vais vous faire ressembler à une Carole Rutledge embellie.

Sous ses bandages, son corps se raidit. Elle essaya de secouer la tête aussi vigoureusement que possible tout en émettant des sons gutturaux désespérés.

– Mais qu'est-ce qu'elle essaie de dire ? demanda Tate au médecin.

– Qu'elle ne me croit pas, répondit-il avec calme. Elle a peur, c'est normal.

Il se pencha au-dessus d'elle.

– La douleur que vous éprouvez provient essentiellement de vos brûlures, mais elles sont superficielles et notre spécialiste les traite aux antibiotiques. Je vais faire retarder l'opération jusqu'à ce qu'il n'y ait plus aucun risque d'infection de la peau et des poumons. Vous commencerez à bouger vos mains dans une ou deux semaines et suivrez un traitement de rééducation à partir de ce moment-là. Votre motricité reviendra vite, je vous l'assure, dit-il en se penchant davantage. Maintenant, venons-en à votre visage. Des radios ont été prises pendant votre coma. Je les ai examinées et je sais exactement ce qu'il faut faire. J'ai une équipe d'excellents chirurgiens qui m'assisteront pendant l'opération.

Il effleura son visage du bout de son stylo, comme s'il voulait dessiner par-dessus les bandages.

– Nous referons votre nez et vos joues en utilisant des greffes d'os. Votre mâchoire sera remise en place à l'aide d'agrafes, de vis, de fils métalliques et autres gadgets de ce genre. Vous aurez une cicatrice invisible le long du front, d'une tempe à l'autre. Nous ferons également des incisions sous chaque œil au niveau des cils. Elles seront invisibles, elles aussi. Votre nez sera en partie refait de l'intérieur, vous n'aurez donc aucune cicatrice à cet endroit. Après l'opération, votre visage sera enflé et couvert d'ecchymoses, il faut vous y préparer. Vous devrez attendre quelques semaines avant de retrouver votre beauté d'antan.

– Et ses cheveux ? demanda Zee.

– Il va falloir que j'en rase une partie pour faire la greffe du nez, mais selon notre spécialiste des brûlures, ils devraient repousser normalement. C'est le moindre de nos problèmes, dit-il en souriant au visage bandé. Je crains que vous ne puissiez manger d'aliments solides pendant un certain temps. Un orthodontiste retirera les racines de vos dents pendant l'opération et mettra des implants à la place. Deux ou trois semaines plus tard, vous aurez vos nouvelles dents qui seront exactement les mêmes que celles que vous avez perdues. En attendant, vous serez nourrie par tubage.

Il sortit de sa chemise une photographie en couleurs.

– Regardez bien ceci, madame Rutledge.

C'était une photo de Carole souriant de ce sourire séducteur qui avait rendu Tate fou amoureux. Ses yeux espiègles brillaient sous l'épaisse chevelure brune.

– L'opération durera toute une journée, lui annonça-t-il. Mais donnez-nous huit à dix semaines et voilà à quoi vous ressemblerez, embellie et avec des cheveux plus courts. Qui pourrait demander mieux ?

De toute évidence, Carole le pouvait. Tate remarqua qu'au lieu d'apaiser ses inquiétudes, la visite du chirurgien n'avait fait que les accentuer.

Avery tenta de remuer les extrémités de ses membres, mais ceux-ci paraissaient encore trop lourds à soulever. Elle ne pouvait absolument pas bouger la tête alors que chaque minute la rapprochait irrémédiablement du désastre contre lequel elle ne pouvait rien.

Depuis une dizaine de jours, elle avait cherché le moyen de révéler à son entourage la vérité qu'elle seule connaissait. Hélas, elle n'était pas arrivée à ses fins. Au fur et à mesure que les jours passaient et que son corps cicatrisait, son anxiété augmentait.

Un soir, enfin, Tate annonça que l'opération était prévue pour le lendemain.

– Tous les médecins concernés se sont réunis aujourd'hui et ont décidé que tu étais maintenant hors de danger. Sawyer a donné son feu vert, je viens de l'apprendre.

Elle avait jusqu'au lendemain pour lui communiquer la terrible erreur qui avait été commise. Curieusement, bien qu'il fût en partie responsable de ces événements tragiques, elle ne lui en voulait pas. En fait, elle attendait ses visites avec de plus en plus d'impatience, se sentant davantage en sécurité lorsqu'il était près d'elle.

– Je crois que je peux t'avouer maintenant qu'au début je n'aimais pas beaucoup Sawyer, dit-il en s'asseyant avec précaution sur le bord du lit. D'ailleurs, je ne l'aime toujours pas, mais je lui fais confiance. Il ne se lancerait pas dans cette opération s'il n'était pas sûr de faire des prouesses.

Elle cilla en signe d'assentiment.

– Tu as peur ?

Elle cilla de nouveau.

– Je te comprends, dit-il d'un air résolu. Les semaines à venir vont être difficiles, Carole, mais je te fais confiance. Tu retombes toujours sur tes pieds.

– Monsieur Rutledge ?

Il se tourna en direction de la voix féminine qui l'appelait depuis la porte, permettant ainsi à Avery d'admirer son profil. Carole Rutledge avait eu de la chance.

– Vous m'aviez demandé de vous rappeler de vous occuper des bijoux de Mme Rutledge, dit l'infirmière, ils sont toujours dans le coffre-fort.

Les pensées d'Avery se télescopaient. Elle imaginait Tate arrivant vers elle et jetant les bijoux sur le lit. « Ceci n'appartient pas à Carole, dirait-il, qui êtes-vous ? » Mais le scénario ne s'était toujours pas produit. Peut-être y avait-il encore de l'espoir ?

– J'oublie sans cesse de passer les prendre, répondit-il d'un air désolé. Pourriez-vous charger quelqu'un de le faire pour moi ?

– Je vais voir.

– Ce serait bien aimable, merci.

Le cœur d'Avery se mit à battre et une prière de reconnaissance lui monta aux lèvres. Elle allait enfin être sauvée ! Son visage serait refait, mais avec les traits d'Avery Daniels et non ceux de quelque inconnue.

– Les bijoux ne te serviront pas à grand-chose ici, continua Tate, mais je préfère les avoir avec moi.

Elle sourit intérieurement. Tout allait s'arranger. L'erreur allait bientôt être découverte et toutes ses inquiétudes s'envoleraient définitivement.

– Monsieur Rutledge, dit l'infirmière qui revenait, je suis désolée mais le règlement interdit à quiconque, excepté au patient lui-même ou à ses proches, de retirer des biens du coffre-fort. Je ne peux envoyer personne le faire à votre place.

– Ce n'est pas grave ; j'essaierai d'y passer demain.

L'enthousiasme d'Avery s'effondra. Demain, il serait trop tard. Elle se demanda pourquoi Dieu l'abandonnait ainsi. N'avait-elle pas été déjà assez punie pour sa faute ? Devrait-elle passer le reste de sa vie à se racheter inutilement pour l'erreur professionnelle qu'elle avait commise ? Elle avait déjà perdu sa crédibilité de journaliste et l'estime de ses collègues, devrait-elle maintenant perdre son identité ?

– Il y a autre chose, monsieur, fit l'infirmière en hésitant. Il y a deux reporters dans le couloir qui aimeraient vous parler.

– Des reporters ?

– Oui, d'une chaîne de télévision.

– Ici ? En ce moment ? Qui les a envoyés, Eddy Paschal ?

– Non. C'est la première chose que je leur ai demandée. Ils sont en quête d'un scoop et, apparemment, il y a eu des fuites sur l'opération de Mme Rutledge. Ils veulent vous interviewer à propos des effets de l'accident sur votre famille et votre carrière politique. Que dois-je leur dire ?

– Qu'ils aillent au diable !... Dites-leur que je ne ferai aucune déclaration avant le complet rétablissement de ma femme et de ma fille. Et s'ils ne partent pas, faites intervenir le service de sécurité de l'hôpital et faites-leur comprendre que je ne veux plus les revoir dans les parages.

– Je suis désolée de vous avoir dérangé pour cela...

– Vous n'y êtes pour rien. S'ils vous ennuient, venez me chercher.

Lorsqu'il se retourna, Avery remarqua à travers ses larmes combien il semblait inquiet et épuisé. Il secoua la tête d'un air de dégoût. Avery compatissait. Elle savait, pour être restée un certain temps à Washington, que seuls les politiciens malhonnêtes ne souffraient pas. Les hommes intègres, comme Tate semblait l'être, étaient les victimes de prédilection des médias.

Il passa la nuit près d'elle. Chaque fois qu'elle se réveillait, elle le trouvait à ses côtés. Les traits de son visage se tiraient d'heure en heure, à mesure que la fatigue s'installait. A un moment donné, Avery entendit une infirmière lui conseiller de partir se reposer, mais il refusa.

– Je ne peux pas la laisser, dit-il. Elle a peur.

Elle pleurait intérieurement. *Non, je t'en prie, ne t'en va pas. Ne me laisse pas. J'ai besoin de quelqu'un.*

A l'aube, une autre infirmière vint lui apporter une tasse de café dont l'odeur délicieuse lui chatouilla les narines. Puis des techniciens lui ajustèrent son respirateur. On l'habituait à s'en passer au fur et à mesure que ses poumons se rétablissaient. Elle l'utilisait beaucoup moins qu'au début, mais devrait encore le garder quelques jours.

D'autres membres du personnel vinrent la préparer pour l'opération. Des infirmières vérifièrent sa tension. Elle tenta désespérément d'attirer l'attention de quelqu'un, mais en vain.

Tate sortit quelques instants et revint accompagné du Dr Sawyer qui demanda d'un ton enjoué :

– Comment allez-vous, Carole ? M. Rutledge m'a dit que vous aviez passé une mauvaise nuit, mais c'est aujourd'hui le grand jour !

Il consulta attentivement sa feuille de température.

Satisfait, il referma le dossier métallique et le tendit à une infirmière.

– Physiquement, vous vous portez très bien. Dans quelques heures, vous aurez un nouveau visage et serez fin prête pour un complet rétablissement.

Les grognements gutturaux qui s'échappèrent de sa gorge visaient à leur faire comprendre qu'ils s'apprêtaient à faire une erreur fatale. Mais ils ne l'interprétèrent pas ainsi.

– C'est parfaitement faisable, je vous le promets, insista le chirurgien, croyant à quelques doutes de dernière minute. Dans une demi-heure environ, vous serez entre nos mains.

Elle protesta de nouveau en battant furieusement de l'œil.

– Donnez-lui un calmant, ordonna-t-il à l'infirmière avant de sortir.

Avery hurla en silence.

Tate s'avança et posa sa main sur son épaule.

– Tout va bien se passer, Carole.

L'infirmière lui fit une piqûre dans le bras. Quelques secondes plus tard, la chaleur familière du narcotique se propagea dans son corps, lui picotant l'extrémité des orteils. Presque instantanément, elle se sentit toute légère et transparente ; les traits de Tate se déformèrent, puis s'estompèrent.

– Tout va bien se passer, Carole. Je te le jure.

Je ne suis pas Carole.

Elle s'efforça de garder son œil ouvert, mais il se ferma malgré elle.

– ... t'attends, Carole, dit-il doucement.

Je suis Avery. Je suis Avery, pas Carole.

Mais à la sortie du bloc opératoire, elle le deviendrait.

6

– Je ne vois vraiment pas ce qui t'ennuie !

Tate se retourna vivement et toisa son directeur de campagne qui se contenta de soutenir son regard avec désinvolture. L'expérience lui avait enseigné que les colères de Tate étaient aussi brusques qu'éphémères.

Comme prévu, le regard noir de Tate s'adoucissait.

– Bon sang, Eddy, ma femme venait de sortir d'une opération de plusieurs heures !

– Je comprends.

– Et tu ne comprends pas pourquoi j'étais énervé par tous ces reporters qui me harcelaient ? s'indigna-t-il d'un air incrédule. Je vais te le dire : je n'étais pas d'humeur à faire une conférence de presse !...

– C'est vrai qu'ils ont un peu exagéré...

– Ils ont *beaucoup* exagéré !

– N'empêche que tu es apparu quarante secondes aux actualités de 6 et 10 heures, sur les trois chaînes. Je les ai enregistrées et te les montrerai plus tard. Tu as l'air un peu grincheux, mais c'est normal, vu les circonstances. En fin de compte, je crois que c'est quand même à ton avantage. Tu as l'air agacé de la parfaite victime des médias, et les électeurs compatiront. Finalement, c'est un plus.

Tate eut un petit rire triste et s'effondra sur sa chaise.

– Tu ne vaux pas mieux que Jack ! Vous n'arrêtez pas une seconde de juger si ceci ou cela joue pour ou contre nous, dit-il en se passant les mains sur le visage. Dieu, que je suis fatigué !

– Prends une bière, proposa Eddy en lui tendant une canette sortie du réfrigérateur.

Il en prit une à son tour et s'assit sur le bord du lit d'hôtel. Pendant quelques instants, ils burent en silence, puis Eddy demanda :

– Comment va Carole ?

– Sawyer braillait comme un âne en sortant de la salle d'opération, soupira Tate, disant qu'il était entièrement satisfait des résultats, que c'était le meilleur travail jamais réalisé par son équipe.

– Etait-ce des paroles en l'air ou la vérité ?

– J'espère que c'est la vérité.

– Quand pourras-tu en juger ?

– Pour l'instant, ce n'est pas très facile. Mais dans quelques semaines...

Il fit un geste vague et s'avachit davantage dans son fauteuil en étendant ses longues jambes devant lui. Ses bottes touchèrent presque les chaussures vernies d'Eddy. Le jean qu'il portait contrastait vivement avec le pantalon de flanelle bleu marine impeccablement repassé de ce dernier.

– Un des rescapés de l'accident est mort aujourd'hui, fit Tate presque à voix basse. Un homme de mon âge, avec une femme et quatre enfants. Il avait beaucoup de lésions internes, mais on pensait qu'il s'en sortirait. Il est mort d'infection. Mon Dieu, continua-t-il en secouant la tête, tu t'imagines : t'en sortir pour mourir ensuite d'*infection* ?

Eddy sentit que son ami était victime d'un accès de mélancolie, ce qui n'était recommandé ni pour Tate, ni pour la campagne. Jack et Nelson lui avaient fait part de leurs inquiétudes quant à l'état mental de Tate ; une des principales missions d'Eddy était de lui remonter le moral chaque fois que cela était nécessaire.

– Comment va Mandy ? demanda-t-il d'un ton qu'il voulait enjoué. Tous les volontaires la regrettent.

– On a suspendu leur banderole de prompt rétablissement au-dessus de son lit aujourd'hui. Tu les remercieras de ma part.

– Tout le monde voulait faire quelque chose pour célébrer sa sortie de l'hôpital. Je te préviens que demain elle va recevoir un ours en peluche aussi grand que toi ! C'est la petite princesse des élections, tu sais...

Tate le gratifia d'un sourire chaleureux.

– Les médecins m'ont dit que ses os brisés se ressouderaient et que les brûlures ne laisseraient aucune cicatrice. Elle pourra jouer au tennis, danser... faire tout ce qu'elle voudra.

Tate se leva et alla chercher deux autres bières.

– Physiquement, elle s'en remettra, ajouta-t-il en se rasseyant. Mais psychologiquement, je n'en suis pas si sûr.

– Donne-lui sa chance ! Les adultes ont du mal à surmonter ce genre de traumatismes, mais il existe des conseillers formés pour s'occuper des rescapés et de leur famille.

– Je sais, mais Mandy était déjà une enfant timide, et maintenant elle est complètement repliée sur elle-même. Oh, j'arrive à lui soutirer un sourire de temps en temps, mais je crois que c'est uniquement pour me faire plaisir. Elle n'a plus aucune énergie, plus aucune vitalité. Elle passe son temps à regarder dans le vague. Maman affirme qu'elle pleure dans son sommeil et qu'elle se réveille souvent en faisant des cauchemars.

– Que dit la psychologue ?

– Oh ! cette lesbienne ! rétorqua Tate avec humeur. Elle dit que cela demandera du temps et de la patience, et que je ne dois pas trop en demander à Mandy.

– Je dirais la même chose...

– Je ne suis pas en colère contre ma fille parce qu'elle ne me répond pas au doigt et à l'œil, lança Tate avec irritation. C'est ce que sous-entendait la psychologue et cela m'a rendu furieux ! N'empêche que ma petite fille reste assise à regarder dans le vide comme si elle portait tout le poids du monde sur ses épaules, et ce n'est pas une attitude normale pour une enfant de trois ans !

– Ce n'est pas non plus normal de sortir vivant d'un accident d'avion, remarqua Eddy avec bon sens. Ses traumatismes ne cicatriseront pas en une nuit...

– Je sais. Simplement, je... Bon sang, Eddy, je ne sais pas si je peux répondre à la fois aux besoins de Carole, de Mandy et des électeurs.

La plus grande appréhension d'Eddy était que Tate revienne sur sa décision de rester dans la course. Il fallait qu'il l'encourage au maximum. Il se pencha en avant et demanda :

– Tu te souviens de ce tournoi de tennis que tu as gagné pour nous, en deuxième année d'université ?

Tate le regarda d'un air inexpressif.

– Vaguement...

– Vaguement ! se moqua Eddy. Si tu en as gardé un souvenir aussi peu marqué, c'est que tu avais la gueule de bois. Tu avais complètement oublié ce tournoi car tu avais passé la nuit précédente à boire et à faire l'amour. Et tu t'en es tiré dans les pires conditions parce que tu savais que tu devais gagner. Tu étais notre seule chance et tu le savais. Tu as gagné pour nous, même si quelques minutes avant tu étais en train de vomir plusieurs litres de bière.

– Ceci est différent d'un tournoi de tennis entre étudiants...

– Mais toi, fit Eddy en pointant le doigt dans sa

direction, tu es exactement le même. Depuis que je te connais, tu as toujours réussi à être un héros !

– Mais je ne veux pas être un héros ! Je veux simplement être un bon sénateur pour le Texas.

– Et tu le seras.

Faisant claquer ses mains sur ses cuisses comme si une importante décision venait d'être prise, Eddy se leva et posa ses canettes vides sur le buffet. Tate se leva à son tour et, passant devant le miroir, s'arrêta net devant son reflet.

– Bon Dieu, fit-il en caressant une barbe de plusieurs jours, qui voterait pour ça ? Tu aurais pu me dire que j'avais une aussi sale tête !

– Je n'en ai pas eu le courage, répondit Eddy en lui administrant une légère claque dans le dos. Tu as besoin de te reposer, c'est tout. Et un rasage de près tous les matins.

Il se plongea un instant dans l'observation de ses chaussures cirées puis leva les yeux vers son ami.

– Cette façon que tu as de rester près d'elle pendant cette épreuve, je... euh... je trouve ça épatant.

Tate inclina légèrement la tête.

– Merci.

– Je vais te laisser dormir. Fais-moi signe demain. Tu nous donneras des nouvelles de Carole.

– Comment ça va, à la maison ?

– C'est le *statu quo*.

– Jack m'a dit que tu avais réussi à faire travailler Fancy aux bureaux...

Eddy éclata de rire et, sachant que Tate ne s'offusquerait pas d'une remarque scabreuse sur sa nièce, ajouta :

– Pendant la journée, elle remplit des enveloppes. Mais Dieu seul sait qui la remplit la nuit !

Francine Angela Rutledge traversa le pré à cent vingt à l'heure dans une voiture vieille d'un an à laquelle elle avait infligé l'équivalent de cinq ans de mauvais traitements. N'ayant aucune inclination pour les ceintures de sécurité, elle s'envolait de trente centimètres au-dessus de son siège et retombait en riant. Elle adorait sentir le vent balayer ses longs cheveux blonds, même en hiver. La vitesse, doublée d'un dédain flagrant pour le code de la route, était l'une des grandes passions de Fancy.

La deuxième était Eddy Paschal.

Ce caprice qui lui était venu récemment n'avait pour l'instant guère porté ses fruits. Mais elle savait en toute confiance qu'il finirait par succomber.

Pour le moment, elle occupait ses nuits avec Buck, un groom du *Holiday Inn* de Kerrville qu'elle avait rencontré dans un relais routier quelques semaines auparavant.

Ce soir, jour de repos de Buck, ils étaient restés dans l'appartement ringard dont il était si fier à se nourrir de surgelés devant la télé, à boire du vin de mauvaise qualité, à fumer de l'herbe qu'elle avait achetée à prix d'or et à faire l'amour sur une moquette qui lui avait semblé plus propre que les draps du lit.

Buck était gentil, ardent et très excité. Il lui disait souvent qu'il l'aimait. Il était supportable. Nul n'est parfait !

A part Eddy.

Elle soupira et secoua le pull de coton qui couvrait son buste nu. Au grand dam de Zee, sa grand-mère, Fancy ne croyait pas plus en l'usage des soutiens-gorge qu'en celui des ceintures de sécurité.

Eddy était beau. Il était toujours très soigné et s'habillait comme un homme. Pas comme les balourds du coin qui ne portaient que des vêtements de cowboy. Eddy, lui, portait des costumes trois-pièces foncés, des chemises de soie et des chaussures de cuir italiennes. Il sentait toujours comme s'il venait de sortir de la douche. L'imaginer dans sa douche la faisait fondre. Elle ne vivait que pour le jour où elle pourrait enfin toucher son corps nu, l'embrasser et le lécher partout. Elle savait qu'il aurait bon goût.

Cette pensée la fit tressaillir de plaisir mais une idée contrariante vint effacer son expression béate. Il fallait tout d'abord qu'elle le guérisse de ce complexe concernant leur différence d'âge. Puis qu'elle lui fasse oublier qu'elle était la nièce de son meilleur ami. Eddy n'avait jamais laissé entendre que c'était pour cela qu'il lui résistait, mais elle ne trouvait aucune autre raison à sa façon d'ignorer l'invitation pressante de ses yeux à chaque fois qu'elle le dévorait du regard.

Toute la famille l'avait regardée d'un air ahuri lorsqu'elle avait manifesté son intention de travailler bénévolement aux bureaux de la campagne. Grand-père l'avait embrassée si fort qu'elle avait failli étouffer. Grand-mère avait souri de ce sourire insipide que Fancy détestait tant et avait dit de sa voix fade :

– C'est merveilleux, ma chérie.

Papa l'avait chaleureusement approuvée et maman avait résisté assez longtemps à sa bouteille pour lui dire qu'elle était contente qu'elle fasse enfin quelque chose d'utile.

Fancy avait espéré que la réaction d'Eddy fût aussi enthousiaste, mais il n'avait montré qu'un certain amusement et s'était contenté de dire :

– Nous avons besoin de toutes les bonnes volontés. Au fait, sais-tu taper ?

Va te faire voir, avait-elle eu envie de dire. Au lieu de cela, elle l'avait regardé avec respect et avait répondu :

– Je fais de mon mieux dans tout ce que j'entreprends, Eddy.

La Mustang décapotable s'arrêta dans un nuage de poussière devant la porte d'entrée du ranch. Fancy avait espéré gagner l'aile qu'elle partageait avec ses parents sans rencontrer personne, mais elle n'eut pas cette chance. A peine eut-elle fermé la porte que son grand-père l'interpella depuis la salle de séjour :

– Qui est-ce ?

– C'est moi, grand-père.

Il vint à sa rencontre dans le couloir.

– Bonjour, ma p'tite, dit-il en l'embrassant sur la joue.

Fancy savait qu'il faisait cela pour vérifier son haleine. Heureusement, elle avait pensé à prendre trois pastilles à la menthe durant le trajet du retour pour dissimuler l'odeur du vin et des joints fumés au cours de la soirée.

Il se redressa, satisfait.

– Où es-tu allée ce soir ?

– Au cinéma, mentit-elle sans scrupule. Comment va tante Carole ? L'opération s'est bien passée ?

– D'après le médecin, oui. Mais ce sera difficile de le savoir avant une semaine ou deux.

– C'est atroce ce qui lui est arrivé, n'est-ce pas ? fit-elle d'un air faussement attristé. J'espère que tout va s'arranger.

– Oh, j'en suis sûr !

Elle sut, d'après l'expression de son grand-père, que sa pensée pour Carole l'avait touché.

– Je suis un peu fatiguée. Le film était tellement ennuyeux que j'ai failli m'endormir. Bonne nuit, grand-père.

Elle se haussa sur la pointe des pieds pour l'embrasser et frémit intérieurement. Il la fouetterait s'il savait à quoi étaient occupées ses lèvres à peine une heure auparavant.

Elle longea le couloir, en prit un autre sur la gauche, en ouvrit la double porte du fond et pénétra dans l'aile qu'elle partageait avec ses parents. Elle s'apprêtait à ouvrir la porte de sa chambre quand Jack sortit la tête de la sienne.

– Fancy ?

– Salut, papa, dit-elle avec un gentil sourire.

– Salut.

Il ne lui demanda pas d'où elle venait car il n'avait pas particulièrement envie de le savoir. C'est pour cette raison qu'elle le lui dit.

– J'étais chez... un ami.

Sa pause, délibérée et stratégique, lui valut un regard las.

– Où est maman ?

Il fit un signe de tête par-dessus son épaule en direction de la chambre.

– Elle dort.

– Eh bien, bonne nuit, dit Fancy en se faufilant dans sa chambre.

Il la retint.

– Comment ça va aux bureaux ?

– Ça va.

– Le travail te plaît ?

– Ouais. Ça m'occupe.

– Tu pourrais retourner à la fac.

– Plutôt mourir !...

Il tressaillit mais ne broncha pas. Elle savait qu'il ne lui dirait rien.

– Eh bien, bonne nuit, Fancy.

– Bonne nuit, répondit-elle avec désinvolture en faisant claquer la porte derrière elle.

7

– Je vais peut-être t'amener Mandy demain, annonça Tate en la regardant avec attention. Comme tu n'es plus très enflée, elle te reconnaîtra sûrement.

Avery lui rendit son regard. Malgré le sourire encourageant qu'il arborait à chacune de ses visites, elle savait qu'elle était encore terrible à voir. Elle ne pouvait plus se cacher derrière ses bandages et, comme aurait dit Irish, elle aurait fait vomir un vautour.

Néanmoins, depuis son opération, Tate n'avait jamais détourné les yeux. Cette attitude charitable la touchait beaucoup. Dès que ses mains seraient capables de tenir un crayon, elle le lui écrirait.

Les bandages de ses mains avaient été retirés depuis quelques jours. Elle avait été consternée par la vue de sa peau rouge et glabre et de ses ongles coupés si court qu'ils enlaidissaient ses mains. Chaque jour, elle faisait de la rééducation à l'aide d'une balle de caoutchouc qu'elle pressait dans ses poings affaiblis, mais elle ne pouvait pas encore écrire. Dès qu'elle en serait capable, elle aurait beaucoup à raconter à Tate Rutledge.

On lui avait enfin retiré cet odieux respirateur. Hélas, à sa grande déception, elle avait été incapable de proférer le moindre son, ce qui représentait une rude épreuve pour un reporter à l'avenir incertain.

Cependant, les médecins lui avaient assuré qu'elle recouvrerait progressivement l'usage de sa voix et qu'elle ne devait pas s'inquiéter si les premiers sons qu'elle émettait n'étaient guère intelligibles.

Pour l'instant, elle était pratiquement chauve, édentée, et incapable de se nourrir autrement qu'avec une paille. En fin de compte, elle était encore dans un état déplorable.

– Qu'en penses-tu ? demanda Tate. As-tu envie d'avoir une visite de Mandy ?

Il souriait, mais Avery sentait que le cœur n'y était pas. Son enthousiasme et son optimisme forcés lui faisaient pitié. Elle se souvint de ses mots d'encouragement juste après l'opération ; depuis, il ne cessait de la complimenter sur ses rapides progrès.

– Je te promets qu'elle ne restera pas trop longtemps, reprit-il, mais j'ai le sentiment que même une courte visite lui fera du bien. Elle est rentrée à la maison et tout le monde la dorlote, même Fancy. Mais elle fait toujours autant de cauchemars la nuit, et te voir pourrait la rassurer. Peut-être pense-t-elle qu'on lui ment lorsqu'on lui dit que tu vas revenir. Peut-être même te croit-elle morte... Elle n'a rien dit à ce propos, mais de toute façon, elle ne dit pas grand-chose.

L'air découragé, il baissa la tête et se plongea dans l'examen de ses mains. Elle remarqua que ses cheveux poussaient autour d'un point excentré. Elle aimait le regarder. Plus que son talentueux chirurgien ou que le personnel compétent de l'hôpital, Tate Rutledge était devenu le centre de son petit univers.

Comme prévu, son œil gauche avait recouvré la vue dès que son orbite avait été refaite. Trois jours après son opération, les points de suture de ses paupières avaient été retirés et on lui avait promis d'enlever l'attelle de son nez le lendemain.

Tous les jours, Tate faisait livrer des fleurs dans sa chambre, comme pour marquer chaque progrès réalisé avant son complet rétablissement. Il entrait toujours avec le sourire et ne manquait jamais de lui faire un gentil compliment. Avery savait combien ces visites étaient éprouvantes pour lui, mais elle était également persuadée que, s'il ne venait plus la voir, elle en mourrait.

Comme toute personne handicapée, ses sens s'étaient affinés. Sa perception des pensées et des sentiments d'autrui s'était développée. Tate agissait avec beaucoup de gentillesse et de considération envers « sa femme ». C'était la moindre des choses. Mais elle percevait une certaine distance entre eux qu'elle n'arrivait pas à comprendre.

– Dois-je l'amener ou non ?

Il était assis sur le bord du lit, et faisait bien attention à ne pas heurter sa jambe plâtrée. Il doit faire froid dehors, se dit-elle en constatant qu'il portait une veste en daim par-dessus sa chemise. Mais il devait faire beau car il était entré avec ses lunettes de soleil. Ses yeux gris-vert étaient perçants et désarmants. Elle le trouvait extrêmement séduisant.

Comment pouvait-elle le lui refuser ? Il avait été si gentil avec elle ! Même si cette petite fille n'était pas la sienne, cela ferait plaisir à Tate ; elle feindrait donc d'être la mère de Mandy, juste une fois.

Elle approuva de la tête, ce qu'elle pouvait faire depuis son opération.

– Bien, sourit-il avec franchise. J'ai parlé à l'infirmière en chef, et elle a dit que tu pouvais mettre tes propres vêtements, si tu le voulais. Je me suis permis de t'apporter quelques chemises de nuit et des robes de chambre. Il vaut peut-être mieux que Mandy te voie porter un vêtement familier.

Avery hocha de nouveau la tête et la tourna vers la porte où du bruit se faisait entendre. Elle reconnut les parents de Tate : Nelson et Zinnia, que tout le monde en fait avait l'habitude d'appeler Zee.

– Hé, regardez-moi ça ! s'exclama Nelson en traversant la pièce pour se poster au pied du lit d'Avery. Vous avez bonne mine, très bonne mine ! N'est-ce pas, Zee ?

Zee plongea ses yeux dans ceux d'Avery et répondit doucement :

– Vous semblez encore mieux qu'hier.

Avery n'apprécia guère les compliments, sachant pertinemment qu'elle avait toujours l'air d'une rescapée.

Tate dut s'en rendre compte car il changea aussitôt de sujet :

– Elle est d'accord pour recevoir la visite de Mandy, demain.

Zee tourna brusquement la tête vers son fils en joignant les mains.

– Es-tu sûr que ce soit sage, Tate ? Autant pour Carole que pour Mandy ?

– Non, je n'en suis pas sûr...

– Que dit la psychologue de Mandy ?

– On se fiche bien de ce qu'elle peut dire, répliqua cavalièrement Nelson. Comment un psy peut-il savoir mieux que son propre père ce qui est bon pour un enfant ? Je crois que tu as raison, ajouta-t-il en lui donnant une petite tape sur l'épaule. Cela fera le plus grand bien à Mandy de revoir sa mère.

– J'espère que tu as raison.

Zee ne semblait guère convaincue. Avery partageait ses inquiétudes mais ne pouvait les formuler. Elle espérait simplement que le geste qu'elle faisait par égard pour Tate ne ferait pas plus de mal que de bien à la fragile enfant.

Zee entreprit d'arroser les plantes et les fleurs qu'Avery avait reçues non seulement de Tate, mais aussi de gens qu'elle ne connaissait pas. Comme personne n'avait jamais parlé de la famille de Carole, Avery en déduisit qu'elle n'en avait pas.

Nelson et Tate s'engagèrent dans une discussion à propos de la campagne électorale, sujet qui semblait toujours prêt à resurgir. Lorsqu'ils parlaient d'Eddy, elle faisait mentalement correspondre ce prénom à un visage rasé de près et à des vêtements impeccables. Il était venu la voir à deux occasions, à chaque fois accompagné de Tate. Il avait l'air sympathique, et semblait être le boute-en-train de la bande.

Le frère de Tate s'appelait Jack. Il était plus âgé et beaucoup plus nerveux que son cadet. Du moins le semblait-il, car il n'avait cessé, à chacune de ses visites, de s'excuser gauchement de l'absence de sa femme et de sa fille.

Avery avait réussi à comprendre que Dorothy Rae, l'épouse de Jack, était indisposée en permanence par une sorte de maladie indéfinissable. Fancy, leur fille, était apparemment la pomme de discorde de toute la famille. De toute évidence, elle était assez âgée pour conduire mais pas assez pour vivre seule. Ils habitaient tous ensemble à une petite heure de San Antonio. Elle se souvenait vaguement d'avoir entendu parler d'un ranch au cours d'un reportage télévisé sur Tate. La famille semblait posséder autant d'argent que de prestige et de pouvoir.

Ils lui parlaient tous avec chaleur et enthousiasme. Ils choisissaient leurs mots avec précaution, de manière à ne pas l'inquiéter ou la perturber.

Elle étudiait leur expression, généralement réservée, et leurs sourires, souvent feints ou forcés. La famille de Tate la traitait avec courtoisie, mais non sans un soupçon d'antipathie.

– Quelle jolie chemise de nuit ! fit Zee qui déballait et rangeait les effets que Tate avait apportés. Vous devriez mettre celle-ci, demain, pour la visite de Mandy.

Avery hocha légèrement la tête.

– Tu as bientôt fini, maman ? Je crois qu'elle commence à être fatiguée, intervint Tate en la regardant dans les yeux. Demain sera une journée bien remplie ; nous ferions mieux de te laisser.

– N'ayez aucune inquiétude, lui dit Nelson. Tout se passe exactement comme prévu. Allons, Zee, laissons-les seuls un instant.

– Au revoir, Carole, dit Zee.

Ils s'éclipsèrent et Tate s'assit à nouveau au bord du lit. Il avait l'air épuisé. Elle aurait aimé avoir le courage de lui prendre la main, mais elle ne le fit pas. Lui-même ne la touchait que pour la consoler, jamais par affection.

– Nous viendrons en milieu d'après-midi, après sa sieste. Attends-nous vers 15 heures. Je pense qu'il vaut mieux que Mandy et moi venions seuls, sans personne d'autre.

Il détourna le regard et soupira.

– Je ne sais vraiment pas comment elle réagira, Carole, mais n'oublie pas de tenir compte de tout ce qu'elle a enduré. Je sais que tu as vécu la même chose, mais tu es une adulte. Ce n'est qu'une toute petite fille, penses-y !

Il se redressa et eut un bref sourire.

– Mais je suis sûr que tout se passera bien.

Il s'apprêtait à partir, et, comme à chaque fois qu'il s'en allait, Avery fut prise d'une panique soudaine. Il était son seul lien avec le monde, sa seule réalité. Chaque fois qu'il partait, il emportait avec lui un peu de son courage et la laissait seule et angoissée.

– Passe une bonne soirée, repose-toi bien et à demain.

En guise d'adieu, il lui effleura le bout des doigts mais ne l'embrassa pas. Il ne l'embrassait jamais.

Elle le regarda faire demi-tour et disparaître derrière la porte. Alors la solitude s'empara d'elle et, pour ne pas y succomber, elle se mit à penser. Elle passa le reste de la soirée à se demander comment elle allait pouvoir annoncer à Tate Rutledge qu'elle n'était pas celle qu'il croyait, que sa Carole était enterrée sous une pierre gravée au nom d'Avery Daniels. Comment pourrait-elle le lui dire ? Et comment pourrait-elle lui apprendre qu'un de ses proches voulait sa mort ?

Elle se souvenait encore parfaitement des mots de son visiteur fantôme. Les sinistres inflexions de sa voix étaient à jamais imprimées dans sa mémoire. Il ne plaisantait pas, c'était certain.

Probablement faisait-il partie de la famille Rutledge, car seuls les proches parents étaient admis dans le service de réanimation. Mais qui ? Personne ne semblait vouloir du mal à Tate ; au contraire, tout le monde paraissait l'adorer.

Aucune des voix qu'elle avait récemment entendues ne lui rappelait celle de son visiteur. Mais comment un inconnu aurait-il pu s'introduire dans sa chambre ? L'homme connaissait très bien Carole, il lui avait parlé en confident et en complice.

Tate savait-il que sa femme complotait de le tuer ? Devinait-il qu'elle lui voulait du mal ? Etait-ce pour cela qu'il restait si distant ? Avery savait que son attitude était dictée par le devoir, rien de plus.

Prise d'un soudain mal de tête, Avery accueillit avec reconnaissance le calmant qu'on vint lui injecter avant qu'elle ne s'endorme. Flottant entre le sommeil et l'éveil, elle se demanda ce qui arriverait si elle jouait le rôle de Carole jusqu'au bout. Cela éviterait à Tate d'être veuf trop tôt, et Mandy aurait un soutien maternel pendant toute la période de son rétablissement. Avery Daniels pourrait également dénoncer un assassin et être acclamée en héroïne.

Elle rit intérieurement. Irish la prendrait sûrement pour une folle et la réprimanderait pour avoir une idée aussi grotesque.

N'empêche que c'était tentant ! Quel scénario elle détiendrait une fois la mascarade terminée !

Elle s'endormit sur cette séduisante perspective.

8

Elle avait encore plus le trac qu'avant sa première audition de télévision dans ce petit studio de l'Arkansas, il y avait huit ans de cela. Les mains moites et la gorge sèche, elle avait dû rester debout dans la boue, les doigts agrippés au micro, et débiter en direct une histoire de parasites s'attaquant fréquemment aux éleveurs de cochons. Après quoi, le directeur de l'information lui avait fait remarquer d'un air moqueur que la maladie frappait les cochons, pas les éleveurs. Elle avait néanmoins été engagée comme reporter sur le terrain.

Ce qui l'attendait ce jour-là était une sorte d'audition, également. Mandy serait-elle capable de détecter ce que personne n'avait remarqué, à savoir que la femme qui se cachait derrière ce visage meurtri n'était pas Carole Rutledge ?

Tout au long de la journée, pendant que les infirmières l'avaient lavée et habillée, que le kinésithérapeute lui avait fait faire ses exercices, une question n'avait cessé de la hanter : désirait-elle vraiment dévoiler la vérité ?

Elle avait désespérément essayé, usant des moyens extrêmement limités dont elle disposait, de les avertir de leur erreur. En vain. A présent, il n'y avait plus rien à faire. Tant qu'elle ne pourrait pas se servir d'un crayon pour communiquer, elle devrait rester Carole.

L'infirmière rajusta le foulard qui lui couvrait une chevelure d'à peine trois centimètres.

– Voilà. Pas mal du tout, dit-elle en se félicitant du résultat. Dans deux ou trois semaines, votre superbe mari ne pourra plus détacher ses yeux de vous ! Vous savez certainement que toutes les infirmières du service sont folles amoureuses de lui...

Elle s'affaira autour du lit, tirant les draps, arrangeant les fleurs et ôtant celles qui étaient fanées.

– J'espère que cela ne vous embête pas, continua-t-elle. Vous êtes probablement habituée à ce que les femmes tombent en admiration devant lui. Depuis quand êtes-vous mariés ? Quatre ans, je crois ?

Elle administra une petite tape amicale sur l'épaule d'Avery.

– Le Dr Sawyer fait des miracles. Attendez et vous verrez. Vous serez le plus beau couple de Washington !

– Dites donc, vous rêvez un peu trop !

Au son de la voix, le cœur d'Avery se mit à palpiter. Elle tourna la tête vers la porte et le regarda s'avancer dans la pièce.

– Je suis convaincu que le Dr Sawyer peut faire des miracles, dit-il à l'infirmière, mais êtes-vous sûre que je vais remporter les élections ?

– En tout cas, vous avez ma voix.

Son rire était profond et chaleureux.

– Tant mieux ! J'ai besoin d'autant de voix que possible.

– Où est votre petite fille ?

– Je l'ai laissée dans la salle des infirmières ; j'irai la chercher dans quelques minutes.

L'infirmière sourit à Avery et lui fit un clin d'œil.

– Bonne chance !

Dès qu'ils furent seuls, Tate se rapprocha d'Avery.

– Bonjour. Tu es très bien comme ça. Eh bien,

poursuivit-il en prenant sa respiration, elle est ici. Je ne sais pas comment cela va se passer. Ne sois pas déçue si...

Il s'interrompit lorsque ses yeux se posèrent sur sa poitrine ; elle ne remplissait pas tout à fait la chemise de nuit. Avery remarqua son expression intriguée et son cœur se mit à battre violemment.

– Carole ? demanda-t-il d'une voix rauque.

Il avait compris !

– Mon Dieu...

Comment allait-elle lui expliquer ?

– Tu as tellement maigri, murmura-t-il.

Il posa délicatement sa main sur sa poitrine et observa le reste de son corps. Le pouls d'Avery s'accéléra à son contact. Un petit son désespéré s'échappa de sa gorge.

– Je ne voulais pas dire que tu es moins bien qu'avant, mais... différente. Je suppose que c'est normal que tu aies perdu quelques kilos.

Leurs yeux se rencontrèrent l'espace d'un instant et il retira sa main.

– Je vais chercher Mandy.

Elle ferma les yeux, épouvantée à l'idée de voir l'expression d'horreur qui se peindrait sur le visage de l'enfant, lorsqu'elle poserait les yeux sur sa « mère » défigurée. Elle les entendit entrer et s'approcher du lit.

– Carole ?

Lentement, Avery ouvrit les yeux. Tate portait Mandy contre lui. Elle était vêtue d'une robe bleu marine et blanc recouverte d'un tablier blanc, et ses pieds étaient enfermés dans des chaussettes blanches et des chaussures bleu marine. Un plâtre entourait son bras gauche. Ses cheveux bruns et brillants étaient épais mais pas aussi longs qu'on le lui avait laissé entendre. Comme s'il lisait dans ses pensées, Tate expliqua :

– Il a fallu lui couper les cheveux car l'extrémité était roussie.

Elle les portait à hauteur du menton. Une frange droite s'arrêtait au-dessus de ses grands yeux bruns et ronds de biche effarouchée.

C'était une enfant ravissante, mais étrangement impassible. Au lieu de manifester la répulsion, la peur ou la curiosité prévisibles, elle resta inexpressive.

– Donne à maman le cadeau que tu lui as apporté, fit Tate.

L'enfant lui tendit timidement le bouquet de marguerites qu'elle tenait dans la main droite. Tate s'en empara et le posa délicatement sur la poitrine d'Avery.

– Je vais t'installer sur le lit pendant que je cherche de l'eau pour les fleurs.

Il déposa Mandy sur le bord du lit, mais au moment où il allait s'éloigner, elle gémit et s'agrippa aux revers de sa veste.

– D'accord, dit-il, je reste là.

Il lança à Avery un sourire désabusé et s'assit sur le lit près de Mandy.

– Regarde ce qu'elle t'a dessiné aujourd'hui, fit Tate en s'adressant à Avery.

Il retira de sa poche une feuille de papier qu'il déplia.

– Dis-lui ce que c'est, Mandy.

Les gribouillages bariolés ne ressemblaient pas à grand-chose, mais Mandy murmura :

– Des chevaux.

– Les chevaux de grand-père, corrigea Tate. Il l'a emmenée faire un tour à cheval hier, alors ce matin je lui ai suggéré de te dessiner les chevaux pendant que je travaillais.

Avery souleva la main et lui fit signe de lui montrer le dessin. Elle le regarda en détail, puis Tate le déposa sur sa poitrine, à côté des marguerites.

– Je crois que maman aime beaucoup ton dessin, continua Tate.

L'enfant ne semblait guère se soucier de l'intérêt suscité par son œuvre. Elle désigna du doigt l'attelle sur le nez d'Avery.

– C'est quoi ?

– C'est une partie des bandages dont grand-père et moi t'avons parlé, tu te souviens ?

S'adressant à Avery, il demanda :

– Je croyais qu'on devait te l'enlever aujourd'hui ?

Elle retourna sa main, la paume vers le haut.

– Demain ? demanda-t-il.

Elle acquiesça de la tête.

– Ça sert à quoi ? demanda l'enfant, intriguée.

– C'est un peu comme ton plâtre. Ça protège le visage de maman, comme ton plâtre protège ton bras pendant que les os se réparent à l'intérieur.

Mandy écouta l'explication, puis tourna son visage grave vers Avery.

– Maman pleure.

– Je crois que c'est parce qu'elle est très contente de te voir...

Avery hocha la tête, ferma les yeux et les garda fermés quelques secondes avant de les rouvrir. Elle était contente de voir l'enfant qui aurait pu si facilement mourir d'une mort atroce. L'accident avait laissé des cicatrices, mais Mandy avait survécu et elle finirait par surmonter sa peur et sa timidité.

Par un de ces mouvements soudains et inattendus dont seul un enfant est capable, Mandy tendit brusquement la main vers la joue contusionnée d'Avery. Tate la rattrapa à temps avant qu'elle ne la touche, puis, après réflexion, il guida sa petite main vers le visage.

– Tu peux toucher tout doucement. Il ne faut pas faire mal à maman.

Des larmes emplirent les yeux de l'enfant.

– Maman a mal.

Sa lèvre inférieure se mit à trembloter et elle se pencha vers Avery.

Cette dernière ne pouvait supporter de voir le chagrin de Mandy. Répondant à son instinct maternel, elle tendit le bras, posa sa main meurtrie sur la tête de l'enfant, et la guida jusqu'à sa poitrine. Mandy vint se blottir tout contre Avery qui lui chantonna un petit air sans paroles.

L'enfant se sentit immédiatement rassurée et, quelques instants plus tard, sécha ses larmes, s'assit et déclara :

– Je n'ai pas renversé mon lait, maman.

Avery sentit son cœur faiblir. Elle aurait voulu prendre l'enfant dans ses bras, lui dire que le lait renversé n'avait aucune importance, du moment qu'elles avaient toutes les deux survécu au drame. Mais, au lieu de cela, elle dut se contenter de regarder Tate la reprendre dans ses bras.

– Nous ne voulons pas trop te fatiguer, dit-il. Envoie un baiser à maman, Mandy.

Elle ne le fit pas et se pelotonna timidement contre le cou de son père en l'entourant de ses deux bras.

– La prochaine fois, peut-être, s'excusa-t-il. Je reviens tout de suite.

Il disparut quelques minutes, puis revint seul.

– Je l'ai laissée à l'infirmerie. On lui a donné une énorme coupe de glace.

Il s'assit sur le bord du lit, et fixa ses mains posées sur ses genoux.

– Comme ça s'est bien passé, je la ramènerai peut-être plus tard dans la semaine. Du moins, j'ai l'impression que ça s'est bien passé. Et toi ?

Il jeta un œil par-dessus son épaule, dans l'attente de sa réponse. Elle hocha la tête.

Son regard se reposa sur ses mains.

– Je ne sais pas ce qu'a éprouvé Mandy. C'est difficile de savoir ce qu'elle pense. Je ne crois pas qu'elle fasse beaucoup de progrès, Carole.

Le ton de sa voix bouleversa Avery.

– Avant, un tour chez *McDonald's* la rendait folle de joie. Maintenant, cela la laisse totalement indifférente.

Il posa les coudes sur ses genoux et sa tête vint se loger dans ses mains.

– J'ai tout fait pour essayer de communiquer avec elle. Rien ne marche. Je ne sais plus quoi faire.

Avery souleva son bras et lissa une mèche de cheveux sur la tempe de Tate.

Il sursauta et tourna brusquement la tête vers elle, manquant lui bousculer la main. Elle la rabaissa si promptement qu'une forte douleur se propagea dans son bras et la fit gémir.

– Je suis désolé, dit-il en se levant aussitôt. Ça va ? Veux-tu que j'appelle quelqu'un ?

Elle secoua la tête en signe de dénégation puis rajusta son foulard. Elle se sentait plus que jamais exposée et nue, et aurait tout donné pour lui dissimuler sa laideur.

Une fois assuré qu'elle n'avait plus mal, il ajouta :

– Ne t'inquiète pas pour Mandy. Le temps aidant, je suis sûr qu'elle ira mieux. Je n'aurais pas dû t'en parler, mais je suis tellement épuisé. La campagne devient de plus en plus prenante et... enfin, ce n'est pas grave. Ce sont mes problèmes, pas les tiens. Il faut que j'y aille, notre visite a dû te fatiguer. Au revoir, Carole.

Cette fois-ci, il partit sans même lui effleurer le bout des doigts.

9

– Est-ce qu'on t'ennuie, Tate ?

Il jeta un regard penaud à son directeur de campagne.

– Désolé.

Tate, reconnaissant qu'Eddy avait tout droit d'être agacé par son attitude, s'éclaircit la gorge, se redressa sur son siège de cuir et cessa de triturer le crayon qu'il tenait entre ses doigts.

Ils passaient la journée au ranch à s'entretenir de la stratégie à adopter pour les dernières semaines de campagne avant les élections primaires.

– Quand as-tu perdu le fil, exactement ?

– Quelque part entre El Paso et Sweetwater, répondit Tate. Ecoute, Eddy, es-tu sûr que cette tournée dans l'ouest du Texas soit vraiment nécessaire ?

– C'est indispensable, rétorqua Jack. Au prix où se trouve le pétrole du Texas, ces gens ont besoin d'être rassurés par tes discours.

– Je leur dirai la vérité. Tu sais ce que je pense des faux espoirs et des promesses non tenues...

– Nous comprenons ton point de vue, Tate, intervint Nelson, mais le sénateur Dekker est en partie responsable du pétrin dans lequel se trouve le marché du pétrole là-bas. C'est lui qui a favorisé cet accord commercial avec les Arabes. Et il faut que ces Texans au chômage en prennent bien conscience.

Tate fit rouler son crayon sur le bureau et se leva. Glissant les mains dans les poches arrière de son jean, il se dirigea vers la fenêtre.

C'était une superbe journée. Le printemps était à peine entamé mais les jonquilles s'épanouissaient déjà et l'herbe des champs verdissait chaque jour un peu plus.

– Tu n'es pas d'accord avec Nelson ? s'enquit Eddy.

– Je suis entièrement d'accord, répliqua Tate, leur tournant le dos. Je sais qu'il faut que j'aille là-bas mais je dois aussi être ici.

– Avec Carole.

– Oui. Et avec Mandy.

– Je croyais que la psy avait dit qu'elle n'avait besoin que de temps et qu'une fois que Carole serait rentrée elle ferait des progrès, fit Jack.

– En effet.

– Alors, que tu sois là ou ailleurs n'a pas vraiment d'importance pour Mandy. Et tu ne peux rien faire non plus pour Carole.

– Je peux rester avec elle, s'impatienta Tate en se retournant vers eux.

– A faire quoi ? Rester planté à regarder ses grands yeux amochés ? demanda Jack. Rien que d'y penser, ça me donne la chair de poule.

A la remarque désobligeante de son frère, le visage de Tate s'empourpra de colère.

– Tais-toi, Jack, lança Nelson.

– Rester planté à la regarder est peut-être la seule chose que je puisse faire pour elle, et c'est à moi de décider si je dois le faire. Je croyais pourtant m'être bien fait comprendre, il y a quelques semaines...

Avec un long soupir, Eddy s'assit sur une chaise.

– Je croyais que nous étions convenus que Carole serait beaucoup mieux dans cette clinique privée qu'à la maison.

– En effet.

– On la traite comme une reine là-bas, bien mieux

qu'à l'hôpital, observa Jack. Son visage s'arrange chaque jour. Je plaisantais à propos de ses yeux ; une fois qu'ils ne seront plus rouges et que ses cheveux auront repoussé, elle sera superbe. Alors, où est le problème ?

– Elle n'est pas entièrement rétablie de son traumatisme et de ses lésions, dit Tate d'un ton irrité.

– Personne ne te dit le contraire, rétorqua Nelson. Mais il faut saisir chaque occasion, Tate. Tu as autant de responsabilités envers ta campagne qu'envers ta femme.

– Vous croyez que je ne m'en rends pas compte ? demanda-t-il aux trois hommes.

– Si, répliqua Eddy. Et Carole aussi s'en rend compte.

– Peut-être, mais elle ne fait pas autant de progrès quand je suis absent. Le Dr Sawyer me dit qu'elle déprime beaucoup.

– Comment peut-il savoir si elle est déprimée ou hilare ? Elle n'est même pas encore capable de dire un foutu...

– Jack ! tonna Nelson. Sois un peu plus indulgent envers ton frère, je te prie.

L'autorité paternelle fit taire Jack, qui s'effondra néanmoins sur sa chaise d'un air exaspéré.

– Carole serait la première à t'inciter à faire cette tournée, dit Nelson d'un ton adouci. Si je le dis, c'est que j'en suis certain.

– Je suis d'accord avec Nelson, fit Eddy.

– Et je suis d'accord avec vous deux. Avant son accident, elle aurait déjà fait ses bagages pour partir avec moi, dit Tate en se frottant la nuque pour calmer sa fatigue et sa nervosité. Maintenant, quand je lui dis que je pars, je vois à ses yeux qu'elle panique et ça me bouleverse. Elle fait encore tellement peine à voir !... Je me sens coupable et à chaque fois que je m'en vais pour un certain temps, il faut que je tienne compte de sa réaction.

Devant le visage résolument fermé de ses compagnons, il soupira et dit :

– Oh, et puis zut. Je vais faire un tour.

Il sortit d'un pas rageur de la maison. En moins de cinq minutes, il avait sellé son cheval et galopait à travers champs en prenant soin d'éviter les troupeaux de bœufs qui paissaient paisiblement. Il allait droit devant lui, sans but précis, uniquement désireux de profiter du calme et de la solitude des grands espaces.

Ces jours-ci, alors qu'il n'avait jamais été aussi entouré, il ne s'était jamais senti aussi seul de sa vie. Son père, Eddy et Jack pouvaient être de bon conseil sur toutes les questions politiques, mais les décisions personnelles étaient... oui, personnelles. Il était le seul à pouvoir les prendre.

Il n'arrêtait pas de penser au geste de Carole, et se demandait ce que cela signifiait.

Depuis cet incident, deux semaines auparavant, il n'avait cessé de revivre la scène en pensée, de l'analyser, mais sans pouvoir se la sortir de l'esprit. A cause de sa brusque réaction, cela n'avait duré qu'un quart de seconde, à peine le temps de sentir ses doigts parcourir ses cheveux au-dessus de sa tempe. Mais pour lui, c'était la caresse la plus marquante jamais échangée, encore plus importante que leur premier baiser, que la première fois qu'ils avaient fait l'amour... ou que la dernière fois qu'ils l'avaient fait.

Cette caresse, si inhabituelle de la part de Carole, l'avait profondément déconcerté. Elle savait comment toucher un homme, sans conteste. Et encore maintenant, après tout ce qui s'était passé entre eux, il lui arrivait d'être empli de désir rien qu'au souvenir de leurs premières semaines. Carole, à cette époque, avait un talent particulier pour lui signifier qu'elle avait envie de lui. Qu'elle ait choisi d'être taquine, subtile ou carrément grivoise, elle savait comment transmettre ses désirs.

Mais ce toucher était différent. C'était un geste de sympathie, de tendresse et de compassion. Un geste spontané, motivé par un cœur ouvert, et non par un esprit calculateur. Un geste dépourvu d'égoïsme.

Très peu caractéristique de Carole.

Le galop d'un cheval lui fit tourner la tête. Nelson tira les rênes et sauta à terre avec une agilité comparable à celle de Tate.

– J'avais envie de faire un tour à cheval, moi aussi. C'est une journée idéale.

– Mon œil ! Tu viens encore me sermonner...

Nelson gloussa et indiqua d'un signe de tête les grosses pierres blanches sur lesquelles ils pouvaient s'asseoir.

– Zee t'a vu partir et a pensé que c'était le moment de faire une pause. Elle a donné des sandwiches aux autres et m'a envoyé à ta recherche. Elle a dit que tu avais l'air fâché.

– En effet...

– Eh bien, remets-toi, ordonna Nelson.

– Ce n'est pas si facile.

– Depuis le début, nous savions que cette campagne ne serait pas du gâteau. A quoi t'attendais-tu, Tate ?

– Ce n'est pas la campagne, répliqua ce dernier d'un ton résolu.

– Alors c'est l'accident de Carole... Mais tu savais également que ce ne serait pas facile !

Tate se retourna et demanda d'un ton brusque :

– As-tu remarqué comme elle a changé ?

– Le médecin t'a prévenu que son visage subirait quelques légères altérations, mais elles sont à peine discernables.

– Je ne parle pas de son physique, mais de sa façon de réagir.

– Non, je n'ai pas remarqué. As-tu un exemple ?

Tate énuméra les différentes occasions où les yeux

de Carole avaient manifesté l'incertitude, l'insécurité et la peur.

Nelson écouta attentivement, puis réfléchit un long moment avant d'ajouter :

– Je dirai que son anxiété est normale, pas toi ? Son visage a été complètement déformé ; n'importe quelle femme réagirait ainsi, et une femme aussi belle que Carole aurait de quoi perdre confiance en elle.

– Tu as sûrement raison, murmura Tate, mais je m'attendais plutôt à de la rage qu'à de la peur. Je n'arrive pas à expliquer exactement ce que je ressens.

D'un air absent, il lui relata la première visite de Mandy.

– Je l'ai ramenée trois fois depuis, et à chaque visite, Carole pleure et retient Mandy contre elle.

– Elle doit se dire qu'elle a bien failli la perdre.

– Non, c'est autre chose, papa. Un jour, quand elle était encore à l'hôpital, elle nous attendait dans le hall, dans une chaise roulante. C'était avant que ses dents ne soient remplacées, et sa tête était entourée d'un foulard, raconta-t-il d'un air hagard. Elle n'était vraiment pas belle à voir, mais n'empêche qu'elle était là, sans complexes. Est-ce que Carole aurait réagi ainsi, avant ?

– Elle avait envie de te voir, de te montrer qu'elle était capable de sortir de son lit.

Tate y réfléchit un instant, mais ne fut pas convaincu. Depuis quand Carole désirait-elle faire plaisir à quelqu'un ? Il aurait juré que, bien qu'elle ne puisse sourire, elle avait rayonné en voyant Mandy sortir de l'ascenseur.

– Alors, tu crois qu'elle joue la comédie ?

– Non, répondit Nelson, hésitant. Je pense seulement que c'est...

– Temporaire ?

– Oui, acquiesça-t-il d'un ton neutre. Je vois les choses en face, Tate, tu le sais bien. Je ne veux pas m'immiscer dans ta vie privée. Zee et moi souhaitons que toi et Jack et vos familles respectives restiez au ranch avec nous. Et pour cela, nous nous interdisons de nous mêler de vos affaires. J'aurais peut-être dû t'en parler avant, mais je pensais que tu réglerais tes problèmes conjugaux toi-même. Je sais que toi et Carole vivez plus ou moins séparés depuis deux ans. Je ne te demande aucune explication. Je ne veux pas savoir. C'est simplement quelque chose que j'ai perçu, tu comprends ? Tous les couples passent par des moments difficiles, continua-t-il. Zee et moi espérons que vous résoudrez vos problèmes, aurez un autre enfant, irez vivre à Washington et vieillirez ensemble. Cette tragédie pourrait peut-être améliorer les choses entre vous, mais ne t'attends pas à ce que Carole devienne une autre.

Tate analysait le discours de son père, en retenait les points pertinents tout en lisant entre les lignes.

– Tu es en train de me dire que je cours après quelque chose qui n'existe pas, c'est ça ?

– Je te dis que c'est une hypothèse, rectifia Nelson. Souvent, les personnes qui ont frôlé la mort passent par une période d'intense mélancolie. Ils repensent à tout ce qu'ils auraient pu perdre en l'espace d'une seconde, se sentent coupables envers ceux qu'ils aiment, promettent de devenir meilleurs, et j'en passe... expliqua-t-il en posant une main sur le genou de son fils. Je crois que c'est ce que tu vois en Carole.

– Tu as sûrement raison, répondit Tate en serrant les dents. Je sais que tu as raison. Je cherche en elle des améliorations purement fictives.

Nelson se leva en prenant appui sur l'épaule de son fils.

– Ne sois pas si dur avec toi-même ou avec elle. Le temps et la patience sont deux éléments indispensables pour le moment. Il faut savoir attendre ce qui en vaut la peine, aussi longtemps que ce soit.

Ils enfourchèrent leurs chevaux et repartirent en silence en direction du ranch. Au moment où ils s'arrêtaient devant les écuries, Tate se tourna vers son père.

– A propos de ce voyage au Texas...

– Oui ? fit Nelson en levant la jambe droite et en sautant à terre.

– Je propose un compromis. Une semaine. Je ne peux pas m'absenter plus longtemps.

Nelson fouetta gentiment la cuisse de Tate avec les rênes qu'il tenait encore à la main.

– Je me doutais bien que tu reviendrais sur ta décision. Je vais en informer Eddy et Jack.

Il s'éloigna en direction de la maison.

– Papa ?

Nelson s'immobilisa et se retourna.

– Merci, dit Tate.

Nelson protesta d'un geste de la main.

– Occupe-toi donc des chevaux.

10

– Ensuite, nous avons l'intention de l'envoyer faire une tournée à Texas Tech.

Alors que Jack détaillait l'itinéraire de Tate à sa belle-sœur, une pensée lui vint soudain à l'esprit.

– Tu sais, Tate, il y a beaucoup de cultivateurs de coton dans cette région. Je me demande si Eddy a prévu une allocution dans une coopérative...

– S'il ne l'a pas prévu, il le devrait. J'y tiens absolument !

– Je lui dirai de planifier quelque chose.

Depuis son lit, Avery observait les deux frères. Ils se ressemblaient assez pour faire partie de la même famille mais demeuraient néanmoins très différents.

Jack paraissait âgé d'au moins trois ans de plus que son frère. Ses cheveux, un peu plus foncés que ceux de Tate, commençaient à se raréfier sur le crâne. Il n'était pas vraiment replet, mais son corps était loin d'être aussi effilé que celui de son cadet.

Des deux, Tate était le plus beau. Jack n'était pas laid mais manquait de distinction et d'allure.

– Pardonne-nous de te l'arracher aussi longtemps, Carole.

Elle remarqua que Jack ne la regardait jamais en face lorsqu'il s'adressait à elle. Ses yeux se posaient systématiquement sur une partie de son corps : sa poitrine, sa main, ou le plâtre de sa jambe.

– Nous le faisons uniquement parce que c'est primordial pour sa campagne.

Ses doigts se refermèrent sur le gros crayon qu'elle tenait et tracèrent un « O.K. » sur l'ardoise. Jack déchiffra le mot inscrit, lui lança un faible sourire et hocha brièvement la tête. Avery sentit qu'il existait une tension entre Jack et sa belle-sœur.

– Tate m'a dit que tu avais réussi à prononcer quelques mots aujourd'hui, dit-il. C'est une bonne nouvelle. Nous attendons tous que tu puisses parler à nouveau pour nous dire tout ce que tu as à nous raconter.

Avery savait que Tate ne serait pas ravi d'entendre ce qu'elle avait à lui dire. Il voudrait savoir pourquoi elle n'avait pas écrit son vrai nom, pourquoi elle lui avait laissé croire qu'elle était sa femme, même après qu'elle eut retrouvé l'usage de sa main.

Elle aurait bien voulu le savoir elle-même.

Les larmes lui montèrent aux yeux. Jack se leva aussitôt et se dirigea vers la porte.

– Ma foi, il se fait tard, et j'ai un long trajet qui m'attend. Bonne chance, Carole. Tu viens, Tate ?

– Non, pas tout de suite, mais je t'accompagne jusque dans le hall.

Après avoir informé Avery qu'il reviendrait dans quelques minutes, il sortit de la pièce avec son frère.

– Je crois que je l'ai perturbée en parlant de ton voyage, remarqua Jack.

– Elle est un peu susceptible, ces jours-ci.

– Je pensais qu'elle aurait été contente d'avoir retrouvé la parole, pas toi ?

– Je suppose que ce doit être frustrant d'essayer de parler normalement quand on ne le peut pas.

Tate s'avança vers la porte vitrée de la clinique et l'ouvrit.

– Dis donc, Tate, as-tu remarqué quelque chose de bizarre quand elle écrit ?

– De bizarre ?

– Carole est droitière, n'est-ce pas ?

– Oui...

– Alors pourquoi écrit-elle de la main gauche ?

A peine eut-il posé cette question que Jack haussa les épaules.

– Cela m'a paru drôle, c'est tout. A plus tard, Tate.

– Sois prudent.

Tate suivit son frère des yeux jusqu'à ce que quelqu'un ouvrît la porte et lui lançât un regard intrigué. Il fit demi-tour et repartit vers la chambre de Carole.

Pendant sa courte absence, Avery pensa aux changements qu'elle avait notés chez lui depuis plus d'une semaine. Il venait souvent lui rendre visite, mais plus quotidiennement. Elle l'excusait, sachant combien sa campagne électorale lui prenait de temps.

Chaque fois qu'il venait, il lui apportait des fleurs et des magazines, parfois même quelques friandises pour rehausser la cuisine excellente mais peu variée de la clinique. Il lui avait même fait installer un magnétoscope et avait acheté des films pour la divertir. Mais il était souvent d'humeur maussade et prenait garde à ce qu'il lui disait. Ses visites étaient toujours très courtes.

Plus le visage de Carole s'arrangeait, plus Tate prenait ses distances.

Il n'avait plus amené Mandy la voir. Elle avait pourtant inscrit son prénom suivi d'un point d'interrogation sur l'ardoise, mais il s'était contenté de hausser les épaules et de répondre que les visites lui faisaient sûrement plus de mal que de bien et qu'elle aurait tout le temps de la voir une fois rentrée à la maison. Cette cinglante repartie l'avait profondément blessée, les visites de Mandy étant devenues le rayon de soleil de sa morne existence. Mais, à y réfléchir, peut-être valait-il mieux qu'elles soient suspendues. Elle commençait à s'attacher un peu trop à l'enfant et souhaitait désespérément l'aider à traverser cette difficile période de crise.

Son attachement à Tate était d'une nature plus complexe et serait bien plus dur à réprimer lorsqu'il lui faudrait s'éclipser de son monde pour rejoindre le sien.

Au moins ramènerait-elle quelque chose d'intéressant : les ingrédients d'une histoire savoureuse mettant en scène un candidat sénateur américain dont on voulait la mort.

Cette histoire excitait fort la curiosité journalistique d'Avery. Qu'est-ce qui clochait dans le couple Rutledge ? Pourquoi Carole souhaitait-elle la mort de son mari ? Il lui faudrait envisager toutes les possibilités avant de connaître la vérité. Et c'est de découvrir cette vérité qui parviendrait peut-être à sortir de l'impasse sa vie professionnelle. Mais, au fond, elle se sentait coupable d'avoir à la dévoiler.

Ses pensées furent provisoirement interrompues par le retour de Tate. Elle lui sourit, mais son sourire s'estompa à mesure qu'il s'approchait d'elle, l'air renfrogné.

– Pourquoi écris-tu de la main gauche ?

Le sang d'Avery se figea. Voilà qu'était venue l'heure de vérité. Elle aurait préféré trouver le moment elle-même, mais on l'avait choisi à sa place. Comment avait-elle pu faire une gaffe aussi ridicule ? Statistiquement, Carole avait beaucoup plus de chances d'être droitière que gauchère.

Elle leva les yeux vers lui et parvint à prononcer son prénom d'une voix gutturale.

Mon Dieu, aidez-moi, pria-t-elle en cherchant à tâtons son crayon. Dès qu'elle aurait révélé son identité, il faudrait qu'elle le prévienne du complot qui se tramait contre lui. Cela pouvait se passer demain, ce soir même. En tout cas, cela devait arriver avant les élections de novembre et il fallait qu'elle le lui dise immédiatement.

Mais la croirait-il ?

Il n'avait aucune raison de la croire.

Pourquoi écouterait-il cette personne qui, depuis bientôt deux mois, se faisait passer pour sa femme ?

Le crayon s'exécuta sous le mouvement décidé de ses doigts. Elle forma la lettre *m*. Sa main tremblait tellement que le crayon lui échappa et vint se loger entre sa hanche et le siège capitonné de la chaise.

Tate le récupéra et le lui remit dans la main.

– *M* quoi ?

Elle leva des yeux implorants, quêtant silencieusement son pardon. Puis elle acheva le mot commencé et tourna l'ardoise dans sa direction.

– Mal... déchiffra-t-il. Ça te fait mal d'écrire avec la main droite ?

Rongée par le remords, Avery acquiesça d'un signe de tête.

– Ça fait mal, fit-elle d'une voix rauque.

Son mensonge était parfaitement justifié, se dit-elle comme pour se rassurer. Elle ne pouvait pas lui avouer la vérité avant d'être capable de tout lui raconter en détail. Quelques mots griffonnés sur une ardoise ne parviendraient qu'à le paniquer ou à le mettre en colère. Et dans un tel état d'esprit, il ne croirait jamais que quelqu'un voulait l'éliminer.

Il eut un petit rire bref.

– Tu as donné la frousse à Jack ! Je ne comprends pas pourquoi je ne l'avais même pas remarqué...

Il posa les mains sur ses reins et s'étira nonchalamment.

– Bon, j'ai encore ce long trajet qui m'attend et il commence à se faire tard. Si j'ai bien compris, on t'enlève ton plâtre demain. Tant mieux. Ça te permettra de bouger plus facilement.

Les yeux d'Avery s'embuèrent de larmes. Cet homme qui avait été si gentil avec elle allait se mettre à la détester une fois qu'il saurait la vérité. Pendant toutes ces semaines à l'hôpital, il était devenu sans le savoir le centre de sa vie.

Et maintenant, il fallait qu'elle le remercie en lui

dévoilant trois affreuses vérités : que sa femme était morte ; qu'à sa place, une journaliste s'était immiscée dans sa vie privée ; et que quelqu'un avait l'intention de l'assassiner.

Mais au lieu de lui inspirer de la compassion, ses larmes le mirent en colère. Il détourna le regard, irrité, et ses yeux se posèrent sur les journaux empilés sur l'appui de la fenêtre. Il s'agissait de vieux numéros relatant les détails de l'accident. Tate les désigna du doigt.

– Je ne comprends vraiment pas pourquoi tu pleures, Carole ! Ton visage est parfaitement guéri et tu aurais pu mourir, bon sang ! Mandy aussi. A ta place, je me considérerais comme heureux d'être sain et sauf !

Après cet accès de colère, il inspira et tenta de se contenir.

– Excuse-moi, je ne voulais pas m'emporter... Je sais que tu as beaucoup souffert, mais tu aurais pu souffrir encore davantage. Et nous tous également.

Il s'empara de sa veste et la revêtit.

– A plus tard.

Sans rien ajouter, il quitta la pièce.

Avery fixa la porte ouverte un long moment. Puis une infirmière entra et l'aida à se préparer pour la nuit.

Bien que moralement et physiquement épuisée, elle ne parvenait pas à s'endormir. Elle imagina l'expression qui se lirait sur le visage de Tate lorsqu'il apprendrait la vérité : sa vie serait soudain entièrement chamboulée au moment où il serait le plus vulnérable.

A peine eut-elle formé le mot « vulnérable » dans son esprit qu'une pensée terrifiante surgit. Une fois qu'elle se serait dévoilée, elle aussi serait exposée aux machinations de celui qui projetait d'assassiner Tate ! Une fois qu'Avery Daniels, reporter à la télévision, serait identifiée, le conspirateur se rendrait compte de son erreur et serait obligé d'y remédier. A en juger par les paroles de cet assassin en puissance, il n'hésiterait probablement pas à les éliminer tous les deux.

Elle se redressa sur son lit et fixa les ténèbres. Son pouls résonnait furieusement contre ses tempes.

Mon Dieu, que faire ? Comment se protéger ? Comment protéger Tate ? Si seulement elle pouvait se faire passer pour Carole, elle...

A peine avait-elle surgi que cette idée fut violemment rejetée par son esprit. C'était impossible. Tate devinerait. Et l'assassin aussi.

Cependant, si elle continuait à jouer le rôle de Carole assez longtemps pour trouver qui était l'ennemi secret de Tate, elle pouvait lui sauver la vie.

Mais il était inconcevable de prendre la place d'une autre femme. Et sa vie à elle ?

Officiellement, Avery Daniels n'était plus de ce monde. N'ayant aucune famille, personne ne la regretterait. Professionnellement, elle était au bord du gouffre. A cause d'un seul faux pas – une grossière erreur de jugement –, elle était vouée à l'échec. Etre employée à la chaîne K.T.E.X. de San Antonio revenait plus ou moins à faire plusieurs années de travaux forcés. Malgré la solide réputation de cette chaîne, Avery était exclue des milieux journalistiques les plus importants.

Mais à présent, un scoop venait de lui tomber du ciel. Si elle devenait Mme Rutledge, elle pourrait être témoin d'une campagne électorale et d'une tentative d'assassinat. Elle ne raconterait pas seulement l'histoire, elle la vivrait.

Quel meilleur moyen de monter en grade dans ce métier ? Combien de reporters s'étaient vu proposer une telle opportunité ? Elle en connaissait des dizaines qui auraient tout donné pour être à sa place.

Elle eut un vague sourire. Elle, elle avait donné son visage, son nom et son identité. Sauver la vie d'un homme et redonner un nouvel élan à sa propre carrière parviendraient à faire oublier une telle indignité.

Les risques étaient énormes mais, à sa connaissance, aucun reporter n'aurait dédaigné une telle occasion. Son père avait quotidiennement pris des risques au cours de sa carrière, pourquoi pas elle ? Il lui faudrait jouer le rôle de la femme de Tate jusqu'au bout, vivre avec sa famille, être observée en permanence par les proches de Carole.

Malgré tout ce qu'il représentait, le défi était irrésistible. Les conséquences pouvaient être graves, mais en valaient la peine.

Elle commettrait des milliers d'erreurs ; l'une avait été d'écrire de la main gauche. Mais elle trouverait toujours un moyen de sauver la face.

Etait-ce faisable ? Tenterait-elle le coup ?

D'un geste brusque, elle rejeta les couvertures, s'empara de ses béquilles et se dirigea vers la salle de bains. Sous la lumière peu flatteuse du néon, elle examina le visage qui se reflétait dans le miroir et le compara à la photo de Carole qu'on avait accrochée au mur.

La peau semblait toute neuve, rose et fraîche comme des fesses de bébé, exactement comme l'avait promis le Dr Sawyer. Elle retroussa les lèvres pour étudier les prothèses dentaires qu'on lui avait mises et dégagea son front d'un geste de la main. Les cicatrices étaient à peine visibles et, en un rien de temps, disparaîtraient définitivement.

Telle était sa destinée à présent. Elle possédait un nouveau visage, un passeport pour une nouvelle vie.

A partir de demain, elle prendrait l'identité de Carole Rutledge.

Avery Daniels n'avait rien à perdre.

11

L'infirmière la jaugea d'un œil satisfait.

– Vous avez de très beaux cheveux, madame Rutledge.

– Merci, répondit-elle d'un air piteux. Du moins, ce qu'il en reste.

Pendant les sept jours d'absence de Tate, Avery avait entièrement recouvré la voix.

– Justement, fit l'infirmière. Ce n'est pas donné à tout le monde de porter les cheveux si court. Mais ça vous va très bien.

– J'espère, dit Avery d'un air peu convaincu.

Assise dans un fauteuil, la jambe droite posée sur un petit tabouret, elle attendait nerveusement Tate qui devait arriver d'un instant à l'autre. Aussi excitées qu'elle, les infirmières l'avaient pomponnée comme une fiancée guettant la venue de son futur époux.

– Le voilà, annonça l'une d'elles à voix basse.

Celle qui se tenait près d'Avery lui administra une tape amicale sur l'épaule.

– Vous êtes superbe. Il va tomber à la renverse...

Il ne tomba pas vraiment à la renverse, mais arrondit les yeux de surprise en la voyant assise, vêtue d'habits de ville – les habits de Carole – que Zee lui avait apportés quelques jours plus tôt.

– Bonjour, Tate.

Au son de sa voix, son visage prit un air de stupéfaction.

Son cœur s'arrêta de battre. *Il avait compris !*

Avait-elle fait une autre gaffe ? Carole l'appelait-elle par un surnom ? Elle retint sa respiration, s'attendant à le voir tendre un doigt accusateur vers l'imposteur qu'elle était. Mais, au lieu de cela, il s'éclaircit la gorge et répondit à son salut.

– Bonjour, Carole.

Puis, s'approchant, il posa négligemment un bouquet de fleurs et un paquet sur la table de nuit.

– Tu es superbe !

– Merci.

– Tu peux parler, maintenant ! s'exclama-t-il en riant gauchement.

– Oui, enfin !

– Tu as une drôle de voix.

– On nous avait prévenus, souviens-toi, s'empressa-t-elle de répondre.

– Oui, mais je ne m'attendais pas... à ce qu'elle soit si rauque.

– Ça disparaîtra peut-être.

– Elle me plaît bien ainsi !

Il ne pouvait détacher ses yeux. D'un geste nerveux, elle posa la main sur sa poitrine.

– Ne me fixe pas comme ça.

Il baissa la tête un quart de seconde et la releva.

– Excuse-moi. Je ne m'attendais vraiment pas à te voir telle que tu étais. Et... tu es exactement comme avant, à part les cheveux.

Elle fut parcourue d'un petit frisson de joie.

– Tu as froid ?

– Froid ? Non. Qu'est-ce que c'est ? demanda-t-elle en tournant les yeux vers le paquet qu'il avait apporté.

– Oh, ce sont tes bijoux.

– Mes bijoux ?

En une fraction de seconde, tout s'écroula. Elle déglutit avec peine.

– Ceux que tu portais le jour de l'accident. L'hôpital m'a téléphoné aujourd'hui pour me rappeler qu'ils étaient toujours dans leur coffre-fort. Je suis donc passé les prendre tout à l'heure.

Il lui tendit l'enveloppe. Avery la fixa comme s'il s'agissait d'un serpent venimeux et, ne voyant aucun moyen de la refuser, la lui prit des mains.

– Je n'ai pas eu le temps d'en faire l'inventaire, dit-il, mais tu devrais peut-être regarder maintenant.

Elle posa l'enveloppe sur ses genoux.

– Plus tard...

– Je pensais que tu aurais aimé récupérer tes affaires.

– Oh, oui ! seulement je ne peux pas trop porter de bijoux pour le moment.

Elle ferma le poing, puis le rouvrit lentement.

– Mes mains sont presque redevenues normales mais elles me font encore un peu souffrir. J'aurai sûrement du mal à mettre et enlever mes bagues.

– Ça devrait t'arranger, du moins pour ton alliance !...

La remarque cinglante la laissa sans voix. Elle nota que lui non plus ne portait pas la sienne et faillit le lui faire remarquer pour se défendre, mais préféra se contenir. Si Carole avait enlevé son alliance pour des raisons scabreuses, comme il le laissait supposer, il valait mieux éviter le sujet pour l'instant.

Tate s'assit sur le bord du lit et un silence hostile s'installa entre eux. Avery fut la première à le rompre :

– Le voyage s'est-il passé comme tu voulais ?

– Oui, ça s'est bien passé. Très fatigant.

– Je t'ai vu à la télévision presque tous les soirs. Le public avait l'air particulièrement enthousiaste.

– Tout le monde a semblé apprécier mes propositions.

– Tous les analystes politiques te prédisent une victoire écrasante.

– J'espère !

– Comment va Mandy ?

Il haussa négligemment les épaules.

– Elle va bien.

Avery fronça les sourcils d'un air dubitatif.

– Bon, d'accord, pas si bien que ça, reprit-il.

Il se leva de nouveau et se mit à arpenter la pièce.

– Maman dit qu'elle fait encore des cauchemars. Elle se réveille en hurlant pratiquement toutes les nuits, parfois même pendant sa sieste. Elle erre dans la maison comme un fantôme... Ce n'est pas gagné, vois-tu. Personne n'arrive à la soigner, ni moi, ni la psychiatre.

– Est-ce qu'elle me réclame ?

– Non.

Avery baissa la tête.

– Je vois...

– Mais qu'est-ce que tu crois, Carole ? Tu n'as que ce que tu mérites !

Leurs yeux se rencontrèrent l'espace d'une seconde, puis elle mit la main sur son front. Des larmes apparurent dans ses yeux à l'idée de cette petite fille privée d'amour maternel. Pauvre petite Mandy.

– Et puis zut, fit Tate dans sa barbe.

Il s'approcha d'elle et posa délicatement une main sur sa tête. Ses doigts s'enfoncèrent dans sa chevelure épaisse et lui massèrent doucement le crâne.

– Je suis désolé, je ne voulais pas te faire pleurer. Mandy va guérir, elle ira très bien... Je devrais peut-être y aller, ajouta-t-il après une pause.

– Non ! s'exclama-t-elle en redressant vivement la tête. J'aimerais tellement que tu restes.

– Il est temps que je parte.

– S'il te plaît, reste encore un peu.

– Ce voyage m'a épuisé et je ne suis pas de très bonne humeur.

– Ça m'est égal.

Il secoua la tête.

Ce n'est qu'à grand-peine qu'elle parvint à dissimuler sa déception.

– Je te raccompagne, alors.

Elle s'empara de sa canne pour s'aider à se relever, mais sa main moite glissa sur le pommeau et lui fit perdre l'équilibre.

– Attention !

Tate la retint dans ses bras tandis que l'enveloppe beige tombait au sol sans que ni l'un ni l'autre ne s'en aperçoive. La tenant fermement, il la guida vers le lit. Avery s'agrippait à lui, les doigts repliés sur le bord de sa veste. Elle s'emplit les poumons de son odeur – fraîche et pénétrante, très masculine, quoique imperceptiblement citronnée – et s'en enivra comme d'un élixir.

Elle comprit alors ce qu'elle avait toujours refusé de voir pendant ses longues et intolérables journées de solitude. Elle voulait devenir Mme Rutledge pour rester auprès de Tate.

Il l'installa sur le bord du lit et effleura délicatement la cuisse de sa jambe blessée.

– C'est une fracture multiple et l'os n'est pas encore aussi solide que tu le crois.

– Non, en effet !

– Nous avons bien fait de te laisser dans cette clinique jusqu'à la fin des élections primaires. La maison est en pleine effervescence et il ne serait pas bon pour toi d'y revenir en ce moment.

– Probablement...

Sa réponse mitigée venait de ce que Zee lui avait fait part de leur décision sans même la consulter, et qu'elle s'était sentie abandonnée, comme une charge gênante que l'on voulait cacher aux yeux du public.

– J'ai tellement envie de rentrer à la maison, Tate.

Leurs têtes se touchaient presque. Elle pouvait

voir le reflet de son nouveau visage dans les pupilles de Tate. Elle souhaita qu'il la prenne dans ses bras.

Touche-moi, Tate. Prends-moi dans tes bras. Embrasse-moi, eut-elle envie de dire.

Le temps de quelques battements de cœur, il sembla prêt à le faire, puis se rétracta.

– J'y vais, fit-il d'un ton bourru. Comme ça, tu pourras te reposer.

Elle se saisit de sa main et la serra aussi fort qu'elle le put.

– Merci.

– De quoi ?

– Pour... pour les fleurs et... pour m'avoir aidée à me remettre au lit.

– Je t'en prie, répondit-il évasivement en dégageant sa main.

Elle émit un gémissement plaintif.

– Pourquoi refuses-tu toujours mes remerciements ?

– Ne me prends pas pour un idiot, Carole, murmura-t-il sèchement. Tes remerciements ne signifient rien pour moi, et tu sais très bien pourquoi.

Après un bref au revoir, il la quitta.

Avery était profondément peinée. Elle avait tant attendu de ces retrouvailles ! Tout ce qu'elle avait imaginé était si loin de la triste réalité... Mais que pouvait-elle espérer d'un mari qui, de toute évidence, n'avait pas la moindre estime pour sa femme ?

Elle retourna vers sa chaise et ramassa l'enveloppe. Après en avoir ouvert l'agrafe métallique, elle en souleva le rebord et fit tomber le contenu dans sa main. Sa montre, dont le verre avait été brisé, ne fonctionnait plus. Il manquait une de ses boucles d'oreilles en or, mais elle ne s'en souciait guère ; le seul objet auquel elle attachait de l'importance ne s'y trouvait pas. Où était son médaillon ?

C'est alors qu'elle se souvint. Elle ne le portait pas

au moment de l'accident. C'est Carole Rutledge qui l'avait.

S'appuyant contre la chaise, elle songea avec tristesse à la disparition de son bijou favori puis se redressa presque aussitôt. Elle y penserait ultérieurement ; pour l'instant, il fallait qu'elle agisse.

Quelques minutes plus tard, une infirmière du poste central levait les yeux de son écran d'ordinateur.

– Bonsoir, madame Rutledge. La visite de votre mari vous a-t-elle fait plaisir ?

– Oui, très, je vous remercie, répondit-elle en lui tendant l'enveloppe. J'ai un petit service à vous demander. Pourriez-vous me poster ceci demain matin ?

L'infirmière déchiffra l'adresse.

– S'il vous plaît, insista Avery avant quelle n'ait eu le temps de la questionner.

– Mais avec plaisir, répondit l'infirmière d'un air visiblement étonné.

– Je préférerais que vous n'en parliez à personne. Mon mari m'accuse d'être beaucoup trop sentimentale.

– D'accord !

Avery lui tendit plusieurs billets, prélevés sur la somme que lui avait généreusement laissée Tate avant son voyage.

– Je pense que cela suffira pour les frais d'expédition. Merci.

Tandis qu'une autre partie d'elle-même allait s'envoler dans cette enveloppe le lendemain matin, Avery Daniels retourna dans la chambre réservée à Mme Carole Rutledge.

12

En chaussettes, Irish McCabe se dirigea vers le réfrigérateur et en sortit une autre bière. Il souleva l'anneau métallique de la canette et, tout en aspirant la mousse qui jaillissait, inspecta le congélateur en quête d'une denrée à se mettre sous la dent. Comme il ne trouvait rien, il décida de se passer de dîner et de se gaver de bière.

En retournant dans la salle de séjour, il prit au passage la pile de courrier qu'il avait déposée sur la table un peu plus tôt. S'installant nonchalamment devant la télévision, il se mit à trier sa correspondance, en mettant d'un côté les prospectus et de l'autre les factures.

– Tiens !

A la vue de l'enveloppe beige, un pli soucieux barra le front où se rejoignaient deux épais sourcils poivre et sel. Il n'y avait pas d'adresse d'expéditeur, mais un tampon de la région. Il défit l'agrafe, passa un doigt sous le rebord, et fit tomber le contenu sur ses genoux.

Il eut un mouvement de recul tandis que sa respiration s'accélérait comme s'il avait été frappé par une puissance maléfique. Le cœur battant à se rompre, il fixa les bijoux endommagés.

Ce n'est qu'au bout d'un long moment qu'il finit par se calmer et put toucher du bout des doigts la montre brisée. Il l'avait tout de suite reconnue : c'était celle d'Avery. Il la prit délicatement, puis observa minutieusement la boucle dorée qu'il avait si souvent vue à son oreille.

D'un bond, il se leva et se précipita à l'autre bout de la pièce, devant un bureau dont il ne se servait guère que comme fourre-tout. Il en abaissa le battant et en ressortit l'enveloppe qu'on lui avait donnée à la morgue, le jour où il était venu identifier le corps d'Avery.

– Ses affaires, avait déclaré l'assistant d'un air contrit.

Il se souvint d'y avoir glissé le médaillon sans même avoir regardé à l'intérieur. Jusqu'à ce jour, il n'avait pas eu le courage de l'ouvrir et de toucher aux effets personnels d'Avery.

A l'instigation de la propriétaire, il avait dû vider entièrement son appartement. Il n'avait rien gardé, excepté quelques photographies. Tout le reste avait été donné à des œuvres de charité.

La seule chose qu'Irish avait jugé bon de garder était le médaillon grâce auquel il avait pu identifier son corps. Son père le lui avait offert lorsqu'elle était petite et Irish ne l'avait jamais vue sans ce bijou.

Il décacheta l'enveloppe abandonnée là depuis lors et en vida le contenu sur la table. Outre le médaillon d'Avery s'y trouvaient une paire de boucles d'oreilles en diamants, une montre en or, deux bracelets et trois bagues, dont une alliance.

De toute évidence, ces bijoux appartenaient à une autre victime, peut-être même l'une des rescapées. Il faudrait qu'il s'en assure et qu'il essaie de les retourner à leur propriétaire. Mais pour l'instant, son esprit était occupé par la montre et la boucle d'oreille d'Avery qu'on avait déposées dans sa boîte aux lettres ce matin. Qui les avait envoyées ? Pourquoi aujourd'hui ?

Il examina l'enveloppe, en quête d'un indice susceptible de le renseigner sur l'expéditeur, mais en vain. Cela ne semblait pas venir d'un bureau de poste et l'adresse maladroitement inscrite paraissait calligraphiée par un enfant.

– Mais qui diable... ? se demanda-t-il tout haut.

Manifestement, le chagrin causé par la perte d'Avery le tourmentait toujours autant. Il s'effondra lourdement dans son fauteuil et fixa longuement le médaillon de ses yeux embués.

Il essaierait plus tard de résoudre ce mystère ; pour le moment, il ne souhaitait rien d'autre que se laisser submerger par la douleur de son deuil.

– Je ne vois pas pourquoi ce ne serait pas possible...

– Je t'en ai déjà donné la raison !

– Pourquoi ne puis-je pas descendre avec vous à Corpus Christi cette semaine ?

– C'est un voyage d'affaires. Je dois m'occuper d'organiser les meetings de Tate.

La bouche de Fancy se déforma en une moue irritée.

– Tu pourrais très bien me laisser venir si tu le voulais.

Eddy Paschal la regarda du coin de l'œil.

– C'est vrai...

Il éteignit la lumière des bureaux qu'ils avaient loués à l'occasion de la campagne électorale et verrouilla la porte.

– Pourquoi es-tu si méchant avec moi, Eddy ? se lamenta-t-elle.

– Pourquoi es-tu aussi pénible ?

Ils traversèrent ensemble le parking jusqu'à sa voiture, une Ford Sedan qu'elle méprisait au plus haut point. Il déverrouilla la portière droite et la lui ouvrit. En s'asseyant, elle fit en sorte de le frôler étroitement, puis remarqua qu'il venait de se faire couper les cheveux. Le coiffeur les lui avait coupés trop court. Dans la liste des changements à effectuer, il y avait d'abord la voiture d'Eddy. Puis venait son coiffeur.

Eddy se glissa au volant et mit le contact. La climatisation se déclencha automatiquement et emplit la voiture d'un air chaud et humide, qui le décida à faire une entorse à son apparence impeccable en desserrant sa cravate et en déboutonnant son col de chemise.

Fancy fut beaucoup plus hardie ; elle déboutonna son chemisier et l'écarta de façon qu'il puisse bénéficier d'une vue imprenable sur sa poitrine. Malheureusement pour elle, son regard resta fixé sur la circulation.

– Tu es homo ou quoi ? demanda-t-elle avec humeur.

Il éclata de rire.

– Pourquoi cette question ?

– Parce que si je montrais à d'autres types la moitié de ce que je te montre, je passerais mon temps les jambes en l'air !

– A t'entendre, cela semble être le cas ! dit-il en jetant un coup d'œil dans sa direction. A moins que ce ne soit que de la parlote.

Les yeux bleus de Fancy s'assombrirent légèrement, mais elle était trop rusée pour perdre son sang-froid. Elle se pelotonna au fond de son siège avec la nonchalance d'un félin et répliqua sournoisement :

– Tu n'as qu'à vérifier toi-même...

Il secoua la tête.

– Tu sais que tu es une incorrigible peste ?

– Je devrais le savoir, à force, répondit-elle avec désinvolture en peignant de ses doigts la masse blonde de ses cheveux. Tout le monde me le dit... Alors, tu l'es ?

– Quoi ?

– Homo.

– Non.

Elle se redressa et se tourna vers lui, passant toujours les mains dans sa chevelure de façon à faire ressortir sa poitrine. L'air frais en avait durci les pointes qui se devinaient parfaitement sous l'étoffe.

– Alors comment peux-tu me résister ?

Les yeux d'Eddy se posèrent sur elle et la jaugèrent de haut en bas. Elle remarqua avec satisfaction le mouvement vif de sa pomme d'Adam.

– Tu es une très belle fille, Fancy, fit-il en fixant brièvement ses seins. Une très belle *femme*.

Elle baissa lentement les bras et laissa ses cheveux se répandre sur ses épaules.

– Alors ?...

– Mais tu es la nièce de mon meilleur ami.

– Et alors ?

– Alors, pour moi cela est hors de question !

– Quelle pudibonderie ! s'exclama-t-elle. Un vrai victorien, Eddy, voilà ce que tu es. Un réac complètement coincé. Absolument ridicule.

– Ton oncle Tate ne trouverait pas cela ridicule du tout. Ni ton père ni ton grand-père. Si je posais un doigt sur toi, l'un des trois viendrait me chercher avec un revolver.

Elle se pencha vers lui et, lui caressant la cuisse d'un doigt expert, murmura :

– Ce serait excitant, non ?

Il lui prit la main qu'il repoussa.

– Pas si c'était toi la cible.

Elle se renfonça dans son siège d'un air renfrogné et se détourna afin de regarder le paysage. Ce matin même, elle avait délibérément laissé sa voiture au ranch et profité de celle de son père, et ce afin de rester tard et de rentrer avec Eddy. Toutes ces manigances n'avaient mené à rien. Et, la patience n'étant pas sa vertu cardinale, elle avait décidé d'accélérer le rythme de sa poursuite. Elle était lasse d'attendre.

A vrai dire, elle était lasse de tout. Ces trois derniers mois l'avaient vraiment mise à bout. A plusieurs reprises, elle avait même envié sa tante Carole pour toute l'attention qu'elle recevait. Pendant que Fancy passait d'interminables heures à remplir des enveloppes, à faire des sondages téléphoniques dans ces bureaux bruyants, grouillants, puants et vieillots, Carole, de son côté, menait la belle vie dans sa luxueuse clinique privée.

Mandy l'exaspérait également. Depuis l'accident d'avion, elle était encore plus gâtée que d'habitude. Pas plus tard que la semaine dernière, Fancy avait été sévèrement réprimandée par sa grand-mère parce qu'elle avait hurlé après sa petite cousine qui avait mangé tous les esquimaux. D'après elle, l'enfant n'était pas dans son état normal. Ses grands yeux vides d'expression lui faisaient froid dans le dos. Mandy devenait un véritable fantôme, mais cela n'empêchait personne d'être aux petits soins pour elle.

Elle n'en revenait pas de l'importance que tout le monde accordait à cette campagne électorale. A la façon dont tous en parlaient, on aurait pu croire que son oncle se présentait aux élections présidentielles.

Enfin, les choses semblaient aller en s'améliorant. Maintenant que les primaires étaient remportées, Eddy ne serait plus autant sollicité et pourrait se permettre de penser à elle plus souvent. Elle avait été optimiste quant aux résultats de son projet, mais à présent, elle n'était plus si sûre d'elle. Il s'était dérobé à ses charmes beaucoup plus adroitement qu'elle ne l'avait imaginé. Et d'après ce qu'elle avait compris, il n'était pas près de céder.

Elle tourna la tête vers lui et le dévisagea. Il ne lui avait pas accordé plus d'attention que si elle avait été laide comme un pou. Peut-être était-il temps de passer aux choses sérieuses au lieu d'éviter sans cesse la confrontation ?

– Tu veux que je m'occupe de toi ? demanda-t-elle langoureusement en s'approchant de lui.

D'un geste délibérément désinvolte, il leva le bras droit et posa la main sur son dossier.

– Puisque tu m'y fais penser, ça ne me déplairait pas du tout.

Le visage de Fancy s'empourpra.

– Je te conseille de garder ta condescendance, espèce de petit con, dit-elle en grinçant des dents.

– Et moi je te conseille de ne pas te jeter sur moi comme une traînée. Ta vulgarité ne m'excite pas du tout, pas plus que le spectacle de tes seins. Tu ne m'intéresses pas, Fancy, et ton petit jeu puéril commence à me fatiguer.

– C'est bien ce que je pensais, tu es pédé.

Il ricana.

– Crois-le si tu veux, si ça flatte ton amour-propre.

– En tout cas, tu le fais bien avec quelqu'un ; ce n'est pas normal pour un homme de s'en passer.

Elle se rapprocha de lui et empoigna sa manche.

– Avec qui couches-tu, Eddy, avec quelqu'un du bureau ?

– Fancy...

– La rousse ? Je parie que c'est elle ! J'ai entendu dire qu'elle était divorcée, et sûrement en manque, dit-elle en resserrant son étreinte. Pourquoi vas-tu baiser avec une vieille alors que tu peux m'avoir ?

Il arrêta la voiture dans l'allée, devant la maison, puis, la saisissant par les épaules, la secoua aussi fort qu'il put.

– Parce que je ne baise pas avec des gamines, surtout pas avec celles qui se donnent au premier venu !

Sa colère ne fit qu'enflammer son désir. Tout ce qui était passionnel l'excitait. Les yeux brillants, elle posa la main sur le bas-ventre d'Eddy et ses lèvres s'élargirent en un grand sourire.

– Eh bien, mon chou, tu ne dirais pas non, à ce qu'il me semble.

Retenant un juron, il la repoussa et sortit de la voiture.

Fancy prit le temps de se reboutonner avant de le suivre dans la maison. La compétition s'était terminée par un match nul. Il ne l'avait pas emmenée dans son lit, mais en avait cependant manifesté l'envie. C'était un progrès, soit, mais il lui restait du chemin à parcourir.

13

Assise devant la coiffeuse de sa chambre d'hôpital, elle l'aperçut soudain dans le miroir. Ils se fixèrent un long moment puis elle se retourna pour lui faire face.

Il jeta son manteau ainsi que plusieurs sacs sur le lit tout en continuant à la dévisager. Serrant fortement les mains sur ses cuisses, Avery émit un petit rire nerveux.

– Alors ?

– Tu es superbe !

Elle passa la langue sur ses lèvres minutieusement fardées.

– Le cosmétologue est passé me donner une leçon de maquillage aujourd'hui. Cela fait des années que j'utilise des produits de beauté, mais je me suis dit que j'avais besoin de changer un peu. De plus, la consultation est comprise dans le prix de la chambre, ajouta-t-elle en se forçant de nouveau à sourire.

C'était en fait un prétexte pour alléger le maquillage de Carole, qu'elle trouvait trop marqué à son goût.

– J'ai essayé une nouvelle technique, comment la trouves-tu ?

Elle leva la tête et, malgré lui, Tate s'approcha pour l'examiner de plus près.

– On ne voit même pas les cicatrices. Rien. C'est incroyable !

– Merci, dit-elle en le gratifiant d'un tendre sourire.

Mais Tate se redressa aussitôt et lui tourna le dos. Avery ferma les yeux un instant pour dissimuler son découragement. Elle savait combien sa rancune était tenace et combien il lui serait difficile de regagner ses bonnes grâces.

– Est-ce que tu t'habitues à mon nouveau style ?

– Progressivement.

– Il y a quelques différences, remarqua-t-elle d'une voix mal assurée.

– Tu as l'air plus jeune.

Il lui lança un regard rapide par-dessus son épaule et ajouta dans un murmure :

– Plus jolie...

Avery quitta la coiffeuse et s'approcha de lui. Posant la main sur son bras, elle le fit se retourner.

– Vraiment, plus jolie ?

– Oui...

– Mais de quelle manière ?...

Il se passa une main dans les cheveux d'un geste impatient.

– Je ne sais pas, moi, tu as changé. Peut-être est-ce le maquillage, ou les cheveux... je n'en sais rien. Tu es très bien, d'accord ? Pouvons-nous nous en tenir là ? Tu es...

Ses yeux la détaillèrent de haut en bas.

– Tu es très bien.

Il fouilla dans la poche de sa chemise et en retira une liste manuscrite.

– Maman et moi t'avons acheté ce que tu voulais, poursuivit-il en faisant un signe de tête en direction des sacs posés sur le lit. Du parfum *Ysatis*. Ils n'avaient plus les sels de bain que tu avais demandés.

– J'en achèterai plus tard.

– Des bas... Est-ce la bonne couleur ? Tu m'avais dit beige clair.

– C'est parfait.

Elle inspectait les paquets au fur et à mesure qu'il énumérait les articles.

– Une chemise de nuit à manches longues... Depuis quand portes-tu quelque chose pour dormir, surtout quelque chose avec des manches ?

Lasse d'être sans cesse sur la défensive, Avery répondit avec humeur :

– Depuis que j'ai eu un accident d'avion et des brûlures au second degré sur les bras.

Sa bouche, qui s'était ouverte dans l'intention de répondre, se referma aussitôt. Il se pencha à nouveau sur la liste et lut :

– Soutien-gorge, 85 B.

– Désolée...

Le sortant du sac, elle en ôta les étiquettes et le replia. Les soutiens-gorge trouvés dans les tiroirs de Carole s'étaient révélés beaucoup trop grands.

– Désolée de quoi ?...

– D'être passée une taille en dessous.

– Que veux-tu que ça me fasse ?

Son expression dédaigneuse lui fit détourner les yeux.

– Pas grand-chose, je suppose.

Elle vida le reste des sacs, et mit avec les affaires qu'elle avait étendues sur le lit celles qu'elle mettrait le lendemain pour rentrer. Quoiqu'un peu grands, les vêtements que Zee et Tate avaient rapportés de la garde-robe de Carole lui allaient à peu près bien. Avery avait expliqué ce changement par le régime alimentaire qu'elle avait suivi pendant son séjour à l'hôpital. A son grand soulagement, même les chaussures de Carole lui allaient.

Elle couvrait autant que possible ses bras et ses jambes, et préférait les pantalons aux jupes, de peur que la forme de ses mollets ou de ses chevilles ne la trahisse. Pour l'instant, personne n'avait rien remarqué. Aux yeux des Rutledge, elle était Carole. Ils en étaient persuadés.

Ou du moins ils semblaient l'être...

Jusqu'à présent, la chance avait été de son côté et elle n'avait pas l'impression d'avoir commis de bévues. Mais à mesure qu'approchait le jour du départ, sa nervosité augmentait. Partager le même toit que les Rutledge favoriserait les occasions de commettre des impairs. De plus, il lui faudrait jouer le rôle de la femme d'un candidat au Sénat et faire face à tous les problèmes qui en découleraient.

– Comment va se dérouler la matinée, Tate ?

– Eddy m'a demandé de t'y préparer. Assieds-toi.

– Ça m'a l'air très sérieux, plaisanta-t-elle, après qu'il se fut assis en face d'elle.

– En effet...

– As-tu peur que je commette une maladresse devant la presse ?

– Non, répondit-il. Mais je peux te garantir qu'ils ne vont pas être avares d'indiscrétions.

Cette pointe d'ironie dirigée contre sa profession la fit réagir :

– Par exemple ?

– Ils vont te poser des centaines de questions, examiner ton visage, chercher tes cicatrices, que sais-je encore... On te prendra en photo demain matin plus souvent que pendant toute la campagne.

– Ça ne me fait pas peur.

Il eut un petit rire sec.

– Je sais bien ! Mais demain, à ta sortie, il y aura un véritable essaim de journalistes. Eddy va essayer de maintenir l'ordre, mais c'est toujours un peu difficile.

Il fouilla à nouveau dans sa poche et en sortit un autre papier qu'il lui tendit.

– Essaie de te familiariser avec ceci, ce soir. C'est

une petite déclaration qu'Eddy a écrite à ton intention. Il apportera un micro... Qu'y a-t-il ?

– Ça, dit-elle en secouant la feuille de papier. Si je lis ça, on va me prendre pour une abrutie.

Il soupira et se frotta les tempes.

– Eddy se doutait bien que tu ferais la remarque.

– Tout le monde va croire que l'accident a davantage endommagé ma cervelle que mon visage. On va penser que tu m'as enfermée dans cet hôpital jusqu'à ce que j'aie retrouvé la raison, comme il arrive dans *Jane Eyre*...

– *Jane Eyre ?* Te voilà bien érudite, tout d'un coup.

Elle se tut une seconde, puis répondit vivement :

– J'ai vu le film. De toute façon, je ne veux pas paraître diminuée en lisant un discours appris par cœur, lança-t-elle en déchirant le papier et en le jetant par terre.

– Apparemment, tu as oublié l'incident d'Austin ! Nous ne pouvons pas nous permettre de telles erreurs, Carole...

Ne sachant pas à quel incident il faisait référence, Avery ne pouvait ni se défendre ni s'excuser. Il lui fallait cependant garder une chose en tête : si Avery Daniels était habituée à parler devant les caméras, Carole, de toute évidence, ne l'était pas.

Se radoucissant, elle reconnut :

– Je sais combien chaque apparition en public est importante pour toi en ce moment et jusqu'en novembre. Je vais essayer de me conduire correctement et de faire attention à ce que je dis. Je vais même apprendre ce discours insipide, ajouta-t-elle en ramassant le papier déchiré. Je vais t'aider du mieux que je peux.

– Ce n'est pas la peine d'essayer de me faire plaisir... Si ça ne dépendait que de moi, je ne te laisserais même pas prononcer de discours. Eddy pense que c'est nécessaire pour apaiser la curiosité du public.

Jack et papa sont également de cet avis. C'est donc à eux que tu fais plaisir, pas à moi.

Il se leva, dans l'intention de partir. Avery se leva à son tour et demanda :

– Comment va Mandy ?

– Comme d'habitude...

– Lui as-tu annoncé que je rentrais demain ?

– Je le lui ai dit, mais c'est difficile de savoir ce qu'elle en pense. Au fait, fit-il en lui effleurant la main avant de sortir quelque chose de la poche de sa veste, puisque l'hôpital s'est finalement débrouillé pour perdre tes bijoux, Eddy a pensé qu'il serait sage de remplacer ton alliance. Les électeurs se demanderaient pourquoi tu n'en portes pas !...

Elle ne lui avait pas vraiment menti. Lorsqu'il l'avait interrogée à ce sujet, elle avait répondu que l'enveloppe contenait les bijoux de quelqu'un d'autre et qu'elle les avait rendus à une infirmière.

Tate retira un large anneau doré de l'écrin de velours gris.

– Elle n'est pas aussi sophistiquée que l'autre, mais elle fera l'affaire.

– Elle me plaît, dit-elle tandis qu'il la lui passait au doigt.

Au moment où il voulut retirer sa main, elle la retint et souffla son prénom. Elle baissa la tête au-dessus de leurs mains enlacées et y posa délicatement les lèvres.

– Carole, protesta-t-il en essayant de dégager sa main, je t'en prie.

– S'il te plaît, Tate, laisse-moi te remercier pour tout ce que tu as fait, implora-t-elle. Je me serais probablement laissée mourir si je n'avais pas pu compter sur ton soutien. Tu as été...

Elle s'étrangla et laissa libre cours aux larmes qui ne demandaient qu'à couler le long de ses joues.

– Tu as été fantastique tout au long de cette épreuve. Merci.

Les mots lui venaient tout droit du cœur. Répondant à un désir soudain, elle se haussa sur la pointe des pieds et posa ses lèvres sur les siennes.

Il eut un mouvement de recul et retint une exclamation de surprise. Elle le sentit hésiter et la dévisager d'un regard inquisiteur. Puis il baissa la tête et, à son tour, l'embrassa furtivement.

Elle se rapprocha de lui et, cherchant à nouveau le contact de ses lèvres, murmura :

– Embrasse-moi, Tate, je t'en supplie.

Etouffant un gémissement, il posa sa bouche sur la sienne et entoura sa taille de son bras. Leurs mains se détachèrent et il l'attira à lui en cherchant à lui entrouvrir les lèvres.

Au moment même où son baiser se faisait plus pressant, il s'écarta et redressa la tête.

– Mais qu'est-ce que...

La poitrine haletante, il plongea profondément ses yeux dans ceux d'Avery. Malgré tous ses efforts pour s'en détacher, il ne pouvait quitter sa bouche du regard. Il ferma les yeux et secoua la tête, comme s'il n'arrivait pas à s'expliquer ce qui se passait, et l'embrassa de nouveau.

Leurs bouches s'unirent et se dévorèrent avec une ardeur passionnée. La prenant par les hanches, il la serra contre son membre raidi. Elle se laissa faire et posa les mains sur sa nuque, savourant le contact de ses cheveux, de ses habits et de sa peau.

Soudain, tout bascula.

Il la repoussa brutalement et s'éloigna aussi loin que possible. Interloquée, elle le regarda s'essuyer la bouche du revers de la main et laissa échapper un petit son plaintif.

– Ça ne marchera pas, Carole, dit-il sèchement. Je ne suis pas encore habitué à ton nouveau petit jeu, mais avant d'en connaître les règles, je refuse d'y participer. Je suis désolé de ce qui t'est arrivé, je n'ai agi que par devoir. Cela ne change rien à mes sentiments. Tu comprends ? Rien !

Il s'empara de sa veste, la fit voler par-dessus son épaule et sortit de la pièce sans se retourner.

Eddy sortit dans la cour où le soleil de mai avait resplendi toute la journée, faisant s'épanouir les lauriers-roses et les plates-bandes qui entouraient la piscine.

La nuit commençait à tomber, et les fleurs s'étaient refermées. Des spots disposés parmi les plantes illuminaient la cour et projetaient de longues ombres effilées contre les murs blancs de la maison.

– Qu'est-ce que tu fais ici ? demanda Eddy.

L'interpellé, affalé dans une chaise longue, répondit abruptement :

– Je pense.

Il pensait à Carole, au reflet de son visage dans le miroir lorsqu'il était entré dans la chambre. C'était un visage radieux. Ses yeux sombres avaient brillé d'une étrange façon, comme si sa venue revêtait une importance toute particulière. Mais il avait compris que ce n'était qu'un jeu auquel il s'était laissé prendre l'espace d'une seconde. Comme un imbécile.

Exaspéré contre lui-même, il saisit la bouteille de Chivas Regal et en remplit son verre où se liquéfiaient quelques glaçons.

Eddy vint s'asseoir près de lui et le regarda d'un air inquiet. Surprenant son regard, Tate grommela :

– Si ce que tu vois ne te plaît pas, regarde ailleurs !

– Dites donc, mais c'est qu'on est hargneux !

Il éprouvait du désir pour une femme infidèle. Il pourrait peut-être finir par lui pardonner son infidélité, mais jamais il ne pardonnerait l'autre tromperie.

– Tu as vu Carole ? demanda Eddy, devinant d'où lui venait cette humeur massacrante.

– Oui...

– Tu lui as montré le discours qu'elle doit lire ?
– Oui, et tu sais ce qu'elle a fait ?
– Elle t'a demandé de le ranger ?
– Pire que ça. Elle l'a déchiré !
– Je l'ai écrit pour son bien.
– Dis-le-lui toi-même.
– La dernière fois que je lui ai dit quelque chose pour son bien, elle m'a traité de con.
– Elle a bien failli recommencer ce soir...
– Quoi qu'elle en dise, affronter la presse pour la première fois après l'accident ne va pas être du gâteau, même pour quelqu'un d'aussi résistant qu'elle...
– C'est ce que je lui ai dit, mais elle ne supporte pas qu'on lui donne des conseils ou qu'on lui mâche le travail.
– Ne t'inquiète pas, va, fit Eddy en se frottant le cou d'un geste las, elle fera ça très bien.
– Elle en est intimement persuadée, railla Tate en buvant une gorgée d'alcool. Elle est...
Eddy se pencha en avant.
– Elle est quoi ?
– Je n'en sais rien, soupira Tate. Différente.
– Comment ça, différente ?
Pour commencer, elle n'avait pas le même goût qu'avant, mais cela, il le garda pour lui.
– Elle est moins exubérante. Plus aimable.
– Aimable ? J'ai plutôt l'impression qu'elle a piqué une colère ce soir.
– Oui, mais c'est la première fois. L'accident et tout ce qu'elle a enduré depuis l'ont un peu calmée, je crois. Elle fait plus jeune, mais elle semble plus mûre.
– J'ai remarqué, en effet. D'ailleurs, c'est assez compréhensible, non ? Carole a soudain compris qu'elle était mortelle, dit Eddy, les yeux fixés sur le dallage de la terrasse. Comment, euh... comment cela se passe-t-il entre vous deux ? Intimement, je veux dire.

Tate lui lança un regard furieux.
– Ça ne te regarde pas !
– Je sais ce qui s'est passé à Fort Worth, la semaine dernière.
– Je ne vois vraiment pas de quoi tu parles.
– Cette femme, Tate.
– Il y en avait beaucoup, il me semble.
– Mais une seule t'a invité chez elle, après le meeting. Du moins, une seule à ma connaissance.
– Bon sang, fit Tate en se passant une main sur le front, mais rien ne t'échappe !
– Rien de ce qui te concerne. Et ceci jusqu'à ce que tu sois élu sénateur.
– Ne t'inquiète pas, je n'y suis pas allé.
– Je sais.
– Alors pourquoi m'en parles-tu ?
– Tu aurais peut-être dû...
Tate eut un petit rire surpris.
– Tu la désirais ? demanda de nouveau Eddy.
– Peut-être...
– J'en suis sûr, répondit Eddy à sa place. Tu es humain. Ta femme a été hospitalisée pendant plusieurs mois, et avant l'accident...
– Mais de quoi parles-tu ?
– Tout le monde dans la famille sait très bien que vous ne vous entendiez pas. C'est évident. Soyons francs.
– Sois franc si tu veux, moi je vais me coucher.
Eddy l'attrapa par le bras.
– Je t'en prie, ne te fâche pas ! J'essaie simplement de t'aider.
Il attendit quelques secondes que Tate reprenne son sang-froid.
– Ce que je veux dire, c'est que tu en es privé depuis longtemps, dit-il d'une voix calme. Et que la frustration te rend un peu irritable. Alors si une partie de jambes en l'air suffit à te rendre heureux, dis-le-moi.

– Et que feras-tu ? demanda Tate d'un ton agressif. Le maquereau ?

Eddy lui lança un regard plein de reproche.

– Ça peut s'arranger discrètement... Si tu veux baiser et que ta femme n'est pas consentante, eh bien, baise quelqu'un d'autre, fit-il sans mâcher ses mots. Dans ton cas, Tate, une petite relation extraconjugale serait salvatrice...

– J'investis tout mon avenir dans ces élections, Eddy. Tu le sais parfaitement ! Je ne suis pas loin de réaliser mon ambition, celle d'être sénateur à Washington. Tu crois que je risquerais ça pour vingt minutes d'infidélité ?

– Je suppose que non, soupira tristement Eddy. J'essayais simplement de t'aider.

Tate se leva et eut un sourire forcé.

– Et maintenant, tu vas ajouter : à quoi servent les amis ?

Eddy gloussa.

– Moi, dire quelque chose d'aussi banal ? Tu plaisantes !

Ils se dirigèrent vers la porte d'entrée, en se tenant par les épaules.

– Tu es un vrai ami, déclara Tate.

– Merci.

– Mais Carole a raison.

– A quel propos ?

– Tu es un con.

Ils éclatèrent de rire et disparurent dans la maison.

14

Avery chaussa ses lunettes de soleil.

– Il vaudrait peut-être mieux que tu n'en portes pas, suggéra Eddy. Il ne faut pas que tu aies l'air de cacher quelque chose.

– D'accord.

Elle enleva les lunettes et les rangea dans la poche de sa veste en soie, assortie à sa jupe plissée.

– De quoi ai-je l'air ? demanda-t-elle d'un air inquiet à Tate et à Eddy.

Eddy leva son pouce à la verticale et déclara :

– Tu es superbe !

Elle passa une main dans sa courte chevelure.

– Et mes cheveux ?...

– Très chic, répondit Eddy.

Il fit claquer ses mains et les frotta vigoureusement.

– Nous les avons fait saliver assez longtemps. Allons-y.

Ils sortirent tous les trois de la chambre d'hôpital et s'engagèrent dans le couloir menant au hall, récoltant au passage maints encouragements et souhaits de bonne chance de la part du personnel.

– Une limousine ? s'étonna Avery en apercevant au travers des vitres une Cadillac noire surveillée par un chauffeur en uniforme et qu'entourait une horde de reporters.

– C'est pour que nous puissions te protéger plus facilement, expliqua Eddy.

– De quoi ?

– De la foule. Le chauffeur a déjà rangé tes affaires dans le coffre. Va jusqu'au micro, récite ton discours, refuse poliment de répondre aux questions, et fonce vers la voiture. Tu peux te prêter un peu à leurs requêtes, poursuivit-il à l'adresse de Tate. Mais s'ils deviennent trop collants, prends Carole comme excuse. Prêts ?

Il s'avança pour leur ouvrir la porte. Avery leva les yeux vers Tate.

– Comment peux-tu supporter ce ton autoritaire ?

– Il est payé pour ça.

Elle se promit de ne plus critiquer Eddy. De toute évidence, il paraissait absolument irréprochable aux yeux de Tate.

Poussée par ce dernier, Avery s'engagea sur le seuil devant la foule soudain silencieuse et se dirigea vers le micro, comme le lui avait indiqué Eddy. Elle ressemblait à Carole Rutledge et le savait. Mais à mesure qu'elle se rapprochait des journalistes, elle craignait que l'on ne remarque ce que ses proches n'avaient pas encore observé et qu'on ne pointe un doigt accusateur en hurlant :

– Imposteur !

Mais, contre toute attente, elle fut accueillie par un tonnerre d'applaudissements. Sous l'effet de la surprise, son pas devint hésitant. Elle regarda Tate avec embarras, mais il lui répondit par un sourire si éblouissant et si confiant – le sourire du parfait héros américain – qu'elle retrouva aussitôt toute son assurance.

D'un geste discret, elle demanda à ce que les applaudissements cessent et remercia d'une voix timide. Puis, s'éclaircissant la gorge, elle commença à réciter son discours.

– Mesdames et messieurs, je vous remercie d'être

venus m'accueillir après ma longue hospitalisation. J'aimerais d'abord présenter mes condoléances à toutes les personnes ayant perdu des proches dans ce terrible accident d'avion. J'ai encore du mal à croire que ma fille et moi-même ayons pu survivre à une telle tragédie. Et je n'aurais probablement pas pu m'en sortir sans le soutien de mon mari.

C'était elle qui avait ajouté cette dernière phrase au discours concocté par Eddy. Sans scrupules, elle glissa la main dans celle de Tate qui lui répondit, après une seconde d'hésitation, par une pression amicale.

– Madame Rutledge, tenez-vous les lignes Air America pour responsables de l'accident ?

– Nous ne pourrons répondre avant les résultats définitifs de l'enquête, dit Tate.

– Madame Rutledge, vous souvenez-vous d'avoir sauvé votre fille de la carcasse en feu ?

– A présent, oui, répondit-elle avant que Tate n'en ait eu le temps. Mais pas au début. Je n'ai fait que répondre à un instinct naturel ; je ne me souviens pas d'avoir pris de décision.

– Madame Rutledge, avez-vous eu le moindre doute quant aux résultats de votre opération ?

– Je faisais entièrement confiance au chirurgien choisi par mon mari.

Tate se pencha vers le micro pour se faire entendre dans le vacarme.

– Comme vous pouvez vous en douter, Carole aimerait rentrer à la maison. Veuillez nous excuser.

Il la poussa devant lui, mais la foule se referma sur eux.

– Comment va votre fille, monsieur Rutledge ?

– Très bien, merci. Maintenant, c'est terminé pour les questions.

Grâce à l'aide d'Eddy, ils parvinrent à se frayer un chemin à travers la foule compacte et obstinée. Malgré la sympathie des journalistes, Avery ne put s'empêcher de se sentir oppressée. Soudain, du coin de l'œil, elle entrevit le logo de K.T.E.X. peint sur le côté d'une Betacam. Instinctivement, elle tourna la tête dans cette direction. C'était Van !

L'espace d'une seconde, elle oublia qu'elle n'était pas censée le connaître. Elle fut sur le point de l'appeler par son prénom et de lui faire de grands signes de la main. Son long visage pâle lui semblait si merveilleusement familier ! Elle avait tellement envie de se jeter dans ses bras !

Heureusement, elle sut garder son flegme. Elle détourna les yeux et suivit Tate qui entrait à l'arrière de la limousine. Une fois installée derrière les vitres teintées, à l'abri des regards, elle put observer Van se frayer un chemin dans la cohue, l'œil collé au viseur de sa caméra.

Alors que la voiture s'éloignait de l'hôpital, Avery se sentit submergée par une vague de nostalgie. Qu'étaient devenus son appartement, ses affaires ? A présent que son choix était irrévocable, Avery Daniels n'existait plus.

A ses côtés, Tate s'installait confortablement. Sa jambe effleura la sienne, son coude frôla sa poitrine, et il s'assit tout près d'elle.

Pour le moment, elle était là où elle souhaitait être.

Eddy, assis sur le strapontin en face d'elle, lui tapota le genou.

– C'était très bien, même ta petite note personnelle. Qu'en penses-tu, Tate ?

– C'était bien, répondit Tate. Mais je n'aime pas toutes ces questions indiscrètes.

– Maintenant qu'ils m'ont vue, intervint Avery, ils ne te poseront plus de questions sur moi, et se concentreront plutôt sur les problèmes importants.

Pendant toute sa convalescence, elle s'était intéressée de près à la campagne de Tate, grâce aux journaux et à la télévision. Il avait remporté les élections primaires haut la main, mais la véritable bataille ne faisait que commencer. Son adversaire, en novembre prochain, n'était autre que le sénateur Rory Dekker.

Dekker était une véritable institution dans le milieu politique texan. Sénateur depuis une éternité, il constituait un adversaire de taille.

A chaque bulletin d'informations, quinze secondes au moins étaient consacrées à la lutte électorale. Mais, alors que Dekker utilisait sagement son temps pour présenter son programme, Tate, de son côté, était constamment bombardé de questions sur l'état de sa femme.

Ils roulèrent en silence jusqu'aux bureaux. Une fois à proximité, Eddy annonça :

– Tout le monde t'attend avec impatience, Carole. Je leur ai demandé de ne pas te dévisager, mais je ne sais pas s'ils s'en souviendront...

Tate s'empara de son bras et l'entraîna vers la porte. Au fur et à mesure qu'ils approchaient, Avery sentait son estomac se nouer. Chaque nouvelle situation représentait une épreuve supplémentaire, pendant laquelle elle devait veiller à ne pas commettre de faux pas.

Les portes s'ouvrirent sur une pièce bruyante et agitée. Les volontaires téléphonaient, répondaient, fermaient des enveloppes, en ouvraient d'autres, agrafaient, dégrafaient, se levaient, s'asseyaient. Tout le monde s'affairait. Après le silence et le calme de la clinique, Avery avait l'impression d'avoir été projetée dans une cage de chimpanzés.

Tate ôta sa veste et retroussa ses manches. A peine l'eurent-ils aperçu que tous les volontaires s'immobilisèrent. Il paraissait évident qu'on le considérait comme un héros et qu'on ferait n'importe quoi pour l'aider à remporter les élections.

Ne sachant trop ce qu'on attendait d'elle, Avery le suivit gauchement à travers la pièce.

– Bonjour, madame Rutledge, fit un jeune homme. Vous avez l'air en pleine forme !

– Merci !

– Où en sont les sondages ? demanda Tate à son entourage.

– On n'en a rien à faire, fit Eddy qui venait à leur rencontre, accompagné de Fancy qui dévisageait Carole avec un air de profond mépris.

– C'est ce qu'on va voir, répliqua Tate en réponse à la remarque désinvolte de son ami. Il me manque combien de points ?

– Quatorze.

– Un de plus que la semaine dernière. J'ai toujours dit qu'il ne fallait pas s'en faire, dit-il en provoquant l'hilarité générale.

– Bonjour, oncle Tate. Bonjour, tante Carole.

– Bonjour, Fancy.

Derrière le sourire angélique de la jeune fille, Avery discerna une malice qui la dérouta. Rien qu'à la regarder, on devinait combien elle pouvait être cruelle et calculatrice et, si elle avait eu dix ans de moins, une bonne fessée aurait certainement été la solution. Mais la malveillance de Fancy à l'égard d'Avery dépassait une simple aigreur d'adolescente, on sentait qu'elle lui en voulait profondément.

– C'est ta nouvelle alliance ? demanda Fancy en désignant de la tête sa main gauche.

– Oui. Tate me l'a donnée hier soir.

Elle saisit la main d'Avery du bout des doigts et jaugea la bague avec mépris.

– Il aurait pu faire ajouter des diamants...

– J'ai du travail pour toi, intervint brusquement Eddy. Par ici.

Il la prit par le coude, et la poussa dans la direction opposée.

– Quelle adorable enfant, marmonna Avery du coin des lèvres.

– Une bonne correction ne lui ferait pas de mal.

– En effet.

– Bonjour, madame Rutledge, s'exclama en s'approchant une femme d'un certain âge.

– Bonjour. Cela me fait plaisir de vous revoir, madame Baker, dit-elle après avoir subrepticement consulté le badge agrafé sur la veste.

Le sourire de Mme Baker s'éteignit instantanément. Elle lança un regard embarrassé à Tate.

– Eddy vous conseille de lire ces communiqués de presse, Tate. Ils doivent partir demain.

– Merci. Je le ferai ce soir et les rendrai à Eddy demain.

– Très bien. Ce n'est pas pressé.

– J'ai fait une gaffe, n'est-ce pas ? demanda Avery une fois que la femme eut disparu.

– Nous ferions mieux d'y aller...

Il jeta un au revoir à la ronde et escorta Avery jusqu'à la Sedan gris métallisé garée devant l'édifice.

– Plus de limousine ?

– Non, nous sommes redevenus des gens normaux, maintenant.

Alors qu'ils passaient devant l'aéroport d'où décollaient des avions, Avery fut parcourue d'un frisson glacé et son estomac se serra douloureusement.

– Tu vas bien ?

Elle détourna rapidement le regard et fit face à Tate qui la dévisageait.

– Oui, ça va.

– Pourras-tu reprendre l'avion ?

– Je ne sais pas. Je suppose que oui. Mais ce sera certainement éprouvant la première fois.

Ils échangèrent un bref sourire, puis Tate redevint sérieux et se concentra sur la circulation. Se sentant exclue, Avery demanda :

– A propos de Mme Baker, qu'ai-je dit de mal ?

– Elle ne travaille pour nous que depuis deux semaines. Tu ne l'as jamais rencontrée.

Le cœur d'Avery se mit à battre violemment. Cela

devait arriver ! Elle n'allait cesser de faire ce genre de méprises pour lesquelles il lui faudrait trouver immédiatement des excuses valables.

Elle baissa la tête et se frotta le front d'un air ennuyé.

– Je suis désolée, Tate. J'ai vraiment dû passer pour une hypocrite.

– En effet !

– Il faudra être patient avec moi. A vrai dire, j'ai parfois des trous de mémoire et je n'arrive pas toujours à suivre le cours des événements. Il m'arrive de confondre les gens et les lieux.

– Je l'ai remarqué depuis longtemps. Tu dis parfois des choses tout à fait incohérentes.

– Pourquoi ne m'en as-tu rien dit ?

– Je ne voulais pas t'inquiéter et j'en ai parlé au neurologue. Il m'a expliqué que ta commotion pouvait avoir affecté ta mémoire.

– Pour toujours ?

Il haussa les épaules.

– Il ne sait pas exactement. Ça peut être temporaire ou irréversible.

Avery se réjouit en silence de ce pronostic. A la moindre maladresse, elle pourrait toujours s'en servir comme excuse.

Elle se pencha vers Tate et posa la main sur la sienne.

– Je suis désolée de t'avoir gêné.

– Je suis sûr qu'elle comprendra quand je lui expliquerai.

Il retira sa main, la posa sur le volant pour s'engager sur une bretelle d'autoroute, et laissa Avery s'absorber dans la contemplation du paysage texan qu'elle aimait tant, ce paysage tout en contrastes et en couleurs.

Tate aussi semblait apprécier la vue qui s'offrait à lui et admirait le paysage comme s'il le découvrait pour la première fois. Enfin, il prit une route délimitée par deux piliers en pierre que surmontait un panneau de fer forgé portant l'inscription *Rocking R Ranch*.

D'après les divers articles de presse qu'elle avait lus en secret pendant sa convalescence, Avery avait appris que le domaine de *Rocking R* couvrait plus de deux mille hectares et abritait un nombre considérable de bœufs. Deux affluents du fleuve Guadalupe et un du Blanco l'arrosaient.

Nelson avait hérité ce domaine de son père. Depuis qu'il avait pris sa retraite de l'armée de l'air, il avait consacré son temps à transformer le ranch en une fructueuse exploitation, voyageant d'un bout à l'autre du pays pour étudier les différents élevages et les méthodes de rendement.

Alors qu'ils débouchaient d'une côte, Avery distingua la maison qui se dessinait au loin. Construite en adobe blanc à la manière d'une hacienda, elle était disposée en fer à cheval autour d'une cour centrale. Un grand toit de tuiles rouges reflétait le soleil de midi.

Ils s'engagèrent dans l'allée qui se terminait en demi-cercle devant l'entrée principale, où un grand chêne se déployait majestueusement, ombrageant toute la façade. Des géraniums rouge incarnat s'épanouissaient dans des pots de terre disposés de chaque côté d'une porte vers laquelle Tate l'entraîna.

C'était le Texas dans son aspect le plus raffiné, le plus éblouissant, et c'était surtout, comme Avery le comprit soudain, son nouveau foyer.

15

Toute la maison était meublée selon le goût irréprochable de Zee. L'intérieur, traditionnel, était rustique et douillet. Les pièces étaient spacieuses, hautes de plafond, et généreusement éclairées. Zee avait aménagé un agréable foyer.

Un déjeuner les attendait dans la cour, sur une table de jardin ronde qu'ombrageait un grand parasol jaune vif. Après avoir embrassé Nelson et Zee, Avery s'approcha de Mandy et s'agenouilla.

– Bonjour, Mandy. Ça me fait plaisir de te revoir.

Mandy garda les yeux fixés au sol.

– J'ai été sage...

– Bien sûr ! Papa me l'a dit.

– Est-ce que je peux déjeuner maintenant ? Grand-mère a dit qu'il fallait que je t'attende avant de commencer.

Une telle indifférence brisa le cœur d'Avery. L'enfant aurait dû exploser de joie en retrouvant sa mère et lui raconter tout ce qui s'était passé pendant leur longue séparation.

Alors que tous s'installaient autour de la table, une employée de maison apporta un plateau chargé de différents mets et lui souhaita la bienvenue.

– Merci. Ça fait du bien d'être de retour.

Une réponse vague, mais sûre, pensa Avery.

– Mona, apportez du thé glacé à Carole, fit Nelson

en renseignant Avery sur le prénom de l'employée. Et n'oubliez pas de lui mettre du vrai sucre !...

La famille lui fournissait sans le vouloir un grand nombre de précieux indices. Elle glanait ainsi de multiples renseignements sur les habitudes de Carole, ses goûts et ses aversions.

Au moment où elle se félicitait intérieurement du bon déroulement des choses, un grand chien à poil long surgit dans la cour et s'arrêta à quelques mètres d'elle avant de saisir que c'était une étrangère. Ses pattes se raidirent, puis il s'accroupit en grondant.

Un chien ! Comment avait-elle pu ne pas y penser ?

– Mais qu'est-ce qui lui prend ? Il ne me reconnaît pas ?... J'ai donc tant changé ?

Tate s'assit à califourchon sur le banc de bois et tapota sa cuisse.

– Viens là, Shep, et cesse de grogner.

L'œil rivé sur Avery, le chien rampa jusqu'à Tate et posa la gueule sur sa cuisse. D'un geste hésitant, Avery tendit la main et caressa son museau.

– Hé, Shep, c'est moi !

Il lui flaira la main d'un air suspicieux, puis, voyant qu'elle ne représentait aucun danger, lui donna un grand coup de langue sur la paume.

– Voilà qui est mieux...

Riant, elle leva les yeux vers Tate qui la regardait d'un air étrange.

– Depuis quand t'intéresses-tu à mon chien ?

Le cœur d'Avery se mit à battre la chamade. Nelson et Zee semblaient également stupéfaits par son attitude.

– Depuis... depuis que j'ai approché la mort de si près. Je suppose que je me sens attirée par toutes les créatures vivantes.

Ce moment d'embarras passa et le déjeuner se déroula sans plus d'anicroches. A la fin du repas, elle eut envie de se retirer dans sa chambre ; seulement, elle ne savait pas la localiser.

– Tate, demanda-t-elle, est-ce que mes bagages ont été rentrés ?

– Je ne crois pas. Pourquoi, tu en as besoin ?

– Oui, s'il te plaît.

Laissant Mandy sous la surveillance de ses grands-parents, Avery suivit Tate jusqu'à la voiture. En revenant vers la maison, elle fit en sorte de le laisser passer devant. Ils franchirent une double porte qui s'ouvrit sur un long couloir bordé d'immenses vitres donnant sur la cour, longèrent plusieurs pièces, et entrèrent dans l'une d'elles. Tate y déposa les valises.

– Mona t'aidera à les défaire.

Avery hocha la tête d'un air distrait. La chambre, spacieuse et aérée, était décorée d'une moquette couleur safran et de meubles de bois blond. Un tissu de chintz – un peu trop fleuri à son goût – composait le dessus-de-lit et les rideaux.

Elle embrassa la pièce d'un seul coup d'œil, du réveil posé sur la table de chevet jusqu'à la photo encadrée de Mandy sur la commode.

– Je vais au bureau un petit moment. Je te conseille de ne pas trop en faire aujourd'hui, de te réadapter doucement. Si tu...

Une exclamation étouffée l'interrompit. Il suivit le regard d'Avery, posé sur le tableau suspendu au mur d'en face. C'était un portrait grandeur nature de Carole.

– Qu'y a-t-il ?

Avery porta une main à sa gorge et déglutit avec effort avant de souffler :

– Rien... C'est... c'est simplement que je ne ressemble plus beaucoup à ça...

Elle était en fait bouleversée par les yeux sombres de Carole qui semblaient la jauger d'un air moqueur.

Elle détourna le regard et sourit piteusement à Tate en passant une main dans sa courte chevelure.

– Je ne dois pas être encore vraiment habituée aux

changements. Cela t'ennuierait si j'enlevais ce portrait ?

– Pourquoi ? C'est ta chambre ! Tu en fais ce que tu veux, répondit-il en se dirigeant vers la porte. A ce soir.

Il sortit en refermant bruyamment la porte derrière lui.

Son indifférence était on ne peut plus manifeste. Avery avait l'impression d'être abandonnée en plein désert et de voir s'envoler sa dernière chance à l'horizon.

C'est ta chambre.

La pièce était parfaitement en ordre, comme si elle n'avait pas servi depuis longtemps. Probablement depuis l'accident de Carole, trois mois auparavant.

Avery ouvrit la penderie. Il y avait suffisamment de vêtements pour habiller une armée, mais seulement des vêtements féminins, du manteau de fourrure au peignoir le plus sophistiqué.

Découragée, elle se laissa alors tomber sur le bord de l'immense lit. *Ta chambre*, avait-il dit. Et non *notre* chambre. Vu son attitude ces dernières semaines, cette réaction n'était guère étonnante, mais c'était tout de même très décevant. Avery se sentit soudain honteuse. Elle n'avait jamais eu l'intention de coucher avec lui sous des prétextes fallacieux. Elle ne savait d'ailleurs même pas si elle le souhaitait. Ce serait une erreur, une grave erreur. Cependant...

Elle leva les yeux vers le portrait. Carole semblait lui sourire d'un air mauvais.

– Espèce de garce, murmura-t-elle d'un ton cinglant. Je vais détruire tout ce qui l'a amené à ne plus t'aimer. Tu vas voir si je n'en suis pas capable !

– Vous vous êtes suffisamment servie ?

Quand Avery se rendit compte que c'était à elle que Nelson s'adressait, elle lui décocha un sourire par-dessus la table.

– Oh oui, merci. C'est délicieux.

– Vous avez beaucoup maigri, observa-t-il. Il faut qu'on vous remplume. Je ne tolère pas les maigrichons dans la famille !

Elle rit et saisit son verre de vin. Elle n'aimait pas le vin, mais Carole, de toute évidence, l'appréciait car on lui en avait servi d'office sans même lui demander son avis.

– Tu n'as pratiquement plus de nichons !

A l'autre bout de la table, Fancy agitait sa fourchette d'un air insolent.

– Fancy, tu es priée de garder tes remarques impolies, la tança Zee.

– Je ne suis pas impolie, je suis honnête.

– Le tact est une qualité tout aussi appréciable que l'honnêteté, jeune fille, dit sèchement son grand-père.

Fancy laissa tomber sa fourchette sur son assiette.

– Je ne comprends rien. Tout le monde ne parle que de sa maigreur, et quand j'ai le cran de dire quelque chose tout haut, on me rabat le caquet.

Nelson lança un regard sévère à Jack, qui comprit qu'il lui fallait intervenir.

– Fancy, sois gentille, je te prie. C'est un dîner en l'honneur du retour de Carole...

Elle marmonna un imperceptible « Rien à foutre » et, s'affalant sur sa chaise, attendit patiemment la fin du repas.

– Moi, je la trouve très bien.

– Merci, Eddy, répondit Avery en lui souriant.

Zee se servit du café et fit circuler la cafetière autour de la table. Dorothy Rae la repoussa et préféra se servir du vin, les yeux hostilement fixés sur Avery.

C'était une belle femme, quoique son penchant excessif pour l'alcool lui ait imprimé des marques irréversibles. Son visage était bouffi, particulièrement autour des yeux, d'un joli bleu foncé. Apparemment, elle avait fait un effort de toilette pour le dîner mais elle était loin de la perfection. Deux barrettes retenaient tant bien que mal ses cheveux en bataille, et son maquillage, appliqué à la hâte et à l'excès, était loin de l'arranger. Elle ne participait jamais à la conversation, à moins d'y être invitée, et le seul objet qui semblait digne d'intérêt à ses yeux était la bouteille de vin.

Avery avait rapidement compris que Dorothy Rae Rutledge était extrêmement malheureuse. En tout cas, bien qu'Avery ne sache pas pourquoi, une chose était certaine : elle aimait son mari.

– As-tu vu les maquettes des affiches ? demanda Jack à son frère.

Avery était entourée de Tate et de Mandy. Cette dernière, après que sa mère lui eut coupé sa viande, avait mangé en silence. Bien qu'Avery n'ait guère d'expérience des enfants, aucun de ceux qu'elle avait connus jusqu'alors n'était aussi absent. Mandy ne se plaignait pas, ne demandait rien. Elle ne faisait qu'avaler machinalement les bouchées coupées dans son assiette.

– Je les ai vues cet après-midi, répondit Tate. Le slogan que je préfère est celui de la fondation.

– Tate Rutledge, une nouvelle et solide fondation, récita Jack.

– Oui, c'est ça.

– C'est moi qui l'ai proposé, dit Jack.

Tate fit mine de viser son frère et lui fit un clin d'œil.

– C'est sûrement pour cela que je le préfère aux autres...

Ils continuèrent à passer en revue les différents slogans tandis que Zee découpait un gâteau à la noix de coco. La première tranche revint à Nelson. Alors qu'il s'apprêtait à l'entamer, il se souvint que c'était un dîner en l'honneur de sa belle-fille.

– Ce soir, la première tranche revient à Carole, en l'honneur de son retour à la maison.

L'assiette lui fut passée.

– Merci.

Elle n'aimait pas plus la noix de coco que le vin, mais comme c'était apparemment un des desserts favoris de Carole, elle mangea sans mot dire tout en suivant la discussion politique.

– Devrions-nous nous en tenir à ce slogan et commencer à faire imprimer les affiches ?

– Attendons un jour ou deux avant de prendre notre décision, Jack, répondit Tate. Ce n'est qu'une première impression...

– Qui est en général la meilleure, rétorqua Jack.

– Peut-être. Mais nous avons le temps d'y réfléchir, n'est-ce pas ?

Jack accepta une tranche de gâteau. Dorothy Rae fit passer celle qu'on lui tendit.

– Nous devrions commencer à les imprimer vers la fin de la semaine.

– Je te donnerai mon avis auparavant.

– Bon sang ! s'exclama Fancy en désignant Mandy du doigt. Quelqu'un pourrait-il...

Amener le gâteau de l'assiette à la bouche s'était révélé périlleux pour l'enfant. Sa robe était parsemée de miettes et sa bouche barbouillée de crème. Elle avait essayé de remédier au problème en s'essuyant avec la main, elle n'avait réussi qu'à augmenter les dégâts.

– C'est vraiment trop écœurant de regarder ce petit zombie manger. Puis-je me lever de table ?

Sans attendre la permission, Fancy fit reculer sa chaise et se leva en jetant sa serviette dans son assiette.

– Je vais à Kerrville voir s'ils passent un bon film. Quelqu'un veut-il venir avec moi ?

L'invitation s'adressait à tous, mais ses yeux fixaient Eddy, concentré sur son dessert.

– Apparemment, non...

Elle se retourna et sortit avec humeur de la pièce.

Avery se réjouit de voir la petite peste quitter les lieux. Comment pouvait-elle parler si rudement d'une enfant sans défense ? Elle prit Mandy sur ses genoux.

– C'est difficile de manger un aussi bon gâteau sans faire de miettes, n'est-ce pas, ma chérie ?

Elle trempa un coin de sa serviette dans un verre d'eau et entreprit de lui nettoyer le visage.

– Ta fille se dévergonde de plus en plus, Dorothy Rae, observa Nelson. C'est à peine si sa jupe lui cache quelque chose...

Dorothy Rae souleva sa frange.

– J'essaie de la surveiller, Nelson. C'est Jack qui la laisse libre de ses mouvements...

– C'est un pur mensonge ! protesta celui-ci. J'ai bien réussi à ce qu'elle travaille tous les jours ! C'est énorme, comparé à ce que tu arrives à lui faire faire !

– Elle devrait être à l'école, déclara Nelson. Vous n'auriez jamais dû la laisser tout abandonner en plein milieu d'année. Que va-t-elle devenir ? Elle paiera cher les choix qu'elle a faits. Et vous aussi. On récolte toujours ce qu'on a semé.

Avery approuva intérieurement. Manifestement, l'indiscipline de Fancy était due à la faiblesse de ses parents.

– Je crois qu'il est grand temps que Mandy prenne son bain, dit-elle, heureuse de pouvoir quitter la table. Veuillez nous excuser.

– Avez-vous besoin d'aide ? demanda Zee.

– Non, merci. Le dîner était délicieux, Zee. Merci beaucoup.

– Je viendrai dire bonsoir à Mandy plus tard, lança Tate à Avery qui s'éloignait avec l'enfant.

– Eh bien, je vois que rien n'a changé.

Dorothy Rae traversa le salon et s'effondra sur un des fauteuils qui faisaient face au grand écran de télévision. Jack en occupait un autre.

– Tu m'entends ? fit-elle en voyant qu'il ne réagissait pas.

– Oui, je t'entends, Dorothy Rae. Et si par « rien n'a changé » tu veux dire que tu es encore soûle ce soir, tu as raison, rien n'a changé...

– Ce que je veux dire, c'est que tu ne peux pas lâcher ta belle-sœur des yeux...

Jack bondit de son fauteuil et éteignit brusquement la télévision.

– Tu as trop bu et tu me dégoûtes. Je vais me coucher.

Il sortit de la pièce d'un pas rageur et entra dans la chambre attenante. Dorothy Rae parvint à s'extirper de son siège et le suivit.

– N'essaie pas de le nier, fit-elle en hoquetant. Je t'ai observé pendant tout le dîner, tu n'as pas cessé un instant de baver devant Carole et son joli minois tout neuf.

Jack ôta sa chemise, la mit en boule et la jeta dans le panier à linge.

– La seule personne qui bave dans cette famille, c'est toi, parce que tu es tellement soûle que tu n'arrives même plus à te contrôler, répliqua-t-il en se baissant pour délacer ses chaussures.

– Comment peux-tu te regarder dans le miroir sachant que tu aimes la femme de ton frère ?

– Je ne l'aime pas.

– Ah non ?

Se rapprochant de lui, elle lui infligea son haleine pestilentielle.

– Tu la détestes parce qu'elle te traite comme un chien. Tu ne vois même pas que tous ces changements en elle ne sont que...

– Quels changements ? fit-il en laissant tomber son pantalon sur une chaise. Elle a expliqué pourquoi elle écrivait de la main gauche, figure-toi.

Satisfaite d'avoir capté son attention, Dorothy Rae se redressa de cet air important que seuls les alcooliques sont capables d'arborer.

– D'autres changements, dit-elle d'un air hautain. Tu n'as pas remarqué ?

– Si, peut-être. Quoi, par exemple ?

– Par exemple, l'admiration qu'elle porte à Mandy et sa façon de lécher les bottes de Tate.

– Elle a beaucoup souffert, et s'est radoucie.

– Ha ! s'écria-t-elle. Elle ? Se radoucir ? Mon Dieu, mais tu es complètement aveugle ! Depuis cet accident d'avion, on dirait une autre personne, et tu le sais très bien. Mais c'est de la comédie, ajouta-t-elle d'un air entendu.

– Et pourquoi jouerait-elle la comédie ?

– Parce qu'elle veut quelque chose, déclara-t-elle en se penchant vers lui. Elle joue sûrement à la bonne petite épouse de sénateur pour pouvoir s'en aller à Washington avec Tate. Qu'est-ce que tu deviendras, toi, hein ? Qu'est-ce que tu feras sans plus personne à convoiter ?

– Je me mettrai à boire et je te tiendrai compagnie.

Elle leva un doigt tremblant et le pointa vers lui.

– Ne change pas de sujet. Tu désires Carole. Je le sais.

Exaspéré par les divagations de sa femme, Jack finit de ranger ses affaires, éteignit les lampes et se mit au lit.

– Viens te coucher, Dorothy Rae, dit-il d'un ton épuisé.

Elle lui saisit le bras.

– Tu ne m'as jamais aimée...

– Ce n'est pas vrai !

– Tu crois que je t'ai forcé à m'épouser...

– Je n'ai jamais dit ça !

– Je croyais que j'étais enceinte. Je le croyais vraiment !

– Je le sais...

– Et parce que tu ne m'aimais pas, tu as pensé que tu pouvais courir après d'autres femmes, dit-elle en le regardant avec haine. Je sais qu'il y en a eu d'autres. Tu m'as trompée tant de fois que ce n'est pas étonnant que je boive.

Des larmes ruisselaient sur son visage. Elle frappa l'épaule nue de Jack.

– Je bois parce que mon mari ne m'aime pas. Il ne m'a jamais aimée. Et maintenant, il est amoureux de la femme de son frère.

Jack se glissa sous les draps et s'en recouvrit. Son indifférence ne fit qu'attiser la rage de sa femme. Elle s'agenouilla sur le lit et se mit à le marteler de coups de poing dans le dos.

– Dis-moi la vérité ! Dis-moi que tu l'aimes ! Dis-moi que tu me méprises !...

Mais, comme de coutume, sa colère se dissipa rapidement. Elle s'effondra à côté de lui, déjà à moitié endormie. Jack roula vers elle et la recouvrit du drap. Puis, poussant un long et triste soupir, il se rallongea et tenta de s'endormir à son tour.

16

– Je pensais qu'elle était déjà au lit, dit Tate depuis la porte de la salle de bains de Mandy.

Avery, agenouillée près de la baignoire, regardait Mandy jouer avec la mousse.

– C'est vrai qu'elle devrait être au lit, mais nous nous sommes attardées.

– C'est ce que je vois...

Tate entra et vint s'asseoir sur le rebord de la commode. Mandy lui sourit.

– Montre à papa ce que tu sais faire, lui demanda Avery.

Docilement, l'enfant prit une poignée de mousse savonneuse et souffla dessus de toutes ses forces, faisant voler des bulles dans tous les sens. Quelques-unes atterrirent sur les genoux de Tate qui s'esclaffa :

– Hé, Mandy ! C'est toi qui prends un bain, pas moi !

Riant aux éclats, elle reprit une poignée de mousse qui, cette fois-ci, atteignit le nez d'Avery. A la grande joie de la fillette, cette dernière éternua.

– Je crois qu'il vaut mieux arrêter avant que la salle de bains ne soit complètement inondée, remarqua-t-elle en soulevant Mandy par les aisselles avant de l'envelopper dans une serviette et de la transporter dans sa chambre.

Tate s'assit sur le rebord du lit et commença à essuyer sa fille.

– Où est sa chemise de nuit ? demanda-t-il à Avery.

– Ah, oui... Je t'en donne une tout de suite.

Deux grandes commodes à six et trois tiroirs se dressaient devant elle. Où étaient rangées les chemises de nuit ? Elle se dirigea vers la première et ouvrit le tiroir du haut. Il ne contenait que des chaussettes et des sous-vêtements.

– Carole... deuxième tiroir.

Avery ne perdit pas son sang-froid.

– Mais elle a aussi besoin d'une culotte, répondit-elle avec aplomb.

Tate aida Mandy à s'habiller et la porta jusque dans son lit. Avery sortit une brosse à cheveux d'un tiroir entrouvert, s'assit sur le bord du lit et commença à brosser les cheveux de la fillette.

– Tu sens tellement bon, murmura-t-elle en se penchant sur sa joue rose pour y déposer un baiser. Tu veux de la poudre ?

– Comme la tienne ? demanda Mandy.

– Oui, comme la mienne.

Avery se dirigea vers le bureau et en rapporta un petit poudrier-boîte à musique qu'elle avait remarqué quelques instants plus tôt. Aussitôt qu'elle en eut soulevé le couvercle, un air de Tchaïkovski s'en échappa. Elle plongea la houppette dans la poudre parfumée dont elle couvrit la poitrine et le cou de Mandy. Celle-ci éclata de rire.

– Ça chatouille, maman !

Ce terme affectueux lui fit monter les larmes aux yeux. Elle attira Mandy tout contre elle et resta quelques secondes silencieuse avant de dire :

– Maintenant, tu sens encore meilleur. N'est-ce pas, papa ?

– C'est vrai. Bonne nuit, Mandy.

Il l'embrassa, l'installa sur les oreillers et la recouvrit d'une légère couverture.

– Bonne nuit.

Alors qu'Avery se penchait pour l'embrasser à son tour, Mandy jeta les bras autour de son cou et lui appliqua un baiser humide et retentissant sur la bouche. Puis elle se coucha sur le côté, prit son ours en peluche dans ses bras et ferma les paupières.

Quelque peu troublée par cette démonstration de tendresse, Avery rangea la boîte à musique, éteignit la lumière et précéda Tate dans le couloir menant à sa chambre.

– Pour un premier jour...

A cet instant, Tate lui agrippa le bras, la poussa dans sa chambre et l'accula au mur. L'empoignant fermement, il ferma la porte et s'appuya d'une main contre le mur à la hauteur de sa tête.

– Qu'est-ce qui te prend ? s'inquiéta-t-elle.

– Tais-toi et écoute-moi, ordonna-t-il en approchant son visage crispé de colère. Je ne sais pas à quel petit jeu tu t'amuses avec moi. Et d'ailleurs, je m'en contrefiche. Mais si tu commences à faire la même chose avec Mandy, je te fous à la porte immédiatement, tu comprends ?

– Non, je ne comprends pas.

– Foutaises ! rugit-il. Je sais bien que tu complotes quelque chose sous tes petits airs candides.

– *Complotes ?*

– Je ne suis pas idiot.

– Tu es une brute, lâche mon bras.

– Que tu joues avec moi, d'accord. Mais Mandy est une enfant. Elle y croit et s'y habituera, dit-il en se rapprochant davantage. Et puis, quand tu redeviendras telle que tu étais, elle sera marquée à vie.

– Je...

– Je ne te laisserai pas faire cela. Jamais.

– Tu as donc si peu d'estime pour moi, Tate ?

– Je n'en ai aucune, répliqua-t-il en la dévisageant insolemment. Bon, d'accord, ce matin tu as réussi à conquérir la presse et je t'en remercie. Tu m'as pris la main pendant la conférence, c'est très mignon de ta part. Nous portons les mêmes alliances, charmant, ricana-t-il. Tu as même réussi à faire croire à certains membres de ma famille que tu t'étais convertie pendant ton séjour à l'hôpital, que tu avais trouvé Jésus, ou je ne sais quoi. Mais je te connais trop bien, Carole. Je sais parfaitement que tu dissimules quelque chose sous tes airs angéliques, ajouta-t-il en augmentant la pression de son poing. Je sais à quoi m'en tenir, et tu saisis pourquoi, n'est-ce pas ?

Déroutée, Avery répondit avec ferveur :

– J'ai changé. Je suis différente.

– C'est ça ! Tu as simplement changé de tactique, c'est tout... Mais tu peux t'évertuer à jouer les petites femmes parfaites, ça ne changera rien entre nous. Ce que je t'ai dit avant l'accident tient toujours. Après les élections, quel que soit le résultat, je ne veux plus de toi.

– Tu es capable de manipuler le public à ce point ? persifla-t-elle. Tu veux que je joue la femme dévouée, toujours à tes côtés, saluant, souriant et déclamant des discours ridicules que je dois apprendre par cœur, tout ça pour obtenir plus de voix ? Parce qu'un candidat qui offre l'image du bonheur a plus de chances de gagner qu'un autre en instance de divorce, c'est ça ?

Le regard de Tate devint de pierre.

– Continue, Carole. Rejette la responsabilité sur moi si ça te fait plaisir. Tu sais parfaitement pourquoi je ne t'ai pas encore fichue dehors ! Je veux remporter ces élections et je ne laisserai pas tomber mes électeurs. Je ne veux rien faire qui puisse m'empêcher de gagner, même si je dois faire semblant de filer le parfait amour.

Il la dévisagea à nouveau d'un air dédaigneux.

– Ton opération t'a rafraîchi le visage, mais tu es toujours aussi pourrie de l'intérieur.

Avery avait du mal à ne pas prendre toutes ces

attaques pour elle. Chaque insulte la blessait, comme si elle lui était personnellement destinée. Mais elle voulait se défendre avec toutes les armes dont elle disposait, car plus il essayait de l'intimider, plus il la séduisait.

Sa colère ne le rendait que plus attirant et il se dégageait de lui une sensualité aussi enivrante que l'odeur de son after-shave. Sa bouche se crispa en un rictus si cruel qu'Avery ne put le supporter.

Elle leva la tête et le défia du regard.

– Es-tu sûr que je suis la même ?

– Absolument certain !

Elle posa les bras sur ses épaules et ses mains se rejoignirent derrière sa nuque.

– En es-tu bien sûr, Tate ?

Se haussant sur la pointe des pieds, elle effleura ses lèvres des siennes.

– Je ne suis plus la même qu'avant, je te le jure.

Elle inclina la tête de côté et posa à nouveau les lèvres contre les siennes tandis que ses doigts couraient dans ses cheveux en l'attirant davantage. S'il le voulait, il pouvait résister, pensa-t-elle pour se rassurer.

Mais il se laissa faire. Encouragée, elle sortit délicatement le bout de sa langue pour parcourir ses lèvres. Elle le sentit se raidir, plus par faiblesse que par lutte.

– Tate ?

Elle lui mordilla doucement la lèvre inférieure.

– Tais-toi.

La main qui le retenait au mur tomba et tout le poids de son corps vint s'écraser sur celui d'Avery. Il lui passa un bras ferme autour de la taille et lui prit la mâchoire à pleine main, comme pour la broyer. Il la maintint ainsi pendant qu'il l'embrassait sauvagement, pressant ses lèvres contre les siennes et explorant longuement sa bouche qui s'offrait. Eperdue,

Avery fit glisser ses mains sur ses joues et s'abandonna à son baiser.

Il commença à tâtonner sous ses vêtements, passant la main sous sa jupe, dans son slip, la caressant au plus secret de sa féminité. Il l'attira contre son membre raidi auquel elle se frotta jusqu'à en gémir de plaisir. Elle sentait la fièvre lui monter au corps, son sexe s'humidifier et ses seins aux pointes dressées la tirailler.

Puis il se dégagea.

Elle battit des paupières et appuya la tête contre le mur en se retenant par les mains pour ne pas glisser.

– J'avoue que tu joues bien ton jeu, dit-il d'un ton glacial.

Les joues en feu et les pupilles dilatées, il tentait de reprendre son souffle.

– Tu es moins bestiale qu'avant, disons plus raffinée. Mais tout aussi sexy. Peut-être un peu plus... Mais je préférerais mourir que coucher de nouveau avec toi.

Sur ce, il sortit, laissant Avery seule dans la chambre de Carole, dans son chintz à fleurs, dans son désordre.

Tout le monde dans la famille avait remarqué combien la personnalité de Carole avait changé, mais une personne en particulier s'interrogeait cette nuit-là sur l'étrange attitude de la jeune femme.

Que complote cette petite garce ?

Aucune véritable métamorphose ne s'était produite. Les quelques subtiles modifications faciales résultant de son opération, ses cheveux courts ou sa perte de poids n'altéraient guère sa physionomie habituelle. Non, ce n'étaient pas les changements physiques qui se remarquaient et déroutaient le plus.

Que complote cette petite garce ?

D'après la nouvelle attitude qu'elle avait adoptée, on aurait pu croire que le voisinage de la mort lui avait redonné une conscience. Mais ce n'était pas pensable ! Elle ne connaissait même pas le sens de ce mot...

Avait-elle enfin un cœur ? Voulait-elle vraiment se rattraper aux yeux de son mari ? Avait-elle l'intention de devenir une mère aimante et attentive ?

Laissez-moi rire.

C'était stupide de sa part de changer de tactique tout d'un coup. Jusqu'à présent, elle avait parfaitement tenu le rôle pour lequel elle avait été engagée et qui consistait à détruire l'âme de Tate Rutledge pour que le jour où il recevrait cette balle dans la tête soit presque un jour de délivrance.

Carole Navarro était idéale pour cette mission. Oh, on avait dû la dresser ! lui apprendre à se tenir ! à s'habiller correctement et à ne pas étoffer son discours de mots grossiers ! Mais au bout d'un long entraînement, elle était devenue un concentré de finesse, d'intelligence, de sophistication et de séduction auquel Tate n'avait su résister. Comme prévu, il était tombé dans le panneau, car elle correspondait en tout point à ce qu'il attendait d'une épouse.

Carole avait perpétué le mythe jusqu'après la naissance de Mandy – qui faisait également partie du plan – puis s'était délectée dans la phase numéro deux, celle des liaisons extraconjugales.

Comme cela avait été jouissif d'être le témoin du malheur de Tate !

A part cette visite au service de réanimation, nulle mention n'avait été faite de leur alliance secrète ; ni l'un ni l'autre n'avait trahi le pacte qu'ils avaient établi quatre ans auparavant.

Mais depuis son accident, elle se comportait d'une façon plus évasive que d'ordinaire et faisait des choses bizarres que tout le monde remarquait.

Peut-être se conduisait-elle ainsi pour son propre plaisir. Après tout, elle avait toujours eu le goût de la perversité. Sans être grave, cela prouvait cependant qu'elle avait pris l'initiative de changer de tactique sans même en parler.

Peut-être n'avait-elle pas eu l'occasion de le faire. Peut-être connaissait-elle quelque chose à propos de Tate que personne d'autre ne savait et contre quoi il fallait agir immédiatement.

Ou peut-être la petite garce – et c'était l'hypothèse la plus plausible – avait-elle décidé qu'être femme de sénateur était beaucoup plus avantageux que le magot qu'elle devait recevoir le jour où Tate reposerait dans son cercueil.

Mais, quels que soient ses motifs, ce nouveau comportement était terriblement déconcertant. Elle ferait bien de se tenir sur ses gardes pour ne pas être rapidement évincée. Au point où ils en étaient, sa participation n'avait plus grande importance. Ne le comprenait-elle pas ?

A moins qu'elle n'ait enfin deviné qu'une seconde balle lui était destinée ?...

17

– Madame Rutledge, quelle surprise !

La secrétaire se leva pour accueillir Avery dans l'antichambre du cabinet juridique que Tate partageait avec son frère.

– Bonjour, comment allez-vous ? demanda Avery en évitant de l'appeler par son nom.

Une plaque posée sur le bureau portait le nom de Mary Crawford, mais elle préférait ne pas prendre de risques.

– Ça va. Mais vous, vous avez l'air en pleine forme !

– Merci !

– Tate m'a dit que vous étiez plus jolie que jamais, mais je suis contente de pouvoir le constater moi-même.

– Est-il dans son bureau ?

Elle savait qu'il y était car sa voiture était garée devant l'immeuble.

– Oui, avec un client.

– Je croyais qu'il n'avait plus d'affaires en cours...

– Non, en effet, fit Mary Crawford en se rasseyant. En fait, il est avec Barney Bridge qui a promis de contribuer financièrement à la campagne électorale ; Tate a donc pris le temps de le recevoir aujourd'hui.

– Savez-vous si cela durera longtemps ? Puis-je attendre ici ?

– Mais je vous en prie, asseyez-vous, fit la secrétaire en désignant quelques fauteuils à rayures grenat et bleu marine. Voulez-vous du café ?

– Non, merci, rien du tout, répondit-elle en prenant un magazine qu'elle se mit à feuilleter nonchalamment.

Cette visite imprévue était un peu risquée, mais c'était cela ou mourir d'ennui. A quoi donc Carole Rutledge occupait-elle ses journées ?

Cela faisait plus de deux semaines qu'Avery était retournée vivre au ranch, et elle n'avait toujours pas trouvé à quel genre d'activités s'adonnait la femme de Tate.

Il lui avait fallu plusieurs jours avant de pouvoir se familiariser avec les pièces et les objets auxquels elle avait accès. Bientôt, elle s'était sentie tout à fait à l'aise, que ce soit à l'intérieur ou à l'extérieur. Elle prenait souvent Mandy comme prétexte pour aller repérer les environs, et toute la famille considérait ces sorties comme de simples promenades.

Carole avait aussi une voiture de sport américaine. Au grand désarroi d'Avery, elle était dotée d'une transmission standard à laquelle elle n'était guère habituée. Les premières tentatives de conduite avaient été périlleuses, mais, une fois accoutumée, Avery avait prétexté toutes sortes de courses pour pouvoir s'échapper de la maison et de l'ennui mortel qui y régnait.

Un jour, elle avait découvert un agenda tenu par Carole dans l'un des tiroirs de la table de nuit. Son cœur avait bondi. Elle allait enfin savoir à quoi elle s'occupait. Hélas, une rapide lecture ne révéla rien d'autre que des rendez-vous chez le coiffeur ou la manucure. La jeune femme ne semblait faire partie d'aucun club et, le téléphone ne sonnant jamais pour elle, Avery en avait conclu qu'elle n'avait pas ou peu d'amis. Elle en était d'ailleurs aussi surprise que soulagée, car une horde de confidentes l'aurait vite amenée à se trahir.

Ainsi, Carole n'avait ni profession, ni passe-temps. D'une certaine manière, cela valait mieux. Qu'aurait fait Avery si Carole avait été sculpteur, peintre, harpiste ou experte en calligraphie ? Elle avait déjà eu bien du mal à s'entraîner en secret à écrire et à manger de la main droite.

Elle ne pouvait s'occuper à aucune tâche domestique, pas même de faire son lit. Mona s'occupait du ménage et de la cuisine, un jardinier venait deux fois par semaine entretenir les plantes de la cour et un cow-boy à la retraite se chargeait des écuries.

Carole Rutledge avait mené une vie d'une grande oisiveté. Ce n'était pas l'intention d'Avery Daniels.

La porte du bureau s'ouvrit. Tate en sortit accompagné d'un homme d'un certain âge et à la forte carrure avec lequel il s'esclaffait.

En le voyant ainsi arborer un sourire sincère et chaleureux, le cœur d'Avery se mit à battre. Il était vêtu de sa tenue favorite – jean, bottes et chemise – qui faisait si souvent l'objet des critiques d'Eddy, plus favorable au traditionnel costume-cravate. Avery aimait la façon dont il était habillé. Cela lui donnait tant de prestance ! Sa tête était inclinée de façon attentive. Une boucle de cheveux lui tombait sur le front et un grand sourire découvrant une rangée de dents blanches illuminait son visage.

Il ne l'avait pas encore aperçue, et Avery en profita pour se délecter de ce franc sourire qui allait vite se transformer en la voyant en une grimace hideuse.

– Eh bien ! Quelle surprise !

Une voix retentissante la tira de sa rêveuse contemplation. Le visiteur s'approcha d'elle et lui donna une accolade accompagnée d'affectueuses exclamations.

– Ma foi, vous êtes encore plus ravissante qu'avant, et je ne croyais pas que c'était possible !

– Bonjour, monsieur Bridges.

– « Monsieur Bridges ? » Mince alors ! Quand elle vous a vue à la télé, maman aussi a trouvé que vous étiez encore mieux qu'avant...

– Je vous remercie !

– J'aimerais vous inviter tous à déjeuner, mais j'ai une réunion de diacres à l'église.

– Eh bien, nous ne vous retiendrons pas plus, fit Tate en redevenant sérieux, et merci encore pour votre contribution.

Barney eut un geste d'indifférence.

– Maman vous envoie la sienne aujourd'hui.

Tate déglutit avec effort.

– Je... je croyais que le chèque était de vous deux ?

– Non, mon garçon, c'est seulement la moitié. Bon, faut que j'y aille. J'ai promis à maman d'être prudent et de ne pas rouler trop vite. Allez, au revoir vous tous.

Il sortit d'un pas lourd. Une fois que la porte se fut refermée derrière lui, la secrétaire leva les yeux vers Tate et demanda d'un ton atterré :

– A-t-il bien dit « la moitié » ?

– Oui, répondit Tate d'un air incrédule.

Puis, se souvenant de la présence d'Avery, il la fit rentrer dans son bureau et lui demanda d'un air maussade :

– Que fais-tu ici ? Tu as besoin d'argent ?

Ce ton cassant qu'il adoptait généralement lorsqu'ils étaient seuls était aussi douloureux qu'un coup de poignard. Elle en souffrait et cela la rendait furieuse.

– Non, je n'ai pas besoin d'argent, dit-elle sèchement en s'asseyant sur la chaise devant son bureau. Comme tu me l'as conseillé, je suis allée à la banque signer cette nouvelle carte. J'ai expliqué les raisons de mon changement d'écriture. De cette manière, je peux faire un chèque à mon nom quand j'ai besoin de liquide.

– Alors pourquoi es-tu venue ici ?
– J'ai besoin d'autre chose.
– De quoi ?
– De quelque chose à faire.

Cette remarque inattendue produisit l'effet recherché : il lui accorda son attention. La défiant de son regard sceptique, il s'enfonça dans son fauteuil et posa les pieds sur un coin du bureau.

– Quelque chose à faire ?
– Exactement.

Il croisa les doigts sur la boucle de sa ceinture et déclara :

– Je t'écoute.
– Je m'ennuie, Tate, fit-elle d'un ton exaspéré en se levant de sa chaise. Je suis coincée au ranch toute la journée sans rien avoir à faire. J'en ai marre de ne rien faire. Je deviens folle. J'en suis arrivée à discuter des séries télévisées avec Mona.

Alors qu'elle parcourait la pièce en tous sens, elle remarqua certains détails. Premièrement, qu'il y avait des photos encadrées de Mandy partout, mais aucune de Carole.

Parmi les diplômes et photos accrochés au mur, un agrandissement attira tout particulièrement son attention. C'était une photo prise au Viêt-nam.

Tate et Eddy, se tenant par les épaules, posaient d'un air important devant un bombardier. Avery avait appris par hasard qu'ils avaient partagé la même chambre pendant leurs études à l'université, jusqu'à ce que Tate interrompe les siennes pour intégrer l'armée de l'air. Jusqu'à présent, elle n'avait pas su qu'Eddy l'avait accompagné à la guerre.

– Depuis quand as-tu envie de t'occuper ?
– J'ai besoin d'être active.
– Inscris-toi à un cours d'aérobic...
– C'est déjà fait. Mais ça ne représente qu'une heure trois fois par semaine.
– Inscris-toi à un autre cours.

– Tate !

– Quoi ? Où veux-tu en venir ?

– J'essaie de te le faire comprendre, mais tu refuses obstinément de m'écouter.

Il jeta un coup d'œil vers la porte et, craignant que la secrétaire n'entende leur conversation, baissa la voix.

– Tu aimes monter à cheval, mais depuis ton retour tu n'en as pas fait une seule fois.

C'était vrai. Avery aussi aimait monter à cheval, mais comme elle ne connaissait pas les compétences de Carole dans ce domaine, elle avait préféré ne pas se trahir en se montrant ou trop experte ou trop inexpérimentée.

– Ça ne m'intéresse plus, dit-elle d'un ton peu convaincant.

– Ça ne m'étonne pas ! railla-t-il.

– J'y reviendrai peut-être, dit-elle en s'arrêtant devant une série de photos de Nelson prises au cours de sa carrière militaire.

L'une d'elles le représentait entourant amicalement les épaules d'un jeune officier particulièrement séduisant. En arrière-plan se devinait un énorme bombardier, et au bas de la photo se lisait l'inscription : « Commandants Nelson Rutledge et Bryan Tate, Corée du Sud, 1951. »

Bryan Tate ? Un parent de Nelson ? Un ami ? Probablement, car Nelson avait appelé son fils du même nom.

Avery se retourna pour ne pas avoir l'air trop intéressée par une photo qu'elle était déjà censée bien connaître.

– Laisse-moi travailler aux bureaux de la campagne.

– Non !

– Pourquoi ? Fancy y travaille bien...

– Justement. Il risquerait d'y avoir du sang.

– Je ne ferai pas attention à elle...

Il secoua la tête.

– Nous avons toute une équipe de nouveaux volontaires. Il y en a trop et Eddy est obligé d'inventer du travail pour les occuper.

– Il faut que je fasse quelque chose, Tate.

– Mais pourquoi, nom d'une pipe ?

Parce que la vie sédentaire de Carole Rutledge la rendait folle.

– Il est normal que je t'aide.

Il éclata de rire.

– Mais tu te fiches de moi !

– Je suis ta femme !

– Pour le moment !

Sa réplique cinglante la laissa sans voix. Remarquant son expression mortifiée, Tate marmonna dans sa barbe :

– D'accord, si tu veux être utile à quelque chose, continue à être une bonne mère pour Mandy. J'ai l'impression qu'elle s'ouvre un peu.

– Elle s'ouvre beaucoup ! Et j'ai l'intention de la faire progresser chaque jour. Mais même Mandy et ses problèmes ne prennent pas beaucoup de temps. Je ne peux pas être constamment avec elle et, d'ailleurs, elle va à la crèche trois matinées par semaine, fit-elle en s'appuyant sur son bureau. Je t'en prie, Tate.

Il soutint son regard un long moment, puis ses yeux descendirent progressivement vers le décolleté de sa chemise de satin. Honteux de s'être laissé aller, il détourna aussitôt le regard et s'éclaircit la voix :

– Bien, que proposes-tu ?

Elle sentit sa tension se dissiper légèrement.

– Laisse-moi travailler aux bureaux...

– Pas question !

– Alors, laisse-moi t'accompagner lors de ta tournée, la semaine prochaine.

– Non, dit-il d'un ton qui n'admettait pas de réplique.

– S'il te plaît...

– J’ai dit non !

D’un geste coléreux, il fit claquer ses talons au sol, se leva et contourna son bureau.

– Pourquoi pas ?

– Parce que tu ne fais pas partie de la troupe, Carole. Et que je ne supporte pas tes incartades.

– Par exemple ?

– Par exemple ! s’exclama-t-il, étonné de ce manque de mémoire. La dernière fois que tu es venue, tu t’es plainte à propos des chambres, des repas, bref, de tout. Tu étais constamment en retard alors que tu savais parfaitement combien Eddy tenait à être ponctuel. Et encore, ce n’était qu’un voyage de trois jours !

– Je ne recommencerai pas.

– Je n’aurai pas un instant à te consacrer. Quand je ne prononcerai pas un discours, je serai en train d’en écrire un. Au bout de quelques heures, tu vas encore te plaindre que je t’ignore et que tu n’as rien à faire.

– Je trouverai quelque chose à faire ! Je pourrai servir le café, les sandwiches, tailler les crayons, répondre au téléphone, faire des courses...

– Il y a des gens payés pour ça.

– Je peux trouver *quelque chose à faire*.

– Mais pourquoi veux-tu tout d’un coup t’engager dans cette campagne ?

– Parce que, répondit-elle en sentant la colère l’envahir, tu es candidat à un siège de sénateur et que c’est mon rôle d’épouse de t’aider à le gagner.

– Foutaises !

Trois coups secs se firent entendre à la porte. Quelques secondes plus tard, elle s’ouvrit sur Eddy et Jack.

– Excusez-nous, dit le premier, mais en entendant tous ces cris, nous avons pensé qu’il fallait peut-être intervenir.

– Que se passe-t-il ? demanda Jack en refermant la porte derrière eux. Et que fais-tu ici ?

– Je suis venue rendre visite à mon mari, rétorqua Avery. Si tu n'y vois pas d'inconvénient, Jack.

Elle souleva la frange de son front d'un geste belliqueux.

– Mais calme-toi, bon sang. Je te posais une question, c'est tout, fit Jack en s'asseyant sur le canapé placé contre le mur.

Eddy enfouit ses mains dans ses poches et se plongea dans la contemplation du tapis oriental sur lequel il se tenait. Tate retourna s'asseoir à son bureau.

– Carole veut nous accompagner lors de notre prochain voyage, annonça-t-il.

– Encore ? Ô mon Dieu, non ! s'écria Jack.

– Et pourquoi pas ? vociféra Avery.

– Parlons-en calmement, proposa Eddy.

– Ça ne te plaît pas, Jack ? demanda Tate.

Jack la dévisagea un moment, puis haussa les épaules et marmonna :

– C'est ta femme.

Tate se tourna vers Avery.

– Tu connais déjà mes objections.

– Elles sont justifiées, pour la plupart, convint-elle d'un ton conciliant en le bénissant de ne pas l'avoir critiquée devant les autres. Mais je ferai mieux cette fois-ci, maintenant que je sais ce qu'on attend de moi.

– Eddy ?

Ce dernier leva la tête.

– Il est certain qu'un joli couple est plus facile à vendre qu'un homme seul. Les femmes respecteront le fait que tu sois un mari fidèle et un père exemplaire ; et les hommes apprécieront que tu ne sois pas homosexuel ou instable. Malgré nos grandes théories modernes, les électeurs auraient du mal à voter pour un marginal. Le fait d'avoir une femme à tes côtés te permet de faire partie de la norme.

– En d'autres termes, je serai là pour faire vendre le bifteck, fit Avery d'un ton sarcastique.

Eddy haussa les épaules et répondit en guise d'excuse :

– Ce n'est pas moi qui ai inventé les règles, Carole.

Elle passa en revue les trois visages braqués sur elle.

– Alors, quel est le verdict ?

– J'ai une idée, dit Eddy. L'autre jour, je me suis permis de décliner une invitation à la place de Carole pour le dîner de vendredi soir.

– Ce truc organisé par les gouverneurs du Sud, à Austin ?

– C'est ça. J'ai donné comme excuse que, malgré son prompt rétablissement, elle ne se sentait pas encore capable d'assister à une soirée officielle, déclara-t-il en se tournant vers elle. Je peux les rappeler et accepter. C'est un groupe bipartite, ce ne sera donc pas une véritable campagne, mais seulement une occasion de voir et de se faire voir. Nous jugerons du déroulement de la soirée, et prendrons en fonction une décision pour le voyage.

– Une audition, en quelque sorte, dit Avery.

– Si c'est comme ça que tu veux l'appeler... répondit Eddy avec calme.

L'avis de ce dernier était d'une extrême importance pour Tate, mais les ultimes décisions lui revenaient invariablement. Il jeta un coup d'œil à son frère aîné qui s'obstinait à ne pas intervenir.

– Qu'en penses-tu, Jack ?

– Je suis d'accord, dit-il à contrecœur.

– Je vous remercie tous les deux de vos conseils.

Jack quitta le bureau sans ajouter un mot et Eddy murmura un « au revoir » imperceptible à Avery avant de refermer la porte derrière lui.

Tate et Avery se toisèrent du regard un long moment.

– C'est bon, fit-il avec réticence. Tu as réussi à me

convaincre que tu peux être un atout dans cette campagne.

– Tu ne seras pas déçu, Tate, je te le promets.

Il fronça les sourcils d'un air dubitatif.

– Vendredi soir, nous partirons à 19 heures pile. Sois prête.

18

– J'y vais !

La sonnette avait déjà retenti deux fois. Avery se précipita vers la porte et l'ouvrit. Van Lovejoy était là, au milieu des pots de géraniums.

Avery se figea. Son sourire chaleureux s'évanouit, ses genoux mollirent et son estomac se serra.

Le même trouble se lut sur le visage de Van. Il rectifia immédiatement sa position. Un mégot glissa de ses doigts et ses paupières se mirent à battre à un rythme effréné.

Avery tenta de reprendre contenance.

– Bonjour.

– Bonjour... euh...

Il ferma les yeux un instant et secoua ses cheveux hirsutes.

– ... euh, madame Rutledge ?

– Oui ?

Il porta une main osseuse à son cœur.

– Mon Dieu, pendant une seconde, je vous ai prise pour...

– Entrez, je vous en prie.

Elle ne voulait pas l'entendre prononcer son nom. La tentation de crier le sien avait déjà été si forte qu'elle avait dû faire appel à toutes ses forces pour ne pas lui sauter au cou et lui dire qu'elle était sur le coup du siècle.

Elle s'effaça pour le laisser entrer. Contre toute attente, son regard ne se dirigea pas vers la pièce pour en détailler tous les objets, mais resta rivé sur Avery.

– Vous êtes... ?

– Oh, pardon !...

Il s'essuya les paumes sur son jean puis lui tendit une main qu'elle serra vigoureusement.

– Van Lovejoy.

– Et moi, Carole Rutledge.

– Je sais. J'étais là le jour où vous avez quitté la clinique. Je travaille pour K.T.E.X.

– Je vois.

Malgré ses efforts pour garder un ton naturel, ses yeux ne la quittaient pas. Avery souffrait le martyre d'être si proche d'un ami et de ne pouvoir se comporter normalement. Elle avait des milliers de questions à lui poser, mais se contenta de lui adresser celle que Carole aurait logiquement posée :

– Si vous êtes un représentant de cette chaîne de télévision, n'auriez-vous pas dû prendre d'abord rendez-vous avec M. Paschal, le directeur de campagne de mon mari ?

– Il est au courant de ma venue. C'est la production qui m'envoie.

– La production ?

– Je dois filmer un spot publicitaire ici, mercredi prochain. Je suis venu aujourd'hui repérer les lieux. On ne vous a pas prévenue ?

– Je...

– Carole ?

Nelson fit irruption dans l'entrée, et dévisagea Van d'un air visiblement désapprobateur. Autant Nelson était propre et méticuleux, autant Van paraissait négligé.

Il portait un T-shirt miteux, cadeau d'un restaurant dont la spécialité était les huîtres, et sur lequel on lisait : « Ouvrez-moi, sucez-moi, mangez-moi toute crue », un jean usé jusqu'à la corde et des chaussures de tennis éraflées et dépourvues de lacets.

Il avait mauvaise mine et semblait mal nourri. Ses omoplates saillaient sous la fine étoffe du T-shirt et ses côtes se devinaient lorsqu'il se redressait.

Avery savait à quel point ces doigts tachés de nicotine savaient bien manier une caméra. Elle connaissait le don de ces yeux inexpressifs pour discerner le côté artistique des choses. Mais Nelson ne voyait en Van qu'un hippie attardé, un pauvre type. Son talent était aussi dissimulé que l'identité d'Avery.

– Nelson, voici M. Lovejoy. Monsieur Lovejoy, colonel Rutledge.

Nelson serra la main de Van avec une visible répugnance.

– Il est venu repérer les lieux pour le spot publicitaire qu'ils vont filmer la semaine prochaine.

– Vous travaillez pour les productions M.B. ? demanda sèchement Nelson.

– Il m'arrive de travailler pour eux en free-lance. Quand ils ont vraiment besoin du *nec plus ultra*.

– Hmm... Ils m'ont dit en effet qu'ils enverraient quelqu'un aujourd'hui...

De toute évidence, Van n'était pas ce « quelqu'un » auquel Nelson s'attendait.

– Je vais vous montrer les lieux. Que voulez-vous voir ? L'intérieur ou l'extérieur ?

– Les deux. Tous les endroits que Rutledge, sa femme et sa fille fréquentent dans la journée. Ils veulent quelque chose de populaire. Du genre niais.

– Vous pouvez voir tout ce que vous voulez, monsieur Lovejoy, mais je ne vous laisserai avoir aucun contact avec les membres de ma famille. Ma femme serait très choquée par le slogan de votre chemise.

– Ce n'est pas elle qui la porte, qu'est-ce que ça peut lui foutre ?

Nelson lui lança un regard glacial ; il n'était pas habitué à ce qu'on lui manque de respect. Si cela n'avait pas concerné la campagne électorale de Tate, il lui aurait déjà botté le derrière ! Cependant, il se contenta de dire :

– Carole, je suis désolé pour ce que vous venez d'entendre. Je vous prie de nous excuser.

Van se retourna vers elle.

– A plus tard, madame Rutledge. Désolé de vous avoir dévisagée ainsi, mais vous ressemblez tellement à...

– Je suis habituée à ce qu'on me dévisage, l'interrompit-elle vivement. Les gens sont très curieux, c'est normal.

D'un signe de tête impatient, Nelson l'invita à le suivre.

– Par ici, Lovejoy.

Van jeta un dernier regard intrigué à Avery et suivit Nelson dans le couloir. Avery, elle, se retira dans sa chambre, et appuya son dos contre la porte refermée. Haletante, elle ravala ses larmes de remords et de nervosité.

Elle aurait voulu rattraper Van par le bras et, après de joyeuses retrouvailles, le mitrailler de questions. Comment allait Irish ? Etait-il encore secoué par sa mort ? Avait-on embauché une nouvelle personne pour la météo ? La secrétaire enceinte avait-elle accouché d'un garçon ou d'une fille ?

Mais, après réflexion, elle se demanda si Van aurait été aussi content qu'elle de ces retrouvailles. Oh, il aurait été ravi de la savoir toujours en vie mais, une fois le choc surmonté, il lui aurait demandé :

– Mais que fais-tu encore comme connerie ?

Le fameux vendredi arriva. Pendant tout l'après-midi, Avery tenta de passer le temps en jouant avec Mandy dans sa chambre. Assises toutes les deux à une petite table, elles confectionnèrent des dinosaures en pâte à modeler jusqu'à ce que Mandy, affamée, parte rejoindre Mona dans la cuisine.

A 17 heures, Avery prit un bain. Elle se maquilla tout en picorant dans une assiette préparée par Mona. Puis elle modela sa coiffure courte mais élégante et agrémenta le tout d'une paire de boucles d'oreilles en diamants.

A 18 h 45, elle était prête. Profitant de son quart d'heure d'avance, elle appliquait nonchalamment quelques gouttes de parfum sur son cou lorsque Tate fit brusquement irruption dans la salle de bains. Cette apparition soudaine et imprévue la fit sursauter.

Elle pensa tout d'abord qu'il avait changé d'avis et venait la prévenir qu'elle était finalement indésirable. Mais il ne semblait pas en colère, simplement épuisé. Il sursauta à son tour lorsqu'il vit le reflet d'Avery dans le miroir.

Ravie de voir que ses efforts n'étaient pas passés inaperçus, Avery se retourna pour lui faire face et demanda :

– Ça te plaît ?

– Quoi ? La robe ? Oui, elle est jolie...

Elle savait que c'était une robe ravissante. Le fourreau de satin noir, irrégulièrement parsemé de paillettes et enveloppé d'une gaze de soie noire, épousait la forme de son corps, et de longues manches couvraient ses bras jusqu'aux poignets.

C'était une robe sexy, tout en restant décente, qui faisait penser à une toilette d'Audrey Hepburn. Elle ne l'avait pas achetée pour le seul plaisir ; simplement, elle n'avait pas eu envie de porter ce soir-là une robe appartenant à Carole. Elle avait voulu apparaître autrement aux yeux de Tate, différente de l'image qu'il se faisait de Carole.

D'ailleurs, toutes les robes de celle-ci étaient trop décolletées et fantaisistes à son goût. Elle avait préféré quelque chose de léger, mais à manches longues, qui puisse surtout la dissimuler aux yeux des autres. Cette robe était parfaite.

– C'est de l'argent bien dépensé, marmonna Tate avec mauvaise volonté.

– Tu es venu me dire quelque chose ou voir si j'étais en retard ?

– C'est moi qui suis en retard, à vrai dire. Je n'arrive plus à trouver mes boutons de col. Les as-tu vus quelque part ?

Elle avait remarqué qu'il n'était qu'à moitié habillé. Une petite goutte de sang perlait sur son menton rasé de près. Il était pieds nus, ses cheveux encore humides étaient tout ébouriffés après une vigoureuse friction, et sa chemise plissée et déboutonnée pendait par-dessus son pantalon de smoking dont la braguette n'avait pas encore été remontée.

La vue de sa poitrine et de son ventre plat l'emplit d'un soudain désir. Instinctivement, elle passa la langue sur ses lèvres. Les battements de son cœur semblaient sourdre de sa robe.

– Tes boutons de col ? demanda-t-elle langoureusement.

– Je pensais les avoir laissés ici...

– Regarde, je t'en prie, fit-elle en désignant d'un geste la commode où elle avait découvert quelques articles de toilette masculins au cours de ses explorations.

Il fouilla dans les deux premiers tiroirs avant de trouver le coffret noir qui renfermait deux paires de boutons de col et de manchettes en onyx.

– Tu as besoin d'aide ? proposa Avery.

– Non.

– Si.

Elle tenta de lui barrer le passage pour l'empêcher de sortir.

– Je peux me débrouiller seul.

– Et froisser ta chemise en essayant de les mettre. Laisse-moi faire.

Avant qu'il n'ait eu le temps de protester, elle avait déjà inséré le premier bouton de col. Ses doigts effleurèrent la douce toison de son torse, dans laquelle elle eut envie d'enfouir son visage.

– Qu'est-ce que c'est que tout cela ? fit-il en désignant du menton le miroir où étaient accrochés quelques gribouillages multicolores.

– Oh, les œuvres d'art de Mandy. Elle ne t'en a pas donné ?

– Bien sûr que si, mais je ne m'attendais pas à ce que tu les mettes en évidence. Tu as toujours affirmé que ça faisait désordre. Bon, tu as fini ?

Il pencha la tête pour voir où elle en était et faillit lui heurter le front.

– Encore un. Ne bouge pas. C'est ton estomac qui gargouille ainsi ? Prends une pomme, si tu veux.

Il s'immobilisa quelques secondes puis se pencha vers la coupe de fruits. Lorsqu'il mordit dans la pomme, le bruit de sa bouche la fit frissonner de plaisir.

– Tu me passes les boutons de manchettes ?

Il les lui donna et tendit le bras gauche, puis le bras droit. Une fois l'opération terminée, elle leva les yeux vers lui.

– Et ta cravate ?

– Dans ma chambre, répondit-il en continuant de mâcher.

– Tu peux y arriver seul ?

– Oui, oui. Merci.

– Mais je t'en prie.

Au lieu de partir, il resta debout un long moment, et ils se fixèrent sans un mot, enveloppés par des effluves d'huile de bain et le parfum d'Avery.

Enfin, il recula et se dirigea vers la porte.

– Je serai prêt dans cinq minutes.

Tate se sentit tout drôle lorsqu'il réintégra sa chambre. Peut-être avait-il pris une douche trop chaude. Pourquoi était-il si nerveux ?

Il dut refaire son nœud de cravate plusieurs fois

avant qu'il ne soit impeccable, puis il perdit dix minutes à trouver les deux mêmes chaussettes. Cependant, lorsqu'il vint prévenir Avery qu'il était enfin prêt, elle ne lui fit aucune remarque.

Ils descendirent ensemble dans la salle de séjour, où Zee lisait une histoire à Mandy. Nelson, devant la télé, regardait son détective préféré opérer des arrestations.

Il leva brièvement les yeux quand ils entrèrent et laissa échapper un long sifflement admiratif.

– Vous ressemblez à des mariés sur une pièce montée !

– Merci, papa, répondit Tate.

– Pourtant, elle ne ressemble guère à une mariée, dans cette robe noire, Nelson.

Tate savait que sa mère n'avait pas voulu être désagréable, mais sa remarque fut reçue comme une insulte. Un long silence passa. Zee ajouta :

– Mais vous êtes ravissante, Carole.

– Merci, répondit celle-ci d'une voix douce.

Depuis qu'Avery était rentrée au ranch, sa relation avec Zee avait été assez distante. Bien qu'elle se soit toujours gardée de le leur dire, cette dernière aurait préféré que l'aventure de son fils soit sans lendemain.

Elle s'était sensiblement rapprochée de Carole pendant toute sa grossesse, mais cela n'avait guère duré. Et au cours des derniers mois précédant l'accident, elle s'était même laissée aller à plusieurs critiques. Bien évidemment, Tate devinait pourquoi. Ses parents n'étaient ni idiots ni aveugles et s'étaient toujours montrés hostiles à tout ce qui pouvait blesser leurs fils.

Ce soir-là, cependant, Tate espérait que tout se passerait bien. La soirée promettait d'être épuisante, et si la remarque irréfléchie de sa mère ne l'avait pas entièrement gâchée, elle avait certainement contribué à tendre l'atmosphère.

Mandy fut un bon prétexte pour ramener un semblant de bonne humeur. Glissant des genoux de sa grand-mère, elle s'approcha de ses parents.

– Viens me faire un câlin, lui dit Tate en s'agenouillant.

Mandy l'entoura de ses petits bras et cacha son visage dans son cou. A sa grande surprise, Carole s'accroupit à ses côtés.

– Je viendrai t'embrasser quand nous rentrerons, d'accord ?

Mandy se dégagea du cou de son père et hocha la tête.

– Oui, maman.

– Sois gentille avec grand-mère et grand-père.

Mandy hocha de nouveau la tête puis vint se pendre au cou de sa mère.

– Au revoir.

– Au revoir, ma chérie.

Mandy l'embrassa bruyamment puis retourna s'installer sur les genoux de Zee. D'habitude, Carole se plaignait toujours quand Mandy abîmait son maquillage ou froissait ses vêtements. Ce soir, elle se contenta de se tamponner le coin des lèvres avec un mouchoir en papier.

Tate ne comprenait rien, sauf qu'elle jouait son rôle de mère à la perfection. Dieu seul savait quelles étaient ses raisons !

Il la prit par le bras et l'entraîna vers la porte d'entrée.

– Nous reviendrons probablement très tard.

– Soyez prudents, recommanda Zee.

Nelson abandonna à regret son feuilleton et les accompagna jusqu'à la porte.

– Si c'était un concours de beauté, vous gagneriez tous les deux. Vous ne savez pas combien je suis fier et content de vous voir sortir ensemble et aussi bien habillés.

Son père suggérait-il par là que tout ce qui s'était passé entre eux devait être pardonné et oublié ? Tate lui en fut reconnaissant, mais nul ne pourrait l'y obliger. Pardonner ? Il avait toujours trouvé cela très difficile. Oublier ? Ce n'était vraiment pas dans sa nature.

Mais, alors qu'il aidait Carole à prendre place dans la voiture, il songea qu'il aurait aimé en être capable. S'il pouvait effacer toute la colère, la douleur et le mépris, s'il pouvait tout recommencer avec cette femme ce soir, le voudrait-il ?

Tate était aussi honnête avec lui-même qu'avec les autres. Devant la beauté et le comportement de Carole ce soir-là, il se dit qu'il aimerait décidément tout recommencer.

En fait, il la désirait. Il aimait quand elle était douce, calme et sexy. Il ne la souhaitait cependant pas passive, elle était trop vive et intelligente pour devenir une épouse soumise. En outre, les étincelles de colère et d'humeur pimentaient selon lui la vie d'un couple.

Elle lui sourit pendant qu'il s'installait au volant.

– Nelson a raison, tu es très beau ce soir, Tate.

– Merci.

Puis il ajouta, après quelques secondes :

– Toi aussi tu es belle.

Elle lui répondit par un grand sourire. Quelques années auparavant, il aurait dit :

– Tant pis si nous sommes en retard. Je veux faire l'amour avec ma femme.

Et il l'aurait prise, là, dans la voiture.

Ce fantasme l'obséda quelques instants : enfouir son visage dans ses seins, plonger dans son corps humide et chaud, l'entendre gémir de plaisir...

Il se ressaisit en toussotant.

Il regrettait le temps où il pouvait faire l'amour spontanément avec celle qu'il aimait ; il regrettait ce temps, certes, mais il ne la regrettait pas, *elle*. Car, même si leurs rapports avaient été agréables et fréquents, ils n'avaient que rarement partagé une véritable intimité. Cet échange spirituel unissant un couple avait fait défaut depuis le début de leur mariage, et il ne s'en était rendu compte que beaucoup plus tard.

La perspective de remporter un siège au Sénat lui réchauffait le cœur ; il obtiendrait enfin ce qu'il attendait depuis si longtemps de sa carrière politique. Hélas, la victoire serait indéniablement voilée par son échec conjugal.

Sa réussite professionnelle et son avenir politique prendraient tellement plus de sens s'il pouvait les partager avec une femme aimante et encourageante...

Autant demander la lune, pensa-t-il. Même si Carole avait ce genre d'amour à offrir, il ne l'accepterait pas. Elle avait détruit toutes ses espérances depuis bien longtemps.

Même s'il était toujours attiré par elle, et, curieusement, beaucoup plus que d'habitude, tout sentiment avait disparu.

Il la regarda du coin de l'œil. Elle était superbe. Sa mère ne s'était pas trompée. Elle était beaucoup trop sûre d'elle, sophistiquée et sexy pour ressembler à une mariée.

A ce moment précis, elle ressemblait à une épouse aimée et comblée. Elle ressemblait à tout, sauf à Carole.

19

Eddy Paschal sortit de sa douche et s'essuya hâtivement les bras, le torse et les jambes. Puis il jeta la serviette par-dessus une épaule, en rattrapa l'autre extrémité et se sécha ainsi le dos tout en se dirigeant vers sa chambre. Il poussa la porte et s'arrêta net.

– Qu'est-ce que...

– Salut ! Je ne savais pas que tu aimais les magazines porno...

Fancy était étalée de tout son long sur le lit et, appuyée sur un coude, feuilletait le *Penthouse* qu'elle avait trouvé sur la table de nuit. Après avoir jeté un regard indifférent sur une photo particulièrement provocante, elle leva les yeux vers lui et sourit sournoisement.

– Espèce de vilain petit garçon...

– Mais qu'est-ce que tu fiches ici ? demanda-t-il en s'enveloppant prestement dans la serviette.

Fancy s'étira avec une lascivité féline.

– Je prenais le soleil près de la piscine et je suis venue ici chercher un peu de fraîcheur.

Eddy logeait dans une annexe aménagée en studio au-dessus du garage. Peu de temps après avoir été engagé pour être le directeur de campagne de Tate, il avait proposé de la louer. Les Rutledge avaient vivement protesté, déclarant que s'il devait habiter le ranch, il partagerait la maison avec le reste de la famille.

Mais Eddy leur avait expliqué qu'il souhaitait être près d'eux tout en gardant son indépendance. Le studio correspondait parfaitement à ses besoins.

Mais son intimité venait d'être violée.

– Pourquoi viens-tu te rafraîchir ici ? demanda-t-il d'un ton agressif.

Fancy jeta le magazine à côté d'elle et s'assit.

– Tu n'es pas content de me voir ?

– En tout cas, il y a beaucoup à voir, murmura-t-il en essuyant ses fins cheveux blonds. J'ai vu des pansements plus grands que ce bikini. Nelson apprécie-t-il que tu te balades ainsi dans la maison ?

– Grand-père a horreur de tout ce qui est érotique, ronchonna-t-elle. Je me demande comment papa et oncle Tate ont été conçus !... Je parie que grand-père entonne des chants militaires quand il baise grand-mère !

– Tu es désespérante, Fancy, fit-il en lui lançant un regard désapprobateur. Aurais-tu l'obligeance de décamper pendant que je m'habille ? J'ai dit à Tate et à Carole que je les rejoignais au *Waller Creek* et je suis déjà en retard.

– Je peux venir avec toi ?

– Non.

– Pourquoi ? demanda-t-elle d'une voix cajoleuse.

– Je n'ai pas de billets d'entrée.

– Tu peux te débrouiller...

Il secoua la tête.

– Pourquoi pas ? reprit-elle. Je serai prête dans un quart de seconde.

– C'est une soirée collet monté pour les grandes personnes. Tu t'ennuierais à mourir...

– Et moi je te promets que tu ne t'ennuieras pas si je viens avec toi, répondit-elle en lui faisant un clin d'œil.

– Tu vas partir, oui ou non ?

Pour toute réponse, elle dégrafa le haut de son bikini et le laissa choir. Puis elle se pencha en arrière en s'appuyant sur les coudes.

– Est-ce que ça te plaît... mon bronzage ?

Ses seins blancs et lourds aux larges aréoles contrastaient fortement avec le hâle de sa gorge et de son ventre.

Eddy pencha la tête en arrière et ferma les yeux.

– A quoi joues-tu, à présent ? Allez, lève-toi. Remets ton haut et fiche le camp d'ici.

Il s'approcha du lit et tendit la main pour l'aider à se relever. Fancy l'attrapa, l'attira vers elle et la pressa contre un de ses seins. Ses yeux luisaient de malice et d'excitation. Tandis qu'elle promenait la main d'Eddy contre sa pointe dressée, elle lui arracha sa serviette et feignit la surprise.

– Hmm, Eddy, qu'elle est belle !

Elle fixa son sexe d'un air avide et se rapprocha du bord du lit. Elle s'en empara, et le caressa longuement.

– Tellement grosse ! Pour qui est-ce que tu la réserves ? Pour cette horrible rousse au bureau, ou pour ma tante Carole ?

Elle rejeta la tête en arrière et leva les yeux. Le regard glacial d'Eddy la déconcerta un instant mais elle décida qu'elle le préférait en colère. C'était encore plus excitant.

– Je peux t'en faire beaucoup plus qu'elles.

Sur ce, elle pencha aussitôt la tête pour mettre sa promesse à exécution.

Dès le premier coup de langue, Eddy sentit ses genoux faiblir. En quelques secondes, Fancy se retrouva allongée sur le lit, tandis qu'il l'embrassait à pleine bouche.

– Ô mon Dieu ! Oui, oui... gémit-elle, palpitant sous sa caresse brutale.

Il lui maintint les bras au-dessus de la tête et s'attaqua à ses seins, les suçant, les mordant et les léchant sauvagement. Fancy s'abandonnait avec tant d'ardeur qu'il lui fallut quelques secondes avant de se rendre compte qu'il n'était plus sur elle.

Elle ouvrit les yeux. Debout au pied du lit, il la regardait d'un œil amusé.

– Qu'est-ce...

Cherchant à se rasseoir, elle découvrit que ses bras étaient attachés au-dessus de sa tête. Elle les balança par-devant et vit que ses poignets avaient été liés avec le haut de son bikini, fermement noué.

– Espèce de salaud ! hurla-t-elle. Détache-moi !

D'un pas posé, Eddy se dirigea vers la commode et en sortit un slip qu'il enfila.

– Quel langage, railla-t-il.

– Détache-moi, vieille brute !

– Je suis sûr qu'une jeune fille comme toi, pleine de ressources, trouvera vite un moyen de se libérer !...

Il sortit son smoking de location de sa housse et commença à s'habiller sous un flot d'injures.

– Tais-toi, ordonna Eddy une fois que la grossièreté de Fancy eut cessé de l'amuser. Je veux savoir une seule chose.

– Va te faire voir.

– Que signifiait cette remarque à propos de Carole ?

– A ton avis ?

En trois enjambées, il était près du lit, empoignant Fancy par les cheveux et la maintenant immobile.

– Je n'en sais rien et c'est pour ça que je te demande.

Effrayée, la jeune fille sentit son sang-froid la quitter.

– Il faut bien que tu le fasses avec quelqu'un. Alors, pourquoi pas avec tante Carole ?

– Premièrement, parce qu'elle ne m'attire pas.

– Tu parles...

– Pourquoi ne me crois-tu pas ?

– Parce que tu la dévores du regard, surtout depuis son retour.

Eddy continua à la fixer d'un air glacial.

– C'est la femme de mon meilleur ami. Ils sont passés par des moments difficiles et c'est mon rôle de veiller à ce que leur vie conjugale n'affecte pas le déroulement de la campagne.

– Tu parles d'une vie conjugale ! railla-t-elle. Il ne peut pas la supporter parce qu'elle n'a pas arrêté de le tromper. Et mon oncle Tate qui est le symbole de la fidélité ne peut pas accepter ça de sa femme. D'ailleurs, elle ne le sera plus, une fois les élections terminées. Mais tu sais quoi ? poursuivit-elle en souriant langoureusement, si tu as l'intention de conquérir Carole, c'est raté. J'ai bien l'impression qu'ils se réconcilient. Je crois qu'elle lui donne ce qu'elle te donnait avant l'accident.

Peu à peu, son étreinte se desserra et il relâcha ses cheveux.

– En voilà une théorie, Fancy ! répondit-il d'une voix calme et détachée. Seulement, tu te trompes. Il n'y a jamais eu et il n'y aura jamais rien entre Carole et moi.

– Je lui demanderai pour voir ce qu'elle en dit...

– A ta place, je garderais mes soupçons pour moi.

Sans prendre appui sur ses mains, Fancy se leva d'un bond hors du lit.

– Ça devient lassant, Eddy. Détache mes mains. Je ne peux pas sortir comme ça.

– Je sais.

Elle le suivit jusqu'à la porte.

– S'il te plaît, Eddy, implora-t-elle, les larmes aux yeux. Tu es cruel. Ça ne m'amuse pas du tout. Tu penses sûrement que je suis une traînée pour m'être jetée ainsi sur toi, mais il fallait que je fasse le premier pas, sinon tu ne l'aurais jamais fait. Je t'aime. Je t'en prie, aime-moi ! S'il te plaît...

Il posa doucement la main au creux de la taille de Fancy.

– Je suis sûr que tu trouveras un gentil garçon qui sera ravi de te trouver en condition...

Ses joues devinrent écarlates.

– Salaud ! s'écria-t-elle en oubliant son humiliation. Tu as raison, je ne vais pas me gêner pour trouver quelqu'un. Et je le baiserai jusqu'à ce qu'il en crève, je le...

– Bonne soirée, Fancy.

Il l'écarta cavalièrement de son passage et descendit l'escalier quatre à quatre jusqu'à sa voiture.

D'un geste rageur, Fancy leva le pied et claqua la porte derrière lui.

En sortant des toilettes, Avery était tellement impatiente de retourner à la soirée qu'elle ne remarqua même pas l'homme qui se tenait devant le téléphone. Le banquet avait été interminable et les discours un peu trop solennels, mais, une fois qu'ils avaient été libres de leurs mouvements, Tate était devenu le point de mire. Il semblait que tous souhaitaient le rencontrer, lui serrer la main, quelle que soit leur couleur politique. Même ses rivaux se montraient sympathiques ; personne ne manifestait d'hostilité, du moins pas assez pour espérer sa mort. Tout se passait parfaitement bien.

Tate avait effleuré le bras de Carole lorsqu'elle s'était excusée pour aller se rafraîchir, comme s'il appréhendait une aussi brève séparation.

Alors qu'elle passait devant la rangée de téléphones, elle sentit une main lui agripper le poignet. Elle laissa échapper un cri de surprise et fit volte-face. L'homme qui l'avait accostée portait un smoking et devait vraisemblablement faire partie des invités.

– Comment ça va, ma poule ? fit-il d'une voix traînante.

– Lâchez-moi !

Le prenant pour quelqu'un qui avait un peu trop bu, elle tenta de libérer son poignet.

– Pas si vite, madame Rutledge, lança-t-il sur un ton insultant. Laissez-moi regarder de plus près ce nouveau visage dont on parle tant...

Il l'attira contre lui et ajouta :

– A part les cheveux, tu n'as pas changé. Mais il y a surtout une chose que j'aimerais savoir : as-tu toujours le même tempérament ?

– Je vous ai dit de me lâcher.

– Eh bien, que se passe-t-il ? T'as peur que ton mari te découvre ? Ne t'inquiète pas, il est trop occupé pour l'instant !...

– Si vous ne me lâchez pas immédiatement, je hurle.

– Es-tu en colère parce que je ne suis pas venu te voir à l'hôpital ? ricana-t-il. Mais à y réfléchir, ça n'aurait pas été très correct qu'un de tes amants vienne relayer ton mari à ton chevet.

Elle lui lança un regard rageur.

– Les choses ont changé.

– Ah oui ? fit-il en se rapprochant davantage. Tu n'es plus aussi excitée qu'avant ?

Exaspérée et effrayée, elle tenta de nouveau de se dégager. Sans se décourager, il lui coinça le bras derrière la nuque et l'attira contre lui. Son haleine humide et empestée lui effleurait désagréablement le visage et elle chercha à tourner la tête. Mais, de sa main libre, il lui attrapa la mâchoire et demanda :

– Qu'est-ce qui te prend, Carole ? Tu t'imagines que tu peux prendre de grands airs depuis que Tate est entré dans la course ? Laisse-moi rire ! Il va se faire complètement plumer par Rory Dekker, tu sais...

Ses doigts se resserrèrent sur sa mâchoire jusqu'à ce qu'elle gémisse de douleur.

– Maintenant que tu penses qu'il va être nommé à Washington, tu ne le lâches plus d'une semelle, hein ?

Tu n'as même pas fait attention à moi, ce soir. Pour qui est-ce que tu te prends, espèce de petite garce ?

Il lui imprima un violent baiser, la barbouillant de rouge à lèvres. Redoublant d'ardeur, elle le frappa aussi fort qu'elle put sur les épaules et tenta même de lui décocher un coup de genou à l'entrejambe, mais son étroite robe l'en empêcha. Elle se sentit bientôt faiblir sous sa force.

Des voix lointaines, puis de plus en plus proches, parvinrent à leurs oreilles. Il la repoussa et lui adressa un petit sourire satisfait.

– Tu ferais mieux de ne pas oublier tes amis, menaça-t-il en s'éclipsant à la vue de deux femmes qui se dirigeaient vers les toilettes.

Apercevant Avery, elles se turent. Cette dernière s'empressa de se retourner et feignit de téléphoner. Dès que la porte se fut refermée derrière elles, Avery s'effondra contre la tablette du téléphone.

Elle se cassa un ongle en s'évertuant à ouvrir son sac à main à la recherche d'un mouchoir en papier. Elle s'essuya la bouche pour effacer les traces du détestable baiser que l'ancien amant de Carole lui avait fait subir. Elle avala une pastille à la menthe et tapota ses yeux humides.

Après s'être reprise et arrangée, elle raccrocha le combiné et se dirigea vers la salle de réception. Elle heurta une personne au passage et laissa échapper un petit cri apeuré.

– Carole ? Bon sang, mais que se passe-t-il ?

– Tate !

Avery se précipita contre lui, lui entourant la taille des deux bras. D'un geste hésitant, il lui passa un bras autour des épaules et lui frotta gentiment le dos.

– Que s'est-il passé ? Une dame est venue me dire que tu avais l'air bouleversée. Te sens-tu mal ?

Malgré lui, il avait aussitôt quitté les lieux pour

lui venir en aide. Avery songea que Carole ne le méritait vraiment pas.

– Oh, Tate, je suis désolée, dit-elle en levant son visage vers le sien. Je suis tellement désolée...

– Pourquoi ? demanda-t-il en la secouant légèrement par les épaules. Vas-tu me dire enfin ce qui se passe ?

Ne pouvant lui avouer la vérité, elle s'empêtra dans de maladroites explications qui, à bien y réfléchir, n'étaient pas si fausses.

– Je crois que je ne suis pas tout à fait prête pour affronter autant de monde à la fois. J'ai cru étouffer dans la foule.

– Tu semblais pourtant en forme...

– Oui, au début, tout se passait très bien. Mais tout à coup, j'ai eu l'impression d'être de nouveau emprisonnée dans mes bandages. Je ne pouvais plus respirer, je...

– D'accord, je vois. Tu aurais dû me le dire. Allez, viens, rentrons, fit-il en la prenant par le bras.

Elle tenta de le retenir.

– Je ne veux pas t'obliger à partir.

– La soirée se termine, de toute façon. Et comme ça, nous serons les premiers à sortir du parking.

– Tu es sûr ?

Elle mourait d'envie de partir. L'idée de retourner dans la foule et de tomber à nouveau sur l'ignoble personnage qui l'avait embrassée la révulsait. Cependant, elle ne voulait pas gâcher la soirée de Tate et être obligée de rester au ranch lors de ses prochaines tournées.

– Certain. Allons-y.

Tout le monde était couché lorsqu'ils arrivèrent à la maison. Comme promis, ils se glissèrent en silence dans la chambre de Mandy et l'embrassèrent. Elle laissa échapper quelques bredouillements mais ne se réveilla pas. Avant qu'ils ne se séparent pour rejoindre leurs chambres respectives, Tate lui dit d'un ton désinvolte :

– Nous devrons participer à plusieurs réceptions de ce genre. Tu devrais prendre cette robe pour le voyage.

Avery se retourna d'un bond.

– Tu veux dire que je peux t'accompagner ?

Sans la regarder, il répondit :

– Tout le monde pense que c'est une bonne idée. Bonne nuit.

Déconcertée par son absence d'enthousiasme, Avery le regarda s'éloigner dans le couloir et entrer dans sa chambre. Puis elle pénétra à son tour dans la sienne et se prépara pour la nuit.

Epuisée, elle éteignit rapidement la lumière, mais ne parvint pas à trouver le sommeil. Au bout d'une heure, elle sortit de son lit et quitta sa chambre.

Fancy décida de passer par la cuisine au cas où son grand-père l'attendrait dans la salle de séjour. Elle ouvrit la porte, débrancha l'alarme puis la remit silencieusement.

– Qui est là ? Fancy ?

Fancy sursauta.

– Bon Dieu, tante Carole ! Tu m'as fait une peur bleue !

Elle alluma la lampe.

– Ô mon Dieu, que t'est-il arrivé ? s'exclama Avery en bondissant de sa chaise pour examiner de plus près l'œil enflé et la lèvre en sang de Fancy.

– Tu peux peut-être me donner l'adresse de ton chirurgien esthétique, railla la jeune fille.

Passant la langue sur la blessure de sa lèvre, elle s'écarta de sa tante.

– Ce n'est rien, reprit-elle en sortant du réfrigérateur une bouteille de lait dont elle remplit un verre.

– Tu devrais voir un médecin ; veux-tu que je te conduise aux urgences ?

– Sûrement pas ! Et pourrais-tu baisser la voix ? Je ne veux pas que grand-père et grand-mère voient ça. J'en entendrais parler jusqu'à la fin de mes jours.

– Que s'est-il passé ?

– Eh bien, voilà ! Je suis allée dans cette boîte de ploucs. C'était bourré. Vendredi soir, jour de paye. Ils s'amusaient comme des fous. Et puis j'ai remarqué un mec vachement mignon, dit-elle en avalant deux biscuits avant de replonger la main dans le paquet. Il m'a emmenée dans un motel. On a bu de la bière et on a fumé de l'herbe. Je suppose qu'il s'est un peu trop défoncé parce que, quand on a commencé à passer aux choses sérieuses, il n'y arrivait pas. Et évidemment, il s'en est pris à moi...

Elle se lécha les doigts et saisit son verre de lait.

– Il t'a battue ?

Fancy la regarda fixement puis émit un petit rire.

– Il t'a battue ? imita-t-elle d'un ton moqueur. Qu'est-ce que tu crois, bien sûr qu'il m'a battue !

– Ça aurait pu être très grave, Fancy...

– J'arrive pas à y croire, fit Fancy en levant les yeux au ciel d'un air incrédule. D'habitude, tu adores écouter mes aventures, et plus elles sont corsées, plus elles t'amusent.

– Il t'a aussi ligotée ?

Fancy suivit le regard de sa tante, posé sur les cercles rouges imprimés sur ses poignets.

– Ouais, répondit-elle avec rage, ce salaud m'a attaché les mains.

– Tu es folle de suivre un étranger dans un motel, Fancy.

– Folle, moi ? Ce n'est pas moi qui remplis un sac de glaçons !

– C'est pour ton œil.

Fancy repoussa d'un geste le sac de glace.

– Je ne t'ai pas demandé de m'aider...

– Ton œil est en train de devenir violet. As-tu

envie que tes parents s'en aperçoivent et te demandent de leur raconter cette histoire ?

A contrecœur, Fancy empoigna le sac et le pressa contre son œil. Sa tante avait raison.

– Veux-tu de l'aspirine pour soulager la douleur ?

– La bière et l'herbe font l'affaire.

Troublée, Fancy se demanda pourquoi sa tante était soudain si gentille avec elle. Depuis son retour, elle était vraiment bizarre. Elle ne criait plus après sa gosse, cherchait à s'occuper au lieu de passer ses journées à ne rien faire, et, surtout, semblait se rapprocher d'oncle Tate.

– Qu'est-ce que tu fais debout si tard, assise dans le noir ? demanda-t-elle.

– Je n'arrivais pas à dormir. Je pensais qu'un chocolat chaud me ferait du bien.

– Un chocolat ? s'exclama Fancy en remarquant la tasse à demi vide qu'Avery tenait à la main. Quelle idée !

– Un remède idéal contre l'insomnie, répondit-elle en souriant d'un air nostalgique.

Prenant son courage à deux mains, Fancy demanda :

– Tu essaies de te rattraper, n'est-ce pas ?

– Que veux-tu dire ?

– Tu sais très bien ce que je veux dire... Tu changes de comportement dans l'espoir qu'oncle Tate remporte les élections et te garde avec lui quand il ira à Washington, fit-elle d'un air entendu. Dis-moi, tu as rembarré tous tes amants, ou seulement Eddy ?

Blanche comme un linge, Avery leva brusquement la tête et murmura :

– Qu'as-tu dit ?

– Ne joue pas les innocentes ! Ça fait longtemps que je m'en doute, dit Fancy d'un air dégagé. J'en ai parlé à Eddy.

– Et qu'a-t-il dit ?

– Rien. Il ne l'a pas avoué, mais il ne l'a pas nié,

ricana-t-elle grossièrement en se dirigeant vers la porte. Ne t'inquiète pas ! Il y a déjà assez d'histoires dans cette maison pour que je le dise à Tate. A moins que...

Elle se retourna, sur la défensive.

– A moins que tu ne recommences avec Eddy. A partir de maintenant, c'est moi qu'il baise, pas toi ! Bonne nuit...

Ravie de s'être bien fait comprendre, Fancy s'éclipsa de la cuisine.

Elle mit plusieurs jours à se rendre compte que Carole avait été la seule à remarquer son visage défiguré, et qu'elle n'avait rien dit à personne.

20

L'appartement de Van Lovejoy était dans un état apocalyptique. Son lit consistait en un matelas posé sur des parpaings de ciment, et le reste des meubles – tous plus bancals les uns que les autres – semblait venir tout droit des marchés aux puces et brocantes locaux.

Toutes les pièces étaient encombrées de cassettes vidéo. Celles-ci, ajoutées à un équipement dernier cri, représentaient les seuls objets chers de son appartement. Et leur valeur était inestimable. En effet, Van était mieux équipé que la plupart des petites sociétés de production.

Des revues de vidéo s'entassaient dans chaque coin. Van était abonné à tous les magazines spécialisés et les parcourait minutieusement tous les mois, en quête de la vidéo qu'il ne possédait pas encore ou qu'il n'aurait pas encore vue. La quasi-totalité de son salaire passait dans l'entretien et la mise à jour de son impressionnante vidéothèque, et la plus grande partie de son temps libre était consacrée à la projection de nouvelles cassettes.

Ce soir-là, il était plongé dans une séquence prise au Rocking R Ranch quelques jours auparavant. Il avait rendu les cassettes aux productions M.B., sans omettre de s'en copier un certain nombre, comme il le faisait systématiquement.

Le charisme de Tate Rutledge était aussi impressionnant en réalité que filmé. Riche et séduisant, il était l'image même du héros des temps modernes, le genre de personne que Van méprisait particulièrement. Cependant, si Van votait, il lui aurait donné sa voix simplement parce qu'il paraissait honnête et franc. Tate Rutledge ne se moquait pas des gens, même si ce qu'il disait n'était pas toujours ce qu'ils souhaitaient entendre. S'il perdait les élections, ce ne serait certainement pas à cause de son manque d'intégrité.

Van ne pouvait s'empêcher de trouver l'enfant un peu étrange. Elle était plutôt mignonne, même si, dans l'esprit de Van, tous les enfants se ressemblaient. Mais contrairement aux autres, elle était calme et ne faisait jamais de bêtises. En fait, à moins d'y être invitée, elle ne faisait rien. La seule personne avec qui elle semblait se sentir à l'aise était Carole Rutledge.

C'était elle qui, véritablement, captivait l'attention de Van.

Il avait passé et repassé les séquences prises au ranch et le jour de sa sortie de clinique. Indéniablement, cette femme savait comment se comporter devant une caméra.

Il n'avait pas eu besoin de la diriger, comme il l'avait fait pour son mari et sa fille. Elle semblait parfaitement à l'aise, se tournant toujours vers la lumière, sachant instinctivement où regarder.

C'était une professionnelle.

Sa ressemblance avec une autre professionnelle de ses relations était particulièrement troublante.

Des heures durant, il avait passé et étudié les cassettes la représentant. Lorsqu'il arrivait à Carole Rutledge de faire un geste maladroit, il avait l'impression que c'était délibéré, un peu comme si elle désirait dissimuler une trop grande aisance.

Il éjecta une cassette et en inséra une autre, qu'il

passa au ralenti. La scène, qu'il connaissait par cœur, représentait le trio traversant un pré verdoyant. Van les avait filmés alors que le soleil disparaissait derrière les collines environnantes, de façon à ne laisser voir que leurs silhouettes. L'effet était des plus réussis, pensa-t-il en observant la scène pour la énième fois.

C'est alors qu'il le remarqua. Mme Rutledge tourna la tête et sourit à son mari en lui effleurant le bras. Le sourire de Tate Rutledge se figea et son bras s'écarta légèrement, suffisamment pour éviter le geste affectueux de sa femme.

Quelque chose clochait dans ce couple.

Comme Van était cynique de nature, cela ne l'étonnait pas le moins du monde que leur relation soit chancelante. Pour lui, elles l'étaient toutes, et c'était d'ailleurs le dernier de ses soucis.

Cependant, cette femme le fascinait. Il aurait juré l'avoir reconnue l'autre jour, avant qu'il ne se présente. Constamment en quête d'expressions et de réactions, il n'avait pu ignorer le regard surpris et le souffle coupé de Carole Rutledge. Même si ses traits étaient différents et sa coiffure beaucoup plus courte, sa ressemblance avec Avery Daniels était flagrante. Ses gestes étaient identiques et ses mimiques étrangement similaires.

Il laissa la cassette se terminer. Fermant les yeux, il se pinça l'arête du nez comme pour chasser une idée de sa tête, une idée vraiment tirée par les cheveux. Mais cette idée ne voulait pas le quitter, et, malgré son absurdité, s'entêtait à le tourmenter.

Quelques jours auparavant, il était entré dans le bureau d'Irish et, s'affalant dans un fauteuil, lui avait demandé :

– T'as eu l'occasion de regarder la cassette que je t'ai donnée ?

Comme de coutume, Irish était occupé à plusieurs tâches à la fois et s'était contenté de passer la main dans sa chevelure grise.

– La cassette ? Oh, celle des Rutledge ?... Eh ! avait-il crié à un reporter qui passait dans le couloir, qui s'occupe des ossements trouvés dans le comté de Comal ?

– Qu'est-ce que tu en penses ? avait demandé Van, une fois que l'attention d'Irish se fut de nouveau portée sur lui.

– De quoi ?

– De cette cassette, avait répondu Van avec humeur.

– Pourquoi ? Tu mènes une enquête ?

– C'est pas vrai !... avait ronchonné Van en se levant.

D'un geste, Irish lui avait ordonné de se rasseoir.

– Que veux-tu que je regarde en particulier ?

– La nana.

– T'as un faible pour elle ? avait ricané Irish.

Van se souvint qu'il avait été déçu qu'Irish n'ait pas remarqué la ressemblance entre Carole Rutledge et Avery Daniels. Mais cela prouvait peut-être que son imagination lui jouait de sacrés tours, car personne ne connaissait mieux Avery qu'Irish.

– Je trouve qu'elle ressemble beaucoup à Avery.

Irish s'était rempli une tasse de café visqueux et avait foudroyé Van du regard.

– Et alors ? Tout le monde le dit depuis que Rutledge s'est lancé dans la politique et qu'on les voit à la télévision.

– Tu n'as jamais trouvé qui t'avait envoyé ses bijoux ? avait demandé Van.

Irish lui avait fait part de l'incident, et, bien que cela lui eût paru étrange, il n'y avait plus pensé jusqu'au jour où il s'était trouvé face à Carole Rutledge.

Irish avait secoué la tête d'un air pensif.

– Non.

– Tu as essayé ?

– J'ai passé quelques coups de fil...

De toute évidence, il ne semblait guère disposé à en parler. Cependant, Van insista.

– Et alors ?

– Je suis tombé sur un abruti qui ne voulait pas qu'on le dérange et qui m'a seulement dit qu'après un accident d'avion, tout était possible.

Comme se tromper de corps ? pensa Van. Il décida de ne pas poser la question. Irish se remettait difficilement de la mort d'Avery, il en était encore très affecté. Inutile de lui mettre des idées insensées en tête. Et même si ces idées étaient plausibles, il n'était pas envisageable qu'Avery, vivante, accepte de vivre dans la peau d'une autre. D'autre part, Irish l'aurait accusé de se démolir le cerveau à la drogue, ce qui, d'ailleurs, n'était pas si éloigné de la vérité. Il n'était qu'un minable, un raté. Un dépravé.

Cela ne l'empêcha pas cependant de mettre une nouvelle cassette sur la famille Rutledge.

Le premier cri la réveilla. Le deuxième résonna dans sa tête et le troisième lui fit rejeter les couvertures et sauter du lit.

Avery s'empara de sa robe de chambre, sortit en courant de sa chambre et se précipita vers celle de Mandy. Quelques secondes plus tard, elle était penchée au-dessus de l'enfant.

– Mandy, ma chérie, réveille-toi.

– Mandy ?

Tate apparut de l'autre côté du lit et s'agenouilla sur le tapis pour tenter de calmer sa fille qui continuait de hurler.

Avery posa les mains sur les joues de Mandy.

– Mandy, réveille-toi. Réveille-toi, ma chérie. Tate, que pouvons-nous faire ?

– Continue d'essayer de la réveiller.

Avery lui tapota légèrement les joues.

– C'est maman. Maman et papa sont là, près de toi, ma chérie. Tout va bien.

Les hurlements finirent par cesser et l'enfant se précipita dans les bras ouverts de sa mère. Celle-ci la recueillit tout contre elle, guidant son visage ruisselant de larmes dans le creux de son cou et s'efforçant d'apaiser son petit corps secoué de spasmes.

– Mon Dieu ! je ne savais pas que c'était si grave...

– Elle en faisait presque toutes les nuits quand tu étais à l'hôpital, remarqua Tate. Et puis, ils se sont un peu espacés. Cela fait plusieurs semaines que ça n'était pas arrivé, ajouta-t-il d'un air inquiet.

– Elle se calme, dit Avery en frottant le dos de l'enfant.

Elle hoquetait toujours, mais le pire était passé.

– Je vais rester avec elle cette nuit, reprit Avery. Pourquoi ne m'as-tu jamais dit que ses cauchemars étaient aussi épouvantables ?

Il s'installa dans le rocking-chair près du lit.

– Tu avais tes ennuis et ses cauchemars se sont dissipés très rapidement, comme l'avait prédit la psychiatre. Je pensais que c'était terminé...

– Si j'avais su...

Avery continuait à tenir Mandy tout contre elle, la berçant de douces paroles rassurantes. Enfin, l'enfant leva la tête.

– Ça va mieux ? lui demanda Tate.

Mandy hocha la tête.

– Tu veux raconter à maman le mauvais rêve que tu as fait ? murmura Avery en essuyant ses larmes.

– Il va m'attraper, bredouilla-t-elle d'une voix tremblante.

– Qui va t'attraper, ma chérie ?

– Le feu.

Avery frissonna au souvenir de l'accident.

– Mais je t'ai sortie du feu, tu te souviens ? dit-elle doucement. Il n'y a plus de feu, maintenant.

Mandy secoua la tête.

– Peut-être qu'un linge humide sur le visage lui ferait du bien, suggéra-t-elle.

Tate se leva et revint bientôt avec un gant de toilette.

– Merci.

Il s'assit près d'elle et la regarda éponger le visage de l'enfant. Puis, d'un geste plein de tendresse, il prit son ours en peluche et le lui déposa dans les bras. Mandy le serra tout contre elle.

– Tu es prête à retourner au lit ? demanda Avery d'une voix douce.

– Non, répondit l'enfant en jetant des regards apeurés autour d'elle.

– Maman ne va pas te laisser. Je vais m'allonger près de toi.

Elle mit Mandy dans son lit et vint s'installer à côté d'elle. Tate les recouvrit et se pencha au-dessus de l'oreiller qu'elles partageaient pour embrasser Mandy.

Il ne portait rien d'autre qu'un slip. Une force et une beauté toute particulière émanaient de son corps illuminé par le clair de lune. En se relevant, ses yeux se posèrent sur ceux d'Avery. Instinctivement, elle posa la main sur sa poitrine et souleva la tête pour déposer un léger baiser sur ses lèvres.

– Bonne nuit, Tate.

Il se redressa lentement, permettant ainsi à sa main de glisser le long de son torse, de se perdre dans sa toison, d'effleurer son ventre plat jusqu'à ce qu'elle rencontre l'élastique du slip.

– Je reviens tout de suite, chuchota-t-il.

Il revint quelques minutes plus tard, vêtu d'une robe de chambre légère, et remarqua que Mandy s'était déjà rendormie. Il s'assit dans le rocking-chair et regarda Avery.

– Ce n'est pas un lit pour deux. Es-tu à l'aise ?

– Ça va...

– Je crois que Mandy ne remarquera rien si tu te lèves maintenant pour retourner dans ta chambre.

– Non. Je lui ai promis de passer la nuit près d'elle.

Elle caressa la joue brûlante de l'enfant.

– Qu'allons-nous faire, Tate ?

Il se pencha en avant et se frotta les yeux. Une mèche rebelle lui tombait sur le front et son menton mal rasé faisait ressortir sa fossette. Il soupira longuement.

– Je ne sais pas...

– Tu crois que son traitement lui fait du bien ?

– Tu ne penses pas ? demanda-t-il en levant la tête.

– Je ne me permettrais pas de critiquer le choix que toi et tes parents avez fait pendant mon séjour à l'hôpital...

Elle savait qu'elle aurait dû se taire. C'était un problème familial auquel Avery Daniels n'avait pas le droit de se mêler. Cependant, elle ne pouvait tout de même pas laisser l'état de l'enfant empirer sans intervenir.

– Si tu as une suggestion, je t'en prie, dis-la-moi, fit Tate. Il s'agit de notre enfant et nous n'allons pas nous disputer pour savoir qui a la meilleure idée.

– Je connais un médecin à Houston, commença-t-elle. Il... Je l'ai vu à une émission de télévision et il m'a beaucoup impressionnée. Il m'a paru très franc et compétent. Puisque la psychiatre actuelle ne semble pas améliorer les choses, nous pourrions peut-être emmener Mandy le voir.

– Nous n'avons rien à perdre. Prends rendez-vous.

– Je l'appellerai demain.

Elle enfonça sa tête dans l'oreiller sans le quitter du regard. Il s'installa le plus confortablement possible dans le rocking-chair et appuya sa tête contre un coussin rose.

– Ce n'est pas la peine que tu restes ici toute la nuit, Tate, souffla Avery.

Leurs yeux se rencontrèrent et se fixèrent un long moment.

– Si.

Il s'endormit, les yeux tournés vers elle.

21

Avery fut la première à se réveiller. Il était encore très tôt et la pièce était plongée dans une demi-obscurité. Elle sourit tristement en voyant la petite main de Mandy reposer sur sa joue et la repoussa doucement pour pouvoir s'étirer à son aise. Prenant garde à ne pas réveiller l'enfant, elle se leva.

Tate était toujours endormi dans sa chaise, la tête penchée sur une épaule et, malgré son inconfortable position, sa respiration était calme et régulière.

Sa robe de chambre entrouverte laissait voir une partie de son torse et de ses cuisses. Le sommeil avait effacé le pli soucieux de son front. Ses cils d'un noir de jais dessinaient deux demi-cercles sur ses joues. Ainsi abandonnée, sa bouche semblait promettre tant de plaisir... Avery se dit qu'il devait faire l'amour avec passion, comme tout ce qu'il faisait. Elle se sentit soudain envahie d'une étrange et douloureuse émotion qui lui donna envie de crier.

Elle l'aimait.

Elle comprit tout à coup qu'outre ses intérêts professionnels, elle jouait ce rôle parce qu'elle voulait *être* sa femme. Elle voulait le protéger et cicatriser les plaies que lui avait infligées une épouse égoïste et méprisable. Elle voulait partager son lit.

S'il venait un jour à parler du devoir conjugal, elle se laisserait faire avec bonheur. Il découvrirait alors sa véritable identité, et la mépriserait encore plus que Carole pour s'être jouée de lui. Il ne pourrait croire que son amour fût authentique. Il l'était pourtant.

Soudain, il bougea imperceptiblement, puis redressa la tête en grimaçant. Il battit des paupières et fixa son regard sur Avery.

– Quelle heure est-il ? demanda-t-il d'une voix endormie.

– Je ne sais pas. Tôt. Tu as mal au cou ?

Elle passa la main dans ses cheveux ébouriffés puis la posa sur sa nuque.

– Un peu...

Elle commença à lui masser doucement le cou.

– Hmm...

Au bout d'un moment, il rajusta sa robe de chambre, replia ses jambes et se redressa sur son siège.

– Mandy dort encore, remarqua-t-il.

– Tu veux que je te prépare un petit déjeuner ?

– Juste un café, ça ira.

– Je vais le faire.

L'aube commençait à poindre. Mona n'était pas encore levée et la cuisine était plongée dans les ténèbres. Tate entreprit de verser du café dans un filtre tandis qu'Avery se dirigeait vers le réfrigérateur.

Nc tc dérangc pas pour moi, dit-il.

– Tu n'as pas faim ?

– Je peux attendre que Mona se lève.

– J'aimerais te préparer quelque chose.

Il lui tourna le dos et dit d'une voix nonchalante :

– Si tu veux. Deux œufs, alors.

Elle s'était suffisamment familiarisée avec la cuisine pour pouvoir préparer un petit déjeuner. Tout se déroula pour le mieux jusqu'à ce qu'elle se mette à casser les œufs dans un bol.

– Mais qu'est-ce que tu fais ?

– Des œufs brouillés. P... pour moi, s'empressa-t-elle d'ajouter devant son air étonné.

Elle n'avait pas la moindre idée de la façon dont il voulait qu'elle les prépare.

– Tiens, finis ça pendant que je prépare les toasts, reprit-elle.

Elle s'occupa à les beurrer tout en le regardant en cachette préparer deux œufs au plat. Il les fit glisser sur une assiette qu'il apporta sur la table en même temps que les œufs brouillés.

– Ça fait longtemps que nous n'avons pas pris notre petit déjeuner ensemble, remarqua-t-elle en mordant dans une tartine.

Elle attaqua ses œufs, s'empara de son verre de jus d'orange, et se rendit compte qu'elle était la seule à manger. Tate, de l'autre côté de la table, l'observait en silence.

– Nous n'avons jamais pris de petit déjeuner ensemble, Carole. Tu détestes manger le matin.

Elle eut toutes les peines du monde à avaler sa bouchée et serra le verre dans sa main.

– On me donnait toujours un petit déjeuner à l'hôpital, quand j'ai pu me nourrir normalement. Il fallait que je reprenne quelques kilos...

Tate était resté imperturbable. Il n'en croyait manifestement pas un mot.

– Je... je m'y suis habituée, et maintenant j'ai faim le matin. Mais pourquoi en fais-tu toute une histoire ? ajouta-t-elle, sur la défensive.

Tate se saisit de sa fourchette et commença à manger d'un geste étudié.

– Arrête ton cirque...

– Que veux-tu dire ? s'inquiéta-t-elle, croyant qu'il faisait allusion à son mensonge.

– Je sais bien que cette nouvelle lubie de me préparer mon petit déjeuner est une de tes machinations pour rentrer dans mes bonnes grâces.

Elle perdit instantanément l'appétit et l'odeur même des œufs lui donna la nausée.

– Machinations ?

De toute évidence, il avait lui aussi perdu l'appétit. Il repoussa son assiette.

– Le petit déjeuner, les tâches domestiques, toutes ces marques d'affection comme caresser mes cheveux ou me masser le cou...

– Ça a pourtant l'air de te plaire.

– Ça ne veut rien dire.

– Si !

– Tu parles ! s'écria-t-il en s'appuyant contre son dossier d'un air rageur. Tes caresses et tes baisers, je peux les supporter à la rigueur. Si tu veux te donner une image d'épouse aimante et attentionnée, vas-y, rends-toi ridicule. Mais surtout, n'espère pas que je réponde à ta prétendue tendresse. Rien ne me fera retourner dans ton lit, pas même la perspective d'un siège au Sénat. C'est te dire combien je te méprise.

Il s'interrompit un instant pour reprendre son souffle.

– Mais ce qui me dégoûte le plus, ce sont tes soudains égards pour Mandy. Ton petit jeu était impressionnant, hier soir.

– Ce n'était pas un jeu.

Il ignora sa réplique.

– En tout cas, tu ferais mieux de continuer à lui prodiguer tes attentions jusqu'à ce qu'elle soit complètement rétablie. Elle ne supporterait pas une nouvelle rechute.

– Vas-tu cesser de me faire la morale ? répliqua Avery en colère. Je suis aussi attachée que toi à la guérison de Mandy.

– Ouais, c'est ça.

– Tu ne me crois pas ?

– Non.

– Ce n'est pas juste !

– Ça te va bien de parler de justice !

– Je suis terriblement inquiète pour Mandy.

– Pourquoi ?

– *Pourquoi ?* s'exclama-t-elle. Parce que c'est notre enfant.

– Celui dont tu as avorté était aussi notre enfant ! Ça ne t'a pas empêchée de le tuer !

Chaque mot la mettait au supplice. Elle posa un bras sur son ventre et se pencha en avant, comme sous l'effet d'une intense douleur. Haletante, elle le fixait sans pouvoir proférer une parole.

Comme s'il répugnait à la regarder, il se leva et lui tourna le dos pour se servir du café.

– Je m'en serais aperçu de toute façon, dit-il d'une voix glaciale en lui faisant de nouveau face, mais apprendre par un inconnu que ma femme n'est plus enceinte...

Ecumant de rage, il détourna les yeux.

– Est-ce que tu peux imaginer ce que j'ai pu ressentir, Carole ? Bon sang, tu étais là, à moitié morte, et j'avais envie de t'achever moi-même, rugit-il en serrant le poing.

Soudain, du fin fond de sa mémoire, des paroles resurgirent. La voix de Tate demandait : *L'enfant... des effets sur le fœtus ?* Et une autre répondait : *Fœtus ? Mais votre femme n'était pas enceinte.*

Ces bribes de conversation lui avaient alors paru vides de sens. Du moins, elle ne l'avait pas saisi et s'était empressée d'oublier cet épisode.

– Tu croyais peut-être que je n'avais pas remarqué que tu n'avais pas accouché ? Tu m'as assez fait comprendre que tu étais enceinte, pourquoi ne m'as-tu pas parlé de ton avortement ?

Avery secoua la tête d'un air désespéré. Elle n'avait rien à lui répondre. Aucune excuse. Aucune explication. Mais elle venait de comprendre pourquoi Tate détestait tant Carole.

– Quand l'as-tu fait ? Probablement quelques jours avant ton départ pour Dallas. Pour ne pas être gênée par un bébé, n'est-ce pas ? Ça aurait déformé ta jolie silhouette !...

Il se pencha vers elle et donna un coup de poing sur la table.

– Réponds-moi, nom d'un chien ! Dis quelque chose ! Il serait temps qu'on en parle, tu ne crois pas ?

– Je... je ne pensais pas que c'était important, bredouilla-t-elle.

Le regard de Tate devint soudain si féroce qu'elle se demanda s'il n'allait pas la battre. Préparant sa défense, elle lança :

– Je connais votre politique sur l'avortement, monsieur Rutledge. Combien de fois t'ai-je entendu proclamer que c'est à la femme de choisir ? Est-ce que ce droit est valable pour toutes les femmes du Texas, excepté la tienne ?

– Exactement !

– Quelle hypocrisie !

Il lui attrapa le bras et la tira pour la mettre debout.

– Les principes que je préconise ne s'appliquent pas forcément à ma vie privée. Cet avortement n'était pas un problème politique, c'était mon enfant, fit-il en plissant les yeux. Ou du moins, c'est ce que tu m'as dit. Mais c'était peut-être un autre mensonge pour éviter que je ne te jette dehors !

Elle essaya d'imaginer ce que Carole aurait répondu.

– Il faut être deux pour faire un enfant, Tate.

Comme elle s'y attendait, elle avait touché une corde sensible. Il lui relâcha le bras et recula.

– Je regrette amèrement ce qui s'est passé cette nuit-là, et je ne m'en suis jamais caché. J'avais juré de ne plus toucher ton corps de dépravée. Mais tu sais arriver à tes fins, Carole. Pendant des jours et des jours, tu t'es frottée à moi comme une chatte en chaleur, miaulant des excuses et promettant d'être une épouse attentionnée. Si je n'avais pas trop bu cette nuit-là, j'aurais pu éviter le piège que tu me tendais.

Il la dévisagea d'un regard méprisant avant de poursuivre :

– Est-ce un autre piège que tu me tends à présent ? Est-ce pour cela que tu joues les femmes modèles depuis ta sortie d'hôpital ? Dis-moi, es-tu vraiment tombée enceinte par accident, cette fameuse nuit, ou bien avais-tu formé le projet d'être enceinte et d'avorter uniquement pour me tourmenter ?

– Non, déclara sèchement Avery.

Elle ne pouvait plus supporter cette haine, même si elle ne lui était pas directement destinée.

– Tu n'as plus aucun pouvoir sur moi, Carole. Je ne te hais même plus, tu n'en vaux pas la peine. Prends tous les amants que tu veux, je n'en ai rien à faire. La seule manière de me blesser, ce serait de blesser Mandy, et ça, je ne le permettrai jamais.

Cet après-midi-là, elle décida de faire une promenade à cheval. Elle avait besoin d'espace et de grand air pour réfléchir.

Carole Rutledge avait été un vrai monstre envers son mari, son enfant, et tous ceux qu'elle avait approchés. La scène du petit déjeuner lui avait laissé les nerfs à vif, mais au moins, elle savait à quoi s'en tenir. Elle comprenait à présent pourquoi Tate méprisait sa femme à ce point.

Avery tenta de recomposer le scénario. Carole avait été infidèle et ne s'en était pas cachée. C'était plus que Tate n'en pouvait supporter mais, ne voulant pas risquer sa carrière politique, il avait décidé qu'ils divorceraient après les élections.

Pendant une longue période, il avait déserté le lit de sa femme. Il avait même changé de chambre. Mais Carole avait réussi à le séduire une fois de plus.

A son retour de promenade, elle trouva Mandy occupée à aider Mona à faire des gâteaux. Elle les complimenta et laissa l'enfant sous la surveillance de l'employée.

La maison était calme. Fancy était partie en voiture un peu plus tôt ; Jack, Eddy et Tate, comme tous les jours, étaient en ville, soit au cabinet juridique, soit aux bureaux électoraux ; et, comme de coutume, Dorothy Rae était confinée dans l'aile du ranch qu'elle occupait. Mona avait appris à Avery que Nelson et Zee passaient l'après-midi à Kerrville. Elle se rendit donc dans sa chambre, ôta ses bottes de cheval et alla ouvrir les robinets de la douche.

Une fois de plus, une étrange sensation l'envahit. Elle avait l'impression que quelqu'un avait pénétré chez elle en son absence. Posant les yeux sur la coiffeuse, elle fut parcourue d'un long frisson.

Elle ne se souvenait plus avoir laissé là sa brosse à cheveux et avoir rangé sa crème pour les mains. Mais elle était certaine de ne pas avoir laissé la boîte à bijoux ouverte ainsi, avec un collier de perles qui s'en échappait. Pour la première fois depuis son arrivée au ranch, elle alla fermer sa porte à double tour.

Elle se doucha rapidement et enfila une épaisse robe de chambre. Un peu troublée par sa découverte, elle décida de s'allonger un moment avant de s'habiller. Alors qu'elle posait la tête sur son oreiller, elle perçut un froissement.

Une feuille de papier avait été glissée entre l'oreiller et la taie.

Avery l'examina avec appréhension. Elle était pliée en deux, mais ne portait aucune inscription.

Après un long moment, elle finit par la déplier. Une seule ligne dactylographiée figurait au milieu de la page blanche :

Quelle que soit ta nouvelle attitude envers Tate, elle fonctionne parfaitement. Continue.

– Nelson ?
– Hmm ?

Sa réponse irrita Zee. Elle posa sa brosse et se tourna sur son tabouret.

– C'est très important !

Nelson rabaissa un coin de son journal. Remarquant son expression troublée, il le replia et s'installa confortablement dans son fauteuil.

– Excuse-moi, chérie, que disais-tu ?

– Je n'ai encore rien dit.

– Quelque chose ne va pas ?

Ils étaient dans leur chambre et, après avoir regardé les informations de 22 heures, s'apprêtaient à se coucher.

Les cheveux sombres et bien brossés de Zee, où courait une mèche argentée, luisaient à la lumière de la lampe. Sa peau, lisse et brunie par le soleil texan, ne montrait encore que peu de rides.

– Il se passe quelque chose entre Carole et Tate, déclara-t-elle.

– Je crois qu'ils se sont disputés aujourd'hui, dit Nelson en commençant à se déshabiller. Ils n'ont pas dit un mot de tout le dîner.

Zee, particulièrement sensible à l'humeur de son fils cadet, avait également remarqué l'atmosphère tendue de la soirée.

– Tate avait l'air très en colère.

– Carole a sûrement fait quelque chose qui ne lui a pas plu.

– Et quand Tate est en colère, continua Zee, ignorant l'intervention de son mari, Carole est généralement déchaînée, et fait tout ce qu'elle peut pour le faire enrager...

Nelson pendit soigneusement son pantalon dans son placard. Il avait le désordre en abomination.

– Mais elle n'a pas fait la folle, ce soir. Elle n'a pratiquement pas dit un mot.

– C'est justement ce que je voulais te signaler, Nelson, répliqua Zee. Elle paraissait aussi crispée que lui. Ça ne lui ressemble pas !

Vêtu de son seul caleçon, il souleva méthodiquement le bord du drap et se mit au lit. Il replia les bras derrière sa tête et se mit à fixer le plafond.

– Ça fait un petit moment que j'ai remarqué plusieurs choses étranges chez Carole.

– Dieu merci ! s'exclama Zee en éteignant les lampes et en se couchant près de son mari. Je croyais avoir perdu la tête. Je ne suis donc pas la seule à l'avoir remarqué ! Elle me paraît moins superficielle qu'avant, tu ne trouves pas ?

– Le fait d'avoir frôlé la mort l'a peut-être assagie...

– Peut-être.

– Tu ne crois pas ?

– S'il n'y avait que ça, je le croirais volontiers.

– Qu'y a-t-il d'autre ? demanda Nelson.

– D'abord, il y a Mandy. Carole se comporte tout à fait différemment avec elle et s'inquiète beaucoup à son sujet.

Mal à l'aise, Nelson s'agita. Zee savait pourquoi : les suppositions l'ennuyaient au plus haut point. Tout était ou noir ou blanc ou n'était pas. A l'exception de Dieu, il ne croyait qu'en des absolus. Il n'avait pas la moindre confiance en la psychanalyse et la psychiatrie. Selon lui, toute personne digne de ce nom était capable de résoudre seule ses problèmes sans avoir recours à quiconque.

– Carole mûrit, c'est tout, déclara-t-il. L'épreuve qu'elle a dû subir lui a fait du bien, et maintenant elle regarde les choses avec un autre œil. Elle apprécie enfin ce qu'elle a : Tate, Mandy, notre famille. Il était temps qu'elle devienne raisonnable !

Zee aurait aimé pouvoir partager cette opinion.

– J'espère seulement que cela va durer...

Nelson se tourna sur le côté et posa la main dans le creux de sa taille en l'embrassant à la naissance des cheveux.

– Que veux-tu qui dure ?

– Son attitude attentionnée envers Tate et Mandy. Apparemment, elle donne l'impression de leur être attachée.

– Tant mieux !

– Si c'est sincère, soupira-t-elle. Tate a besoin d'être heureux. Il mérite d'être aimé.

– Tu as toujours fait en sorte que tes fils soient heureux, Zee.

– Oui, mais ni l'un ni l'autre ne sont heureux en ménage, Nelson, répondit-elle avec amertume. Je l'aurais tellement souhaité...

Il effleura ses lèvres de son doigt, comme pour y dessiner un sourire.

– Tu n'as pas changé. Tellement romantique...

Il l'attira tout contre lui et l'embrassa. Ses mains fortes se glissèrent sous sa chemise de nuit et caressèrent sa peau nue. Ils firent l'amour dans le noir.

22

Pendant des jours, Avery s'était demandé comment joindre Irish.

Après un long examen de conscience, elle s'était décidée à lui demander conseil mais appréhendait de lui annoncer qu'elle n'avait pas été victime de l'accident du vol 398. Quelle que soit la manière de le dire, la nouvelle serait cruelle. Elle ne pouvait pas se présenter à sa porte, car le choc de la revoir pourrait lui être fatal, et il aurait pris un coup de téléphone pour une mauvaise plaisanterie car sa voix n'était plus la même. Elle s'était donc résignée à lui envoyer un mot, par la même voie que ses bijoux quelques semaines auparavant. Elle n'avait pas la moindre idée de la façon dont il fallait s'y prendre pour annoncer à un proche qui vous croit morte que vous êtes bel et bien vivante. Elle opta pour la franchise.

Cher Irish,

Je n'ai pas péri dans l'accident d'avion. Je t'expliquerai toute cette étrange histoire mercredi prochain, chez toi, à 18 heures.

Affectueusement, Avery.

Elle l'avait écrit de la main gauche pour lui permettre de reconnaître immédiatement son écriture et l'avait posté sans mentionner l'expéditeur.

Tate ne lui avait guère adressé la parole depuis leur dispute. D'une certaine manière, elle en était contente ; même si son hostilité n'était pas dirigée contre elle, son amour-propre en était affecté et elle préférait garder ses distances.

Elle n'osait imaginer sa réaction lorsqu'il découvrirait enfin la vérité. Son mépris pour Carole se transformerait en haine pour Avery Daniels. Elle espérait seulement qu'il lui laisserait l'occasion de s'expliquer. Pour le moment, elle ne pouvait rien faire d'autre que lui prouver combien ses actes étaient désintéressés. Dès le lundi matin suivant, elle avait pris rendez-vous avec le Dr Gerald Webster, le grand psychiatre pour enfants, qui lui accorda une heure dans son emploi du temps surchargé.

Lorsqu'elle en informa Tate, il répondit brutalement :

– Je le marquerai dans mon agenda.

Elle avait fait en sorte que le rendez-vous coïncide avec un jour où ils devaient se rendre à Houston pour une allocution.

Hormis ce bref échange, ils ne s'étaient pratiquement rien dit, et cela permit à Avery de préparer sa confrontation avec Irish.

Mais, le mercredi soir suivant, alors qu'elle garait sa voiture devant la petite maison de son ami, elle ne savait toujours pas ce qu'elle allait lui dire.

Le cœur battant, elle remonta l'allée et faillit perdre ses moyens en apercevant du mouvement derrière les stores. Avant même qu'elle n'atteigne le porche, la porte s'ouvrit brusquement. Irish, dans un état de grande nervosité, sortit et demanda :

– Qui êtes-vous et à quoi jouez-vous, nom de Dieu ?

Avery ne se laissa pas intimider par son ton féroce et continua de se diriger vers lui jusqu'à ce qu'ils se retrouvent nez à nez.

– C'est moi, Irish, dit-elle en souriant gentiment. Rentrons.

Elle posa la main sur son bras et, instantanément, sa hargne se dissipa, tandis que son regard furieux faisait place à des larmes de doute, de consternation et de joie. Le pauvre homme faisait peine à voir.

– Avery ? Est-ce... ? Comment... ? Avery ?

– Je te raconterai tout à l'intérieur.

Elle le prit par le bras et l'entraîna à sa suite, comme s'il avait perdu l'usage de ses jambes. Elle le poussa légèrement dans l'entrée et referma la porte derrière eux.

Elle remarqua avec tristesse que la maison était aussi désordonnée qu'Irish était négligé. Il avait pris du ventre mais son visage était décharné. Ses joues et son menton pendaient lamentablement et un réseau éloquent de veines rouges se dessinait sur son nez. Il buvait. La dernière fois qu'elle l'avait vu, ses cheveux étaient poivre et sel. A présent, ils étaient d'un blanc immaculé.

Tout cela à cause d'elle.

– Oh, Irish, Irish, pardonne-moi.

Eclatant en sanglots, elle se jeta à son cou et le serra aussi fort qu'elle put.

– Tu as changé de visage...

– Oui.

– Et ta voix est rauque.

– Je sais.

– Je t'ai reconnue à tes yeux.

– Tant mieux, je n'ai pas changé d'âme.

– Comment vas-tu ? dit-il en se détachant d'elle et en lui caressant maladroitement les bras.

– Bien. Mieux, du moins.

– Mais où étais-tu passée ? Par la toute Sainte Vierge, je n'arrive pas à y croire !...

– Moi non plus. Comme je suis contente de te revoir !

Ils retombèrent dans les bras l'un de l'autre en donnant libre cours à leurs larmes. Des centaines de fois, Avery avait cherché du réconfort dans la présence d'Irish. Lorsque son père était absent, c'était lui qui avait embrassé les coudes meurtris, réparé les jouets cassés, vérifié les carnets scolaires, assisté aux spectacles de danse, c'était lui qui l'avait grondée, félicitée, écoutée.

Cette fois-ci, Avery se sentait la plus forte. Les rôles étaient inversés et c'est lui qui, aujourd'hui, avait besoin d'être consolé.

Lorsque son émotion se calma, il s'essuya le visage du revers de la main, d'un geste brusque et impatient. A présent, il ressentait une forte gêne.

– Je pensais que tu serais en colère, dit Avery après s'être bruyamment mouchée dans un mouchoir en papier.

– Mais... je suis en colère ! Si je n'étais pas aussi heureux de te revoir, je te botterais les fesses ! Que s'est-il passé ? Tu as perdu la mémoire ?

– Non.

– Alors, quoi ? demanda-t-il en la détaillant. Je ne suis pas habitué à ce visage. Tu ressembles à...

– Carole Rutledge.

– C'est ça. La femme de Tate Rutledge.

Il comprit soudain en un éclair.

– Elle était dans cet avion, elle aussi.

– Est-ce toi qui as identifié mon corps, Irish ?

– Oui, grâce à ton médaillon.

Avery secoua la tête.

– C'est son corps, en fait, que tu as identifié. Elle portait mon médaillon.

Des larmes lui montèrent de nouveau aux yeux.

– Tu étais complètement brûlée, mais c'étaient tes cheveux, tes...

– Nous nous ressemblions beaucoup.

– Comment...

– Attends que je te raconte tout, l'interrompit-elle en posant les mains sur les siennes. Quand j'ai repris connaissance dans cet hôpital, quelques jours après l'accident, j'étais entièrement enveloppée de bandages, je ne pouvais plus ni bouger ni parler et ne voyais que d'un œil. Tout le monde m'appelait Mme Rutledge. Au début, je ne comprenais pas, j'avais mal et j'étais perdue. Puis, j'ai compris ce qui s'était passé. Nous avions échangé nos places, vois-tu.

Elle lui expliqua son impuissance à ne pouvoir leur faire comprendre qui elle était.

– Les Rutledge ont sollicité les services du Dr Sawyer pour me refaire le visage – celui de Carole, bien entendu – en se basant sur des photos. Je n'avais aucun moyen de les avertir de leur erreur.

– Pour l'instant, je te suis, fit Irish après s'être servi un verre de whisky. Mais une fois que tu as été capable de communiquer, pourquoi ne leur as-tu pas dit la vérité ? En d'autres termes, pourquoi joues-tu le rôle de Carole Rutledge ?

Avery se leva et arpenta la pièce désordonnée pour mieux se concentrer. Convaincre Irish que son petit jeu était justifié n'était pas une mince affaire. Il avait toujours proclamé que les reporters recueillaient les nouvelles, et ne les fabriquaient pas. Leur rôle était d'observer, non de participer.

– Quelqu'un projette de tuer Tate Rutledge avant qu'il ne devienne sénateur.

Irish ne s'attendait pas à une telle déclaration. Son geste resta en suspens entre la table et sa bouche, et un jet de whisky s'échappa du verre qu'il tenait à la main. Machinalement, il essuya sa cuisse.

– Quoi ?

– Quelqu'un projette...

– Qui ?

– Je ne sais pas.

– Pourquoi ?

– Je ne sais pas.

– Comment ?

– Je n'en sais rien, Irish, dit-elle en élevant la

voix. Et ne me demande pas quand, ni où, je ne sais pas. Ecoute-moi, c'est tout ce que je te demande.

– Mais qu'est-ce que c'est que cette histoire ? s'exclama-t-il avec impatience. Comment sais-tu que quelqu'un veut tuer Tate Rutledge ?

– Quelqu'un m'a dit qu'il tuerait Tate avant qu'il n'entre en fonctions, répondit-elle.

– Qui ?

– Je ne sais pas.

– Merde, à la fin, lâcha-t-il, tu ne vas pas recommencer !

– Si tu me laissais parler, je t'expliquerais.

Il se servit un deuxième verre, se frotta les mains, et s'allongea contre le dossier du canapé, lui montrant ainsi qu'il était tout ouïe.

– Croyant que j'étais Carole, quelqu'un est venu me voir quand j'étais encore en salle de réanimation. Je ne sais pas qui c'était car il se tenait derrière mon épaule.

Elle lui fit part de l'incident et lui rapporta mot pour mot la menace proférée.

– J'étais terrifiée. Dès que j'ai été capable de dire qui j'étais, je n'ai pas osé. Je ne voulais pas risquer de mettre ma vie et celle de Tate en danger.

Irish resta silencieux jusqu'à la fin de son récit. Elle retourna vers le canapé et s'assit à ses côtés. Au bout d'un long moment, il dit d'une voix incrédule :

– Si j'ai bien compris, tu as pris la place de Mme Rutledge pour empêcher que son mari ne soit assassiné.

– En effet.

– Mais tu ne sais pas qui veut le tuer.

– Pas encore, mais Carole le savait. Elle faisait apparemment partie du complot.

– Hmm, fit Irish en caressant son double menton. Ce visiteur...

– Est sûrement un membre de la famille. Personne

d'autre n'aurait pu être admis au service de réanimation.

– Sauf en cachette...

– Peut-être, mais ça m'étonnerait. Si Carole avait engagé un tueur, il se serait probablement volatilisé en apprenant son hospitalisation. Il ne serait pas venu lui dire de se taire, n'est-ce pas ?

– Comment veux-tu que je le sache ?

– Tu ne me crois pas ? demanda-t-elle en se levant d'un bond.

– Je crois surtout que tu y crois.

– Mais tu penses que ce n'est que le fruit de mon imagination ?

– Tu étais sous calmants et complètement désorientée, Avery, dit-il avec raison. Tu me l'as dit toi-même. Tu penses que cette personne était un homme, mais ça *aurait pu* tout aussi bien être une femme. Tu penses que c'était un membre de la famille Rutledge, mais ça *aurait pu* être quelqu'un d'autre.

– Où veux-tu en venir, Irish ?

– Tu as sûrement fait un cauchemar.

– C'est ce que je commençais à croire, jusqu'à la semaine dernière.

Elle sortit de son sac la feuille de papier qu'elle avait trouvée dans sa taie d'oreiller et la lui tendit.

Alors qu'il lisait le message, elle lui expliqua :

– J'ai trouvé cela dans ma taie d'oreiller. Je n'ai pas rêvé. Il croit toujours que je suis Carole, sa complice. Et a toujours l'intention de mettre leur projet à exécution.

Irish toussota d'un air gêné.

– C'est son premier contact avec toi depuis l'hôpital ?

– Oui.

Il relut le message et remarqua :

– Ça ne dit pas qu'il va tuer Tate Rutledge.

Avery lui jeta un regard exaspéré.

– Cette tentative de meurtre a été mûrement réfléchie. C'est un complot de longue haleine et il n'allait pas tout dévoiler sur un bout de papier qui risquait d'être intercepté.

– Qui sait taper à la machine ?

– Tout le monde. Il y en a une dans la salle de séjour. C'est d'ailleurs celle qui a été utilisée, j'ai vérifié.

– Que veut-il dire par « quelle que soit ta nouvelle attitude » ?

– Je ne sais pas très bien, répondit-elle d'un air penaud.

– Avery ?

Elle leva les yeux. Elle n'avait jamais pu mentir à Irish, il devinait à chaque fois.

– Eh bien, j'essaie d'être plus gentille avec Tate que ne l'était sa femme.

– Et pour quelles raisons ?

– J'ai tout de suite compris qu'ils ne s'entendaient pas très bien.

– Et comment l'as-tu compris ?

– Par la façon dont il la traite. Il est poli, point final.

– Hmm... Sais-tu pourquoi ?

– Carole s'est fait ou avait l'intention de se faire avorter. Je ne l'ai appris que la semaine dernière. Mais j'avais déjà deviné que c'était une femme égoïste et insensible. Elle trompait Tate et se fichait royalement de sa fille. Alors, aussi discrètement que possible, j'essaie de le reconquérir.

– Pourquoi ?

– Pour en savoir plus. Il fallait bien que je remonte jusqu'à l'origine de leurs problèmes pour savoir ce qui peut motiver un meurtre. De toute évidence, mes efforts ne sont pas passés inaperçus ; l'assassin croit que Carole a recours à une nouvelle tactique pour tromper la vigilance de Tate.

Elle se frictionna les bras, comme si elle avait soudain froid.

– Je n'ai pas rêvé, Irish. Il existe et en voici la preuve, dit-elle en montrant le papier du menton.

De mauvaise grâce, Irish lança la feuille sur la table basse.

– Supposons qu'il y ait un assassin. Qui cela peut-il être ?

– Je n'en ai pas la moindre idée, répondit-elle en soupirant. C'est une famille heureuse et unie.

– Pourtant, si je te suis bien, quelqu'un du Rocking R Ranch n'est pas si heureux que cela...

– Oui, mais personne ne semble en vouloir à Tate. Ses parents l'adorent.

– Et les autres ?

– Carole avait peut-être une liaison avec Eddy.

– Eddy Paschal ? Le directeur de campagne de Rutledge ?

– Oui, et son meilleur ami. Mais je n'en suis pas certaine. Je m'en tiens à ce que m'a dit Fancy.

– Et comment ce Paschal te traite-t-il ?

– Il est courtois, sans plus. S'ils avaient effectivement une liaison, il doit penser qu'elle s'est terminée avec l'accident. De toute façon, il ne semble préoccupé que par la victoire de Tate.

– Et la fille ?

Avery secoua la tête.

– Fancy est gâtée, pourrie, et n'a pas plus de morale qu'une chatte en chaleur. Mais elle est trop frivole pour commettre un meurtre. Non qu'elle n'en soit pas capable, mais cela lui demanderait trop d'efforts...

– Le frère ? Jack, je crois ?

– Il est très malheureux avec sa femme, dit-elle d'un air songeur, mais Tate n'a rien à y voir. Bien que...

– Bien que ?

– En fait, Jack est plutôt pitoyable. Il donne l'impression d'être compétent, beau et charmant, mais à côté de son jeune frère, il n'est rien. Tate est le soleil, lui, la lune. Il ne fait que réfléchir la lumière que son frère dégage. Il me fait un peu pitié.

– Est-ce qu'il se lamente sur son sort ? Suffisamment pour commettre un fratricide ?

– Je ne sais pas, il garde ses distances. Je l'ai plusieurs fois surpris à me regarder, et j'ai senti comme une hostilité latente. Mais il semble plutôt indifférent.

– Et sa femme ?

– Dorothy Rae est assez jalouse pour pouvoir tuer, mais elle s'en prendrait à Carole avant de s'en prendre à Tate.

– Comment ça ?

– J'étais en train de feuilleter des albums de photos dans l'espoir de glaner quelques informations, quand Dorothy Rae est entrée pour prendre une bouteille d'alcool. Elle était déjà ivre. Je la vois rarement, presque uniquement au moment du dîner où elle n'ouvre pas la bouche. C'est pourquoi j'ai été très étonnée quand elle a commencé à m'accuser de lui voler Jack et d'essayer de renouer notre relation.

– Carole couchait aussi avec son beau-frère ? demanda Irish d'un air incrédule.

– Apparemment, oui. Du moins, elle essayait. Bref, j'ai nié avoir eu une quelconque relation avec le mari de Dorothy, et elle m'a traitée de salope, de traînée, et autres épithètes.

Irish se passa une main dans les cheveux.

– Cette Carole devait être un phénomène !

– Enfin, nous ne savons pas vraiment qui elle voulait, entre Jack et Eddy.

– Mais elle n'a pas dû être très discrète si tout le monde s'en était aperçu...

– Pauvre Tate !

Laissant Avery à ses pensées, Irish disparut dans la cuisine et en revint quelques instants plus tard un verre à la main. D'un pas assuré, il vint se planter devant elle.

– Est-ce que tu me dis vraiment la vérité à propos de ce type à l'hôpital ?

– Comment peux-tu en douter ?

– Je vais te dire pourquoi j'en doute. Tu es venue vers moi, il y a environ deux ans, la queue entre les jambes en espérant obtenir un emploi, n'importe lequel. Tu venais d'être renvoyée pour avoir commis la plus grosse faute de l'histoire du journalisme.

– Je ne suis pas venue ici pour que tu me le rappelles...

– Eh bien, je pense justement que tu as besoin qu'on te le rappelle ! Parce que je crois bien que tu es en train de recommencer. Tu t'étais lancée dans cette aventure également sans réfléchir. Avant même d'en avoir les preuves, tu avais annoncé qu'un député de l'Etat de Virginie avait tué sa femme avant de se tirer une balle dans la tête.

A l'évocation de ce drame, Avery appuya ses poings contre ses tempes, comme pour empêcher les images de revenir.

– Notre premier reporter, Avery Daniels, annonça Irish d'un ton impitoyable. Toujours là au bon moment ! Toujours là où il y a du sang !

– Exactement ! Je les ai vus, les corps, et je les ai entendus, ces enfants qui hurlaient de terreur en revenant de l'école. Je les ai vus sangloter à la vue de ce qu'avait fait leur père.

– Ce qu'il avait *prétendument* fait, nom d'un chien ! Tu n'apprendras donc jamais, Avery ! Il avait *prétendument* tué sa femme avant de se faire éclater la cervelle. Mais ça ne t'a pas empêchée de faire ton reportage en omettant ce petit mot, ce qui aurait pu valoir à ta chaîne d'être poursuivie en diffamation. Tu as perdu tes moyens devant la caméra, Avery. Des larmes coulaient sur ton visage et, comme si ça ne suffisait pas, tu as demandé aux téléspectateurs comment un homme – et surtout un élu – pouvait accomplir un tel acte de barbarie.

Elle leva la tête et le défia du regard.

– Je sais parfaitement ce que j'ai fait, Irish. Je n'ai pas besoin que tu me rappelles ma faute. J'ai essayé de vivre avec pendant deux ans. Je me suis trompée, mais ça m'a servi de leçon.

– En effet ! tonna-t-il. Tu refais exactement la même connerie ! Tu plonges là où tu n'as aucun droit de t'immiscer. Tu crées des informations au lieu de les rapporter. Tu t'imagines que c'est l'occasion ou jamais, hein ? Tu t'imagines que cette histoire va te rouvrir la voie du succès ?

– Oui, c'est ce que j'imagine ! vociféra-t-elle. C'est une des raisons pour lesquelles je me suis engagée dans cette histoire.

– C'est la raison pour laquelle tu fais tout ce que tu fais. Comme si tu essayais encore d'attirer l'attention de ton père, de lui montrer combien tu es digne de lui, malgré ton échec, dit-il en s'approchant d'elle. Laisse-moi te dire quelque chose, même si tu ne veux pas l'entendre. Il n'en vaut pas la peine.

– Tais-toi, Irish.

– C'était ton père, Avery, mais c'était aussi mon meilleur ami. Je le connaissais bien mieux que toi. Je l'aimais, mais plus objectivement que toi ou ta mère. Cliff Daniels était un extraordinaire photographe, probablement l'un des plus talentueux, mais il n'a jamais été doué pour rendre les siens heureux.

– J'étais heureuse. Chaque fois qu'il était à la maison...

– Ce qui fut rare dans ton enfance... Et tu étais inconsolable chaque fois qu'il partait. Cliff ne vivait que pour le danger, c'était son élixir, sa raison d'être. Pour ta mère, c'était une maladie qui lui a rongé sa jeunesse et sa vitalité. Elle a mis deux longues années à mourir sans qu'il s'en aperçoive. Elle avait commencé à mourir bien avant d'ingurgiter ce flacon de pilules. Tu comprends, Avery, ton père n'a aucune raison de mériter ton adoration. La seule chose de valeur qu'il ait jamais possédée n'était pas cette foutue caméra, mais ta mère. Seulement, il était trop bête pour le comprendre.

– Tu es jaloux, c'est tout.

Irish soutint son regard.

– J'étais jaloux de la façon dont Rosemary l'aimait, oui.

En entendant cela, Avery s'adoucit et lui prit une main qu'elle posa contre sa joue.

– Je ne veux pas que nous nous disputions, Irish, fit-elle, les larmes aux yeux.

– Je suis désolé, mais je ne peux pas te laisser continuer ainsi.

– Il le faut, je me suis engagée.

– Jusqu'à quand ?

– Je ne sais pas, murmura-t-elle d'un air piteux.

– Et si jamais ce prétendu criminel ne va pas jusqu'au bout ? Tu vas rester Mme Rutledge jusqu'à la fin de tes jours ? Ou alors vas-tu simplement dire à Rutledge, un beau matin : « Au fait, j'ai quelque chose à te dire... » ?

– Je n'y ai pas encore réfléchi, répondit Avery. Je n'ai pas eu le temps de me pencher sur la question.

– Il faut que Rutledge sache, Avery.

– Non ! fit-elle en bondissant sur ses pieds. Pas encore. Je ne peux pas le laisser tomber maintenant. Et jure-moi que tu ne le lui diras pas !

Abasourdi par sa violente réaction, Irish recula d'un pas.

– Mon Dieu, murmura-t-il en comprenant soudain la vérité. En fait, c'est uniquement pour ça : tu veux le mari d'une autre femme. Est-ce seulement parce que Tate Rutledge est une bonne affaire au lit que tu veux continuer à jouer le rôle de sa femme ?

23

Avery se retourna vivement, s'empêchant ainsi de le gifler.

– Ce que tu viens de dire est ignoble, Irish !

Elle s'approcha de la fenêtre et remarqua avec contrariété que la nuit était déjà tombée. Elle leur avait dit qu'elle partait faire des courses et qu'elle rentrerait assez tard, mais il fallait tout de même qu'elle prenne congé.

– C'est ignoble en effet, admit Irish. Et c'est voulu. Je t'aime, vois-tu, et je ne peux pas te laisser continuer ainsi.

– Je n'ai plus le choix, maintenant.

– Si quelqu'un souhaite la mort de Tate Rutledge, tu es également en danger.

– Je sais ! J'essaie d'être une autre Carole pour Tate et Mandy, mais si je suis trop différente, son complice s'imaginera qu'elle l'a dupé, ou bien que Carole n'est pas la vraie Carole. Je vis dans l'angoisse de me trahir.

– Peut-être t'es-tu déjà trahie, sans le savoir.

– Peut-être, dit-elle en frissonnant.

– En tout cas, Van l'a remarqué.

Alarmée, elle fit volte-face, puis tenta de reprendre contenance.

– Justement, je me demandais... J'ai failli m'évanouir quand je lui ai ouvert la porte, l'autre jour.

Irish lui fit part de sa conversation avec Van.

– J'étais occupé et n'ai guère fait attention à ce qu'il me racontait. Mais maintenant que j'y repense, je crois qu'il essayait de me dire quelque chose. Que dois-je lui répondre s'il en parle de nouveau ?

– Rien. Moins il y aura de personnes au courant, mieux cela vaudra. Van, lui, connaissait Avery Daniels, pas les Rutledge. Ils n'ont aucun point de comparaison et attribuent la conversion de Carole au traumatisme de l'accident.

– C'est tout de même risqué, nota Irish avec inquiétude. S'il n'y a pas de complot criminel – et je prie pour qu'il n'y en ait pas –, tu t'en sortiras au mieux avec une peine de cœur !

– Si je me dévoilais maintenant et m'en sortais vivante, j'aurais fait tout ça pour rien. Je ne connais pas encore tous les tenants et les aboutissants de l'histoire. Et si jamais Tate *était* assassiné, Irish ? Si j'avais pu l'empêcher et ne l'avais pas fait ? J'aurais un crime sur la conscience jusqu'à la fin de mes jours !

Il lui caressa légèrement la joue du revers de la main.

– Tu l'aimes, n'est-ce pas ?

Fermant les yeux, elle hocha la tête en signe d'assentiment.

– Il détestait sa femme, par conséquent il te déteste.

– C'est vrai, dit-elle en souriant tristement.

– Comment cela se passe-t-il entre vous ?

– Je n'ai pas encore couché avec lui...

– Ce n'est pas ce que je te demandais !

– Mais c'est ce que tu voulais savoir...

– Le souhaiterais-tu ?

– Oui, répondit-elle catégoriquement. Depuis le moment où j'ai repris connaissance jusqu'au jour où j'ai quitté la clinique, il a été merveilleux. Absolument merveilleux. La façon dont il traite Carole en public est exemplaire.

– Et comment la traite-t-il en privé ?

– Froidement, comme un mari trompé. Malgré mes efforts.

– Et si jamais il cède et fait l'amour avec toi, ne crois-tu pas qu'il remarquera la différence ?

– Tu crois ? dit-elle en ébauchant un sourire. Ne dit-on pas que, la nuit, tous les chats sont gris ?

Il lui lança un regard réprobateur et, changeant de sujet, elle poursuivit :

– Et puis il y a Mandy. Je l'aime beaucoup aussi, Irish. Elle a tellement besoin d'une mère attentionnée !...

– Je veux bien le croire. Et que va-t-il se passer quand ta mission sera terminée et que tu l'abandonneras ?

– Mais je ne l'abandonnerai pas comme ça...

– Et comment crois-tu que Rutledge va réagir quand tu feras ton exposé ?

– Ce ne sera pas un exposé.

– Je n'aimerais pas être à ta place quand il te faudra tout lui expliquer. Il va penser que tu t'es servie de lui... Et il aura bien raison, ajouta-t-il après une pause.

– Pas si je lui ai sauvé la vie ! Il sera bien obligé de me pardonner.

– Tu t'es trompée de voie, murmura-t-il dans sa barbe. Tu aurais dû devenir avocat. Tu serais capable de plaider la cause du diable lui-même.

A court de reparties, il s'interrompit et un long silence s'installa. Puis Avery consulta la pendule suspendue au mur.

– Il faut que j'y aille. Mais avant, dis-moi, ne possèdes-tu pas quelque chose à moi ?

Quelques secondes plus tard, elle passait à son cou la chaîne en or qui soutenait son médaillon. Quoique de peu de valeur, cet objet représentait son bien le plus précieux. Son père l'avait ramené d'Egypte en 1967, où *Newsweek* l'avait envoyé faire un reportage photo sur le conflit avec Israël.

Avery actionna le mécanisme et le médaillon s'ouvrit, révélant deux photographies : l'une de son père en treillis, un appareil photo autour du cou (c'était la dernière photo prise de lui quelques semaines avant sa mort), l'autre de sa mère, Rosemary, qui souriait tristement.

Les larmes lui vinrent aux yeux. Elle referma le médaillon et le serra fortement dans sa main. On ne lui avait pas tout pris. Elle avait encore ceci, et elle avait encore Irish.

– J'espérais que tu l'avais, dit-elle d'une voix rauque.

– Il était dans les mains du cadavre de Carole Rutledge.

Avery hocha la tête, cherchant ses mots.

– Mandy... Mandy l'avait remarqué autour de mon cou et je le lui avais prêté. Au moment du décollage, Carole s'est un peu fâchée car l'enfant s'amusait à tordre la chaîne. Elle le lui a repris et c'est la dernière chose dont je me souvienne avant l'accident...

Il lui montra les bijoux de Carole.

– J'ai failli tomber à la renverse quand j'ai ouvert l'enveloppe. C'est bien toi qui l'as envoyée, n'est-ce pas ?

– Je ne savais pas quoi en faire, répondit-elle.

– Pourquoi ne les as-tu pas jetés tout simplement ?

– Peut-être parce que inconsciemment je voulais te contacter.

– Tu veux les bijoux de Carole ?

Elle fit non de la tête sans quitter des yeux l'anneau d'or de son annulaire gauche.

– Il faudrait que je donne une explication à leur réapparition. Je dois éviter toute complication.

Il jura avec impatience.

– Avery, arrête tout maintenant ! Dès ce soir !

– Je ne peux pas...

– Bon sang de bonsoir ! grommela-t-il. Tu as hérité l'ambition de ton père et la compassion de ta mère. C'est une dangereuse combinaison, surtout dans de telles circonstances. Et en plus, tu as leur obstination à tous deux...

Mais Avery sut qu'il avait capitulé quand il demanda à regret :

– Que puis-je faire pour t'aider ?

Lorsqu'elle rentra ce soir-là, Tate l'attendait dans l'entrée. Avery supposa qu'il avait passé une partie de la soirée à faire le guet, mais il réagit comme s'il se trouvait là par hasard.

– Pourquoi rentres-tu si tard ? demanda-t-il en évitant de la regarder.

– Zee ne t'a pas transmis mon message ? Je lui avais dit que j'avais quelques courses de dernière minute à faire pour le voyage.

– Je pensais que tu serais rentrée plus tôt...

– J'avais des tas de choses à acheter.

Elle était chargée de paquets et de sacs de toutes sortes, achats qu'elle avait effectués juste avant son rendez-vous.

– Peux-tu m'aider à porter tout ça dans ma chambre, s'il te plaît ?

Il la débarrassa de quelques sacs et la suivit.

– Où est Mandy ? demanda-t-elle.

– Elle dort.

– Oh ! j'espérais revenir à temps pour lui lire une histoire.

– Il fallait rentrer plus tôt...

– J'irai la voir dans un petit moment.

En passant devant les fenêtres de l'entrée, elle remarqua Nelson, Jack et Eddy, installés dehors autour d'une table de jardin et engagés dans une conversation animée. Zee, allongée dans une chaise longue, lisait un magazine, tandis que Fancy pataugeait dans la piscine.

– Tu n'as qu'à poser les sacs sur le lit, dit-elle en se débarrassant de sa veste en lin et de ses escarpins.

Tate s'approcha d'elle, prêt à bondir.

– Où es-tu allée faire tes courses ?

– Comme d'habitude...

Pendant un instant, elle se demanda avec horreur s'il l'avait suivie jusqu'à la maison d'Irish. Mais ce n'était pas possible. Elle s'y était rendue par mille chemins détournés et n'avait pratiquement pas lâché des yeux son rétroviseur.

– Pourquoi est-ce que tu me bassines avec mes courses ? demanda-t-elle, sur la défensive.

– Mais je ne te bassine pas...

– Tu parles, tu es en train de me renifler comme un limier. Qu'est-ce que tu cherches ? Une odeur de tabac, d'alcool, de sperme ? Quelque chose qui confirme tes soupçons ? Tu t'imagines que j'ai passé l'après-midi avec un amant peut-être ?

– Ça t'est déjà arrivé !

– Eh bien, plus maintenant !

– Tu me prends pour un abruti ou quoi ? Tu ne vas pas me faire croire qu'une opération chirurgicale t'a rendue fidèle !

– Tu peux croire ce que tu veux, je m'en fiche ! s'écria-t-elle. Laisse-moi tranquille, c'est tout ce que je te demande.

Elle se dirigea vers son placard et ouvrit la porte d'un geste coléreux. Ses mains tremblaient tellement qu'elle ne put défaire les boutons de son chemisier.

– Laisse-moi faire, dit Tate d'un ton radouci.

Il lui fit baisser la tête en avant, laissant son cou découvert, et commença à la déboutonner dans le dos. Au dernier bouton, le chemisier glissa des épaules d'Avery qui le retint contre sa poitrine avant de se retourner.

– Je n'aime pas beaucoup ce genre d'enquêtes, Tate.

– Et moi, je n'aime pas beaucoup l'adultère...

– C'est ce que je mérite, je suppose, dit-elle en baissant légèrement le front. Mais depuis l'accident d'avion, est-ce que je t'ai donné des raisons de douter de ma dévotion à ton égard ?

– Non, grimaça-t-il du coin des lèvres.

– Pourtant, tu ne me fais pas confiance...

– La confiance se mérite.

– N'ai-je donc pas encore regagné la tienne ?

Au lieu de répondre, il pointa l'index en direction de la chaîne d'or qu'elle portait au cou.

– Qu'est-ce que c'est ?

Profitant de la situation pour se découvrir plus que de coutume, elle laissa le chemisier glisser à terre et exhiba le médaillon logé entre des seins que dissimulait mal la fine soie de son soutien-gorge. Tate retint sa respiration.

– Je l'ai trouvé dans une bijouterie d'occasion, mentit-elle. C'est joli, non ?

Tate examinait le délicat bijou avec des yeux de loup affamé.

– Ouvre-le.

Après une seconde d'hésitation, il souleva lui-même le médaillon et l'ouvrit. Les deux cadres miniatures étaient vides ; elle avait confié les photos de ses parents à Irish.

– J'ai l'intention d'y mettre des photos de toi et de Mandy.

Il l'interrogea du regard puis la dévisagea longuement en refermant le bijou. Il le replaça entre ses seins où sa main s'attarda. Ses doigts ne faisaient qu'effleurer sa peau, mais elle ressentait ce contact comme une brûlure.

– Tate, dit-elle d'une voix plaintive. Tate, je n'ai jamais avorté.

D'un doigt posé sur ses lèvres, elle l'empêcha de riposter.

– Je n'ai jamais avorté, car il n'y a jamais eu de bébé.

Cette idée avait germé dans son esprit depuis plusieurs jours. Elle ne savait absolument pas si Carole avait été enceinte ou non, mais Tate ne devait pas en avoir la moindre idée. Elle avait pensé qu'il pardonnerait plus facilement un mensonge qu'un avortement, et comme c'était le principal obstacle à leur réconciliation, elle avait voulu tenter sa chance. Après tout, elle n'avait aucune raison de payer les erreurs de Carole.

Une fois le mensonge entamé, la suite lui vint presque naturellement.

– Je t'ai dit que j'étais enceinte pour la seule et unique raison que tu as mentionnée l'autre jour. Je voulais te provoquer. Mais à présent, je ne veux plus que tu croies que j'ai détruit notre enfant. Je sens bien la peine que ça te fait, dit-elle en posant les mains sur ses joues.

Il la regarda longuement, comme pour la sonder, puis détourna les yeux.

– Le vol pour Houston est à 7 heures mardi matin. Tu t'en sens capable ?

Elle avait espéré que son aveu déclencherait un flot de tendresse. Dissimulant à grand-peine sa déception, elle demanda :

– Capable de quoi ? De partir tôt ou de prendre l'avion ?

– Les deux !

– Mais oui...

– J'espère, dit-il en se dirigeant vers la porte. Eddy ne supporterait pas le moindre contretemps.

Le lundi matin, Irish convoqua le reporter politique de K.T.E.X. dans son bureau.

– Vous êtes prêt pour cette semaine ?

– Ouais... L'équipe de Rutledge nous a envoyé son emploi du temps aujourd'hui.

– Bon. Je veux des rapports quotidiens. Au fait, j'envoie Lovejoy avec vous au lieu du photographe prévu.

– Oh non, Irish ! se lamenta le reporter. Pas lui ! Ce type est une vraie plaie. On ne peut jamais compter sur lui, et en plus, il sent mauvais.

Irish l'écouta se plaindre et répéta :

– Lovejoy ira avec vous.

Le reporter sortit sans demander son reste. On ne discutait pas les décisions d'Irish.

Il avait pensé à cette solution quelques jours auparavant. Puisqu'il ne pouvait pas être l'ange gardien d'Avery tout au long de cette campagne, il y enverrait Van. La présence du photographe la troublerait certainement, mais s'il lui arrivait le moindre pépin, elle aurait au moins quelqu'un vers qui aller. Envoyer Van Lovejoy, ce n'était pas grand-chose, mais pour l'instant, c'était ce qu'Irish pouvait faire de mieux.

24

Le premier accroc dans le programme soigneusement élaboré par Eddy eut lieu le troisième jour, à Houston. Tôt le matin, Tate avait fait un discours devant une bruyante assemblée de dockers qui l'avaient particulièrement apprécié.

Dès leur retour à l'hôtel, Eddy se précipita dans sa chambre pour répondre aux messages téléphoniques laissés en leur absence. Le reste de l'équipe se réunit dans la chambre de Tate. Jack se plongea dans l'épluchage des journaux en quête d'articles sur Tate, son rival ou les élections, tandis qu'Avery s'asseyait par terre avec Mandy qui gribouillait dans son livre de coloriages.

Tate s'allongea sur son lit, s'étira et alluma la télévision. L'émission était particulièrement stupide, mais cela l'aidait à se détendre et à laisser libre cours à ses pensées. Ses meilleures idées venaient toujours quand il se concentrait le moins.

Dans leur coin, Nelson et Zee s'occupaient à faire des mots croisés.

Faisant soudain irruption dans la chambre, Eddy, plus excité que jamais, interrompit leur repos.

– Eteignez-moi ça et écoutez !

Tate se servit de la télécommande pour couper le son et dit en riant :

– Eh bien, monsieur Paschal, tout le monde vous écoute !

– Un des plus grands clubs Rotary des Etats-Unis se réunit aujourd'hui à midi. C'est leur réunion la plus importante de l'année et le conférencier qui devait venir a annulé ce matin. Ils veulent que tu le remplaces.

Tate se rassit en faisant basculer ses longues jambes au-dessus du lit.

– Combien de personnes ?

– Deux cent cinquante, trois cents, répondit Eddy en fouillant dans son attaché-case. Beaucoup d'hommes d'affaires et de professions libérales. C'est le plus vieux club Rotary de Houston et ses membres roulent sur l'or. Tiens, continua-t-il en lui tendant une liasse de papiers, c'est le discours que tu as fait à Amarillo le mois dernier. Il était très bien, inspire-t'en. Et, pour l'amour du ciel, enlève ce jean et mets un costume correct.

– Ces gens me paraissent plus du style de Dekker...

– En effet ! C'est pourquoi il faut que tu y ailles. Que tu leur montres que tu n'es pas l'idéaliste que Dekker leur a décrit, et que tu as bien les pieds sur terre. Tu es aussi invitée, Carole, dit-il en la regardant par-dessus son épaule. Mets-toi sur ton trente et un. Les femmes...

– Je ne peux pas y aller.

Tous les regards convergèrent sur Avery, qui, une poignée de crayons de couleur à la main, surveillait Mandy, occupée à colorier une image de Donald.

– Le rendez-vous de Mandy avec le Dr Webster est à 13 heures.

– Zut, fit Tate en se passant la main dans les cheveux. C'est vrai, j'avais oublié.

– Tu ne peux pas laisser passer cette occasion, intervint Eddy d'un air résolu. Nous avons remonté d'un point dans les sondages cette semaine, mais nous sommes toujours légèrement à la traîne. Ce discours pourrait nous faire beaucoup de bien.

Jack posa son journal.

– Prenez un autre rendez-vous avec ce docteur.

– Qu'en penses-tu, Carole ? demanda Tate.

– Tu sais le mal que j'ai eu à obtenir celui-ci. Il faudrait attendre plusieurs semaines avant de pouvoir en fixer un autre et je ne crois pas que ce serait dans l'intérêt de Mandy.

Tate regarda les trois hommes échanger des regards de connivence. Ils tenaient à ce qu'il fasse un discours à ce club, et ils avaient raison. Tous ces supporters conservateurs de Dekker avaient besoin d'être convaincus qu'il était un candidat compétent et non pas un jeune exalté. Mais, en regardant sa femme, il comprit que, quel que soit son choix, il s'exposait à de sévères critiques.

– Je peux accompagner Carole, proposa Zee. Comme ça, Tate, tu pourras y aller et nous te ferons part plus tard du diagnostic du médecin.

– Je te remercie de ta proposition, maman, mais il s'agit de ma fille.

– Il s'agit également de ta campagne, rétorqua Eddy en haussant la voix.

Jack se leva et déclara :

– Je partage l'avis d'Eddy.

– Nous n'en sommes pas à un discours prêt, protesta Tate. Papa ?

– Je crois que c'est ta mère qui a la meilleure idée. Tu sais bien que je ne fais guère confiance aux psys, et j'aimerais savoir ce que celui-là va dire sur ma petite-fille.

– Carole ?

– Les deux rendez-vous sont tout aussi importants, Tate... C'est à toi de décider.

Jurant dans sa barbe, Eddy lui lança un regard de dédain. Il aurait préféré qu'elle se mette en colère et défende sa position avec véhémence. Mais depuis quelque temps, elle avait plus souvent recours à un regard éloquent qu'à sa voix stridente.

Tate baissa les yeux vers Mandy. Bien que la situation lui échappe, son petit visage grave semblait s'excuser de causer un tel dilemme.

– Rappelle-les, Eddy, et annule aussi délicatement que possible.

Carole se détendit, comme si elle avait désespérément retenu sa respiration dans l'attente de la réponse.

– Dis-leur que Mme Rutledge et moi-même avions déjà prévu quelque chose.

– Mais...

Tate leva la main pour arrêter toute protestation.

– Ma famille est prioritaire, dit-il d'un ton catégorique. Je croyais pourtant m'être fait comprendre sur ce point...

Eddy lui jeta un regard exaspéré et sortit de la pièce sans plus de cérémonie.

– J'espère que tu sais ce que tu fais, Tate, dit Nelson en prenant la main de Zee. Allons calmer notre directeur de campagne.

Ils sortirent à leur tour.

Jack, aussi indigné qu'Eddy, lança un regard noir à Carole.

– Satisfaite ?

– Ça suffit, Jack, fit Tate sèchement.

Son frère répondit en pointant sur lui un doigt accusateur :

– Ne vois-tu pas qu'elle te manipule, avec ses airs de mère exemplaire ?

– Notre vie privée ne te regarde pas.

– Normalement, non. Mais depuis que tu es candidat au Sénat, ta vie privée est l'affaire de tous. Tout ce qui touche à ta campagne me concerne ; voilà des années que je m'y attache.

– Et j'apprécie tout ce que tu as fait. Mais aujourd'hui, je prends une heure pour ma fille. Je ne crois pas que ce soit trop demander, et même si ça l'était, tu n'as rien à me dire.

Après un dernier regard furieux à Carole, Jack quitta la chambre en claquant la porte.

Bondissant sur ses pieds, Avery s'exclama :

– Toi aussi, Tate, tu penses que je me donne des airs de mère exemplaire ?

Tate se perdit un instant dans ses pensées. Non, il ne répondrait pas à cette question, tout comme il l'avait ignorée quand elle avait prétendu n'avoir jamais été enceinte d'un deuxième enfant. Il avait trop peur qu'elle ne lui joue encore un de ses tours, et il ne se prononcerait vraiment que lorsqu'il aurait la conviction que sa métamorphose était durable.

– Tu devrais commander le déjeuner ici pour nous éviter d'avoir à sortir avant notre rendez-vous, suggéra-t-il en changeant de sujet.

– Que veux-tu manger ? demanda-t-elle, visiblement soulagée d'enterrer la question.

– N'importe quoi. Un sandwich au rosbif fera l'affaire.

En s'asseyant sur le bord du lit pour téléphoner, elle croisa machinalement les jambes, et le crissement de ses bas mit Tate en émoi.

Pourquoi, s'il la méprisait toujours autant, avait-il une telle envie de lui faire l'amour ?

Il est vrai qu'elle méritait un bon point pour ses efforts. Depuis son retour, elle avait fait de son mieux pour se réconcilier avec lui. Elle ne se mettait plus en colère et s'était également efforcée d'être agréable avec sa famille en se penchant avec intérêt sur leurs sorties, leurs habitudes et leurs activités. Elle était l'antithèse de l'épouse impatiente et irascible qu'elle avait été.

– Oui, un sandwich au beurre de cacahuètes, confirma-t-elle à son interlocuteur. Je sais que ça ne figure pas sur le menu, mais c'est ce qu'elle prend toujours pour son déjeuner.

La passion de Mandy pour les sandwiches au beurre de cacahuètes était devenue une plaisanterie entre eux. Par-dessus son épaule, Carole lui adressa un sourire.

Comme il aurait voulu goûter ce sourire...

Il en avait eu l'occasion récemment. Et les baisers qu'il avait reçus en retour avaient été doux et délicieux. Et différents. A bien y réfléchir, cela avait été comme d'embrasser une femme pour la première fois.

Cette scène, qui aurait dû être familière, lui avait paru unique. Les quelques baisers échangés avaient laissé une trace indélébile qu'il n'arrivait pas à s'expliquer.

Peut-être étaient-ce ses cheveux plus courts ou les imperceptibles modifications de son visage qui l'avaient métamorphosée ainsi et lui donnaient l'impression qu'elle était une tout autre femme. L'argument était valable, mais pas suffisamment convaincant.

– Le déjeuner arrive, l'informa Avery. Mandy, ramasse tes crayons et range-les dans la boîte, s'il te plaît.

Elle s'accroupit pour l'aider et, ce faisant, la courte jupe de son tailleur épousa intimement ses formes. Une vague de désir envahit Tate et une sensation de chaleur lui parcourut les reins. Il tenta de se convaincre que c'était une réaction normale, étant donné qu'il n'avait pas approché de femme depuis bien longtemps.

Mais il n'y avait pas que ça.

Il ne voulait pas n'importe quelle femme. Si cela avait été le cas, il lui aurait suffi d'un simple appel.

Non, la femme qu'il désirait, c'était elle, Carole, cette femme qu'il commençait seulement à découvrir. Parfois, quand il la regardait dans les yeux, il avait l'impression de ne l'avoir jamais connue auparavant. Aussi étrange que cela puisse paraître, cette Carolelà lui plaisait. Et, fait encore plus étrange, il était retombé un peu amoureux d'elle.

Mais il aurait préféré mourir plutôt que de l'avouer.

– Je suis contente que tu sois venu avec nous, dit Avery en lui souriant.

Une réceptionniste les avait installés dans le bureau du Dr Webster en attendant la fin de la consultation.

– Je n'avais pas le choix...

Voilà plus d'une heure que Mandy était avec le psychiatre. L'attente du diagnostic leur pesait et leur simulacre de conversation n'était qu'un moyen de soulager un peu leurs nerfs.

– Est-ce qu'Eddy va m'en vouloir jusqu'à la fin du voyage ?

– Je lui ai parlé avant de partir. Il m'a souhaité bonne chance pour Mandy ; je pense que mes parents l'ont calmé. De toute façon, il ne se fâche jamais vraiment.

– C'est curieux, non ?

Il consulta sa montre.

– Combien de temps cette consultation va-t-elle durer, nom d'une pipe ? demanda-t-il en regardant la porte dans l'espoir de la voir s'ouvrir. De quoi parlais-tu ?

– D'Eddy, qui ne se met jamais en colère.

– Ah oui. C'est son tempérament. Il perd rarement son sang-froid, fit-il en haussant les épaules.

Elle se mit à jouer avec la courroie de son sac à main, se demandant s'il était sage de continuer sur le sujet. Irish lui avait recommandé d'en apprendre autant que possible. Elle avait toujours été très adroite à soutirer des informations, même aux personnes les moins disposées à en donner. Elle décida de voir si son talent ne lui faisait pas défaut.

– Et les femmes ?

Tate reposa le magazine qu'il venait de prendre et demanda :

– Quelles femmes ?

– Celles d'Eddy...

– Je ne sais pas. Nous n'en parlons jamais.

– Il ne parle pas de sa sexualité avec son meilleur ami ? Je pensais que tous les hommes aimaient à étaler leurs conquêtes.

– Les jeunes garçons, peut-être. Mais pas les hommes. Je ne suis pas un voyeur et Eddy n'est pas un exhibitionniste.

– Est-il hétérosexuel ?

Tate lui lança un regard glacial.

– Pourquoi ? Il a refusé tes avances ?

– Imbécile !

La porte s'ouvrit violemment et ils se calmèrent d'un air penaud.

– Le docteur a bientôt fini avec Mandy. Il arrive tout de suite, annonça la réceptionniste.

– Merci.

Une fois qu'elle se fut retirée, Avery se pencha de nouveau vers Tate.

– Si je te demande tout cela à propos d'Eddy, c'est parce que ta nièce est en train de lui courir après, et j'ai peur qu'elle ne se fasse du mal.

– Ma nièce ? Fancy ? rit-il d'un air incrédule. Elle court après Eddy ?

– C'est ce qu'elle m'a dit l'autre soir quand elle est rentrée avec un œil au beurre noir. Oui, Tate, ajouta-t-elle en le voyant froncer les sourcils, elle a dragué un cow-boy dans un bar. Ils ont fumé et, comme il n'arrivait pas à ses fins, il s'en est pris à elle et l'a battue.

Il laissa échapper un long soupir.

– Mon Dieu !...

– Tu n'as pas remarqué son œil et sa lèvre enflés ?

Il secoua la tête.

– Ne te sens pas coupable, va. Même ses parents

ne les ont pas vus, dit-elle d'un ton amer. Fancy fait partie du mobilier ; elle est là mais personne ne la voit vraiment... sauf quand elle se conduit mal. Bref, elle a des vues sur Eddy, à présent. Comment crois-tu qu'il va réagir ?

– Fancy n'est qu'une gamine.

Avery lui lança un regard malicieux.

– Tu es peut-être son oncle, mais tu n'es pas aveugle.

Mal à l'aise, il haussa les épaules.

– Eddy a eu un certain nombre de petites amies quand nous étions à l'université, et au Viêt-nam il fréquentait les bordels, comme tout le monde. Je sais qu'il n'est pas tordu.

– Est-ce qu'il voit quelqu'un en ce moment ?

– Il sort avec des femmes qui travaillent aux bureaux électoraux, mais il s'agit plutôt de sorties en groupe et platoniques. Je n'ai jamais entendu dire qu'il couchait avec l'une d'elles, même si la plupart sont sûrement tout à fait disposées à le faire. Mais Fancy, poursuivit-il en secouant la tête d'un air incrédule, je ne pense pas qu'Eddy la toucherait. Il n'irait jamais avec une fille de vingt ans sa cadette, surtout Fancy. Il est trop intelligent...

– J'espère que tu as raison, Tate.

Puis, après une pause, elle le regarda et ajouta :

– Et pas parce que je suis moi-même intéressée.

Il n'eut pas le temps de répondre car la porte s'ouvrit soudain sur le médecin.

25

– N'ayez pas mauvaise conscience, madame Rutledge. Cela ne sert à rien de regretter vos erreurs.

– Comment voulez-vous que je n'aie pas de remords, docteur Webster ? Vous venez de me faire comprendre que je suis responsable des problèmes psychologiques de ma fille...

– Vous avez effectivement commis quelques fautes. Tous les parents en font. Mais M. Rutledge et vous-même avez fait le premier pas pour les corriger. Vous passez plus de temps avec Mandy, ce qui est très bien. Vous la félicitez quand il le faut et ne vous attardez pas trop sur ses échecs. C'est exactement le soutien dont elle a besoin.

– Ça ne me paraît pas grand-chose, répliqua Tate en fronçant les sourcils.

– Au contraire, c'est énorme ! Vous n'avez pas idée de ce que représente l'approbation des parents pour un enfant.

– Que pouvons-nous faire d'autre ?

– Demandez-lui souvent son avis : « Mandy, veux-tu de la vanille ou du chocolat ? » Obligez-la à prendre des décisions et à exprimer ses pensées. J'ai l'impression que, pour l'instant, elle n'y a pas été très encouragée...

Il les regarda par-dessous ses sourcils roux.

– Votre petite fille a très peu d'estime pour elle-même. Certains enfants manifestent ce manque d'assurance par une conduite exécrable, pour attirer l'attention. Mandy, elle, s'est complètement refermée. Elle a l'impression d'être sans importance.

Tate baissa la tête et regarda Avery d'un air sombre. Des larmes coulaient le long des joues de la jeune femme.

– Je suis désolée, murmura-t-elle, en s'excusant pour Carole qui ne méritait pas son pardon.

– Ce n'est pas uniquement ta faute. Moi aussi j'y suis pour quelque chose...

– Malheureusement, intervint à nouveau le Dr Webster, l'accident d'avion n'a fait qu'accroître son angoisse. Comment s'est-elle comportée dans l'avion pour Houston ?

– Elle ne voulait pas qu'on l'attache à son siège, répondit Tate.

– J'avais déjà du mal à m'attacher moi-même, confessa Avery. Si Tate n'avait pas été là, je ne pense pas que j'aurais pu supporter le décollage.

– Je comprends, madame Rutledge, dit-il avec compassion. Et comment s'est passé le vol pour Mandy ?

– A y réfléchir, plutôt bien, répondit Avery.

– C'est ce que je pensais. Voyez-vous, madame Rutledge, elle se souvient de vous l'attachant à son siège, mais ensuite c'est le néant. Elle ne se rappelle pas que vous l'avez sauvée.

Avery posa la main sur sa poitrine.

– Vous voulez dire qu'elle m'en veut de lui avoir fait subir cet accident ?

– Dans une certaine mesure, j'en ai bien peur.

Elle frissonna et porta la main devant sa bouche.

– Ô mon Dieu !

Puis, se souvenant du dernier cauchemar de Mandy, elle demanda :

– Y a-t-il un moyen de lui rendre la mémoire ?

– L'hypnose est envisageable, répondit le médecin.

Mais à votre place, je laisserais les choses se faire. La prochaine fois qu'elle a un cauchemar, ne la réveillez pas.

– Vraiment ?

– Je sais que ça a l'air cruel, monsieur Rutledge, mais il faut qu'elle revive l'accident pour s'en libérer et pour se retrouver dans les bras sécurisants de sa mère. Il faut que la terreur soit exorcisée, sans quoi elle ne sera jamais capable de surmonter sa peur.

– Je comprends, répondit Tate, mais cela va être dur.

– Je sais.

Le Dr Webster se leva.

– Si vous n'y voyez pas d'inconvénient, j'aimerais la revoir dans deux mois.

– Nous ferons en sorte que cela soit possible.

– Et même avant, si vous estimez que c'est nécessaire. En tout cas, n'hésitez pas à m'appeler.

Tate serra la main du docteur puis aida Avery à se relever. Malgré son aide, elle avait du mal à se remettre debout.

– Bonne chance pour votre campagne.

– Merci !

Le médecin s'empara des mains d'Avery et les tint serrées entre les siennes.

– Ne vous rendez pas malade de culpabilité et de remords. Je suis persuadé que vous aimez beaucoup votre fille.

– En effet. Vous a-t-elle dit qu'elle me détestait ?

Cette question ne le surprit pas. Il l'entendait dix fois par jour, surtout de mères qui se sentaient coupables. Mais Carole Rutledge n'avait pas à s'inquiéter et il lui répondit par un bon sourire :

– Elle a beaucoup d'estime pour sa maman et ne manifeste d'appréhension que pour les événements précédant l'accident. Et cela devrait vous en dire long.

– C'est-à-dire ?

– Que vous avez déjà fait énormément de progrès dans votre rôle de mère, répondit-il en lui tapotant amicalement l'épaule. Si vous continuez à lui prodiguer autant d'attention et d'amour, Mandy sera bientôt une enfant vive et équilibrée.

– Je l'espère, docteur, dit-elle avec ferveur. Merci.

Il les escorta jusqu'à la porte qu'il leur ouvrit.

– Vous savez, madame Rutledge, j'ai eu un choc en vous voyant tout à l'heure. Une jeune femme est venue m'interviewer pour la télévision l'année dernière. Elle vous ressemble énormément. D'ailleurs, elle vient de votre région. Peut-être la connaissez-vous ? Elle s'appelle Avery Daniels.

Avery Daniels, Avery Daniels, Avery Daniels.

Qu'est-ce que c'est ? Un coup de feu ! Tate est couvert de sang. Il se tourne vers elle et, avant de tomber à terre, dit dans un souffle : « Avery Daniels, Avery Daniels, Avery Daniels. »

– Carole ?

Avery Daniels.

– Carole ? Réveille-toi !

Avery bondit sur son séant, la bouche ouverte et desséchée.

– Tate ?

Elle s'affala contre sa poitrine nue et l'entoura de ses deux bras.

– Ô mon Dieu, c'était affreux !

– Tu as fait un cauchemar ?

Elle hocha la tête et posa son visage contre la douce chaleur de sa poitrine.

– Serre-moi fort, s'il te plaît. Juste une minute.

Docilement, il se rapprocha et la serra dans ses bras. Avery se pelotonna contre lui, le cœur battant. Elle ne parvenait pas à effacer l'image de Tate ensanglanté qui la regardait d'un air dédaigneux et accusateur.

– Pourquoi ce cauchemar ?

– Je ne sais pas, mentit-elle.

– Moi, je crois savoir. Tu es toute bizarre depuis que le Dr Webster a parlé d'Avery Daniels.

Elle émit un faible gémissement. Tate croisa les doigts derrière sa tête et la maintint ainsi contre lui.

– C'est incroyable qu'il n'ait pas su qu'elle avait péri dans cet accident. Il avait l'air tellement gêné d'en avoir parlé, le pauvre. Il ne pouvait pas savoir combien la comparaison t'affecterait.

Ni surtout pourquoi, pensa-t-elle.

– Me suis-je conduite comme une imbécile ?

Son seul souvenir était qu'après que le docteur eut mentionné son nom, elle avait ressenti comme un bourdonnement dans les oreilles et un étourdissement qui l'avait projetée contre Tate.

– Non, mais tu t'es presque évanouie.

– Je ne me souviens même pas d'avoir quitté son bureau.

Il s'écarta.

– C'est une drôle de coïncidence que tu aies pris le même avion que cette Daniels. Les gens te confondaient souvent avec elle, tu te souviens ?

Il savait donc qui était Avery Daniels. D'une certaine manière, cela la rassurait.

– Je suis désolée d'avoir provoqué une telle scène. Simplement, je suis...

Elle aurait tant aimé qu'il la tienne encore dans ses bras. C'était tellement plus facile de lui parler quand elle n'avait pas à le regarder dans les yeux.

– Quoi ?

– Je suis lasse de ces gens qui observent mon visage tout le temps, comme si c'était un objet de curiosité. J'ai l'impression d'être une bête de cirque.

– C'est humain. Personne n'a l'intention d'être cruel.

– Je sais, mais ça m'intimide beaucoup, dit-elle en laissant échapper une larme qui vint s'écraser sur l'épaule de Tate.

– Allons, tu es encore sous le choc de ton mauvais rêve. Veux-tu que je t'apporte quelque chose à boire ?

– Oui, volontiers.

Il revint avec deux verres de Bailey's et s'assit à côté d'elle sur le lit.

– A ta victoire, Tate, déclara-t-elle en faisant tinter son verre contre le sien.

L'alcool lui fit du bien.

– Hmm. Quelle bonne idée, merci.

Ce petit quart d'heure de calme intimité l'enchantait. Cette fois, ils étaient seuls, au beau milieu de la nuit. Ils dégustaient un verre d'alcool, tout en discutant de leurs problèmes. N'importe quel autre couple aurait conclu cet agréable moment en faisant l'amour.

– Mandy me manque déjà, remarqua Avery en faisant tourner son doigt sur le bord de son verre. Je ne sais pas si nous avons bien fait de la laisser à la maison avec Zee et Nelson.

– C'est pourtant ce que nous avions prévu depuis longtemps, qu'ils la prendraient avec eux après son rendez-vous avec Webster.

– Après ce qu'il m'a dit, j'ai l'impression que je devrais être constamment près d'elle.

– Il a dit que quelques jours de séparation ne lui feraient pas de mal, et maman sait s'y prendre.

– Comment cela est-il arrivé ? se demanda Avery tout haut. Pourquoi est-elle devenue si introvertie, si fragile ?

Bien que ses questions ne demandent aucune réponse, Tate les prit à la lettre et répliqua :

– Tu l'as poutant bien entendu ! Il t'a dit comment cela s'était produit. Tu ne passais que très peu de temps avec elle, et ces moments-là étaient plutôt destructeurs.

La colère d'Avery refit soudain surface. Dans cette histoire, Carole était considérée comme l'unique responsable, et elle ne put s'empêcher de prendre sa défense.

– Et toi ? Où étais-tu pendant tout ce temps ? Si j'étais complètement incapable d'assurer mon rôle de mère, pourquoi ne pas être intervenu ? Mandy a deux parents, au cas où tu ne le saurais pas.

– Je m'en rends compte et je l'ai admis aujourd'hui. Mais chaque fois que je te faisais la moindre remarque, tu devenais agressive. Et ça ne faisait sûrement pas beaucoup de bien à Mandy de nous voir nous quereller. Je ne pouvais donc pas intervenir, comme tu dis, sans faire empirer la situation.

– Tu t'y prenais peut-être de la mauvaise manière.

– Peut-être, mais tu n'as jamais très bien pris les critiques.

– Et toi, alors ?

Il posa son verre sur la table de nuit et s'apprêta à éteindre la lumière. D'un geste brusque, Avery le retint.

– Excuse-moi. Ne... ne pars pas tout de suite. La journée a été longue et épuisante et nous sommes aussi tendus l'un que l'autre. Je ne voulais pas me fâcher.

– Peut-être aurait-il été préférable que tu restes à la maison avec mes parents toi aussi...

– Non, répondit-elle aussitôt, ma place est près de toi.

– La journée passée n'est que le début d'une longue suite de semaines éprouvantes, Carole.

– Ça ne m'effraie pas, répondit-elle en souriant.

Puis, revoyant les événements de la journée, elle continua :

– Eddy n'en revenait pas du temps qu'on t'a accordé pour la télévision.

– Ils nous ont donné vingt secondes pendant les informations de 18 heures. Cela me semble peu, mais il paraît que c'est énorme.

– Oui, en effet, c'est énorme pour la télévision.

Enfin, c'est ce que l'on m'a dit, s'empressa-t-elle d'ajouter.

Elle avait été stupéfaite de voir Van Lovejoy et un reporter de K.T.E.X. assister à la conférence de ce matin-là. Toute la journée, ils avaient suivi Tate à la trace.

– Comment se fait-il qu'ils soient venus de San Antonio jusqu'ici ? avait-elle demandé à Eddy.

– Il ne faut dédaigner aucune publicité. Et sourire à la caméra chaque fois que tu en as l'occasion.

Mais au lieu d'obéir, elle avait tout fait pour éviter la caméra de Van, malgré les efforts de ce dernier pour la filmer. Cette partie de cache-cache, outre ses émotions dues au rendez-vous avec le Dr Webster, lui avait mis les nerfs à vif. Plus tard dans la journée, elle avait atteint un tel degré de nervosité que, ne retrouvant plus une paire de boucles d'oreilles, elle avait explosé.

– Je sais qu'elles y étaient avant de partir, cria-t-elle à Tate.

– As-tu bien cherché partout ?

En guise de réponse, elle avait rageusement déversé le contenu de sa pochette de satin sur la commode.

– Elles n'y sont pas !

– Comment sont-elles ?

Ils devaient se rendre à un dîner organisé par un éminent propriétaire de ranches afin de rassembler des fonds. Tate était habillé et attendait depuis une demi-heure que Carole soit enfin prête.

– Ce sont de grands anneaux en argent... Je ne les ai encore jamais portés. Je les avais amenés exprès pour les mettre avec mon ensemble.

– Ne peux-tu pas en mettre d'autres ?

– Je n'ai pas le choix...

Elle choisit une paire de boucles d'oreilles parmi les bijoux éparpillés sur le meuble mais, trop nerveuse pour les accrocher à ses lobes, fit trois tentatives infructueuses.

– Merde !

– Carole, je t'en prie, calme-toi ! fit Tate en haussant le ton. Tu as oublié d'apporter une paire de boucles d'oreilles, ce n'est vraiment pas la fin du monde !

– Je ne les ai pas oubliées, répondit-elle en soupirant d'exaspération. Ce n'est d'ailleurs pas la première fois que quelque chose disparaît mystérieusement.

– Tu aurais dû me le dire plus tôt. Je vais appeler le service de sécurité de l'hôtel tout de suite.

Elle lui attrapa le bras avant qu'il n'ait eu le temps d'atteindre le téléphone.

– Pas seulement ici. A la maison, aussi. Quelqu'un est entré plusieurs fois dans ma chambre pour fouiller dans mes affaires.

Sa réaction ne l'étonna pas.

– C'est complètement ridicule. Es-tu devenue folle ?

– Non, et ce ne sont pas des idées que je me fais. Il me manque plusieurs petites choses. Comme cette paire de boucles d'oreilles que je me souviens très bien avoir mise dans ma valise.

Peu disposé à entendre des critiques contre sa famille, il croisa les bras sur sa poitrine.

– Et qui accuses-tu ?

– Ce ne sont pas les objets manquants qui me tracassent, mais la violation de ma vie privée.

A ce moment précis, quelqu'un avait frappé à la porte. Pour Avery, c'en était trop.

– En voici un parfait exemple, avait-elle dit avec humeur. Nous ne pouvons même pas parler tranquillement sans être interrompus.

– Ne parle pas si fort. Eddy pourrait t'entendre.

– Je me fiche complètement d'Eddy, avait-elle rétorqué.

Tate avait ouvert la porte et Eddy était entré.

– Vous êtes prêts ?

Pour expliquer leur retard, Tate répondit :

– Carole a perdu ses boucles d'oreilles.

Elle lui lança un regard qui signifiait sans conteste qu'elle ne les avait pas perdues.

– Eh bien, mets-en d'autres ou n'en mets pas, mais il faut descendre maintenant, fit Eddy en lui tenant la porte. Jack nous attend dans la voiture. Nous avons une heure de route.

Ils se précipitèrent dans l'ascenseur et retrouvèrent Jack faisant les cent pas devant la limousine garée sur le parking.

Comme leur conversation n'eut pour objet que les sondages pendant tout le trajet, Avery se sentit exclue. Lorsqu'elle profita d'un instant de silence pour oser donner son avis, elle fut aussitôt contrecarrée par trois regards impassibles et méprisants.

Contre toute attente, la soirée se révéla très agréable. La presse ayant été interdite d'accès, elle avait pu oublier la caméra inquisitoriale de Van et se détendre à son aise. Il y avait de délicieux mets texans, des gens sympathiques qui comparaient Tate à un jeune Kennedy et un très bon orchestre. Elle avait même réussi à danser avec Tate, qui s'était exécuté sous les encouragements d'Eddy.

Pendant le temps où il la tint dans ses bras pour la faire virevolter à travers la salle, elle se plut à imaginer qu'il le faisait de bonne grâce. Au moment du *crescendo*, il l'avait portée dans ses bras et l'avait fait tourner sous un concert d'applaudissements. Comme ils étaient le point de mire, il lui avait embrassé la joue en la reposant à terre.

Durant le trajet du retour cependant, elle s'était retranchée dans un coin de la banquette arrière de la limousine, observant le paysage plongé dans les ténèbres, tandis que Tate, Jack et Eddy analysaient les différents événements de la journée.

Puis elle s'était couchée avec un sentiment d'intense fatigue et de tristesse et avait eu du mal à s'endormir. Le cauchemar qui avait suivi n'était que la conséquence d'une journée particulièrement éprouvante.

Elle se délectait de ce moment de solitude avec Tate. Constamment entourés, ils n'avaient guère le temps de se retrouver en tête à tête.

– Je crois que le Bailey's va m'aider à m'endormir, dit-elle en lui tendant son verre vide et en s'appuyant contre son oreiller.

– Tu as sommeil ?

– Hmm...

Elle rejeta les bras en arrière, poings serrés, dans une position à la fois vulnérable et provocante. Elle vit son regard se durcir en glissant de son visage à sa poitrine.

– Merci d'avoir dansé avec moi, fit-elle d'une voix endormie. J'aime bien être dans tes bras.

– Tu as toujours dit que je n'avais pas le sens du rythme.

– Je me trompais...

Il la regarda encore quelques instants, puis éteignit la lampe. Il s'apprêtait à s'éloigner lorsqu'elle posa la main sur sa cuisse nue.

– Tate ?

Il se figea. Sa silhouette immobile se découpait dans la lueur bleutée perçant à travers les rideaux. D'un ton câlin, elle répéta tout bas son nom.

Lentement, il se rassit sur le lit et se pencha au-dessus d'elle. Réprimant une exclamation de surprise, elle rejeta d'un rapide mouvement de jambes les couvertures qui la séparaient de lui.

– Tate, je...

– Tais-toi, ordonna-t-il brusquement. Ne me fais pas changer d'avis.

Sa tête était si proche qu'elle sentait son souffle contre ses lèvres.

– J'ai envie de toi et ne veux pas t'entendre, reprit-il.

Avec une féroce ardeur, il lui ouvrit les lèvres de

sa langue, et la mêla à la sienne. Saisissant ses cheveux à pleines mains, elle le pressa contre elle aussi fort qu'elle le put.

Il se détendit peu à peu et son corps vint se serrer contre le sien. Posant sa cuisse sur sa hanche, il logea son genou contre son entrejambe humide.

Elle lui caressa la cuisse, puis la hanche, et l'invita à se serrer davantage contre elle.

Gémissant de désir, il se détacha de ses lèvres et lui embrassa le cou, la gorge et les seins, qu'il saisit à pleines mains. De sa bouche entrouverte, il en chercha les pointes dressées qu'il tirailla au travers de sa chemise de nuit.

Avery ployait sous ses caresses... Tate mit les mains sur sa nuque et elle s'offrit à un nouveau baiser.

Elle s'abandonna alors à la vertigineuse sensation de son sexe contre le sien, et se sentit envahie par une vague de volupté à laquelle Tate succombait aussi. Son baiser se fit plus passionné, son corps plus affamé. Trop impatientes pour se répandre en douces caresses, les mains d'Avery agrippèrent le dos souple et lisse de Tate et ses pieds lui enserrèrent les mollets, le pressant ainsi davantage contre elle.

Fou d'excitation, Tate glissa la main sous la soyeuse étoffe qui faisait obstacle à son désir.

C'est alors que la sonnerie du téléphone retentit.

Il retira sa main, mais resta sur elle, attentif à leurs halètements, éperdu.

Au bout de quelques instants, il se décida à rouler jusqu'au bord du lit pour décrocher le combiné.

– Allô ?... Oui, Jack, grommela-t-il après une brève pause, je suis réveillé. Que se passe-t-il ?

Avery émit une imperceptible plainte et roula de l'autre côté du lit en lui tournant le dos.

26

– J'arrive !

Eddy se leva du confortable fauteuil de sa chambre d'hôtel et contourna le pouf sur lequel s'entassaient des listes informatiques, des coupures de journaux et des courbes démographiques. Comme il s'attendait à recevoir le déjeuner qu'il venait de commander, il ouvrit la porte sans même prendre la peine de regarder par le judas.

Sur le seuil se tenait Fancy.

Il lui fit clairement comprendre qu'elle était indésirable et lui barra le passage de son bras.

– Qui attendais-tu ? demanda-t-elle, les sourcils froncés.

– Ça ne te regarde pas ! Que fais-tu si loin de la maison, petite ?

La sonnette de l'ascenseur retentit à l'autre bout du couloir ; un serveur portant un plateau sur l'épaule émergea. Il s'approcha d'eux à pas feutrés.

– Monsieur Paschal ?

– Oui, c'est ici.

Alors qu'Eddy le laissait rentrer dans la chambre, Fancy en profita pour s'y faufiler à son tour. Elle disparut dans la salle de bains et s'enferma à double tour. Eddy griffonna sa signature sur la facture et raccompagna le serveur jusqu'à la porte.

– Bonne nuit, fit ce dernier en lui administrant un

coup de coude dans les côtes et un clin d'œil complice.

Eddy lui referma cavalièrement la porte au nez.

– Fancy ? appela-t-il en cognant contre la porte de la salle de bains.

– Une seconde...

La chasse d'eau se fit entendre, puis elle ouvrit la porte tout en se tortillant pour rabaisser sa robe moulante à un niveau à peu près décent.

Faite dans un tissu élastique qui épousait toutes les formes de son corps, la robe décolletée de Fancy était du même rouge que son rouge à lèvres, ses chaussures à talons aiguilles, et la douzaine de bracelets en plastique enfilés autour de son poignet. Sous sa crinière blonde encore plus désordonnée que d'habitude, elle ressemblait à une prostituée.

– Qu'as-tu commandé ? Je meurs de faim...

– Je ne t'ai pas invitée !

Eddy l'arrêta avant qu'elle n'atteigne le plateau que le serveur avait déposé sur la table.

– Que viens-tu faire ici ?

– Je suis d'abord venue faire pipi et maintenant je vais voir ce que tu as à manger.

L'empoignant, il serra les dents et murmura :

– Que fais-tu ici, à Houston ?

– Je m'ennuyais à la maison, répondit-elle en libérant son bras. Il n'y a que Mona et maman là-bas. Maman passe la moitié de son temps dans les vapes et l'autre moitié à se lamenter sur le fait que papa ne l'aime plus. D'ailleurs, ça m'étonnerait qu'il l'ait jamais aimée. Il pensait qu'elle était enceinte de moi quand ils se sont mariés...

Elle souleva le couvercle en métal argenté qui recouvrait une des assiettes et déroba la petite tomate qui garnissait son sandwich.

– Qu'est-ce que... Oh, une glace au chocolat ! roucoula-t-elle avec un plaisir manifeste en soulevant un autre couvercle. Comment peux-tu manger autant le soir et avoir un ventre aussi plat ?

Ses yeux experts glissèrent de son visage à son torse que l'on devinait sous la chemise entrouverte. D'un geste qui en disait long, elle se passa la langue sur les lèvres.

– En tout cas, maman croit que papa court après tante Carole, ce que je trouve absolument scandaleux, pas toi ? demanda-t-elle en frissonnant de plaisir. Ça fait tellement Ancien Testament qu'un homme convoite la femme de son frère...

– « Le péché de la semaine », par Fancy Rutledge, fit Eddy.

– Maman est plus morose que jamais et Mona me regarde comme si j'étais un cafard dans son sucrier. Et pour aggraver les choses, grand-mère, grand-père et le petit zombie doivent rentrer aujourd'hui. J'ai donc préféré me tirer et venir ici, au cœur de l'action.

– Comme tu peux le constater, il ne se passe pas grand-chose ce soir, ironisa-t-il.

Sans se laisser démonter, elle s'assit dans le fauteuil et planta ses dents dans la tomate.

– En fait, ce qui m'amène ici, Eddy chéri, c'est que je n'ai plus un rond. Le distributeur m'a dit que mon compte était à découvert. Alors, dit-elle en s'étirant langoureusement, je suis venu faire un petit emprunt à mon meilleur ami.

– Un petit emprunt ?

– Cent dollars ?

– Je t'en donne vingt si tu me débarrasses le plancher, fit-il en sortant un billet de sa poche et le lançant sur ses genoux.

– Vingt !

– Tu auras de quoi payer l'essence pour rentrer à la maison.

– Et après, je n'aurai plus rien.

– Si tu en veux plus, tu n'as qu'à demander à ton père. Il est dans la chambre 1215.

– Tu crois qu'il va apprécier de me voir ici ? Surtout si je lui dis que je viens directement de ta chambre !

Sans daigner répondre, Eddy consulta sa montre.

– Si j'étais toi, je rentrerais avant la nuit. Sois prudente.

Il se dirigea vers la porte pour la laisser sortir.

– J'ai faim. Et puisque tu as été si radin, je ne peux même pas m'offrir un dîner. J'ai donc le droit de prendre un bout de sandwich.

Elle s'empara de la dernière couche du club-sandwich et mordit dedans.

– Je t'en prie...

Il tira une chaise de dessous la table, s'y assit, et entama le reste du sandwich tout en parcourant des yeux une coupure de journal.

D'un geste brusque, Fancy la fit voler à travers la pièce.

– Cesse de m'ignorer, espèce de con !

Une lueur malveillante traversa les yeux d'Eddy.

– Je ne t'ai pas invitée, espèce de petite garce. Je n'ai pas besoin de toi, ici. Si tu n'es pas contente, tu n'as qu'à partir, le plus tôt sera le mieux. Et bon débarras !

– Oh, Eddy, ne parle pas comme ça...

Elle tomba sur ses genoux et se traîna ainsi jusqu'à lui d'un air contrit. Elle tendit les bras et glissa ses mains sous sa chemise ouverte, s'attardant sur sa poitrine nue.

– Ne sois pas méchant avec moi. Je t'aime.

– Assez, Fancy.

Sans prêter la moindre attention à son refus, elle se faufila entre ses genoux et lui embrassa le ventre.

– Je t'aime tellement...

Ses lèvres et sa langue s'activèrent avidement sur la peau lisse et glabre d'Eddy.

– Et je sais que tu m'aimes, toi aussi, continua-t-elle.

Involontairement, il émit un grognement de plaisir au contact de ses longs ongles contre sa poitrine. Elle lui défit sa ceinture et déboutonna son pantalon.

– Bon sang, gémit-il lorsqu'elle sortit son sexe durci de son slip.

Il enfouit ses doigts dans la masse de sa chevelure blonde tout en observant son membre raidi disparaître entre ses lèvres rouges et avides.

Deux fois, il gémit son prénom. Elle leva la tête.

– Aime-moi, Eddy, je t'en supplie.

Il se remit sur pied en l'attirant contre lui. Leurs bouches se mêlèrent en un baiser charnel. Tandis qu'elle essayait fébrilement de lui enlever sa chemise, il parvint à glisser les mains sous son étroite robe et à arracher l'étoffe légère de son slip.

Un cri de surprise s'échappa de ses lèvres lorsqu'elle sentit deux doigts s'insérer en elle, mais il se transforma vite en gémissement de plaisir. Eddy se débarrassa de son pantalon d'un coup de pied et souleva Fancy qui lui entoura les hanches de ses jambes. Ils tombèrent ensemble sur le lit. Soulevant l'étoffe rouge, il enfouit son visage dans le secret de son corps tandis qu'elle s'efforçait d'ôter sa robe récalcitrante. Avant même qu'elle n'ait terminé, il attaquait ses seins, léchant et mordillant les pointes.

Se tordant sous son poids, Fancy exultait de plaisir. Elle fit glisser ses ongles le long de son dos et les planta dans ses fesses, jusqu'au sang. Il l'injuria, la traitant de tous les noms, et lui écarta les cuisses pour pénétrer en elle avec une violence de fauve. Elle l'entoura de ses jambes et s'abandonna au rythme de leurs corps.

Soudain, le visage d'Eddy se crispa sous l'effet de la jouissance. Arquant le dos, il mit toute sa force dans son dernier assaut. Ils jouirent en même temps.

– C'était super, soupira-t-elle lorsque, quelques instants plus tard, leurs corps se séparèrent.

Elle fut la première à reprendre ses esprits, s'assit

et fronça les sourcils en sentant la substance humide couler entre ses cuisses. Elle se leva du lit pour chercher son sac à main et en sortit une boîte de préservatifs qu'elle lui lança.

– Mets-en un, la prochaine fois.

– Qui t'a dit qu'il y aurait une prochaine fois ?

Debout devant le miroir de la coiffeuse, Fancy, perdue dans la contemplation de son propre reflet, eut un sourire satisfait.

– Je vais être couverte de bleus, demain, déclara-t-elle en caressant fièrement les traces de dents imprimées dans la chair de ses seins. Je les sens déjà.

Elle se dirigea vers la table et examina les restes du dîner. Il ne restait de la glace qu'une mare de chocolat et de Chantilly liquéfiés sur laquelle flottait une cerise confite.

– Oh, zut, s'exclama-t-elle, la glace est fondue !

De son lit, Eddy éclata de rire.

Avery se réveilla avant Tate. La chambre était plongée dans la plus complète obscurité mais, malgré l'heure matinale, elle savait qu'elle ne parviendrait pas à se rendormir. Elle se dirigea sur la pointe des pieds vers la salle de bains et prit une douche. Lorsqu'elle en sortit, il était toujours endormi.

Elle s'empara du seau à glaçons et de la clé de sa chambre, et sortit, vêtue d'un simple peignoir. Tate avait l'habitude, même en voyage, de faire un jogging tous les matins et de consommer, à son retour, des litres et des litres d'eau glacée. Comme cela n'était pas facile à se procurer dans un hôtel, elle avait pris l'habitude de s'en occuper pour qu'il puisse se désaltérer immédiatement.

Elle actionna la machine à glaçons située au bout du couloir et en remplit le seau. Elle s'apprêtait à rebrousser chemin quand une porte s'ouvrit. Fancy sortit et la referma silencieusement derrière elle. Elle s'engagea dans le couloir en direction de l'ascenseur, et s'arrêta net en apercevant Avery.

Profondément choquée, Avery remarqua les cheveux en bataille, le maquillage défait, les lèvres enflées et les griffures sur le cou et la naissance des seins. Fancy, sans se laisser impressionner, rejeta ses cheveux d'un geste de défi et bomba le torse pour offrir une meilleure vue de ses blessures.

– Bonjour, tante Carole, fit-elle en lui adressant un gentil sourire qui contrastait fort avec son apparence.

Incapable de proférer un mot, Avery s'aplatit contre le mur du couloir et laissa passer la jeune fille dont l'odeur de souillure la fit frissonner.

Avant de disparaître dans l'ascenseur, Fancy lui lança un sourire triomphant par-dessus son épaule.

Pendant quelques secondes, Avery fixa les portes closes de l'ascenseur, puis elle se tourna vers la chambre d'où était sortie sa nièce. Elle savait pertinemment qui l'occupait.

Tate s'était trompé sur le compte de son meilleur ami. Eddy n'était pas aussi consciencieux qu'il voulait bien le croire. Et loin d'être aussi intelligent qu'il le pensait.

27

Après Houston, la campagne se prolongea à Waco, puis à El Paso, où le succès de Tate parmi les électeurs hispaniques fut à son comble. Les Rutledge furent reçus comme des princes et, dès sa sortie de l'avion, Avery se vit offrir un énorme bouquet de fleurs.

– *Señora Rutledge, como está ?* demanda l'un d'eux.

– *Muy bien, gracias. Y usted ? Como se llama ?*

Son sourire s'effaça bien vite lorsque, une fois l'homme parti, elle rencontra le regard de Tate.

– Quand as-tu appris à parler l'espagnol ?

Le temps de quelques violents battements de cœur, Avery chercha une réponse plausible. Elle avait appris cette langue au cours de ses études et la maîtrisait relativement bien. Tate la parlait couramment. Elle ne s'était jamais demandé s'il en était de même pour Carole.

– Je... je voulais te faire une surprise.

– C'est en effet une surprise !

– Je sais combien la participation latino-américaine est importante, continua-t-elle tant bien que mal. Je pensais qu'il me serait utile de pouvoir échanger des politesses, c'est pourquoi je l'ai étudié en cachette.

Pour une fois, Avery se réjouit d'être entourée de

monde. Tate cesserait ainsi de la questionner à ce sujet.

Depuis le début de ce voyage de ville en ville, elle avait tenté en vain d'obtenir plus de renseignements sur le complice de Carole. Quelques questions adroitement formulées n'avaient rien révélé d'intéressant, et Jack et Eddy l'avaient regardée avec des yeux ronds lorsqu'elle leur avait demandé respectivement comment ils avaient réussi à s'introduire dans la salle de réanimation.

Elle n'avait pas été plus chanceuse en quêtant un motif de meurtre. Même lorsque ses confidents et conseillers ne partageaient pas son avis, comme c'était souvent le cas, ils semblaient néanmoins entièrement dévoués à la personne de Tate et à son succès.

La polémique tournait actuellement autour de la nécessité d'engager des conseillers professionnels. Quelques semaines plus tôt, Eddy avait proposé d'entrer en contact avec une société spécialisée dans le conseil aux candidats à des fonctions politiques. Tate s'était fermement opposé à cette idée et sa position restait inchangée. Alors qu'ils volaient vers Odessa, la discussion revint sur le tapis.

– Comment sais-tu que tu n'aimes pas leurs idées avant même de les avoir entendues ? demanda Jack.

– Si les électeurs ne m'élisent pas pour ce que je représente...

– Les électeurs, les électeurs, bougonna Eddy. Les électeurs ne connaissent rien à rien. Je dirai même plus, ils n'en ont rien à faire ! Ils sont paresseux et inactifs ; ils ont besoin de quelqu'un qui leur dise pour qui voter. Ils ont besoin qu'on leur bourre le crâne, pour leur éviter d'avoir à prendre une décision eux-mêmes.

– J'admire ta confiance dans le peuple américain, Eddy.

– Au moins, je ne suis pas idéaliste comme toi, Tate.

– Heureusement que je le suis ! Mieux vaut être idéaliste que cynique. Je suis sûr que les gens se sentent concernés, s'écria-t-il. Ils s'intéressent aux problèmes, ils répondent quand on leur parle franchement et simplement. Je ne veux pas avoir à faire passer mes idées par l'intermédiaire du jargon incompréhensible des spécialistes en relations publiques.

– D'accord, d'accord, fit Eddy. Puisque le sujet est encore un peu trop brûlant, laissons-le de côté pour l'instant et parlons des Latino-Américains.

– De quoi veux-tu parler ?

– La prochaine fois que tu t'adresses à eux, ne t'étends donc pas tant sur leurs problèmes d'intégration dans notre société.

– *Notre* société ?

– Je parle au nom des électeurs anglo-saxons, maintenant.

– Il faut qu'ils s'intègrent à la société américaine, protesta Tate une fois de plus. C'est la seule façon de garder une société unifiée. Tu n'as donc rien retenu de mes discours ?

– Je pense seulement qu'il est important de leur faire comprendre qu'ils ne doivent pas abandonner leur culture en faveur de la nôtre.

– S'ils vivent ici, Eddy, s'ils deviennent citoyens de ce pays, ils doivent se plier à quelques coutumes, et apprendre notre langue.

Imperturbable, Eddy continua :

– Les Anglo-Saxons, vois-tu, ne se réjouissent pas à l'idée de voir leur société se laisser envahir par les Latino-Américains, pas plus que ceux-ci ne sont prêts à ingurgiter de nouvelles coutumes, et surtout une nouvelle langue. Fais-toi d'abord élire et ensuite tu pourras parler d'intégration, compris ? Quant à ton prochain discours à Odessa... fit-il en consultant ses notes.

Eddy ne se déplaçait jamais sans ses notes. Tandis qu'il les mettait en ordre, Avery se plongea dans l'examen de ses mains. Etait-il à l'origine des bleus et des griffures de Fancy ? Ou bien cette dernière était-elle simplement venue chercher refuge auprès de lui après une nouvelle et tragique aventure ?

– Pour l'amour du ciel, essaie de te tenir aux horaires prévus !

– J'ai déjà expliqué notre retard pour la conférence de ce matin. Carole a appelé maman et papa qui lui ont posé des tas de questions sur le déroulement du voyage. Et puis nous avons dû parler à Mandy chacun notre tour.

Eddy et Jack se tournèrent vers elle. Comme de coutume, elle se sentit insultée par leurs critiques silencieuses, malgré tous ses efforts pour se montrer aussi accommodante que possible. Rageusement, elle dit à Jack :

– Dorothy Rae et Fancy t'embrassent.

– Ah, merci !

Au moment où elle prononçait le nom de Fancy, elle jeta un regard du côté d'Eddy. Ses yeux se fixèrent un instant sur elle puis retournèrent sur Tate.

– Avant d'atterrir, débarrasse-toi de cette cravate.

– Pourquoi ?

– Elle est hideuse, voilà pourquoi.

Pour une fois, Avery partageait son avis, mais bien que la cravate de Tate ne soit pas particulièrement jolie, elle n'approuvait guère son manque de tact.

– Tiens, échange avec moi, proposa Jack.

– Allez vous faire voir, et la cravate avec, riposta Tate en se renfonçant dans son siège. Laissez-moi tranquille !

La tête en arrière, il ferma les yeux, laissant chacun ronger son frein.

Avery le félicita en silence de les avoir fait taire, même si elle était également concernée. Depuis la fameuse nuit à Houston au cours de laquelle ils avaient été si proches de faire l'amour, Tate avait tout fait pour creuser davantage le fossé qui les séparait. Cela n'était pas toujours facile, car ils devaient souvent partager la salle de bains, sinon le lit d'hôtel. Ils prenaient toutes les peines du monde pour ne pas se montrer nus, ne se touchaient pas et ne se parlaient que pour se quereller. On eût dit deux animaux enfermés depuis trop longtemps dans la même cage.

La respiration régulière de Tate se fit bientôt entendre par-dessus le ronronnement des moteurs. Il avait ce pouvoir de s'endormir instantanément pendant quelques minutes pour se réveiller parfaitement reposé.

– Fais quelque chose !

Eddy s'était penché par-dessus le couloir et l'avait tirée de ses rêveries. Jack et lui la regardaient comme s'ils allaient lui faire subir un interrogatoire.

– A quel sujet ?

– Au sujet de Tate.

– Que voulez-vous que je fasse ? Que je lui choisisse ses cravates ?

– Convaincs-le de faire appel à cette société de relations publiques...

– Tu n'es pas satisfait de ton propre travail, Eddy ? demanda-t-elle sèchement.

Agacé, il se rapprocha d'elle.

– Tu penses que je vais un peu loin, hein ? Attends seulement de voir un peu ce que ces types penseront de tes procédés.

– Quels procédés ? aboya-t-elle.

– Ta manie de filtrer les coups de téléphone de Tate, par exemple.

– Si tu veux parler de la nuit dernière, il était déjà endormi quand tu as appelé. Il était épuisé et avait besoin de sommeil.

– Et moi, quand j'ai besoin de lui parler, j'ai besoin de lui parler immédiatement, répliqua-t-il. Tu piges, Carole ? Quant à ces professionnels...

– Il ne veut pas en entendre parler. Selon lui, ce sont des fabricants d'images et je pense exactement la même chose.

– On ne t'a pas demandé ton avis, intervint Jack.

– Si j'ai un avis sur la campagne de mon mari, je ne me gênerai pas pour le donner, et si ça ne vous plaît pas, tant pis ! s'indigna-t-elle.

Un moment passa, pendant lequel ils tentèrent de retrouver leur sang-froid. D'un ton conciliant, Eddy mit fin au silence :

– Fais ce que tu peux pour tirer Tate de sa fichue mauvaise humeur, Carole. Il se détruit complètement.

– Les gens ne savent pas qu'il n'est pas dans son assiette.

– Peut-être, mais les volontaires, eux, le savent.

– Jack a raison, intervint Eddy. Plusieurs personnes du bureau en ont fait la remarque. C'est démoralisant pour eux de voir leur héros faire la tête ! Remets-le dans le bon chemin, Carole.

Son sermon terminé, Eddy retourna à sa place et se replongea dans ses notes.

Jack fronça les sourcils.

– C'est à cause de toi qu'il est comme ça. Tu es la seule à pouvoir faire changer les choses. Et tu le sais très bien...

Déconcertée, Avery attendit l'atterrissage impatiemment et c'est avec soulagement qu'elle sortit de l'avion. Elle se força à sourire à la foule qui s'était rassemblée pour les accueillir, mais son sourire se dissipa bientôt à la vue de Van Lovejoy au milieu des photographes de presse. Depuis quelque temps, il semblait suivre Tate Rutledge partout où il allait, et chaque fois, sa présence la troublait davantage.

Elle se mit en retrait pour échapper à la caméra et, sur le qui-vive, observa la foule de journalistes, supporters et curieux pour y repérer d'éventuels suspects.

Au dernier rang, un homme de grande taille attira

son attention par son air familier. Vêtu d'un costume texan et d'un chapeau de cow-boy, il pouvait tout à fait passer pour l'un de ces raffineurs auxquels Tate devait s'adresser le jour même.

Elle n'arrivait pas à se rappeler où ni quand elle l'avait croisé auparavant, mais elle était presque certaine qu'il n'était alors pas habillé de la même façon, car elle se serait souvenue du chapeau. Mais ce dont elle était absolument sûre, c'est qu'elle l'avait déjà vu. Quand elle releva les yeux, l'homme avait disparu.

Elle se sentit bousculée vers la limousine qui les attendait. Elle tenta en vain de se concentrer sur les propos exubérants de la femme du maire assise à ses côtés, mais ses pensées revenaient sans cesse à cet homme aux cheveux gris qui s'était si habilement éclipsé après qu'ils eurent échangé un bref regard.

A peine le candidat, son équipe et la horde de journalistes se furent-ils éloignés, que l'élégant cowboy sortit de la cabine téléphonique. Pour un homme de sa taille, il se mouvait avec grâce et son port altier inspirait le respect à quiconque croisait son chemin. Au bureau de location de voitures, on le traita avec une courtoisie exceptionnelle et tout particulièrement lorsqu'il sortit sa carte de crédit. Elle portait un faux nom mais passa néanmoins l'épreuve du contrôle électronique.

Il remercia l'employée alors qu'elle lui glissait les clés de la voiture dans la main.

– Avez-vous besoin d'une carte de la région, monsieur ?

– Non, merci. Je connais le trajet.

Ses affaires personnelles étaient réunies dans un seul sac. Elles étaient discrètes et facilement remplaçables, tout comme la voiture qu'il venait de louer.

Il prit la direction d'Odessa, gardant une distance

prudente avec la limousine transportant les Rutledge.

Il ne fallait pas qu'il s'approche trop près. Il était presque certain que Carole Rutledge l'avait remarqué dans la foule pendant que son mari serrait la main de ses supporters. Il était peu probable qu'elle l'ait reconnu d'aussi loin mais, dans sa profession, on ne pouvait être sûr de rien.

28

Un grand lit double...

– Je n'envie guère les femmes du Texas. Comme toutes les Américaines, elles sont confrontées à de graves problèmes, des problèmes qui demandent solution...

Tate avait beau déployer toute son éloquence, son esprit ne pouvait se détacher du grand lit de l'hôtel *Adolphus*.

Après avoir atterri à Love Field, ils s'étaient précipités à la réception, s'étaient rapidement rafraîchis, et avaient pu arriver à temps pour le déjeuner que Tate devait animer sur le thème des professions libérales féminines. L'emploi du temps particulièrement chargé de la journée n'avait en rien effacé l'obsédante idée que, cette nuit, il lui faudrait partager un lit avec Carole.

– Certaines entreprises, et j'ai le plaisir de constater qu'un grand nombre d'entre elles sont sises ici, à Dallas, ont commencé à mettre en œuvre des projets d'assistance envers leurs employées. Mais, hélas, ces entreprises sont encore très minoritaires et je tiens à ce qu'on y remédie.

Sous les applaudissements, Tate repensait à la question du groom :

– Ce sera tout, monsieur Rutledge ?

Question à laquelle il aurait dû répondre :

– Non. J'aimerais une chambre avec deux lits séparés.

Les applaudissements cessèrent. Prolongeant la pause, Tate but une gorgée d'eau et, du coin de l'œil, rencontra le regard admiratif de Carole, assise à l'autre bout de la table. Elle le tentait encore plus que le dessert qu'il avait refusé au déjeuner. Mais il la refuserait, elle aussi.

Il poursuivit son discours tout en évitant le point de vue spectaculaire que lui offrait la jupe d'une femme assise au premier rang.

Dans leur empressement à se préparer pour ce déjeuner, Tate avait accidentellement surpris son épouse dans l'entrebâillement de la porte de la salle de bains. Elle portait un soutien-gorge couleur chair, un porte-jarretelles assorti et des bas de la même teinte. Son derrière était coquin et ses cuisses provocantes.

Cela l'avait excité au plus haut point, et les symptômes avaient persisté tout au long du repas.

Il s'éclaircit la voix et continua :

– Remédier au harcèlement sexuel fait également partie de mes priorités. Le nombre de viols augmente chaque année, mais un nombre infime de coupables sont poursuivis et menés au tribunal.

» Les violences au foyer existent depuis toujours. Heureusement, notre société a enfin pris conscience de la gravité de ces ignobles pratiques. Tant mieux ! Mais les mesures prises sont-elles suffisantes ?

» M. Dekker déclare que la solution réside dans la conciliation. C'est une solution, soit, mais qui ne devrait venir qu'après avoir élaboré un plan d'actions concrètes, telles que la séparation légale ou des garanties de sécurité pour les victimes.

A peine le tonnerre d'applaudissements se fut-il apaisé que Tate s'empressa de conclure son allocution. Ils étaient attendus juste après à une assemblée d'ouvriers de General Motors.

Ensuite, ils retourneraient à l'hôtel pour regarder les informations du soir, parcourir les journaux et s'habiller en vue du dîner organisé en son honneur à Southfork. Et, plus tard encore, ils retrouveraient le grand lit double.

– J'espère pouvoir compter sur votre soutien en novembre prochain et vous remercie de votre attention.

Après une bonne demi-heure d'ovations, Tate et Avery purent enfin prendre congé de l'assistance et s'installer dans la voiture qui les attendait dehors, dans la chaleur encore étouffante de septembre.

Gênée par la ceinture de sécurité, elle parvint tant bien que mal à se débarrasser de sa veste de tailleur. Son chemisier en soie laissait deviner la poitrine emprisonnée dans le soutien-gorge chair qu'il avait aperçu quelques heures plus tôt.

– Tu as été excellent, Tate, remarqua-t-elle. Pas du tout condescendant ou paternaliste. En vérité, elles étaient toutes pendues à tes lèvres. Surtout celle en robe bleu vif au premier rang, ajouta-t-elle malicieusement. De quelle couleur était sa culotte ?

– Elle n'en portait pas...

La remarque brutale et inattendue la laissa interdite. Son sourire espiègle s'effaça et elle détourna la tête en direction de la vitre.

Il sentait bien qu'elle était blessée. Mais après tout, ce n'était que justice, non ? Pourquoi serait-il le seul à souffrir ? Une voix maléfique lui conseillait à l'oreille de la rendre aussi malheureuse que possible.

– Tu as remarqué que j'ai évité de parler de l'avortement ?

– Non.

– Je ne savais pas quoi dire. J'aurais peut-être dû t'appeler au micro pour que tu nous donnes des détails croustillants.

Elle se tourna vers lui, des larmes dans les yeux.

– Je t'ai dit que je n'avais jamais avorté.

– Mais comment puis-je savoir quelle est la fois où tu ne m'as pas menti ?

– Pourquoi es-tu si odieux, Tate ?

Parce qu'il y a un *grand lit double* dans notre chambre, pensa-t-il. Avant de le partager avec toi, il faut que je me remémore toutes les raisons pour lesquelles je te méprise.

Il prit la boucle de l'échangeur de l'autoroute à une vitesse vertigineuse, et parcourut le reste du trajet sans lâcher la pédale.

Toute une délégation les attendait à la grille de l'usine automobile. Tate se gara aussi loin que possible pour se donner le temps de reprendre son sang-froid et se préparer aux civilités d'usage. Les nerfs à vif, il se sentait des envies de frapper et non de sourire à cette foule qui espérait le voir résoudre des problèmes de main-d'œuvre alors qu'il n'était même pas capable de résoudre ses propres problèmes conjugaux.

– Remets ta veste, lui ordonna-t-il alors que lui-même enlevait sa cravate et remontait ses manches.

– Mais c'est ce que je comptais faire, répondit-elle froidement.

– Tant mieux, on voit la pointe de tes seins à travers ton chemisier. A moins que ce ne soit voulu ?

– Tu me fatigues, répliqua-t-elle doucement en ouvrant la portière.

Mais il dut lui tirer son chapeau. Se remettant de ses insultes avec une extraordinaire rapidité, elle répondit à l'accueil des responsables syndicaux avec tact et intelligence. Eddy et Jack les rejoignirent au moment du changement d'équipe. Les portes de l'usine s'ouvrirent pour laisser sortir des hordes d'ouvriers, et ceux qui venaient prendre le relais convergèrent vers eux. Tate serra toutes les mains à sa portée.

Chaque fois qu'il regardait Carole, elle jouait son rôle à la perfection, écoutant chacun avec attention et serrant avec ferveur les mains les plus douteuses. Il ne trouvait rien à redire à ce sourire radieux que ni l'exubérance de la foule ni la chaleur intolérable ne parvenaient à éteindre.

Et c'est elle qui, la première, s'élança à ses côtés lorsqu'il tomba sous le choc d'un projectile.

– *Non !* hurla-t-elle en le voyant porter la main à sa tête avant de s'effondrer au sol.

Ils n'étaient séparés que de quelques mètres mais elle crut qu'elle n'arriverait jamais à se frayer un chemin à travers la foule.

– Tate ! Tate ! s'écria-t-elle en voyant du sang s'écouler de sa blessure à la tête. Que quelqu'un trouve un médecin ! Eddy ! Jack ! Faites quelque chose, il est blessé !

– Ça va, ça va, fit Tate en tentant de se rasseoir.

Perdant l'équilibre, il chercha à tâtons un soutien et, trouvant le bras d'Avery, s'y agrippa fermement.

Comme il était capable de parler et de s'asseoir, Avery comprit que le projectile n'avait fait que l'effleurer. Elle installa sa tête contre sa poitrine, sans se soucier du sang qui coulait sur ses vêtements.

– Mon Dieu, mais que s'est-il passé ? demanda Eddy en parvenant enfin à les rejoindre. Tate ?

– Ça va, grommela-t-il. J'ai juste besoin d'un mouchoir.

– On est en train d'appeler une ambulance.

– Pas la peine. J'ai simplement reçu quelque chose dans la tête, répondit-il en balayant le sol du regard. Ça, reprit-il en montrant du doigt une bouteille de bière brisée.

– Qui a bien pu la lancer ?

– Tu l'as vu ? demanda Avery, prête à affronter le coupable.

– Non, je n'ai rien vu. Donnez-moi un mouchoir, répéta-t-il. Et aidez-moi à me lever.

Alors qu'Avery et Eddy s'exécutaient, Jack arriva en courant, le souffle court.

– Deux ou trois ouvriers semblent hostiles à ta politique. Ils ont été arrêtés par la police.

Une foule en émoi s'agitait de l'autre côté du parking. Des banderoles et des panneaux se levaient et se rabaissaient en cadence. « Rutledge n'est qu'un sale coco », indiquait l'un. « Voter pour ce sacré libéral ? Vous êtes fous ! » disait un autre.

– Allons-nous-en, ordonna Eddy.

– Non, répliqua Tate, les lèvres pincées de douleur et de rage. Je suis venu ici pour serrer des mains et obtenir des voix, et j'ai bien l'intention de le faire. Ce ne sont pas quelques lanceurs de bouteilles qui vont m'arrêter.

– Tate, je pense qu'Eddy a raison, intervint Avery en le retenant par le bras. C'est à la police de se charger de l'incident, à présent.

Mais, en dépit de ces sages conseils, Tate se fraya obstinément un chemin à travers la foule, administrant des poignées de main tout en tenant le mouchoir ensanglanté contre sa tempe. Avery ne l'avait jamais autant aimé.

Et jamais elle n'avait eu aussi peur pour lui.

– De quoi ai-je l'air ?

Tate ne lui demanda son avis qu'après s'être minutieusement observé dans le miroir.

Une fois leur rencontre avec les ouvriers de General Motors terminée, ils s'étaient précipités aux urgences de l'hôpital le plus proche. Tate en était ressorti avec trois points de suture et un large pansement.

De retour à l'hôtel, il avait fait un petit somme, regardé les informations télévisées et s'était douché et habillé pour un nouveau dîner officiel.

– Alors ?

Inclinant la tête, elle lui lança un regard approbateur.

– Tu fais très désinvolte. Ce pansement donne un petit air insolent à ton smoking.

– Tant mieux, murmura-t-il en tapotant le pansement. En tout cas, ça me fait un mal de chien.

Avery s'approcha et le regarda d'un air préoccupé.

– Nous ne sommes pas obligés d'y aller...

– Eddy en tomberait raide.

– Et alors... N'importe qui comprendrait. Si Michael Jackson peut annuler un concert pour un problème intestinal et décevoir des milliers de fans, tu peux bien annuler un dîner de deux cents personnes.

– Mais est-ce que les fans de Michael Jackson ont payé deux cents dollars leur repas ? rétorqua-t-il. Lui peut se permettre d'annuler. Pas moi.

– Prends au moins un autre comprimé.

Il secoua la tête.

– Non, je dois être en pleine possession de mes moyens.

– Quel entêtement !

Ils éclatèrent de rire mais retrouvèrent bientôt leur sérieux et se dévisagèrent un long moment.

– Tu portes la robe que je préfère, fit Tate. Tu es superbe !

– Merci.

Elle portait en effet la robe de soirée noire qu'il avait déjà eu l'occasion d'admirer.

– Je, euh... je me suis conduit comme un goujat, cet après-midi.

– Tu as dit des choses assez blessantes.

– Je sais, avoua-t-il en soupirant. J'en étais tout à fait conscient. En partie parce que...

On frappa à la porte.

– Il est 19 h 30, cria Eddy de l'autre côté de la porte.

Tate eut l'air ennuyé. Irritée par cette interruption, Avery s'empara de son sac à main et se dirigea vers la porte. Les nerfs à vif et les sens en ébullition, elle avait envie de hurler.

C'est d'ailleurs ce qu'elle faillit faire lorsqu'elle reconnut dans la foule de Southfork l'homme qu'elle avait repéré quelque temps auparavant à l'aéroport d'Odessa.

Le ranch scintillait de mille feux. Comme il s'agissait d'une soirée très spéciale, le bâtiment était entièrement ouvert aux convives, qui pouvaient y circuler à loisir. Le dîner avait lieu dans une annexe fréquemment louée pour ce genre de réceptions.

L'assistance était beaucoup plus nombreuse que prévu. A peine furent-ils arrivés qu'on leur apprit qu'il n'y avait déjà plus une place et que de nombreuses personnes avaient même offert de payer un supplément pour pouvoir participer à la soirée.

– C'est sûrement à cause des informations d'aujourd'hui, remarqua Eddy. Toutes les chaînes de télé t'ont consacré une page spéciale.

Il jeta un sourire satisfait à Avery qui glissa son bras sous celui de Tate, indiquant par ce geste qu'il comptait plus que n'importe quel bulletin d'informations.

Son estime pour Eddy baissait de jour en jour. Son badinage avec Fancy était d'ailleurs une raison suffisante pour mettre en doute sa droiture.

Mais, comme Tate lui faisait une confiance aveugle, elle lui avait caché son bref entretien avec Fancy dans le couloir de l'hôtel.

Alors qu'ils pénétraient dans la salle de réception, un supporter enthousiaste vint à leur rencontre, embrassa Avery sur la joue et serra vigoureusement la main de Tate. Il leur dit une plaisanterie et, éclatant de rire, Avery rejeta la tête en arrière. C'est alors qu'elle aperçut le grand homme aux cheveux gris qui se tenait derrière la foule.

Elle se retourna pour vérifier, mais il avait disparu. Elle s'était sûrement trompée. L'homme qu'elle avait vu à l'aéroport portait des vêtements de cowboy, celui-ci portait un costume. Il devait s'agir de deux personnes très ressemblantes.

Tout en s'efforçant de rester attentive aux gens qu'on lui présentait, elle continua à balayer la foule du regard, mais en vain. Et au cours du dîner, depuis la table d'honneur, il lui fut très difficile de scruter tous les recoins de l'immense salle.

– Tu n'as pas faim ? demanda Tate en se penchant vers son assiette à peine entamée.

– Je suis trop impressionnée.

La vérité était qu'elle se rongeait d'inquiétude et ne savait comment le prévenir du danger qu'il courait. La prochaine fois, ce ne serait pas une bouteille vide qui le blesserait, mais une balle très probablement. Et, qui plus est, une balle mortelle.

– Tate, fit-elle d'un ton hésitant, as-tu remarqué un homme grand avec des cheveux gris ?

Il eut un rire bref.

– Oui, une bonne cinquantaine.

– Mais un en particulier. Il me semble l'avoir déjà vu.

– Peut-être est-ce un de tes trous de mémoire...

– Oui, peut-être.

– Dis-moi, tu vas bien ?

Elle se força à sourire, tendit les lèvres vers son oreille et murmura :

– La femme du candidat a envie d'aller aux toilettes. Cela pose-t-il un problème ?

– Moins que si elle n'y allait pas, répondit-il avec humour.

Il l'aida à se lever tandis qu'elle murmurait quelques excuses. Elle s'éloigna vers une sortie tout en cherchant aussi discrètement que possible l'homme aux cheveux gris.

Ne le découvrant point parmi les convives, elle sortit de la salle de réception à la fois frustrée et soulagée. Elle aurait pourtant juré qu'il s'agissait de la même personne. Mais il est vrai que le Texas regorgeait d'hommes grands et grisonnants... Honteuse de s'être laissée aller à une telle paranoïa, elle sourit d'un air piteux.

Son sourire était à peine évanoui que quelqu'un s'approchait d'elle et chuchotait d'un ton menaçant :

– Bonsoir, Avery.

29

A minuit, le *McDonald's* du centre de Dallas faisait étrangement penser à un aquarium. A travers les grandes vitres éclairées, les clients se voyaient aussi distinctement que des acteurs sur une scène.

Après avoir parcouru au pas de course les quelques centaines de mètres qui la séparaient de l'hôtel, Avery, haletante, s'approcha du restaurant avec précaution. Il n'était guère prudent pour une femme d'une telle élégance de traîner seule dans les rues à une heure aussi tardive.

Depuis l'autre côté de la rue, elle inspecta l'intérieur de la salle illuminée et finit par l'apercevoir, assis seul dans un coin. Elle attendit que la signalisation passe au vert, puis s'empressa de traverser l'avenue en faisant retentir ses hauts talons sur le pavé. En arrivant à sa hauteur devant la vitre, elle frappa quelques coups. Van Lovejoy leva les yeux de son milk-shake au chocolat, l'aperçut et sourit. D'un geste, il lui indiqua une chaise. D'un air furieux, Avery secoua violemment la tête et lui fit comprendre qu'elle ne voulait pas rentrer.

Il prit tout son temps. Gagnée par l'impatience, elle le regarda traverser nonchalamment le restaurant, ouvrir la porte, et s'avancer d'un pas si lent que, lorsqu'il la rejoignit enfin, elle bouillonnait de rage.

– A quoi t'amuses-tu, Van ? s'indigna-t-elle.

Feignant l'incompréhension, il pointa le doigt vers sa poitrine et s'étonna :

– Moi ?

– Tu crois que c'est un lieu de rendez-vous ? A cette heure-ci !

– Tu aurais peut-être préféré que je vienne dans ta chambre, dans la chambre que tu partages avec le mari d'une autre femme ?

Pendant les quelques secondes de silence qui suivirent, il alluma un joint avec la plus grande désinvolture. Après deux bouffées, il le tendit à Avery qui le refusa.

– Tu n'as pas idée du danger dans lequel tu m'as mise en me parlant ce soir.

Il s'appuya contre la vitre et déclara :

– Je suis tout ouïe.

– Van... commença-t-elle en se prenant la tête entre les mains. C'est trop difficile à expliquer... Surtout ici.

Quelques femmes au coin de la rue couvraient d'injures obscènes un homme habillé de cuir qui se nettoyait les ongles à l'aide d'un canif.

– Je suis sortie en cachette de l'hôtel. Si Tate s'aperçoit de ma fugue...

– Sait-il que tu n'es pas sa femme ?

– Non, et il ne doit pas le savoir.

– Pourquoi ?

– C'est trop long à expliquer.

– J'ai tout mon temps.

– Pas moi, s'écria-t-elle en l'agrippant par le bras. Van, il ne faut le dire à personne. Des vies sont en péril.

– Ouais, Rutledge serait tellement furieux qu'il pourrait bien te tuer.

– Je parle de la vie de Tate. Ce n'est pas une partie de plaisir, crois-moi. Il y a beaucoup de choses en jeu que tu comprendras quand j'aurai l'occasion de tout te raconter. Mais pour l'instant, je ne peux pas, il faut que je rentre à l'hôtel.

– En voilà une aventure, Avery. Quand as-tu décidé de t'y lancer ?

– A l'hôpital. On m'a confondue avec Carole Rutledge. Et on m'a refait son visage avant que je ne puisse m'y opposer.

– Et pourquoi n'as-tu rien dit après ?

Elle chercha désespérément une réponse succincte à lui donner.

– Demande à Irish, lâcha-t-elle étourdiment.

– Irish ? s'étrangla-t-il dans un nuage de fumée douceâtre. Ce petit salopard ! Il est au courant ?

– Depuis très peu de temps. J'avais besoin de le dire à quelqu'un.

– Voilà pourquoi il m'a envoyé ici ! Je me demandais pourquoi on couvrait Rutledge d'aussi près... En fait, c'est sur toi qu'Irish veut que je garde un œil.

– Probablement... Je ne savais pas qu'il allait te désigner pour couvrir la campagne de Tate. C'était déjà assez éprouvant d'avoir eu à t'ouvrir la porte, il y a quelque temps, au ranch. Est-ce là que tu m'as reconnue ?

– Le jour où tu as quitté la clinique, j'ai remarqué combien les mimiques de Mme Rutledge ressemblaient aux tiennes. Sa façon de passer sa langue sur ses lèvres ou ce mouvement de tête si caractéristique. Après une journée de tournage au ranch, j'étais pratiquement convaincu. Ce soir, je n'ai plus eu de doute et je voulais t'avertir que je partageais ton petit secret.

– Ô mon Dieu !

– Quoi ?

Par-dessus l'épaule de Van, Avery venait d'apercevoir un policier qui s'avançait dans leur direction.

– Bon, qu'y a-t-il ? demanda Tate d'un ton irrité à son frère.

Jack ferma la porte de sa chambre d'hôtel et se débarrassa de son veston.

– Je te sers à boire ?

– Non, merci. Alors, qu'y a-t-il ?

Au moment où ils étaient entrés dans le hall de l'hôtel, Jack avait glissé sa main sous le coude de Tate et avait demandé à le voir seul.

– Maintenant ?

– Oui, maintenant.

Tate n'avait aucunement l'intention de délibérer à huis clos avec son frère. La seule personne à qui il avait envie de parler était sa femme qui, d'ailleurs, s'était comportée d'une étrange façon depuis leur arrivée à Southfork. Cependant, pour ne pas perturber l'harmonie de l'équipe, il avait accepté d'écouter Jack en premier et, en attendant l'ascenseur, avait prévenu Avery que son frère désirait lui parler cinq petites minutes.

– Oh, maintenant ? avait-elle demandé. Dans ce cas, je vais retourner dans le hall demander des brochures et du papier à lettres pour Mandy. Je ne serai pas longue et je te rejoindrai dans notre chambre.

Sur ce, elle s'était éclipsée, laissant les deux frères seul à seul.

Tate regarda Jack sortir une enveloppe blanche de sa poche et la lui tendre. Seul son nom était inscrit dessus. Il la décacheta avec le doigt et l'ouvrit avec impatience. Après avoir lu le message, il regarda son frère par en dessous.

– Qui t'a donné ça ?

– Tu te souviens de cette femme en bleu, au déjeuner ? Celle qui était au premier rang, dit-il en se servant à boire.

Puis, sans masquer son amusement, il ajouta :

– Aurais-je deviné ce qui est écrit ?

– Bingo.

– Puis-je te faire une suggestion ?

– Non.

– Je pense que ça ne te ferait pas de mal d'accepter l'invitation. Je dirais même que ça te ferait du bien.

– As-tu oublié que j'étais marié ?

– Non. Mais j'ai remarqué que ta vie de couple ne vaut pas grand-chose en ce moment. Et comme je me sens très concerné par tes intérêts, je trouve que tu devrais profiter de cette occasion. Je ne sais pas ce qui se passe entre Carole et toi, continua-t-il, mais je sais ce qui ne *se passe pas*. Vous ne couchez plus ensemble, et cela depuis bien longtemps. Et je ne connais pas un seul homme, même toi, qui puisse fonctionner au mieux sans tirer son coup de temps en temps.

Tate se plongea silencieusement dans l'examen de la moquette puis émit un petit rire, qui s'amplifia jusqu'à ce qu'il en perde le souffle.

– Quoi ? fit Jack qui ne voyait rien de drôle à leur conversation.

– Il n'y a pas très longtemps, Eddy m'a proposé de me dénicher une femme. Où étiez-vous donc quand, jeune et célibataire, j'aurais pu avoir besoin de deux entremetteurs de votre sorte ?

– Bien dit, fit Jack en souriant d'un air désabusé. C'est simplement que tu es très tendu depuis quelque temps. Et je pensais qu'une partie de jambes en l'air te ferait le plus grand bien.

– Peut-être... mais non, merci, répondit-il en se dirigeant vers la porte. Bonne nuit, Jack.

– Hé, Tate ?

Il se retourna.

– Puisque tu ne sembles pas intéressé...

Tate suivit son regard qui désignait la lettre qu'il tenait encore à la main.

– ... elle serait peut-être consentante pour un second choix... ?

Tate s'empara de la feuille, la froissa et la lança à son frère qui la rattrapa d'une main.

– Bonne chance !

Il sortit ; au moment où il ouvrait la porte de sa chambre, il s'était déjà débarrassé de sa veste et de sa cravate.

– Carole ? Je sais que ça a pris plus de cinq minutes, mais... Carole ?

Elle n'était pas là.

A la vue du policier, Avery détourna immédiatement la tête. Les paillettes de sa robe semblaient rivaliser d'éclat avec l'arche dorée marquant l'entrée du restaurant.

– Pour l'amour du ciel, cache cette cigarette, dit-elle à Van. Il va penser...

– T'inquiète pas, interrompit Van en souriant piteusement. Même si tu étais une pute, je ne pourrais pas me l'offrir.

Il écrasa le bout de son mégot entre ses doigts et le glissa dans la poche de sa chemise.

Tandis que le policier s'évertuait à apaiser les cris du groupe qui se tenait derrière eux, Avery indiqua de la tête qu'ils feraient mieux de quitter les lieux et de se diriger vers l'hôtel. De sa démarche traînante, Van s'exécuta et lui emboîta le pas.

– Van, il faut me promettre de ne jamais révéler mon identité à qui que ce soit. Un soir de la semaine prochaine, quand nous serons rentrés au ranch, j'essaierai de faire en sorte qu'Irish, toi et moi puissions nous rencontrer.

– Combien crois-tu que Dekker paierait pour cette information ?

Avery s'arrêta net et lui saisit brutalement le bras.

– Tu ne peux pas faire ça ! Van, je t'en supplie... Non, tu n'as pas le droit !

– A moins que tu n'aies quelque chose de mieux à me proposer, sinon, pourquoi pas... ? répondit-il en se dégageant de son étreinte. Salut, Avery.

Ils étaient arrivés à hauteur de l'hôtel, de l'autre

côté de la rue. Elle s'élança à sa suite et lui reprit le bras en le forçant à se retourner.

– Tu ne connais pas la gravité de la situation, Van. Je t'en supplie, au nom de notre amitié.

– Je n'ai pas d'amis.

– Promets-moi de ne rien faire avant que je ne t'aie tout expliqué.

Il libéra son bras.

– Je vais y songer. Mais tes explications ont intérêt à être valables, sinon je vends la mèche.

Atterrée, elle le regarda s'éloigner sur le trottoir et traversa la rue pour rejoindre l'hôtel. En posant le pied sur le trottoir d'en face, elle leva les yeux. Debout derrière la porte d'entrée de l'hôtel, Tate la regardait de son air le plus féroce.

Après quelques pas hésitants, Avery s'avança vers lui avec la détermination d'un criminel résolu à ne pas avouer.

– La voici, monsieur Rutledge, fit le groom d'un air enjoué. Je savais bien qu'elle reviendrait d'une seconde à l'autre...

Gêné par la présence du portier, Tate lui adressa la parole d'un ton léger :

– Je commençais à m'inquiéter, Carole.

Ils traversèrent le hall en silence, prirent l'ascenseur en serrant les dents et entrèrent enfin dans leur chambre.

– Où diable étais-tu passée ? demanda Tate sans préambule.

– Au *McDonald's* du coin. Souviens-toi que je n'ai pas beaucoup mangé au banquet. J'avais faim, et comme tu étais avec Jack, j'ai pensé...

– Qui c'était, le type ?

Elle songea une seconde à feindre l'innocence, mais se ravisa. De toute évidence, il l'avait vue avec Van, mais ne l'avait pas reconnu.

– C'était un dealer ? insista-t-il.

S'attendant à tout sauf à cette remarque, elle ne répondit pas.

– Je sais bien que Fancy et toi vous êtes déjà adonnées à ce genre de pratiques. J'espère que tu n'en as jamais fait plus, mais en tout cas, la femme d'un candidat au Sénat n'a pas à acheter de l'herbe à n'importe quel revendeur, Carole. Il aurait pu te dénoncer...

– C'était Van Lovejoy ! cria-t-elle, en colère.

Visiblement, le nom ne lui disait rien. Il la regarda d'un air absent.

– Le cameraman de K.T.E.X. Celui qui est venu nous filmer au ranch, tu te rappelles ?

Elle le repoussa, traversa la pièce, et commença à se défaire de ses bijoux, qu'elle déposa sur la commode sans la moindre délicatesse.

– Que faisais-tu avec lui ?

– Je marchais, répondit-elle insolemment en s'adressant au reflet du miroir. Je suis tombée sur lui, au *McDonald's*. Il est au *Holiday Inn* avec le reporter de la chaîne, je crois, mentit-elle avec une étonnante facilité. Il ne voulait pas que je rentre seule et a insisté pour me raccompagner à l'hôtel.

– C'est un type raisonnable, ma foi. En tout cas, plus raisonnable que toi. On n'a pas idée de sortir seule à une heure pareille de la nuit !

– J'avais faim, répliqua-t-elle en haussant le ton.

– Tu ne pouvais pas commander dans la chambre ?

– J'avais besoin de prendre l'air.

– Tu aurais pu ouvrir la fenêtre...

– Mais qu'est-ce que ça peut bien te faire que je sois sortie ? Tu étais avec Jack. Jack et Eddy. Laurel et Hardy. Quand ce n'est pas l'un qui a besoin de te parler, c'est l'autre.

– Ne change pas de sujet. Nous sommes en train de parler de toi, pas de Jack ou d'Eddy.

– Et alors ?

– Pourquoi étais-tu si nerveuse ce soir ?

– Je n'étais pas nerveuse.

Elle tenta de le repousser à nouveau, mais il lui barra le passage et la retint par les épaules.

– Il y a quelque chose de louche. Je le sais. Si tu as encore fait des tiennes, tu ferais mieux de me le dire maintenant avant que je ne l'apprenne par quelqu'un d'autre.

– Pourquoi dis-tu ça ?

– Parce que tu ne me regardes pas dans les yeux.

– Si je t'évite, c'est parce que je suis en colère et non parce que j'ai fait quelque chose de mal. Et si tu veux tout savoir, Van Lovejoy fumait un joint et m'en a même offert un que j'ai refusé. Cela convient-il à monsieur le sénateur ?

– Je me fiche pas mal de ce que tu peux faire, grommela-t-il en resserrant son étreinte. Je trouve seulement qu'il n'est pas prudent de sortir seule.

– Seule ? répéta-t-elle sarcastiquement. Seule ? Mais nous ne sommes jamais seuls !

– Nous le sommes à présent.

Ils se rendirent compte à cet instant qu'ils se tenaient debout l'un contre l'autre, aussi nerveux l'un que l'autre. Avery sentit son sang s'échauffer.

Soudain, les bras de Tate l'entourèrent, se rejoignirent derrière son dos et la pressèrent contre lui. Avery se sentit fondre de désir. Puis, dans un même mouvement, leurs lèvres se rencontrèrent et se dévorèrent sauvagement. Lui passant les bras autour du cou, elle s'arqua tout contre lui, tandis qu'il glissait les mains contre ses fesses pour la retenir. Haletants et affamés, ils s'embrassaient avec une violence à la mesure de leur désir, s'abandonnant aux flammes du plaisir qui léchaient leurs corps inassouvis.

D'un geste brutal, Avery s'attaqua aux boutons de la chemise de Tate et en écarta les pans. Ses lèvres entrouvertes quittèrent les siennes et vinrent se poser sur la douce toison de sa poitrine nue. Il gémit de plaisir et tâtonna dans son dos pour déboutonner sa robe, mais son impatience prit le dessus. Un bruit d'étoffe déchirée se fit entendre, suivi d'une avalanche de perles et d'une pluie de paillettes. Mais ni l'un ni l'autre n'y prêtèrent attention. Il découvrit les épaules d'Avery et ses lèvres vinrent effleurer la naissance de ses seins. Puis il chercha à dégrafer son soutien-gorge.

Avery fut soudain prise de panique lorsqu'elle sentit ses seins libérés de leur support soyeux. *Il allait deviner !* Mais, heureusement, il gardait les yeux fermés et ne se guidait qu'au contact de ses lèvres. Il embrassa ses seins, s'attardant sur les pointes qu'il tortura du bout de sa langue. Puis ses mains descendirent le long de sa robe et remontèrent jusqu'à ses cuisses avant de se glisser sous l'élastique de son slip. Elle sentit la paume de sa main contre son sexe enflammé, et ses doigts la pénétrèrent avec douceur. Le souffle court, elle se mit à gémir de volupté.

– Tu es ma femme, dit-il d'une voix voilée. Tu mérites un peu mieux que d'être culbutée contre un mur.

A peine eut-il prononcé ces mots qu'il s'écarta d'elle, se débarrassa de ses chaussures tandis qu'elle se glissait sous les draps du lit. D'un claquement sec, elle défit son porte-jarretelles. Et eut juste le temps d'ôter ses bas avant de se retrouver dans ses bras. Elle s'abandonna sans retenue contre sa douce nudité, tandis que leurs lèvres se rejoignaient en un baiser passionné. Elle sentit son membre dur se prélasser contre son sexe. Sans la moindre résistance, elle le laissa ouvrir ses cuisses et la caresser du bout des doigts. Puis il s'allongea sur elle et la pénétra.

Elle s'émerveilla de la force et de la virilité de sa possession. La pénétrant au plus profond, il réveillait des ardeurs et atteignait des limites qu'elle n'aurait jamais pu imaginer. Au-dessus d'elle, il s'efforçait de retarder l'orgasme, de faire durer le plaisir, mais son corps trop sevré par l'abstinence ne lui obéissait plus.

Il jouit en elle quelques secondes plus tard.

Sans un mot, il se dégagea de leur étreinte. Il se tourna sur un côté, et rabattit les couvertures sur ses épaules où perlaient encore quelques gouttes de sueur.

Avery se tourna vers l'autre mur, tentant désespérément d'étouffer ses sanglots. Physiquement, leur union avait été parfaite, bien au-dessus de tout ce qu'elle avait connu jusque-là. Dévouée à sa carrière, elle n'avait eu que peu d'amants, et n'avait jamais pu bâtir de relation stable. Cette fois-ci, pour la première fois, elle était amoureuse de son partenaire.

Mais pour Tate, cette union n'avait été qu'un assouvissement. C'est la colère, et non l'amour ou l'affection, qui avait déclenché son désir. Il lui avait donné un orgasme, mais uniquement par obligation.

Aucune parole tendre n'avait été murmurée. Aucun serment d'amour n'avait été proféré. A aucun moment, il n'avait prononcé son prénom.

Il ne le connaissait même pas.

30

– Tate, j'ai besoin de toi une minute.

Avery fit irruption, interrompant la conférence qui se tenait dans la salle de séjour du ranch.

Jack, coupé dans ses propos par son entrée intempestive, resta figé sur place, le geste en suspens et la bouche entrouverte.

– Qu'y a-t-il ? demanda Tate avec une mauvaise humeur évidente.

Eddy fronça les sourcils d'un air exaspéré et Jack marmonna dans sa barbe. Nelson, dont l'agacement était tout aussi visible, fut néanmoins le plus courtois.

– Est-ce vraiment urgent ? S'agit-il de Mandy ?

– Non, Nelson. Mandy est à la crèche.

– Peut-être Zee peut-elle vous aider ?

– Je ne crois pas. J'ai besoin de parler à Tate en privé.

– Nous sommes en plein milieu d'une conférence, Carole, fit ce dernier avec irritation. Est-ce vraiment important ?

– Si ça ne l'était pas, je ne t'aurais pas dérangé.

– Je préférerais que tu attendes que nous ayons terminé ou que tu te débrouilles toute seule.

Elle se sentit gagnée par l'indignation. Depuis leur retour au ranch quelques jours auparavant, il faisait tout son possible pour l'éviter. Peu étonnée mais déçue, elle avait dû se faire à l'idée qu'il ne réintégrerait pas leur ancienne chambre conjugale.

Leur récente union ne les avait pas rapprochés ; au contraire, le fossé qui les séparait n'avait fait que s'accentuer. Le matin suivant, c'est à peine s'ils avaient échangé un regard ou quelques mots. Elle s'était donc résignée à faire comme s'il ne s'était rien passé dans ce grand lit, mais ses efforts pour rester impassible la rendaient particulièrement hargneuse. Cependant, alors qu'ils attendaient que le groom vienne chercher leurs valises, il avait tout de même rompu le silence :

– Nous ne nous sommes pas protégés, hier soir.

– Je n'ai pas le sida, avait-elle rétorqué d'un ton agressif, dans l'espoir de mettre un terme à son attitude distante.

Elle avait réussi car il s'était retourné aussitôt pour lancer :

– Je sais. Sinon, on l'aurait découvert à l'hôpital.

– C'est pour ça que tu as daigné me toucher ? Parce que je n'ai pas de maladies ?

– La seule chose que je veux savoir, avait-il sifflé entre ses dents, c'est si tu risques d'être enceinte.

D'un air las, elle avait secoué la tête.

– Aucun risque, ce n'est pas la bonne période du mois.

Leur conversation s'était arrêtée là, laissant Avery aussi désemparée qu'humiliée. Elle avait l'impression d'avoir servi une fois puis d'avoir été rejetée, comme dans n'importe quelle aventure sans lendemain.

– Très bien, répondit-elle, je vais me débrouiller toute seule.

Elle sortit du bureau en claquant la porte et, quelques secondes plus tard, elle claquait celle de la chambre de Fancy. La jeune fille, assise sur son lit, peignait les ongles de ses orteils en rouge vif. Une cigarette se consumait dans le cendrier et une canette de soda attendait d'être consommée. Les oreilles couvertes d'un casque de Walkman, elle mâchait son chewing-gum au rythme des vociférations de la musique. Ayant perçu du bruit, Fancy leva les yeux dans sa direction.

Elle referma le flacon de vernis et se débarrassa de ses écouteurs.

– Qu'est-ce que tu fiches dans ma chambre ?

– Je viens récupérer ce qui m'appartient.

Sans autre explication, Avery se dirigea d'un pas assuré vers le placard dont elle fit coulisser la porte.

– Dis donc, je ne te permets pas ! s'exclama Fancy en bondissant de son lit.

– Désolée mais ceci est à moi, fit Avery en arrachant un chemisier d'un cintre. Et cette jupe, et ça aussi, ajouta-t-elle en s'emparant d'une large ceinture.

Ayant fait l'inventaire du placard, elle se dirigea vers la commode couverte de papiers de chewing-gum, de bouteilles de parfum et d'un nombre impressionnant de produits de beauté.

Avery souleva le couvercle d'une boîte à bijoux laquée et commença à fouiller parmi les boucles d'oreilles, bracelets, colliers et bagues. Elle tomba sur la paire de créoles qu'elle ne retrouvait plus à Houston, sur un bracelet et une montre que Tate lui avait offerte et à laquelle elle tenait tout particulièrement.

Elle avait remarqué sa disparition ce matin même et s'était décidée à agir immédiatement contre la cleptomanie de Fancy.

– Tu n'es qu'une sale petite voleuse, Fancy.

– Je ne sais pas ce que font tes affaires dans ma chambre, répondit celle-ci d'un ton condescendant.

– Et en plus, tu mens.

– Mona a dû...

– Fancy ! cria Avery. Voilà plusieurs semaines que

tu t'introduis dans ma chambre pour me voler mes affaires. Je le sais, ce n'est pas la peine de le nier.

Fancy baissa les yeux et demanda :

– Est-ce que tu vas moucharder à oncle Tate ?

– C'est ce que tu veux que je fasse ?

– Sûrement pas, répondit-elle en s'affalant à nouveau sur son lit. Fais ce que tu veux, mais fais-le ailleurs que dans ma chambre.

Avery s'apprêtait à partir lorsqu'elle changea d'avis et retourna près du lit. Elle prit la paire de boucles d'oreilles en argent et la déposa dans la main de Fancy.

– Garde-les, si tu veux. Je te les aurais prêtées si seulement tu me l'avais demandé.

Fancy lança les boucles d'oreilles aussi loin qu'elle le put.

– Je n'ai pas besoin de ta fichue charité ! s'écria-t-elle d'un air méchant. Pour qui te prends-tu ? Je n'en veux pas de tes boucles d'oreilles, ni de rien d'autre.

Avery ne se laissa pas abattre.

– Je sais. Ce ne sont ni les boucles d'oreilles ni tout ceci que tu voulais, fit-elle en désignant les affaires qu'elle avait récupérées. Tu voulais simplement te faire remarquer.

– Qu'est-ce que tu racontes ? demanda Fancy d'un air maussade.

– Tu voulais attirer mon attention et tu as réussi en me volant mes affaires. De la même façon que tu attires l'attention de tes parents en faisant des choses qu'ils désapprouvent.

– Comme coucher avec Eddy ?

– Comme coucher avec Eddy.

Un instant prise au dépourvu par le ton posé d'Avery, Fancy reprit néanmoins contenance et demanda :

– Je parie que t'as failli en crever quand tu m'as

vue sortir de la chambre d'hôtel d'Eddy. Tu ne te doutais pas que j'étais à Houston, hein ?

– Il est trop vieux pour toi, Fancy.

– Ce n'est pas notre avis.

D'un bond, elle fut hors du lit et, ouvrant un tiroir de la commode, en sortit un bikini. Elle ôta sa chemise de nuit, découvrant un corps parsemé de bleus et de meurtrissures et des fesses rayées de griffures. Révulsée, Avery détourna la tête.

– Je n'ai jamais eu un amant comme Eddy, reprit Fancy d'un ton rêveur en enfilant son bikini.

– Ah ? Quel genre d'amant est-il ?

– Comment, tu ne le sais pas ?

Ignorant si Carole avait couché ou non avec le meilleur ami de son mari, Avery ne répondit pas.

– C'est le meilleur, continua Fancy en se barbouillant les lèvres de rouge. Jalouse ?

– Non.

Leurs regards se rencontrèrent dans le miroir. Fancy semblait sceptique.

– Pourtant, oncle Tate dort toujours dans l'autre chambre...

– Ça ne te regarde pas !

– Je m'en fiche, dit-elle en souriant, du moment que tu ne me reprends pas Eddy.

– Tu m'as l'air bien possessive !

– Il ne couche ni ne couchera avec personne d'autre.

Elle se pencha en avant et commença à brosser la masse épaisse et blonde de ses cheveux.

– En es-tu sûre ?

– Certaine ! Je ne lui laisse pas l'énergie d'aller baiser ailleurs.

– De quoi pouvez-vous bien parler, tous les deux ?

– Parce que toi, tu parles avec les mecs qui te baisent ? répondit Fancy en éclatant de rire. Dis, tu n'aurais pas un peu d'herbe, par hasard ?

– Non.

– Tant pis, fit-elle en se relevant. Oncle Tate est devenu fou quand il nous a surprises en train de fumer, tu te souviens ? Je me demande ce qu'il aurait fait s'il nous avait découvertes dans la grange avec ce cow-boy ?

Blême, Avery détourna le regard.

– Je... je ne fais plus ce genre de choses, Fancy.

– Sans blague ? s'écria Fancy, visiblement étonnée.

– C'est vrai.

– Tu sais, au début, quand tu es rentrée de l'hôpital, je croyais que tu jouais la comédie avec tes soudains airs de sainte nitouche. Mais maintenant, je m'aperçois que tu as vraiment changé depuis cet accident. Comment cela se fait-il ? Tu as peur de brûler en enfer ou quoi ?

Avery s'empressa de changer de sujet.

– Je suppose qu'Eddy t'a parlé de lui. Que t'a-t-il dit de l'endroit où il a passé son enfance, de sa famille... ?

Fancy posa les mains sur ses hanches et regarda Avery d'un drôle d'air.

– Mais tu sais où il a passé son enfance aussi bien que moi. Dans un petit bled de l'Ouest. Et de famille, il n'en a pas, rappelle-toi.

– Que faisait-il avant de travailler pour Tate ?

Commençant à se lasser de toutes ces questions, Fancy s'exclama :

– Ecoute, tous les deux on baise, compris ? On ne parle pas. De toute façon, c'est quelqu'un de très réservé.

– C'est-à-dire ?

Par exemple, il n'aime pas que je mette le nez dans ses affaires. Un soir que je cherchais un T-shirt dans un de ses tiroirs, il s'est fichu dans une colère noire et m'a demandé de ne plus jamais fouiller dans ses affaires. Donc, je ne le fais plus.

– Il n'a jamais parlé de ce qu'il a fait entre le Viêt-nam et son retour au Texas ?

– La seule chose que je lui aie demandée, c'était s'il avait déjà été marié. Il m'a répondu que non. Qu'il avait passé beaucoup de temps à se retrouver.

– Que crois-tu qu'il voulait dire ?

– Oh, je suppose qu'il a fait une dépression après la guerre, répondit Fancy d'un ton désinvolte.

– Pourquoi ?

– Probablement à cause du fait qu'oncle Tate lui a sauvé la vie après leur accident d'avion... Eddy doit se souvenir d'avoir été blessé et porté par oncle Tate pour échapper aux Viets. Il lui avait même demandé de le laisser mourir, mais oncle Tate n'a pas voulu.

– Il devait bien se douter que Tate ne le laisserait pas mourir ! s'exclama Avery.

– Tu connais la devise des pilotes de chasse : « Mieux vaut être mort que défiguré. » C'était oncle Tate le héros, Eddy n'était qu'une victime de plus. Et ça doit toujours le travailler.

– Comment sais-tu tout ça, Fancy ?

– Tu plaisantes ? Grand-père nous l'a pourtant assez rabâché !

– Oh, oui, bien sûr ! Mais tu as l'air de connaître si bien tous les détails...

– Pas plus que toi. Bon, ça t'ennuie si je vais à la piscine ?

Sans attendre de réponse, elle se dirigea vers la porte et l'ouvrit. Avery la rejoignit et posa la main sur l'épaule de la jeune fille.

– La prochaine fois que tu veux m'emprunter quelque chose, demande. Et méfie-toi.

– De quoi ?

– D'Eddy.

– Elle m'a dit de me méfier de toi.

La chambre du motel miteux était humide et poussiéreuse. Mais Fancy, les dents plantées dans une cuisse de poulet, ne semblait guère s'en soucier. Un hôtel plus élégant pour leurs rendez-vous amoureux ne lui aurait certes pas déplu, mais celui-ci, au personnel discret et à la clientèle douteuse, offrait l'avantage d'être situé à mi-chemin entre les bureaux électoraux et le ranch.

Ce soir-là, ayant travaillé tard, Fancy et Eddy partageaient un moment d'intimité autour d'un poulet rôti. Nus sur les draps froissés, ils s'entretenaient de Carole Rutledge.

– Te méfier de moi ? demanda Eddy. Pourquoi ?

– Elle a dit que tu étais trop vieux pour moi, répondit Fancy, la bouche pleine. Mais je ne crois pas que ce soit la vraie raison.

– Et quelle est la vraie raison, selon toi ?

– C'est qu'elle est dévorée par la jalousie. Tu vois, elle veut jouer l'épouse modèle pour le cas où oncle Tate remporterait les élections et partirait à Washington, mais si jamais il échoue, elle veut pouvoir assurer ses arrières. Même si elle prétend le contraire, je sais très bien que tante Carole a envie de toi, fit-elle en pointant l'os de poulet sur la poitrine d'Eddy.

Celui-ci ne répondit pas. Les yeux dans le vague, il fronça les sourcils.

– Je préférerais quand même qu'elle ne soit pas au courant de notre liaison.

– On ne va pas recommencer, d'accord ? Ce n'est pas ma faute si, en sortant de ta chambre, je suis tombée nez à nez avec elle, avec son seau à glaçons et son air horrifié.

– Elle en a parlé à Tate ?

– Ça m'étonnerait, répondit-elle en se léchant les doigts. Et je vais te dire autre chose, murmura-t-elle d'un air mystérieux. Je crois que ça ne va pas encore très bien dans sa tête.

– Comment ça ?

– Elle pose des questions complètement idiotes.

– Ah bon ?

– Hier, j'ai fait référence à quelque chose dont elle

aurait dû se souvenir, mais c'était comme si elle avait perdu la mémoire. Tu veux encore du poulet ?

– Non, merci.

Fancy s'empara du dernier morceau tandis qu'Eddy encerclait sa cheville d'une main ferme.

– Tu ne lui as révélé aucun de mes secrets, j'espère ?

Elle rit et lui administra un léger coup de pied aux fesses.

– Je ne connais aucun de tes secrets.

– Alors, de quoi avez-vous parlé, si vous avez parlé de moi ?

– Je lui ai simplement dit que tu étais le meilleur amant que j'aie jamais eu.

Elle se pencha vers lui et lui appliqua un baiser graisseux sur les lèvres.

– C'est vrai, tu sais. Tu as une queue du tonnerre, et c'est tellement excitant, presque dangereux...

– Finis ton poulet, sourit-il. Il est grand temps que tu rentres à la maison.

Sans la moindre intention d'obéir, Fancy lui passa les bras autour du cou et l'embrassa langoureusement. Ils roulèrent ensemble sur les coussins poussiéreux.

– La prochaine fois que ta tante Carole posera des questions à mon sujet, haleta-t-il en mettant un préservatif, dis-lui de se mêler de ses affaires.

Il la pénétra violemment.

– Oui, Eddy, oui, cria-t-elle en lui frappant le dos de l'os de poulet qu'elle tenait toujours serré dans sa main.

31

– De toute façon, fit Van d'un air résigné en tirant une dernière bouffée de son mégot, je ne suis pas meilleur en chantage que dans les autres domaines ! Je me serais dégonflé.

– Tu as voulu lui faire du chantage ? s'exclama Irish avec mépris. Tu ne me l'avais pas dit !

– Ce n'est pas grave, Irish, intervint Avery en posant une main apaisante sur le bras du vieil homme. Van était simplement vexé de n'avoir pas été informé de notre petit secret.

Ne plaisante pas avec ça ! Ce petit secret me rend malade...

Irish se leva du canapé et alla remplir son verre de whisky.

– Apporte-m'en aussi, demanda Van. Irish a raison, ajouta-t-il à l'adresse d'Avery, tu es dans la merde jusqu'au cou et tu ne t'en rends même pas compte.

– Si, je m'en rends compte.

– Tu sais comment t'en sortir ?

– Non, répondit-elle en secouant la tête.

– Bon sang, Avery, es-tu devenue folle ? Pourquoi as-tu fait une telle connerie ?

– Qui lui raconte, toi ou moi ? demanda-t-elle à Irish qui se rasseyait dans le canapé.

– C'est ta soirée.

Devant les deux hommes qui sirotaient leur whisky, Avery se lança une fois de plus dans la narration de son incroyable histoire. Van écoutait avec attention, se tournant régulièrement vers Irish qui approuvait chaque parole d'Avery d'un hochement de tête.

– Rutledge n'est pas au courant ? demanda Van une fois qu'elle eut terminé son récit.

– Non. Du moins pas que je sache.

– Qui est le traître de la troupe ?

– Je ne sais pas encore...

– S'est-il de nouveau manifesté ?

– Oui, hier. J'ai reçu une nouvelle lettre dactylographiée.

– Que disait-elle ?

– Plus ou moins la même chose que l'autre, répondit-elle évasivement, incapable de soutenir le regard d'Irish.

Le mot qu'elle avait trouvé dans un de ses tiroirs tenait en une ligne : *Tu as couché avec lui, bravo. Il est désarmé.*

Elle avait eu un haut-le-cœur à l'idée qu'un inconnu la félicite pour ce qui s'était passé à l'hôtel *Adolphus*. Tate avait-il parlé de leurs ébats à un confident, ou bien cet inconnu était-il si proche de Tate qu'il avait deviné la raison de son changement d'humeur ?

– Qui que ce soit, continua-t-elle à l'adresse de ses amis, il n'a pas l'intention d'abandonner son projet. Mais je ne pense pas qu'il effectue lui-même le... meurtre, ajouta-t-elle en frissonnant à ce mot qui avait du mal à sortir de ses lèvres. Je pense que quelqu'un a été engagé pour le faire. As-tu apporté les cassettes que je t'avais demandées ?

D'un geste de la tête, Van désigna la table basse où étaient empilées quelques cassettes vidéo.

– Irish m'a passé le mot que tu m'avais envoyé à sa boîte postale.

– Merci, Van.

Elle se leva aussitôt, prit les cassettes, et en chargea une dans le magnétoscope d'Irish. Retournant à sa place avec la télécommande, elle demanda :

– C'est tout ce que tu as tourné pendant notre voyage ?

– Ouais... Depuis votre arrivée à Houston jusqu'à votre retour au ranch.

Irish se pencha en avant et posa les coudes sur ses genoux. Sur l'écran de télévision, on voyait Tate sortir d'un avion, escorté d'Avery et de Mandy.

– Vous avez emmené la gamine, mais où sont les parents de Rutledge ? demanda Van en se versant une rasade de whisky.

– Ils y sont allés en voiture. Zee a horreur de l'avion.

– C'est bizarre pour une femme de commandant de l'armée de l'air, non ?

– Pas tant que ça. Nelson était en mission de bombardement en Corée pendant qu'elle était à la maison avec Jack, encore bébé. Elle devait avoir une peur bleue de devenir veuve. Et le grand copain de Nelson – qui a donné son nom à Tate – est mort en mer dans l'avion qu'il pilotait.

– Comment sais-tu tout ça ?

– Je suis allée au bureau de Tate un jour où il n'y était pas, sous prétexte de réencadrer toutes les photos. J'ai réussi à faire parler sa secrétaire sur toutes les personnes qui... Attends ! Arrête !

S'apercevant que c'était elle qui tenait la télécommande, elle arrêta la cassette, la rembobina et la remit en marche. D'une voix que l'émotion étouffait, elle remarqua :

– Il était aussi à l'aéroport quand nous avons atterri à Houston.

– Qui ? demandèrent Irish et Van à l'unisson.

Avery rembobina la cassette une seconde fois.

– Il s'agit bien de Hobby Airport, n'est-ce pas, Van ?

– Oui.

– Là ! Vous voyez le grand aux cheveux gris ?
– En polo jaune ?
– Oui.
– Eh bien, quoi ? s'enquit Van.
Avery rembobina encore la cassette.
– Est-il possible d'avoir un arrêt sur image ?
– Bien sûr, fit Irish en lui prenant la télécommande des mains. Dis-moi stop quand...
– Stop !
Il appuya sur le bouton et l'image s'immobilisa. Avery s'agenouilla devant le téléviseur et montra l'homme du doigt. Il se trouvait à l'arrière-plan de la foule.
– Il était dans notre hôtel, déclara-t-elle, se remémorant soudain la scène. Nous nous pressions pour nous rendre à une réunion et il nous a gardé l'ascenseur.
Voilà pourquoi elle l'avait repéré à Midland.
– Et alors ?
– Eh bien, il était également à Midland. Il attendait à l'aéroport quand nous avons atterri. Et je l'ai revu plus tard, à Dallas, au cours d'un dîner.
Van et Irish échangèrent des coups d'œil inquiets.
– Coïncidences ?
– Vous croyez vraiment ? demanda Avery d'un ton exaspéré.
– C'est peut-être un fervent supporter de Tate.
– C'est ce que je me suis dit d'abord, répondit Avery, mais je suis passée aux bureaux presque tous les jours depuis notre retour, et je ne l'ai pas vu parmi les volontaires. De plus, il ne nous a jamais approchés pendant notre voyage. Il se tenait toujours derrière la foule.
– Tu tires des conclusions un peu hâtives, Avery.
– Tais-toi, Irish.
Son ton catégorique les fit sursauter tous les deux... mais elle se radoucit pour ajouter :
– Je sais ce que tu penses et tu te trompes.

– C'est-à-dire ?

– Tu penses que je me précipite, que je tire des conclusions avant d'avoir rassemblé les faits, que mes réactions sont plus émotives que pragmatiques.

– Exactement, fit Van. Tu as d'ailleurs fait tes preuves dans ce domaine.

Avery se releva brusquement.

– Passons en revue toutes ces cassettes et nous allons voir si j'ai tort.

Un long silence suivit la dernière image de l'ultime cassette. Avery se mit debout et leur fit face. Elle ne prit pas la peine de leur répéter qu'elle avait raison. Les cassettes étaient suffisamment éloquentes : l'homme était apparu sur chacune d'elles.

– Est-ce qu'il vous dit quelque chose ?

– Non, répondit Van.

– Il était dans toutes les villes où nous sommes passés, songea Avery à voix haute. Toujours caché derrière la foule, à fixer Tate du regard. Vous ne trouvez pas cela curieux que quelqu'un suive un candidat au Sénat partout où il va sans faire partie du comité électoral ?

Les deux hommes se regardèrent et haussèrent les épaules.

– C'est curieux, en effet, convint Irish. Mais nous ne l'avons jamais vu le doigt sur la gâchette.

– L'as-tu vu à General Motors ? demanda Van.

– Non.

– C'était une des foules les plus imposantes et les plus hostiles de tout le voyage, dit Irish. N'aurait-ce pas été le moment idéal pour mettre son projet à exécution ?

– Peut-être a-t-il été devancé par le type qui a lancé la bouteille ?

– Mais puisque tu as dit que Cheveux Gris n'y était pas... remarqua Van avec justesse.

Avery tressaillit en se remémorant la terrible scène

et frémit en songeant que cela aurait pu être pire si cet homme...

– Attendez ! Je viens de me rappeler, s'exclama-t-elle. J'avais lu le programme de la journée avant de quitter l'hôtel ce jour-là et j'avais remarqué que la rencontre avec les ouvriers de General Motors n'était pas prévue et avait été rajoutée à la main. Personne d'autre qu'Eddy, Jack et les patrons de l'usine n'était au courant. Ainsi, même si cet homme avait eu accès au programme, il n'aurait pas su que Tate avait décidé d'aller à Arlington.

– Ecoute, Avery, intervint Irish d'un ton hargneux. Ça devient bien trop dangereux ! Dis à Rutledge qui tu es, ce que tu soupçonnes, et sors-toi de cette histoire.

– Je ne peux pas ! Je ne peux pas, répéta-t-elle avec obstination. Ne comprenez-vous pas ? Tate a besoin de moi. Mandy aussi. Je ne les laisserai pas tomber tant qu'ils ne seront pas hors de danger. Un point c'est tout !

Puis, se rendant compte qu'il était fort tard, elle s'empressa de les embrasser chaleureusement avant de partir.

– Fais gaffe, Avery, recommanda Van.

– Oui, c'est promis.

Elle sortit en toute hâte et rentra aussi vite qu'elle put. Mais, hélas, pas assez vite.

32

– Ça commence à se reproduire un peu trop souvent ! tonna Tate en l'interceptant devant la chambre de Mandy. Ça fait une heure que je t'attends sans savoir où tu es...

Haletante, elle traversa la pièce et s'agenouilla au bord du lit. Le petit visage endormi de la fillette portait encore des traces de larmes.

– Je suis désolée, murmura-t-elle. Zee m'a dit qu'elle avait encore eu un cauchemar.

Tate semblait dans tous ses états. Le visage tendu et les cheveux ébouriffés, il expliqua :

– Oui, il y a environ une heure. Juste après qu'elle se fut endormie.

– S'est-elle souvenue de quelque chose ? demanda Avery, pleine d'espoir.

– Non, répondit-il d'un ton cassant. Ses cris l'ont réveillée.

Avery caressa les cheveux de Mandy et chuchota :

– J'aurais dû être là...

– Bien sûr que tu aurais dû être là ! Elle n'a cessé de te réclamer. Où étais-tu passée ?

– Je faisais des courses, répondit-elle, désireuse d'éviter une querelle. Je vais rester avec elle un moment.

– Non, tu ne peux pas. Les gens de Wakely & Foster sont encore là.

– Qui ?

– Les conseillers que nous avons engagés pour diriger la campagne. Notre réunion a déjà été interrompue par son cauchemar, et leur temps est compté. Nous les avons déjà assez fait attendre.

Il l'entraîna hors de la chambre et la précéda jusqu'à la porte donnant sur la cour intérieure.

– Je croyais que tu étais contre le recours à des conseillers professionnels pour ta campagne ?

– J'ai changé d'avis...

– Tu veux dire qu'Eddy et Jack ont changé d'avis pour toi.

– Ils ont eu leur mot à dire, mais c'est moi qui ai pris la décision. Enfin, bref, ils nous attendent pour parler stratégie.

– Attends une seconde, Tate, dit-elle en posant une main sur sa poitrine pour le retenir. Si tu n'es pas entièrement d'accord avec cette décision, dis-leur non. Jusqu'à maintenant, ta campagne était basée sur ta réputation, sur ton personnage et tes idées. Et si ces prétendus experts essayaient de changer ton image ? De l'édulcorer ? Je t'en prie, ne te laisse pas entraîner contre ton gré.

Il repoussa sa main d'un geste brusque.

– Si j'avais l'habitude de me laisser entraîner contre mon gré, Carole, il y a longtemps que j'aurais divorcé. C'est ce qu'on m'a toujours conseillé de faire !

Le lendemain matin, enveloppée d'une serviette, elle se tenait devant le miroir de sa salle de bains, quand elle crut apercevoir un mouvement dans sa chambre par l'entrebâillement de la porte. Elle pensa tout d'abord qu'il s'agissait de Fancy. Elle ouvrit brusquement la porte.

– Jack !

– Oh, désolé, Carole ! J'ai cru que tu m'avais entendu frapper...

Jack avait pénétré loin dans la chambre. S'il s'était annoncé, il ne se serait pas permis de s'aventurer si loin sans la voir. Elle savait qu'il mentait. Il n'avait pas frappé. Plus irritée que gênée, elle rajusta la serviette autour d'elle.

– Que veux-tu, Jack ?

– Euh... les types ont laissé ça pour toi.

Sans la lâcher de son regard lascif et pénétrant, il lança un classeur en plastique sur le lit. Il la fixait si intensément qu'elle se sentit mal à l'aise. Le drap de bain laissait ses épaules et ses jambes découvertes. Avait-il remarqué une différence physique ?

– Quels types ? demanda-t-elle sans laisser paraître sa gêne.

– Ceux de Wakely & Foster. Ils n'ont pas eu l'occasion de te le donner hier soir, puisque tu es sortie comme une furie.

– Je ne suis pas sortie comme une furie. Je suis rentrée vérifier si Mandy dormait bien.

– Et tu es restée absente jusqu'à leur départ. Tu ne les apprécies pas beaucoup, n'est-ce pas ?

– Puisque tu me le demandes, non. Et je suis surprise que ce ne soit pas également ton cas.

– Pourquoi ?

– Parce qu'ils prennent ta place.

– Ils travaillent pour nous, pas le contraire.

– Ce n'est pourtant pas l'impression qu'ils donnent, répliqua-t-elle. Je les ai trouvés tyranniques et autoritaires, et ça m'étonnerait que Tate les supporte très longtemps.

Jack éclata de rire.

– A en juger par ta haute estime pour eux, tu vas avoir du mal à digérer ça, dit-il en désignant le classeur.

Intriguée, Avery s'approcha du lit, prit le classeur, et en fit tourner les premières pages.

– « Liste de ce que doit ou ne doit pas faire la femme d'un candidat », lut-elle.

– Exactement, madame Rutledge.

Elle referma le classeur d'un bruit sec et le rejeta négligemment à la même place.

Jack ne se tenait plus de rire.

– Je suis content de n'être que l'intermédiaire. Eddy va être furieux si tu ne lis pas tout ce qu'il y a à l'intérieur...

– Eddy peut aller au diable ! Et toi aussi, d'ailleurs ! Et tous ceux qui ont l'intention de faire de Tate un automate bon à serrer les mains et à débiter des banalités.

– Tu es devenue bien indulgente envers Tate. Te voilà soudain sa plus fidèle alliée.

– En effet.

– Tu te moques de moi, ou quoi ?

– Je suis sa femme. Et la prochaine fois que tu veux me parler, Jack, frappe un peu plus fort.

Grimaçant de colère, il s'approcha d'elle d'un pas rageur.

– Tu peux jouer la comédie tant que tu veux devant les autres, mais quand nous sommes seuls...

– Maman, je t'ai fait un dessin, interrompit Mandy, agitant une feuille de papier.

Jack lança un regard noir à Avery, puis tourna sur ses talons et sortit de la pièce à grands pas. Elle se félicita de lui avoir si bien tenu tête, mais, sous le choc de l'émotion, elle sentit ses genoux faiblir et dut s'asseoir sur le lit. Attirant Mandy à elle, elle la serra fort en l'embrassant sur le front.

– Maman ?

– Qu'as-tu dessiné ? Montre-moi.

Avery la lâcha et examina les gribouillages colorés.

– C'est ravissant ! s'exclama-t-elle en souriant.

Au cours des semaines qui avaient suivi la visite au Dr Webster, Mandy avait fait d'énormes progrès. Elle sortait progressivement de sa coquille et, malgré un manque d'assurance encore très net, paraissait avoir retrouvé son énergie d'avant l'accident.

– C'est papa. Et ça, c'est Shep, gazouilla-t-elle en montrant une tache bleuâtre.

– Ah oui !

– Est-ce que je peux avoir un chewing-gum ? Mona a dit qu'il fallait que je te demande.

– Un seul. Et ne l'avale pas.

– Merci, maman, dit-elle en lui plantant un baiser humide sur la joue.

Avery l'embrassa à son tour et la tint tout contre elle jusqu'à ce que l'enfant se libère, impatiente d'aller chercher le chewing-gum tant convoité.

Van ouvrit une boîte de thon et retourna à son magnétoscope. Si son estomac ne lui avait rappelé qu'on avait besoin de se nourrir pour vivre, il ne s'en serait jamais souvenu tellement il était concentré dans ce qu'il faisait.

Coinçant sa fourchette dans sa bouche, il se servit de ses deux mains libres pour faire sortir une cassette d'un appareil et en remettre une dans une autre. Dans ce domaine, il était d'une habileté sans pareille.

Il remit la première cassette dans son étui puis fixa son attention sur celle qu'il venait de mettre en marche.

Il s'agissait d'un documentaire qu'il avait filmé plusieurs années auparavant pour une chaîne de Des Moines et qui traitait de pornographie infantile. Ce n'était pas la version édulcorée qui avait été diffusée à la télévision, mais sa propre copie, contenant tout ce qu'il avait filmé pendant douze semaines d'enquête. Et ce n'était qu'une cassette parmi les centaines de sa vidéothèque personnelle.

Jusqu'à présent, aucune de celles qu'il avait regardées n'avait confirmé l'obsédante impression qu'il avait déjà rencontré quelqu'un de l'entourage de Rutledge quelques années auparavant. Il ne savait pas qui, mais ce n'était pas l'homme aux cheveux gris qui inquiétait tant Avery. Van n'était pas très sûr de ce qu'il voulait découvrir, mais il fallait bien commencer par quelque chose. Il passerait donc en revue toutes ses cassettes jusqu'à ce qu'il trouve.

– Où est Eddy ? demanda Nelson du bout de la table.

– Il a dû rester travailler tard, répondit Tate. Il a dit qu'il ne fallait pas l'attendre pour le dîner.

– On dirait que nous ne sommes plus jamais tous ensemble pour le dîner, se plaignit Nelson. Dorothy Rae, où est Fancy ?

– Elle... elle est...

Dorothy Rae n'avait pas la moindre idée de l'endroit où se trouvait sa fille.

– Elle était encore aux bureaux quand je suis parti, intervint Tate en venant à l'aide de sa belle-sœur.

Jack sourit à ses parents.

– Elle y a beaucoup travaillé, ces derniers temps, n'est-ce pas, maman ?

Zee ébaucha un faible sourire.

– Elle s'y est donnée plus que je ne l'aurais cru.

– Ça lui fait du bien !

Assise en face de Jack, Avery se garda d'intervenir. Elle doutait fort que Fancy travaillât autant qu'ils semblaient le croire. Elle était d'ailleurs la seule à avoir remarqué qu'Eddy et elle rentraient souvent tard ensemble.

Elle aida Mandy à beurrer sa tartine, puis, relevant la tête, surprit le regard de Jack braqué sur elle. Il souriait, comme s'ils partageaient un vilain secret. Elle détourna promptement la tête et se concentra sur son assiette.

Fancy arriva quelques minutes plus tard et se laissa choir sur sa chaise d'un air morose.

– Tu pourrais peut-être dire un mot poli à ta famille, fit Nelson durement.

– Bon Dieu, du chou-fleur ! grimaça-t-elle en poussant le plat à l'autre bout de la table.

– Je ne supporterai pas ce genre de langage, vociféra Nelson.

– J'avais oublié, s'écria-t-elle avec humeur.

Le visage de Nelson devint soudain écarlate.

– Et je ne supporterai pas non plus ce ton insolent, rétorqua-t-il en lançant des regards furieux à Jack et à Dorothy Rae qui baissèrent simultanément la tête. Montre-nous tes bonnes manières ; assieds-toi correctement et mange.

– Il n'y a jamais rien de bon à manger ici, se plaignit Fancy.

– Tu devrais avoir honte, Francine.

– Ouais, je sais, grand-père. Les petits enfants qui meurent de faim en Afrique. Pas la peine de recommencer avec ça, je vais dans ma chambre.

– Tu vas rester ici, hurla-t-il. Tu fais partie de la famille, et dans cette famille, tout le monde dîne ensemble.

– Cela ne sert à rien de crier, Nelson, intervint Zee en posant une main sur le bras de son mari.

Folle de rage, Fancy fixa son grand-père avec insolence, lança un regard dédaigneux à ses parents, mais resta à sa place.

Comme si de rien n'était, Nelson reprit la conversation là où elle s'était arrêtée.

– L'équipe de Wakely & Foster est en train d'organiser un autre voyage pour Tate, déclara-t-il à l'intention des femmes, qui n'avaient pas pris part à la réunion.

Avery tourna la tête en direction de Tate.

– Je ne l'ai appris que cet après-midi, dit-il comme pour se défendre, et n'ai pas eu le temps de t'en informer. Je te donnerai le programme.

– Où irons-nous ?

– D'un bout à l'autre de l'Etat.

– Combien de temps serez-vous partis ? demanda Zee.

– Un peu plus d'une semaine.

– Ne vous inquiétez pas pour Mandy, Carole, fit Nelson. Grand-père prendra bien soin d'elle, n'est-ce pas, Mandy ?

L'enfant lui répondit par un grand sourire et hocha la tête. Elle n'appréhendait jamais de rester avec ses grands-parents. Cependant, comme elle avait encore fait un cauchemar la nuit précédente, Avery aurait préféré ne pas s'éloigner d'elle. Peut-être Mandy pourrait-elle les accompagner ? Il faudrait en parler avec Tate avant que tout ne soit complètement organisé.

Soudain, Eddy apparut dans l'embrasure de la porte. L'apercevant, Mona l'avertit qu'elle lui avait gardé son dîner au chaud et qu'elle allait le lui apporter immédiatement.

– Ce n'est pas la peine, fit-il en promenant son regard tout autour de la table. Je mangerai plus tard. Je suis désolé de gâcher votre dîner, continua-t-il, mais...

– Tu n'as pas l'air content, l'interrompit Nelson.

Non seulement il n'avait pas l'air content, pensa Avery, mais il bouillait de rage.

– Quelque chose ne va pas ?

– J'en ai bien peur, répondit Eddy. Ralph et Dirk sont avec moi, mais je leur ai dit d'attendre dans le salon pendant que je m'entretenais en privé avec la famille de Tate.

Ralph et Dirk étaient les deux hommes de Wakely & Foster qui s'occupaient de la campagne de Tate.

– Eh bien ? s'impatienta Nelson. Mieux vaut se débarrasser tout de suite des mauvaises nouvelles.

– Cela concerne Carole.

Tous les regards convergèrent aussitôt sur elle.

– La personne qui s'est chargée de son avortement a l'intention de tout révéler.

33

La première qualité requise chez les pilotes de chasse est le sang-froid, quoi qu'il arrive. Nelson ne dérogea pas à la règle tandis qu'Avery, sentant la terre se dérober sous ses pieds, n'était même plus capable de penser.

Avec un flegme admirable, il recula sa chaise et se leva.

– Je propose de poursuivre cette discussion dans le salon.

Eddy hocha brièvement la tête, regarda Tate d'un air à la fois compatissant et exaspéré et sortit de la salle à manger.

Zee, d'une pâleur de mort mais d'un calme égalant presque celui de son mari, se leva à son tour.

– Mona, nous ne prendrons pas de dessert, ce soir. Occupez-vous de Mandy, je vous prie. Nous risquons d'en avoir pour un bon moment.

Jack sortit un billet de cinquante dollars de sa poche et le fourra dans la main de Fancy.

– Cette histoire ne te concerne pas. Trouve quelque chose d'autre à faire.

– Salaud, murmura celle-ci, furieuse de ne pas être de la partie.

Le visage livide de colère, Tate tenta de garder son calme en repliant soigneusement sa serviette.

– Carole ?

Avery releva la tête, prête à se défendre de leurs muettes incriminations, mais son regard glacial l'en empêcha. Sous la ferme poigne de Tate, elle se laissa entraîner dans le grand salon où des visages fermés l'attendaient. Ceux des deux hommes de la société de relations publiques semblaient particulièrement hostiles.

Nelson prit la parole :

– Eddy, pourrais-tu expliquer ce que tu viens de nous dire ?

Sans prendre de gants, Eddy se tourna vers Avery.

– T'es-tu fait avorter ?

Ses lèvres s'entrouvrirent mais ne purent laisser échapper le moindre son. Tate répondit à sa place.

– Oui.

Zee bondit sur son siège. Nelson fronça les sourcils d'un air lugubre. Jack et Dorothy Rae se contentèrent d'écarquiller les yeux.

– Tu étais au courant ? demanda Eddy à Tate.

– Oui.

– Et tu n'en as rien dit à personne ?

– Ça ne regardait personne, répliqua Tate avec fureur.

– Quand cela s'est-il passé ? s'enquit Nelson. Récemment ?

– Non, avant l'accident d'avion. Juste avant.

– Merde alors, grommela Eddy. C'est vraiment le bouquet.

– Je vous prie de parler correctement devant ma femme, monsieur Paschal ! rugit Nelson.

– Désolé, Nelson, rétorqua celui-ci aussi violemment, mais vous rendez-vous compte des conséquences que cela peut avoir sur la campagne ?

– Bien sûr ! Mais cela ne sert à rien de réagir au quart de tour.

Nelson laissa les esprits se calmer avant de demander :

– Comment as-tu été informé de cette... de cette abomination ?

– L'infirmière du médecin a appelé aux bureaux cet après-midi en demandant Tate, répondit Eddy. Comme il était déjà parti, j'ai répondu moi-même. Elle m'a dit que Carole était enceinte de six semaines lorsqu'elle est venue leur demander de se faire avorter.

Avery s'affaissa sur l'accoudoir du canapé et croisa les bras.

– Est-il bien nécessaire de parler de cela devant eux ? demanda-t-elle en faisant un signe de tête en direction des deux conseillers.

– Allez-vous-en, ordonna Tate en leur montrant la porte.

– Une minute, objecta Eddy. Ils doivent être au courant de tout.

– Pas de notre vie privée.

– De tout, Tate, insista Dirk. Jusqu'au déodorant que vous utilisez. Pas de surprises et surtout pas de mauvaises. Nous vous avions prévenus.

Tate semblait prêt à exploser.

– Qu'est-ce que l'infirmière a menacé de faire ?

– D'en parler aux médias.

– A moins que... ?

– A moins qu'on ne lui achète son silence.

– Chantage, dit Ralph en faisant tinter quelques pièces de monnaie dans sa poche. Pas très original.

– Mais efficace, renchérit brusquement Eddy. Tu as peut-être tout gâché, lança-t-il à l'adresse d'Avery.

Piégée par son propre mensonge, Avery n'avait d'autre alternative que d'endurer leur mépris. Peu lui importait ce que les autres pensaient d'elle, mais elle avait envie de mourir en songeant au sentiment de trahison que devait éprouver Tate.

Eddy ouvrit un placard, et se versa une rasade de whisky.

– J'écoute vos propositions.

– Qui est ce médecin ? demanda Ralph.
– L'infirmière ne travaille plus pour lui.
– Ah bon ? s'étonna Ralph. Et pourquoi donc ?
– Je ne sais pas...
– Renseigne-toi !

Avery, qui venait de donner cet ordre brutal, se leva. Elle ne voyait qu'un moyen de se racheter aux yeux de Tate : le sortir de ce pétrin.

– Tâche de savoir pourquoi l'infirmière ne travaille plus pour ce médecin, Eddy. Peut-être l'a-t-il renvoyée pour incompétence.

– Il ? Mais c'est une femme, voyons, souviens-toi !

– Tu veux que je t'aide, oui ou non ? répliqua-t-elle aussitôt, pour mieux masquer son impardonnable bévue. Si elle a bel et bien été renvoyée, ses arguments ne seront pas facilement crédibles.

– C'est vrai, fit Ralph en lançant des regards à la ronde.

– Tu nous as mis dans le pétrin, fit Eddy. Qu'as-tu l'intention de faire, maintenant, crâner ?

– Oui, répondit-elle d'un ton de défi.

– Et si jamais elle détenait votre dossier médical ? intervint Zee.

– Les dossiers peuvent être falsifiés.

– Nous ne pouvons pas mentir à ce sujet, dit Tate.

– Il n'est pas question de mentir, répondit Avery en posant les mains sur les bras de Tate. Personne ne sera au courant de mon avortement. Si on peut prouver qu'elle bluffe, elle se rétractera. Je peux presque vous garantir qu'aucune chaîne de télévision ne l'écoutera, surtout si elle a été renvoyée par le médecin.

Si l'infirmière dévoilait l'histoire à Irish McCabe – car ce serait probablement K.T.E.X. qu'elle choisirait en premier, étant donné son taux d'écoute –, il enterrerait l'histoire. Mais si elle s'adressait à une autre chaîne...

Avery se tourna soudain vers Eddy et demanda :

– A-t-elle dit à qui elle le divulguerait ?

– Non.

– Alors aucun journaliste crédible ne le publiera. Si nous réfutons dignement un tel scandale, les lecteurs penseront qu'il s'agit d'un mensonge sordide. Qui pourrait croire que j'ai fait une telle chose ?

– En effet, on se demande pourquoi vous l'avez fait.

Avery se tourna vers Zee, dont le visage semblait souffrir pour l'honneur de son fils. Avery aurait aimé lui donner une réponse valable, mais elle ne le pouvait pas.

– Je suis désolée, Zee, mais cela concerne Tate et moi, finit-elle par dire. A ce moment-là, il semblait que c'était la seule solution possible.

Zee frissonna de dégoût.

Eddy, qui arpentait la pièce, ne se souciait guère de l'aspect moral de l'affaire.

– C'est Dekker qui aimerait un scoop pareil ! Il a déjà toute la ligue anti-avortement à sa suite ; je n'ose imaginer ce qu'il pourrait faire d'une telle information ! Il parlerait de Carole comme d'une criminelle.

– Il aurait plutôt l'air de me traîner dans la boue, protesta Avery, à moins qu'il ne soit en possession de preuves irréfutables, ce qui n'est pas le cas.

Dirk et Ralph échangèrent un regard et haussèrent les épaules avec un ensemble parfait.

– Elle n'a pas entièrement tort, Eddy, concéda Dirk. La prochaine fois que vous êtes en contact avec l'infirmière, n'hésitez pas à bluffer. Elle ne doit probablement pas en mener large et prendra peur assez facilement.

Eddy se mordit l'intérieur de la joue.

– Je ne sais pas. C'est risqué.

– Mais c'est la meilleure chose à faire, admit Nelson en se levant et en tendant la main à Zee. Vous vous débrouillez comme vous voulez pour vous sortir de cette sale histoire, mais je ne veux plus en entendre parler.

Ils sortirent tous les deux, sans un regard pour Avery.

Dorothy Rae se dirigea vers le bar. Jack, trop occupé à fusiller sa belle-sœur du regard, ne la remarqua même pas.

Apparemment, personne n'avait été mis au courant de la grossesse et de l'avortement de Carole avant ce soir. La nouvelle avait été un véritable choc pour tout le monde.

– Combien d'autres petits squelettes conserves-tu dans ton placard ?

Tate fit volte-face et toisa son frère avec une colère qu'il avait du mal à dissimuler. Ses poings serrés semblaient près de fendre les airs.

– La ferme, Jack !

– Laisse-le, pleurnicha Dorothy Rae en reposant bruyamment la bouteille de vodka sur la table. Ce n'est pas sa faute si ta femme n'est qu'une traînée.

– Dorothy Rae !

– C'est vrai, hein, Jack ? Elle s'est débarrassée de son bébé exprès, alors que les miens... les miens...

Ses yeux s'emplirent de larmes et elle détourna la tête.

Jack soupira, baissa la tête et bredouilla :

– Désolé, Tate.

Puis il rejoignit sa femme, lui passa un bras autour de la taille et l'entraîna hors du salon. Malgré toute son aversion pour Jack, Avery se sentit touchée par ce geste affectueux. Elle n'était d'ailleurs pas la seule. Dorothy Rae leva vers Jack des yeux emplis d'amour et de reconnaissance.

Dirk et Ralph, indifférents au drame familial, s'étaient jusqu'à présent tenus à l'écart.

– Vous ne faites plus partie du voyage, déclara Dirk à Avery, d'un ton péremptoire.

– Je suis d'accord, fit Eddy.

– C'est à Tate de décider, répondit-elle.

Le visage impassible et froid, il confirma.

– Tu restes là.

Sentant venir les larmes, elle s'empressa de s'excuser et sortit fièrement de la pièce. Tate la suivit et la rattrapa par le bras.

– Ta cruauté n'a donc aucune limite, Carole ?

– Je sais que tout ça n'est pas très joli, Tate, mais...

– *Pas très joli !* s'exclama-t-il d'un air ahuri. Pourquoi ne pas avoir avoué que tu avais avorté ? Pourquoi m'avoir fait croire qu'il n'y avait jamais eu d'enfant ?

– Parce que je voyais bien combien cela te faisait mal...

– Tu parles ! Tu voyais plutôt combien cela te faisait mal à toi !

– Ce n'est pas vrai, dit-elle d'un ton désespéré. C'est pour toi que j'ai menti.

– Bien sûr, railla-t-il. Si tu avais voulu faire quelque chose pour moi, vois-tu, tu n'aurais jamais avorté. Ou plutôt, tu aurais évité d'être enceinte.

Il la relâcha soudain, comme en proie à une immense répulsion.

– Va-t'en, cracha-t-il, tu me dégoûtes.

Il s'en retourna au salon où l'attendaient ses conseillers. Avery s'effondra contre le mur et couvrit sa bouche de ses mains pour retenir ses sanglots.

Ses efforts pour expier les péchés de Carole n'avaient fait que creuser le fossé qui la séparait de Tate.

Le lendemain matin, Avery se réveilla avec la sensation d'avoir reçu un choc. Les idées confuses et les yeux gonflés d'avoir pleuré toute la nuit, elle se vêtit d'une robe de chambre et se dirigea tant bien que mal vers la salle de bains.

A peine eut-elle ouvert la porte qu'elle dut se retenir contre le mur pour ne pas s'effondrer de terreur. Un message avait été écrit sur le miroir à l'aide de son rouge à lèvres :

Pauvre conne ! Tu as failli tout gâcher !

La peur la paralysa un instant, puis finit par la quitter. Elle se précipita vers sa penderie et s'habilla à la hâte. Prenant juste le temps d'effacer le message, elle sortit de sa chambre comme si elle avait le feu aux trousses.

En une minute, elle était descendue à l'écurie et avait sellé le cheval. Elle galopa à travers champs, s'éloignant autant que possible de la ravissante mais traîtresse maison. Malgré les chauds rayons du soleil matinal, elle avait la chair de poule à l'idée que quelqu'un s'était introduit dans sa chambre pendant son sommeil.

Peut-être Irish et Van avaient-ils raison. Elle était complètement folle de poursuivre cette comédie. Elle finirait par payer de sa vie les manigances d'une autre femme.

Elle pourrait disparaître, partir à l'étranger sous une nouvelle identité. Elle était intelligente et pleine de ressources et s'intéresserait facilement à autre chose qu'au journalisme.

Mais Avery savait parfaitement que cette idée lui était dictée par la panique et la peur et qu'elle ne la mettrait pas à exécution. Elle ne pourrait pas supporter un nouvel échec professionnel, surtout de cette envergure. De plus, la vie de Tate reposait entre ses mains, et elle était trop attachée à lui et à Mandy pour les abandonner ainsi. Elle devait rester. Du moins encore quelques semaines, jusqu'au jour fatidique des élections.

L'écurie était vide lorsqu'elle reconduisit son cheval dans sa stalle. Elle le dessella, lui donna un seau d'avoine et commença à l'étriller.

– Je te cherchais partout.

Effrayée, elle laissa choir l'étrille et fit volte-face.

– Tate ! s'écria-t-elle en posant la main sur son cœur battant. Tu m'as fait peur ; je ne t'avais pas entendu entrer.

Il se tenait debout dans l'ouverture de la stalle, accompagné de Shep, sagement assis à ses pieds.

– Mandy te réclame. Je lui ai dit que j'irais te chercher.

– J'ai fait un tour à cheval, annonça-t-elle, comme s'il ne l'avait pas encore deviné.

– Ah...

Il s'apprêta à s'en aller.

– Tate ?

Lorsqu'il se retourna, elle humidifia ses lèvres d'un geste nerveux.

– Je sais que tout le monde est furieux contre moi, mais ton jugement est le seul qui compte. Me détestes-tu ?

Shep s'allongea sur le ciment frais de l'étable et, posant la tête sur ses pattes de devant, la regarda d'un air triste.

– Je ferais mieux de rejoindre Mandy, fit Tate en guise de réponse. Tu viens ?

– Oui, j'arrive tout de suite.

Cependant, ni l'un ni l'autre ne fit le moindre mouvement. Immobiles, ils se dévisagèrent en silence. Des grains de poussière dansaient dans le rayon de soleil qui perçait à travers la lucarne. Lourd et chaud, l'air embaumait la paille, les chevaux et le cuir.

Et le désir. Avery se sentit soudain à l'étroit dans ses vêtements. Ses cheveux lui parurent trop lourds pour sa tête et sa peau trop étroite pour son corps bouillonnant. Elle n'avait qu'une envie, se jeter dans les bras de Tate et lui entourer la taille. Elle voulait poser la joue sur sa poitrine et écouter le battement de son cœur, elle voulait qu'il la prenne avec autant d'ardeur et de passion que la dernière fois, même s'il n'en tirait qu'un plaisir bref et égoïste.

Mais il ne répondrait pas à son désir. Désespérée, elle détourna le regard et chercha à caresser le museau duveteux du cheval. Délaissant son avoine, l'étalon lui donna un petit coup affectueux à l'épaule.

– Je ne comprends plus rien.

Elle se tourna à nouveau vers Tate et l'interrogea du regard.

– Avant, il ne supportait pas que tu l'approches. Tu voulais même qu'on le vende. Et maintenant, vous semblez les meilleurs amis du monde. Que se passe-t-il ?

– Il a appris à me faire confiance, répondit-elle avec calme en le fixant intensément.

Il avait compris le message. C'était indubitable. Il soutint son regard un long moment, puis poussa le chien du bout du pied.

– Viens, Shep. Mandy t'attend, Carole, lui rappela-t-il par-dessus son épaule.

34

– Papa veut que tu sois gentille, recommanda Tate en s'agenouillant devant sa fille qui se blottit dans ses bras. Je reviendrai bientôt et te rapporterai un beau cadeau.

En toute autre occasion, le sourire de Mandy aurait déridé Avery, mais ce matin-là, son visage resta sombre. Tate se releva.

– Appelle-moi si son état s'améliore.

– Bien sûr.

– Ou s'il empire.

– Oui, c'est promis.

Jack fit retentir impatiemment le klaxon de la voiture. Eddy, installé à l'arrière, conversait dans le téléphone tout récemment installé.

– A propos, ajouta Tate sur un ton confidentiel, Eddy a fait comme tu l'avais suggéré et a demandé à l'infirmière des preuves irréfutables de ton avortement. Il l'a bien cuisinée et lui a donné un avant-goût de ce qui l'attendait si jamais elle dévoilait cette information à la presse ou à Dekker. Il s'est également renseigné et a appris qu'elle s'était effectivement fait renvoyer. Apparemment, elle en veut plus au médecin qu'à nous, et pour l'instant je crois qu'elle n'osera rien dire.

– Oh, je suis bien contente, Tate ! J'aurais été désolée que cela ternisse ta campagne.

– De toute façon, elle ne peut pas être plus terne qu'actuellement, répondit-il en riant amèrement.

– Ne te décourage pas, dit-elle en posant une main sur son bras. Les sondages ne veulent rien dire et peuvent changer à tout moment.

– Il serait grand temps qu'ils changent, dit-il sombrement. Nous approchons de novembre à grands pas.

Elle songea un instant à l'informer des dangers qu'il courait mais le klaxon retentit une seconde fois.

– Il faut que j'y aille.

Il se pencha vers Mandy et l'embrassa de nouveau sur la joue.

– Au revoir, Carole.

Elle n'eut droit ni à un baiser, ni à une accolade, ni même à un regard avant qu'il ne s'engouffre dans la voiture.

– Maman ? Maman ?

Aux appels de Mandy, Avery détourna les yeux et les posa sur le visage perplexe de la petite fille.

– Qu'y a-t-il, ma chérie ?

– Pourquoi tu pleures ?

Avery essuya les larmes de ses joues et se força à sourire.

– Je suis juste un peu triste que papa s'en aille. Mais tu es là pour me tenir compagnie, n'est-ce pas ?

Mandy hocha vigoureusement la tête.

Les jours s'écoulaient. Elle passait le plus clair de son temps avec Mandy, mais malgré toutes les occupations qu'elle imaginait, les journées lui paraissaient bien longues. Elle n'était pas habituée à l'inactivité. D'un autre côté, cependant, elle ne se sentait pas l'énergie de faire autre chose que de rester les yeux perdus dans le vague à s'inquiéter pour Tate.

Elle regardait les informations télévisées tous les soirs, essayant désespérément de repérer l'homme aux cheveux gris dans les images du public. Devinant qu'Irish s'étonnerait de ne pas la voir aux côtés de Tate durant ce voyage, elle l'appela d'une cabine téléphonique de Kerrville pour lui expliquer la situation et s'assurer que Van, de son côté, surveillait les foules.

– Dis à Van de m'appeler dès qu'il aperçoit Cheveux Gris, demanda-t-elle.

– S'il le voit...

Apparemment, il ne l'avait pas repéré car il n'avait pas appelé.

L'inquiétude d'Avery ne s'apaisa pas pour autant. Elle souhaitait être près de lui pour s'assurer elle-même qu'il n'était pas en danger. Pendant les quelques moments de la journée qu'elle ne passait pas avec Mandy, elle errait nerveusement par toute la maison.

– Alors, toujours le cafard ?

Avery leva la tête en entendant Nelson qui était entré dans le salon à son insu.

– Ça se voit ? demanda-t-elle en ébauchant un faible sourire.

– Comme le nez au milieu de la figure, répondit-il en s'installant dans un fauteuil.

– J'avoue que je ne suis pas de très bonne compagnie, ces jours-ci.

– Tate vous manque ?

Tate n'était parti que depuis une semaine environ, mais cela lui semblait une éternité.

– Oui, Nelson, il me manque énormément. Je suppose que vous avez du mal à le croire, tout comme Zee, d'ailleurs. C'est à peine si elle me regarde.

Il plongea ses yeux perçants dans les siens jusqu'à ce qu'elle tressaillît et déclara :

– Cette histoire d'avortement est ignoble !

– Personne n'était censé savoir...

– Sauf Tate !

– Il fallait bien qu'il le sache, non ?

– Ah oui ? L'enfant était de lui ?

– Oui, répondit-elle après une seconde d'hésitation.

– Et vous vous demandez pourquoi nous sommes si mal disposés envers vous ? demanda-t-il. Vous avez tué notre petit-fils. Je trouve cela impardonnable, Carole. Vous connaissez les sentiments de Zee pour Tate. Vous croyiez peut-être qu'elle allait vous féliciter ?

– Non.

Avery baissa les yeux vers l'album de photos qu'elle tenait sur ses genoux. C'était un vieil album. Zee était encore toute jeune et ravissante et Nelson très séduisant dans son uniforme militaire. Il y avait également des portraits de Jack et de Tate à différentes étapes de leur vie.

– Cela n'a pas dû être facile pour Zee lorsque vous êtes parti pour la Corée.

– Non, en effet, répondit-il. J'ai dû la laisser seule avec Jack qui n'était encore qu'un bébé.

– Tate est né après la guerre, n'est-ce pas ?

– Oui, juste après.

– Il était encore bébé lorsque vous avez déménagé au Nouveau-Mexique, dit-elle en espérant obtenir quelques détails supplémentaires.

– Nous avons dû déménager là-bas car l'armée m'y a envoyé, fit Nelson. Quel endroit désolé ! Zee détestait le désert et la poussière. Elle n'aimait pas non plus le métier que je faisais. En ce temps-là, les pilotes d'essai étaient considérés comme des produits jetables.

– Comme votre ami Bryan Tate.

A l'évocation de ce nom et du temps révolu, ses traits s'adoucirent. Puis, tristement, il secoua la tête.

– C'était comme si j'avais perdu un membre de ma famille. Et c'est à partir de ce moment que j'ai abandonné le pilotage d'essai. Je ne voulais pas mourir ; j'avais trop à faire. Après cela, l'armée de l'air m'a envoyé à Lackland, où nous avons élevé les garçons. Puis, quand mon père est mort, j'ai pris ma retraite et lui ai succédé dans la direction du ranch.

– Mais l'armée de l'air vous manque, n'est-ce pas ?

– Oui, oh oui, répondit-il en souriant. Une femme ne peut pas comprendre ce que c'est que d'avoir des camarades comme ça.

– Comme Bryan ?

Il hocha la tête en signe d'assentiment.

– C'était un bon pilote. Le meilleur, ajouta-t-il tristement. Mais son insouciance lui a coûté la vie. Tout le monde paie pour ses erreurs, Carole. On peut les oublier un moment, mais pas toujours. Elles vous rattrapent inévitablement.

Mal à l'aise, elle détourna le regard.

– Est-ce à cause de l'avortement que vous me dites cela ?

Il se pencha en avant et posa les coudes sur ses genoux.

– Vous avez déjà dû payer en en supportant la honte. J'espère seulement que Tate n'aura pas à payer votre erreur en perdant les élections.

– Moi aussi.

Il la dévisagea un court instant avant de poursuivre :

– Vous savez, Carole, j'ai souvent pris votre défense depuis que vous faites partie de la famille. Je vous ai laissé le bénéfice du doute en de nombreuses occasions.

– Où voulez-vous en venir ?

– Tout le monde a remarqué votre changement de caractère depuis votre sortie de l'hôpital.

Le pouls d'Avery s'accéléra.

– En effet, j'ai changé. En mieux, je crois.

– Oui, mais Zee n'y croit pas beaucoup. Elle pense que vous jouez la comédie, que votre dévotion pour Mandy est simulée et que votre intérêt pour la carrière de Tate n'est qu'une tactique pour gagner ses bonnes grâces et pouvoir le suivre à Washington. Moi, je pense que vous êtes une femme belle et intelligente, trop intelligente pour vous attirer mon inimitié, fit-il en pointant le doigt dans sa direction. Je vous conseille d'être sincère dans votre nouvelle attitude. Mais si vous essayez vraiment de réparer vos anciennes erreurs, vous avez toute mon approbation. Conduisez-vous en femme de sénateur, et je ne vous causerai aucun ennui.

De toute évidence, il avait dû parler à sa femme, car au cours du dîner de ce même soir, Avery sentit une légère amélioration dans l'attitude de Zee à son égard. C'est avec un réel intérêt qu'elle lui avait demandé :

– Avez-vous fait une bonne promenade à cheval cet après-midi, Carole ?

– Très bonne ! Maintenant que le temps est un peu plus frais, je peux rester plus longtemps dehors.

– Et vous montez Ghostly. C'est curieux, n'est-ce pas ? Vous avez toujours méprisé cet animal, et il vous le rendait bien !

– Je crois que j'avais peur de lui. Nous avons appris à nous faire confiance.

Mona fit irruption à ce moment pour appeler Nelson au téléphone.

– Qui est-ce ?

– C'est Tate, monsieur le colonel.

Nelson revint quelques minutes plus tard, l'air visiblement satisfait.

– Mesdames, commença-t-il en s'adressant à toute la table, faites vos bagages ce soir, car nous partons pour Fort Worth demain matin.

Les réactions furent variées.

– Nous tous ? demanda Zee.

– Moi aussi ? s'étonna Dorothy Rae.

Fancy bondit de sa chaise en poussant un cri de joie.

– Enfin quelque chose d'amusant !

– Demain ? Pourquoi ? demanda Avery sous le regard ébahi de Mandy à qui la situation échappait totalement.

– A cause des sondages, fit Nelson en réponse à sa question. Tate perd chaque jour du terrain.

– Je ne vois pas ce qu'il y a de si réjouissant, objecta Zee.

– Les conseillers de Tate pensent que sa famille devrait être plus présente, expliqua Nelson. Pour que Tate ait l'air un peu moins non-conformiste.

– Ils ont changé d'avis à mon sujet ? demanda Avery.

– Apparemment...

– Je vais faire mes bagages et ceux de Mandy, fit-elle aussitôt, exultant de joie à l'idée de se retrouver bientôt auprès de Tate. A quelle heure partons-nous ?

– Dès que tout le monde sera prêt.

Nelson se tourna vers Dorothy Rae qui le regardait d'un air effaré.

– Dois-je y aller ? demanda-t-elle d'une voix tremblante.

– C'est ce qu'on m'a dit. Je pense que je n'ai pas besoin de vous rappeler que j'exige une tenue exemplaire, ajouta-t-il en lançant un regard sévère à Fancy. Nous approchons des derniers jours de campagne. Tous les Rutledge vont être le point de mire du public et vous devrez vous comporter en conséquence.

35

La pluie tombait sur Fort Worth lorsqu'ils arrivèrent...

Nelson se dirigea directement vers l'hôtel du centre-ville où on les informa que Jack, Eddy et Tate étaient déjà partis au meeting auquel tous devaient assister ce soir-là.

Fatigués par le long voyage, les membres de la famille Rutledge se retirèrent dans leurs chambres respectives. L'humeur maussade de Mandy se transforma vite en une colère que rien ne parvint à apaiser, pas même le dîner qu'on s'était empressé de commander dans la chambre.

– Mange, Mandy, ordonna Zee.

– Non, répliqua l'enfant d'un ton boudeur. Tu avais dit que je pourrais voir papa. Je veux voir papa.

– Il va bientôt revenir, répéta Avery pour la énième fois.

Nelson consulta sa montre et déclara d'un air impatient :

– Il est presque 19 heures... Si nous ne partons pas maintenant, nous arriverons en retard.

– Je reste avec Mandy, proposa Dorothy Rae, pleine d'espoir.

– Tu parles d'une aide ! railla Fancy, autant laisser la petite canaille mourir de faim.

– Fancy, je t'en prie ! gronda Zee.

Invoquant sa propre fatigue, elle proposa de rester avec l'enfant.

– Merci, Zee, fit Avery. Nelson, emmenez Dorothy Rae et Fancy maintenant, je vous rejoindrai plus tard.

Nelson voulut protester.

– Dirk et Ralph ont dit que...

– Je me fiche de ce qu'ils ont bien pu dire, interrompit Avery. Tate s'opposerait à ce que je laisse Mandy dans cet état à la charge de Zee. Dès qu'elle sera couchée, je prendrai un taxi. Vous leur direz que j'arrive dès que possible.

Tous trois quittèrent la suite réservée à la famille de Tate.

– Allons, Mandy, dit Avery calmement, dîne gentiment pour que je puisse dire à papa comme tu as été sage.

– Je veux ma surprise !

– Allons, mange ton dîner, implora Zee.

– Non !

– Alors tu veux prendre un bon bain chaud ?

– Non ! Je veux ma surprise. Papa a dit que j'aurais une surprise.

– Mandy, ça suffit, gronda Avery, mange ton dîner.

D'un geste brusque, Mandy repoussa le plateau, qui vint s'écraser au sol. Avery se leva d'un bond.

– Bon, eh bien, tu l'auras voulu !

Elle tira Mandy de sa chaise, la retourna et lui administra une fessée retentissante.

Mandy fut tout d'abord trop interloquée pour réagir. Elle regarda Avery avec de grands yeux ronds et sa lèvre commença à trembloter. Puis de grosses larmes coulèrent le long de ses joues et elle poussa un hurlement à réveiller les morts.

Zee s'élança vers elle, mais Avery l'écarta et vint prendre Mandy dans ses bras. La petite fille se blottit contre sa mère et enfouit son visage humide contre son épaule.

Avery tenta de la calmer en lui frottant doucement le dos.

– Tu devrais avoir honte d'avoir eu une fessée. Papa pense que tu es une gentille petite fille.

– Mais je suis gentille...

– Non, pas ce soir ! Tu as été odieuse et tu le sais très bien. Mais si tu es sage maintenant, quand papa reviendra, il te réveillera et te donnera la surprise, d'accord ?

Mandy hocha la tête et s'écarta de sa mère.

Vingt minutes plus tard, Avery bordait l'enfant qui s'effondrait de sommeil. Elle aussi était très fatiguée et ne se sentait pas d'attaque à affronter Zee qui avait observé la scène d'un air désapprobateur.

– Tate entendra parler de cette fessée, dit-elle d'un ton menaçant.

– Je l'espère bien !

Soudain, le téléphone retentit. C'était Tate.

– Tu viens ou quoi ? s'impatienta-t-il.

– Oui, j'arrive... Mandy a fait des siennes, mais elle est couchée, à présent. Je prends un taxi et serai là...

– Je suis en bas, dans le hall. Dépêche-toi.

Avery se donna cinq petites minutes pour se préparer. C'était peu, mais cela suffit à retenir l'attention de Tate lorsqu'elle sortit de l'ascenseur, resplendissante dans son tailleur de soie bleu saphir.

– Que se passe-t-il donc ? demanda Tate en l'entraînant vers la sortie. Papa a dit que Mandy était un peu énervée.

– Un peu énervée ? Tu veux dire odieuse, oui.

– Pourquoi ?

– Parce que c'est une petite fille de trois ans, tout simplement. J'ai été obligée de lui donner une fessée.

Ils arrivaient devant la voiture garée sous le porche. Avant de lui ouvrir la portière, Tate s'immobilisa.

– Et alors ?
– Ça a marché.
Il la dévisagea un court instant puis hocha la tête et ordonna brusquement :
– Monte.
Il s'empressa de donner un pourboire au portier qui avait surveillé la voiture, s'installa au volant, et s'engagea dans la rue, au son grinçant des essuie-glaces qui tentaient en vain de rivaliser avec le déluge.
– Pourquoi es-tu venu me chercher ? demanda-t-elle tandis qu'ils s'enfonçaient dans la nuit tourmentée. J'aurais pu prendre un taxi...
– Je n'avais rien d'autre à faire qu'attendre dans les coulisses. Je me suis dit que je pouvais aussi bien jouer au taxi.
– Dirk et Ralph ne s'y sont pas opposés ?
– Ils n'en savent rien.
– Quoi ?
– Le temps qu'ils se rendent compte que je ne suis plus là, il sera trop tard pour qu'ils s'y opposent ! De toute façon, j'en avais assez qu'ils remanient mon discours.
Il conduisait à unc allure déraisonnable, mais elle se garda bien de le lui faire remarquer. Il ne semblait pas d'humeur à accepter la moindre critique.
– Pourquoi nous a-t-on demandé de te rejoindre ? s'enquit-elle dans l'espoir de comprendre sa rogne.
– As-tu suivi les sondages ?
– Oui...
– Tu devrais donc savoir qu'il faut changer de stratégie ! D'après mes conseillers, il nous faut prendre des mesures draconiennes pour rattraper les trois points que nous avons déjà perdus. C'est pour cette raison que votre présence est nécessaire. Dirk et Ralph prétendent que l'image d'une famille à mes côtés peut convaincre les électeurs que je ne suis pas une tête brûlée, mais quelqu'un de stable. Enfin, je n'en sais rien. Ils parlent tellement que je ne les écoute même plus.

Il entra dans le parking du *Billy Bob's Texas*, l'une des plus grandes boîtes de nuit du monde qu'ils avaient louée pour le meeting de la soirée.

Tate avança la voiture devant l'entrée. Un cow-boy revêtu d'un imperméable jaune sortit du porche et vint à leur rencontre. Tate baissa la vitre embuée.

– Interdiction de se garer ici, monsieur.

– Je suis...

– Il faut bouger votre voiture de là, vous êtes en plein devant la sortie de secours.

– Mais je suis...

– Il y a un parking de l'autre côté de la rue, mais il est peut-être déjà plein, déclara-t-il en faisant passer sa chique d'une joue à l'autre. De toute façon, vous ne pouvez pas rester ici.

– Je suis Tate Rutledge.

– Buck Burdine, enchanté ! Je vous répète que vous ne pouvez pas vous garer ici.

De toute évidence, Buck ne s'intéressait guère à la politique. Tate lança un regard furtif à Avery qui, le plus diplomatiquement possible, examinait ses mains tout en se mordant la lèvre pour s'empêcher de rire.

– Je suis le candidat aux élections sénatoriales, insista Tate.

– Ecoutez, monsieur, si vous ne bougez pas votre voiture, je vais vous botter l'arrière-train, moi !

– C'est bon, je m'en vais...

Quelques minutes plus tard, il parvint à se garer devant une cordonnerie, dans une rue éloignée de quelques centaines de mètres. Il coupa le contact et, à peine eut-il regardé Avery qu'ils éclatèrent ensemble de rire.

– Ô mon Dieu ! fit Tate en se pinçant l'arête du nez. Ça fait du bien de rire. Je dois ça à Buck Burdine.

Dehors, la pluie tombait à torrents et cinglait les vitres de la voiture. Bien que la soirée ne fût pas très avancée, les rues étaient entièrement désertes et seuls les néons des magasins semblaient animer le quartier.

D'un air rêveur, Tate passa le doigt sur le volant de cuir.

– Je perds chaque jour un peu plus de terrain. Nous arrivons aux dernières semaines de campagne et je bats de l'aile au lieu de reprendre l'avantage. J'ai bien peur que Dekker n'arrive à ses fins... fit-il en donnant un coup de poing dans le volant. Pourtant, je suis bien persuadé que ma destinée est de servir le Sénat américain.

Il se tourna vers Avery. Elle hocha la tête en signe d'approbation mais garda le silence. Tate ne tolérerait aucune réponse maladroite.

– Mais à présent, je me demande si je n'ai pas écouté que ce que j'avais envie d'entendre. Aurais-je la folie des grandeurs ?

– Sans aucun doute !

Elle sourit devant son expression surprise.

– Mais c'est le cas de tous les politiciens, reprit-elle. Il faut une sacrée dose d'assurance pour prendre en charge des milliers de gens, Tate.

– Si j'ai bien compris, nous faisons tous preuve de nombrilisme ?

– Tu as une très haute opinion de toi-même. Mais cela n'a rien de répréhensible. La faculté de diriger est un don, tout comme l'inclination pour la musique ou la science des chiffres. Tu as des idéaux et, contrairement à Rory Dekker, tu crois en eux. Avec le temps, les électeurs vont finir par s'en rendre compte.

– Tu crois que je vais gagner, alors ?

– Absolument !

– Vraiment ?

– Vraiment !

Après un long silence uniquement troublé par la pluie battante, Tate se pencha vers Avery et posa la main sur sa gorge. Elle ferma les yeux et se rapprocha imperceptiblement de lui. Lorsqu'elle les rouvrit, il était tout près et la dévorait du regard.

Il fit glisser sa main derrière sa nuque et, au moment où leurs lèvres se rencontrèrent, une vague de chaleur les envahit. Ils s'embrassèrent à perdre haleine tandis que leurs mains s'évertuaient à prendre possession de leurs corps. Il parvint à glisser les siennes sous sa veste et à lui caresser doucement les seins.

Avery caressa ses cheveux, ses joues, sa nuque et ses épaules, puis l'attira à elle tandis qu'elle s'affalait contre la portière.

Il s'acharna sur les boutons de sa veste et, lorsque les pans s'écartèrent, le médaillon doré vint se loger entre ses seins où la lumière dessinait alors un arc-en-ciel. A l'extérieur, la pluie diluvienne projetait des ombres fluides et mouvantes sur sa poitrine.

Il se pencha sur elle et parcourut des lèvres les courbes pleines emprisonnées dans la dentelle.

– Tate, gémit-elle tandis que d'enivrantes sensations la gagnaient. Tate, j'ai envie de toi.

Il parvint tant bien que mal à se débarrasser de son pantalon et guida sa main vers son membre raidi. Elle l'enserra de ses doigts et, quand elle se mit à en caresser la douce extrémité, il enfouit sa tête entre ses seins en murmurant d'érotiques promesses.

Il glissa ses mains sous sa jupe et retira le slip de dentelle. Leurs lèvres se joignirent à nouveau en un baiser passionné tandis qu'ils cherchaient en vain une position confortable dans l'étroite limite du siège avant.

– Merde ! jura-t-il d'une voix rude.

Soudain, il se rassit et l'attira sur ses genoux. Tenant ses fesses entre les mains, il la plaça juste au-dessus de son sexe dressé. Elle se laissa tomber. Leurs cris se transformèrent vite en gémissements de plaisir, entrecoupés de baisers avides et voluptueux.

Il enfouit sa tête contre les seins enfin libérés du

soutien-gorge, en chatouilla la pointe de sa langue, tandis que sa main descendait vers son sexe humide qu'il caressa longuement.

Le souffle court, Avery pencha la tête au-dessus de son épaule. Enivrée par le membre rigide qui s'enfonçait en elle et la délicieuse caresse de son doigt, elle eut un long orgasme qui coïncida avec celui de Tate.

Ils restèrent immobiles cinq minutes, incapables du moindre mouvement. Enfin, Avery se dégagea de ses genoux et récupéra son slip. Sans un mot, Tate lui tendit un mouchoir.

– Merci, fit-elle en l'acceptant.

Ils se regardèrent un long moment, puis elle détourna les yeux.

Après avoir tant bien que mal remis de l'ordre dans leur toilette, ils s'empressèrent de sortir de la voiture.

Quand, enfin, ils atteignirent les coulisses où les attendaient impatiemment Eddy et Ralph, le vent et la pluie avaient définitivement gâché leur tenue. Mais, décoiffés et trempés, ils respiraient le bonheur.

– Où donc étiez-vous passés ? demanda Eddy d'une voix étouffée par la colère.

– Je suis allé chercher Carole, répondit Tate avec un calme olympien.

– C'est ce que nous a dit Zee quand nous avons appelé l'hôtel, fit Ralph avec humeur. Mais c'était il y a une demi-heure ! Pourquoi avez-vous mis tant de temps ?

– Il n'y avait pas de place pour se garer, fit Tate avec impatience. Où sont Jack et les autres ?

– Sur scène, en train de calmer les foules. Tu entends un peu ?

Eddy pointa le doigt en direction de la salle d'où s'élevaient des cris et des chants à la gloire du candidat.

– *Vive Tate ! Vive Tate !*

– Tiens, voilà ton discours ! dit Eddy en lui tendant quelques feuilles de papier.

Mais Tate refusa de les prendre et posa l'index sur sa tempe.

– C'est là-dedans qu'il est, mon discours.

– Et ne t'avise pas de recommencer à disparaître comme ça, ordonna Ralph. Il faut qu'au moins l'un d'entre nous sache où tu es à tout moment.

Dirk n'avait pas desserré les dents. Depuis leur arrivée, il fusillait Avery du regard. Lorsqu'il prit la parole, sa voix était vibrante de rage.

– A partir de maintenant, madame Rutledge, quand vous aurez envie de baiser, faites-le à d'autres moments !

Laissant échapper une exclamation de fureur, Tate se précipita vers le conseiller et l'accula contre le mur. Il appuya son avant-bras contre la gorge de Dirk et lui donna un coup de genou dans le bas-ventre qui le fit grogner de surprise et de douleur.

– Tate, tu es devenu fou ou quoi ? cria Eddy.

Celui-ci tenta de retirer le bras de Tate mais n'y parvint pas. Le visage de Dirk commença à perdre ses couleurs.

– Tate, je t'en prie, implora Avery en posant une main sur son épaule. Ce n'est pas grave. Ce qu'il dit ne compte pas pour moi.

– Si jamais... commença Tate d'une voix lente et menaçante, si jamais tu insultes ma femme encore une fois, tu ne t'en sortiras pas vivant. Tu piges ?

A contrecœur, il relâcha peu à peu son étreinte. Une fois libéré, Dirk se pencha en avant, les mains sur son bas-ventre endolori, et se mit à tousser sans retenue. Tandis que Ralph accourait à son aide, Tate passa la main dans ses cheveux et, se tournant vers Eddy, dit froidement :

– Allons-y.

Il prit la main d'Avery et l'entraîna sur l'estrade.

36

Malgré l'heure très avancée de la nuit, Mandy insista vivement pour échanger sa chemise de nuit contre le T-shirt que Tate venait de lui offrir. Admirant les lettres argentées qui figuraient sur le devant, elle le gratifia de son sourire le plus désarmant.

– Merci, papa.

Puis, bâillant à s'en décrocher la mâchoire, elle s'empara de son ours en peluche et replongea sur l'oreiller.

– C'est déjà une vraie petite femme.

– Que veux-tu dire par là, exactement ? demanda Avery alors qu'ils regagnaient la chambre contiguë.

– Elle accepte les cadeaux, mais tu peux toujours attendre un baiser en retour !

Avery posa ses mains sur ses hanches.

– Peut-être devrais-je avertir tes futures électrices que, derrière tes positions féministes, tu n'es en fait qu'un sale macho !

– Non, je t'en prie. J'ai besoin de toutes les voix possibles.

– Je crois que ça s'est très bien passé, ce soir.

– Une fois que je suis arrivé, tu veux dire...

– Et avant aussi, fit-elle sur le ton de la confidence. Merci d'avoir défendu mon honneur, Tate.

– Tu n'as pas à m'en remercier.

Ils échangèrent un long regard, puis Avery détourna les yeux et commença à se déshabiller. Elle se faufila dans la salle de bains, prit une douche rapide, se vêtit d'un négligé de soie et laissa la place à Tate avant de se coucher.

Lorsqu'il en sortit quelques minutes plus tard, il était entièrement nu. Une main sur l'interrupteur, il la dévisageait. Elle se rassit, une ombre d'inquiétude dans le regard.

– Avant, murmura-t-il d'une voix rauque, je parvenais à te faire sortir de mon esprit. Maintenant, je n'y arrive plus. Je ne sais pas pourquoi, mais je suis devenu incapable de t'ignorer ou de faire comme si tu n'existais pas. Je ne te pardonnerai jamais ton avortement, ni ton mensonge, mais des choses comme ce qui s'est passé ce soir m'aident quand même à oublier.

» Depuis cette fameuse nuit à Dallas, je suis devenu accro. J'ai constamment envie de toi. Et lutter contre cette envie me rend la vie impossible.

» Aussi, puisque tu es ma femme, j'ai dorénavant l'intention de profiter de mes droits conjugaux. As-tu quelque chose contre ? ajouta-t-il après une pause.

– Oui.

– Eh bien ?

– Eteins la lumière...

Un léger sourire détendit le coin de ses lèvres. Il éteignit la lumière, se glissa dans le lit et la prit dans ses bras.

Sa chemise de nuit semblait s'évaporer au contact de son corps. Avant qu'elle n'ait eu le temps de s'en rendre compte, elle se retrouva nue sous lui, ondulant sous ses mains caressantes. De temps en temps, il abandonnait ses lèvres pour savourer sa gorge, ses seins ou son ventre.

Folle de désir, elle se sentit entraînée dans un océan de sensations brûlantes. Tout son corps tendu vers lui frémissait au moindre contact, de la caresse de ses cheveux qui lui balayaient le front à chaque fois qu'il reprenait ses lèvres à la force de ses cuisses s'entrelaçant dans ses jambes pour les écarter.

Lorsqu'il se souleva au-dessus d'elle pour la pénétrer, elle retarda ce moment en lui caressant le torse et en enfouissant son visage dans la douce toison de sa poitrine. Ses lèvres effleurèrent sa peau satinée, lui arrachant des gémissements rauques.

Leurs bouches se rencontrèrent à nouveau en un long baiser avide et enflammé qui les entraîna sur les rives de la jouissance...

A califourchon sur les épaules de Tate, Mandy poussait des cris perçants chaque fois que son père menaçait de la faire tomber. Elle s'agrippait si fermement à ses cheveux qu'il gémit de douleur.

– Chut, vous deux ! gronda Avery. On va finir par nous renvoyer de l'hôtel.

Revenant du restaurant où ils avaient pris leur petit déjeuner en compagnie de Nelson et de Zee, ils s'apprêtaient à regagner leur suite. Lorsqu'ils entrèrent, une foule de gens s'affairaient dans le salon.

– Mais que se passe-t-il ici ? demanda Tate en reposant Mandy à terre.

– Nous devions nous réunir quelque part et tu es le seul à avoir une suite avec un salon, répondit Eddy en levant les yeux de son journal.

– Mais faites comme chez vous ! dit Tate, sarcastiquement.

Ils ne s'en étaient pas privés. Des plateaux de jus de fruits, de café et de pâtisseries avaient été commandés. Assise au bord du lit, Fancy mordait une brioche à pleines dents tout en parcourant un magazine de mode ; près de la fenêtre, Dorothy Rae sirotait un bloody mary d'un air absent ; Jack était au téléphone, un doigt dans son oreille libre ; Ralph regardait la télévision, et Dirk passait en revue la penderie de Tate d'un œil expert.

– Les critiques d'hier soir sont bonnes, commenta Eddy, la bouche pleine.

– Bien !

– Je vais emmener Mandy dans l'autre pièce, fit Avery en entraînant l'enfant dans la chambre adjacente.

– Non, restez ! ordonna Dirk en sortant le nez du placard. Oublions l'incident d'hier soir, d'accord ? Nous étions tous sous pression, maintenant, ça va mieux.

Cet homme était insupportable. Avery eut envie de gifler ce visage austère au sourire doucereux, mais se contenta de se tourner vers Tate qui lui dit :

– Je pense qu'il vaut mieux que tu restes là.

Jack raccrocha le téléphone et déclara :

– Tout est prêt. Tate sera interviewé en direct sur la cinquième chaîne cet après-midi à 17 heures. Il devra s'y trouver dès 16 h 30.

– Très bien, se réjouit Ralph en se frottant les mains.

On frappa à la porte. C'était Nelson et Zee, accompagnés d'un inconnu. Fancy bondit du lit et sauta au cou de ses grands-parents qu'elle embrassa avec effusion. Depuis son arrivée à Fort Worth, son humeur n'avait cessé d'être au beau fixe.

– Bonjour, Fancy, fit Zee en détaillant d'un air désapprobateur la minijupe en jean et les santiags rouges de la jeune fille.

– Qui est-ce ? demanda Tate en tendant le menton vers l'homme qui était resté à la porte.

– Le coiffeur que nous avons appelé, répondit Dirk en invitant l'homme intimidé à entrer. Assieds-toi, Tate, et laisse-le s'occuper de tes cheveux pendant que nous parlons. Quelque chose de strict, ajouta-t-il à l'adresse du coiffeur qui enveloppait Tate d'une grande serviette rayée.

– Tiens, dit Ralph en agitant une liasse de papiers sous son nez. Jette un œil dessus.

– Qu'est-ce que c'est ?

– Tes discours de la journée.

– J'ai déjà écrit mes discours, objecta Tate sans que personne n'y prête la moindre attention.

– Zee, Nelson, trouvez-vous des chaises et mettons-nous au boulot. La matinée est déjà presque terminée, fit Dirk. Comme l'a dit Eddy, nous avons eu énormément de succès hier soir, et les contributions ont été importantes. Dieu sait si nous en avons besoin pour la campagne !...

– Même si nous sommes encore nettement à la traîne, il ne faut pas donner l'impression d'abandonner, fit Ralph en faisant tinter les pièces de monnaie de sa poche. Tu vois, Tate, même si nous perdons, il ne faut pas donner l'air d'avoir perdu d'avance.

– Mais je n'ai pas l'intention de perdre, déclara Tate en lançant un coup d'œil complice à Avery.

– Non, bien sûr, balbutia Ralph, mal à l'aise. Je voulais simplement dire...

– Vous ne coupez pas assez court, interrompit Dirk à l'intention du coiffeur. J'ai dit *strict*.

Puis, se tournant vers Nelson, il continua :

– Nelson, je veux que l'on vous voie bien aujourd'hui sur le podium, pendant le discours de Tate à General Dynamics. La plupart de leurs contrats sont de type militaire, et comme vous êtes un ancien pilote, ce sera un plus.

– Dois-je y aller aussi ? Et Mandy ? demanda Zee.

– Je veux bien rester avec Mandy, proposa Dorothy Rae.

– Tout le monde ira, trancha Dirk en regardant le verre vide de Dorothy Rae d'un œil mauvais. Et que tout le monde se mette sur son trente et un. Cela vaut également pour vous, mademoiselle. Pas de minijupe.

– Allez vous faire voir !

– Francine Rutledge ! tonna Nelson. Tu rentres à la maison immédiatement si je t'entends encore parler comme ça.

– Pardon, bredouilla-t-elle. Mais pour qui se prend-il celui-là, à me dire comment je dois m'habiller ?

Impassible, Dirk se tourna vers Avery :

– Ne portez rien de trop voyant, aujourd'hui, devant ces ouvriers. Tate, je vous ai sorti votre costume gris.

– N'oublie pas de lui rappeler, pour ses chemises, intervint Ralph.

– Ah oui ! Mettez une chemise bleue, pas blanche. Le blanc ne passe pas très bien à la télé.

– Je n'ai plus de chemise bleue propre.

– Je vous avais pourtant dit de les faire laver tous les jours...

– Eh bien, j'ai oublié, d'accord ?

Puis, tout à coup, il pivota et prit les ciseaux de la main du coiffeur.

– Ça suffit. Cette longueur me plaît.

– Mais c'est trop long, Tate, protesta Dirk d'une voix doucereuse.

Tate bondit de sa chaise.

– Et d'après qui, s'il vous plaît ? Les électeurs ? Les ouvriers de General Dynamics ? Le public de la cinquième chaîne ? Ou vous ?

Il se débarrassa de la serviette qui lui entourait le cou, sortit un billet de sa poche et le fourra dans la main du coiffeur avant de le raccompagner à la porte.

– Merci beaucoup, dit-il en lui fermant la porte au nez. La prochaine fois, Dirk, je vous dirai quand j'aurai besoin de me faire couper les cheveux, si vous estimez que ça vous regarde. Et j'aimerais également que vous sortiez de mon placard et que vous me consultiez avant d'envahir mes appartements.

– Il n'y avait aucun autre endroit pour se réunir, fit Eddy.

– Tu veux rire ! cria-t-il, cet hôtel possède plusieurs centaines de chambres. Mais puisque vous êtes là, ajouta-t-il en ramassant les feuilles de papier qu'il avait déposées sur la commode, j'aimerais bien savoir ce que signifie cette plaisanterie ?

Ralph se pencha et lut quelques lignes.

– C'est votre position sur la nouvelle loi sur l'éducation.

– Ah oui ? Eh bien, ce sont des conneries, voilà ce que j'en pense, rétorqua-t-il en faisant voler les feuilles dans la pièce. Des conneries insipides !

Zee se leva de sa chaise.

– Je vais emmener Mandy regarder la télé à côté, dit-elle en prenant l'enfant par la main.

Lorsque la porte se referma sur elles, Ralph tenta d'apaiser les esprits en s'expliquant.

– Nous estimons simplement, Tate, que votre position sur certains problèmes actuels doit être un peu plus tempérée.

– Sans me demander mon avis ? demanda Tate d'un ton menaçant. Il s'agit de *ma* position, poursuivit-il en se frappant la poitrine. Ma position.

– Vous êtes à la traîne dans les sondages, fit remarquer le conseiller.

– Je l'étais bien avant de vous avoir engagés. Ça n'a fait qu'empirer depuis.

– Parce que vous n'avez pas tenu compte de nos conseils.

– Non, fit Tate avec obstination. Je crois plutôt que je vous ai trop écoutés.

Eddy se leva aussitôt.

– Qu'est-ce que tu insinues, Tate ?

– Je n'insinue rien. J'explique clairement que je n'ai besoin de personne pour choisir mes costumes ou mes coiffeurs. Que je n'ai besoin de personne pour me dire ce que j'ai à dire et encore moins pour modérer ma position. Les électeurs ne me reconnaîtraient plus ou, pire, ils penseraient que je les ai trahis.

– Tu y vas un peu fort, Tate !

Tate se tourna vers son frère.

– Ce ne sont pas tes cheveux qu'on essaie de couper, Jack ! lui lança-t-il avec colère.

– Mais c'est tout comme ! répliqua Jack. Je suis autant impliqué que toi dans cette campagne.

– Tu devrais donc savoir combien il est important que je reste moi-même.

– Mais c'est le cas ! intervint Eddy.

– Tu parles ! Qu'est-ce qui cloche dans mes vêtements ? s'exclama-t-il en montrant du doigt ses habits. Vous croyez que ça leur importe, à ces ouvriers, la couleur de ma chemise ? Ils n'en ont rien à faire ! Tout ce qui les intéresse c'est de savoir si je suis pour développer ou pour réduire le budget de la Défense, car c'est cela qui déterminera le nombre d'emplois dans les années à venir.

– Nous ne voulons pas vous changer, Tate, expliqua Dirk avec ferveur. Mais améliorer votre image.

Il voulut lui administrer une tape amicale sur l'épaule, mais Tate le repoussa.

– Messieurs, j'aimerais parler à ma famille en privé, s'il vous plaît.

– S'il s'agit de discuter...

– S'il vous plaît !

Les deux hommes se dirigèrent à contrecœur vers la porte et disparurent en jetant à Eddy un regard qui en disait long.

– Carole, pourrais-tu m'apporter une tasse de café, s'il te plaît ?

– Bien sûr, répondit-elle tandis qu'il s'effondrait dans un fauteuil.

Elle lui apporta du café et s'assit sur l'accoudoir, à ses côtés.

– Eh bien, quel discours ! fit Eddy.

– J'ai voulu faire selon ta volonté, Eddy, en te laissant les engager, déclara-t-il en le regardant droit dans les yeux. Mais je ne les aime pas.

– Je vais leur parler et leur dire de se calmer un peu...

– Attends, dit Tate alors qu'Eddy se dirigeait vers la porte. Ça ne sert à rien, ils n'écoutent pas.

– D'accord, je vais leur dire que nous voulons voir grimper les sondages avant la fin de ce voyage, sinon...

– Ce n'est pas suffisant !

– Que proposes-tu, alors ?

Tate posa les yeux sur toute l'assemblée avant de déclarer :

– Flanque-les à la porte.

– Les renvoyer ? s'exclama Jack. Mais c'est impossible !

– Et pourquoi donc ?

– On ne peut pas se mettre en froid avec une société comme Wakely & Foster. Nous ne pourrions plus jamais faire appel à leurs services...

– Ce n'est pas dramatique !

– Non, tu ne peux pas faire ça, s'obstina Jack.

– Tate, je te demande d'y réfléchir sérieusement, implora Eddy.

– C'est tout réfléchi. Je ne les aime pas, et je n'aime pas leur façon de me transformer selon leur bon plaisir.

– Tu es borné, c'est tout ! fit Jack. Exactement comme quand tu étais gosse. Dès que je te disais que tu n'étais pas capable de faire quelque chose, tu voulais toujours me prouver le contraire.

– Jack, soupira Tate, j'ai toujours tenu compte de ton avis et n'ai pas l'intention de te faire porter la responsabilité de cette décision.

– C'est pourtant ce que tu fais, non ?

– C'était aussi ma décision, dit Tate en haussant la voix. Mais maintenant, je change d'avis.

– Ah, oui, comme ça ? fit Eddy en faisant claquer ses doigts. Alors que les élections ont lieu dans quelques semaines, tu veux changer ton fusil d'épaule ?

– Papa, aide-moi, implora Tate.

– Pourquoi venir me demander de l'aide maintenant ? Tu es déjà assez en colère ! Ne perds pas tes moyens, Tate. Reste calme !

– Comment ?

– Gagne !

– En la bouclant et en écoutant leurs conseils ? Je préfère perdre les élections en étant moi-même que les gagner en sachant qu'il faudra transiger sur tout. Et tant pis si vous n'êtes pas d'accord...

– Je suis d'accord avec Eddy, dit Fancy, si mon avis intéresse quelqu'un.

– Il n'intéresse personne, rétorqua Jack.

– Carole ?

Jusqu'à présent, elle s'était volontairement retenue de participer à l'altercation. Mais maintenant qu'on lui demandait son avis, elle leva vers Tate des yeux complices.

– Quelle que soit ta décision, elle me convient. Je te suis sur toute la ligne.

– Ah oui ? Et depuis quand ? aboya Jack en se tournant vers son frère. Tu parlais de transiger, mais coucher avec elle est le plus gros compromis que tu aies jamais fait, petit frère.

– En voilà assez, Jack ! vociféra Nelson.

– Papa, tu sais aussi bien que moi que...

– *Assez !* Tu critiqueras Tate quand tu seras capable de t'occuper de ta femme, pas avant !

Jack fusilla son frère et son père du regard, puis baissa les épaules et sortit d'un pas rageur. Parvenant tant bien que mal à se lever de sa chaise, Dorothy Rae s'élança à sa suite.

– Eh bien, je crois que je vais aller annoncer la nouvelle à nos *ex*-conseillers, fit Eddy.

Il sortit à son tour, talonné par Fancy.

Zee fit alors irruption dans la pièce, accompagnée de Mandy. Remarquant l'atmosphère tendue, elle dit d'un ton gêné :

– J'ai entendu quelques cris...

– Nous avions des problèmes à régler, répondit Nelson.

– J'ai promis à Mandy d'aller nous promener au square, dit Zee en changeant de sujet. Je ne pense pas qu'il se remette à pleuvoir...

– Je vous accompagne, décida Nelson en prenant la petite fille dans ses bras. Un peu d'exercice me fera du bien.

– Merci de m'avoir soutenu, dit Tate à Avery une fois qu'ils se retrouvèrent seuls. Ça ne t'arrive pas souvent...

– Comme Jack me l'a gentiment fait remarquer.

– Il était en colère.

– Plus que ça, Tate. Ton frère me méprise.

Il parut peu disposé à lui répondre. Peut-être savait-il, comme Avery, que Jack n'aimait pas Carole mais qu'il la désirait.

– Pourquoi l'as-tu fait ? demanda-t-il. Pourquoi as-tu pris mon parti ? Etait-ce par devoir ?

– Non, répondit-elle, froissée. Je t'ai soutenu parce que je pense que tu as raison. Je n'approuve pas plus que toi leur façon de se mêler de tes affaires ou de te conseiller.

L'idée l'avait effleurée que les deux hommes de Wakely & Foster pouvaient faire partie du complot meurtrier. C'était une raison supplémentaire pour se réjouir de les voir disparaître.

Troublée par le long silence qui les enveloppait, Avery frappa ses mains l'une contre l'autre.

– Bon, eh bien, je...

– C'est gentil de la part de maman et de papa de sortir Mandy.

– Oui, en effet.

– La promenade lui fera du bien.

– Et te permettra de revoir tes discours sans être dérangé.

– Hmm...

– Bien que je ne pense pas que tu aies besoin de les revoir.

– Non, je me sens fin prêt.

Il contempla longuement l'extrémité de ses bottes puis releva les yeux vers elle et lui demanda :

– Tu crois qu'il va pleuvoir ?

– Je... euh... non, je ne crois pas, répondit-elle en lançant un regard vers la fenêtre. Il...

Il l'attrapa par le bras, l'attira contre lui et l'embrassa dans le cou. Puis, lentement, il l'entraîna vers le canapé.

37

– Hou !

Fancy surgit de derrière la porte que venait d'ouvrir Eddy. Sans tressaillir le moins du monde, il lui demanda :

– Comment es-tu rentrée dans ma chambre ?

– En baratinant une femme de ménage. Regarde, ça ne te plaît pas ?

– Qu'est-ce que c'est ? fit-il en montrant du doigt la table recouverte d'une nappe blanche et de deux couverts.

– Le déjeuner. Salade de crabe et avocat.

– Tu aurais pu me demander avant, Fancy.

– Tu n'as pas faim ?

– Même si j'avais faim, ça ne changerait rien. Je n'ai pas le temps.

Il s'assit sur le rebord du lit et décrocha le téléphone. Après avoir consulté un morceau de papier sorti de sa poche, il composa le numéro.

– J'aimerais parler à M. George Malone, s'il vous plaît.

Fancy vint s'agenouiller derrière lui et se frotta contre son dos.

– Monsieur Malone ? C'est Eddy Paschal, du comité Rutledge, à l'appareil. Vous avez appelé ?

Eddy inclina la tête d'un air agacé lorsqu'elle se

pencha par-dessus son épaule pour lui mordiller l'oreille.

– L'emploi du temps de M. Rutledge est hélas très chargé. Que proposiez-vous ? Combien de personnes ? Ah oui !...

Elle lui embrassa le cou en lui léchant légèrement la peau. Il couvrit le récepteur d'une main et gronda :

– Arrête, Fancy. Je suis occupé.

D'un air boudeur, elle sauta du lit et alla se planter devant le miroir de la commode pour remettre de l'ordre dans ses cheveux. Elle se pencha en avant et releva la tête d'un coup sec, faisant voler sa longue crinière blonde. En se relevant, elle remarqua avec satisfaction que les yeux d'Eddy étaient rivés sur son derrière. Elle se retourna pour lui faire face et commença à soulever sa jupe courte d'un geste coquin.

– Quand devez-vous avoir une réponse ?

Tandis qu'Eddy poursuivait sa conversation téléphonique, elle fit remonter ses mains écartées le long de ses cuisses jusqu'à ce que ses pouces se rencontrent sur le petit triangle de satin rouge qui cachait juste ce qu'il fallait. Elle joua avec l'élastique puis se débarrassa du slip, qu'elle agita devant le nez d'Eddy.

– J'en parlerai à M. Rutledge et vous rappellerai dès que possible. Quoi qu'il en soit, nous vous remercions de votre attention et merci pour l'invitation.

Il raccrocha. A sa grande surprise, il passa devant elle et entra dans la salle de bains pour se peigner et se laver les mains.

– Mais qu'est-ce qui te prend ? demanda-t-elle en le rejoignant.

– Rien. Je suis pressé, voilà tout.

– Tu es en colère parce qu'oncle Tate t'a demandé de renvoyer ces deux cons, hein ?

– Je ne suis pas en colère. Je le désapprouve, c'est tout.

– Ce n'est pas une raison pour me le faire payer !

– Mais pas du tout...

Il rajusta sa cravate, vérifia la tenue de ses boutons de manchettes et ferma son attaché-case. Puis il s'empara de sa veste et se dirigea vers la porte.

– Pourquoi n'es-tu pas gentil avec moi ? demanda-t-elle en le retenant par la manche.

– Je suis pressé, Fancy.

– Alors tu n'es pas fâché ?

Il la repoussa légèrement.

– Non, je ne suis pas fâché.

– Est-ce que je te verrai un peu plus tard ?

– A la réunion, cet après-midi.

Il tapota sa poche pour s'assurer qu'il avait bien pris les clés et posa la main sur la poignée.

Fancy vint se glisser contre la porte.

– Tu sais très bien ce que je veux dire. Est-ce que je te verrai plus tard ? demanda-t-elle langoureusement en lui caressant le bas-ventre.

– Oui, je sais très bien ce que tu veux dire.

Il repoussa sa main et ouvrit la porte, malgré les efforts de la jeune fille pour l'en empêcher.

Une fois celle-ci refermée, Fancy se répandit en invectives. Elle avait prévu un déjeuner intime suivi de quelques galipettes bien expédiées.

Raté, songea-t-elle avec humeur. Plus personne ne pensait à autre chose qu'aux élections. Elle en avait plus que marre d'entendre parler des *élections*.

Elle s'allongea sur le lit et alluma la télévision. Un couple minable s'agitait sous des draps de satin. Jalouse et agacée, elle changea de chaîne puis, faute de mieux, revint au feuilleton.

Elle aimait passionnément Eddy, mais se rendait compte que cette attirance était dictée par son détachement. Leurs ébats la comblaient, mais même pendant leurs moments les plus intimes il ne se laissait jamais aller et ne semblait participer qu'en observateur.

Cet extraordinaire contrôle de soi intriguait fort Fancy et l'excitait tout autant, même si, parfois, elle regrettait qu'il ne la regarde pas tel ce héros de feuilleton couvant du regard sa belle ingénue. Ah, si seulement elle parvenait à capturer le cœur d'Eddy ! Elle aimerait tellement qu'il devienne passionnément amoureux d'elle, tout comme oncle Tate était passionnément amoureux de tante Carole.

Dorothy Rae choisit le moment où elles se retrouvèrent seules dans la limousine pour passer à l'offensive.

– Ça t'a plu, n'est-ce pas ?

La tête de Mandy reposait sur les genoux d'Avery. L'enfant ayant manifesté des symptômes de fatigue et d'énervement, Avery avait dû écourter leur présence au meeting et la ramener à la voiture. Dorothy Rae, qui les avait accompagnées, s'était plongée dans un silence si total qu'Avery en avait presque oublié son existence.

– Pardon, que dis-tu ? demanda-t-elle d'un air absent.

– J'ai dit que ça t'a plu...

Le sens de ces paroles lui échappant entièrement, elle secoua la tête d'un air intrigué.

– Qu'est-ce qui m'a plu ?

– De ridiculiser Jack, ce matin.

Avait-elle trop bu ? Avery la regarda plus en détail mais se rendit compte que Dorothy Rae était parfaitement sobre, peut-être même en manque. Ses yeux étaient clairs mais reflétaient la lueur sauvage de la folie. Elle triturait un mouchoir humide entre ses mains.

– Comment ai-je ridiculisé Jack ? s'enquit Avery.

– En prenant le parti de Tate...

– Mais Tate est mon mari !

– Et Jack le mien !

Mandy remua, mais se rendormit presque instantanément. Dorothy Rae continua, un ton plus bas :

– Ça ne t'a pas empêchée d'essayer de me le voler.

– Je n'ai pas essayé de te le voler.

– Peut-être pas récemment, fit-elle en essuyant ses yeux larmoyants, mais avant l'accident, certainement.

Avery ne répondit pas.

– Mais le pire, poursuivit Dorothy Rae, c'est que tu ne le voulais pas vraiment. Dès qu'il a commencé à s'intéresser à toi, tu l'as rejeté. Et tu ne te souciais guère de l'effet que cela produirait sur lui, la seule chose qui t'importait, c'était que Tate te voie flirter avec son frère.

Avery ne tenta pas de nier ces odieuses allégations... Carole n'aurait certainement eu aucun scrupule à avoir une liaison avec le frère de son mari, ou du moins à le provoquer.

– Je n'ai aucune vue sur Jack, Dorothy Rae.

– Parce que ce n'est pas lui la vedette du moment, siffla-t-elle en étreignant le bras d'Avery. Il ne l'a jamais été et ne le sera jamais ; tu le sais très bien. Alors pourquoi ne pas le laisser tranquille ? Comment peux-tu jouer avec les gens comme ça ?

Avery libéra son bras.

– As-tu au moins essayé de te défendre ?

Dorothy Rae, qui ne s'attendait pas à une contre-attaque, regarda Avery d'un air médusé.

– Hein ?

– As-tu essayé de te défendre ou t'es-tu consolée dans l'alcool jusqu'à être trop abrutie pour pouvoir faire quoi que ce soit ?

Le visage de Dorothy Rae se tordit en d'affreuses convulsions tandis que les larmes lui venaient aux yeux.

– Ce n'est pas très gentil de ta part...

– Peut-être qu'on a justement été trop gentil avec toi. Tout le monde dans la famille refuse de parler de ta maladie.

– Je ne suis pas...

– Si, tu es malade, Dorothy Rae ! L'alcoolisme est une maladie.

– Je ne suis pas alcoolique ! s'écria-t-elle en sanglotant. Je ne bois que quelques...

– Non, tu bois pour te soûler. Tu t'apitoies sur toi-même et tu te demandes pourquoi ton mari convoite d'autres femmes. Mais regarde-toi. Tu es une loque. Comment veux-tu que Jack s'intéresse à toi ?

Dorothy Rae agrippa la poignée de la portière.

– Je refuse d'écouter ces méchancetés.

– Reste, ordonna Avery en la retenant par le bras. Il est grand temps qu'on te secoue les puces. On ne t'a pas *volé* ton mari, c'est toi qui l'as laissé s'éloigner.

– Ce n'est pas vrai ! Il m'a juré que ce n'était pas à cause de moi qu'il était parti.

– Parti ?

Dorothy Rae la regarda d'un air étonné.

– Comment, Carole, tu ne t'en souviens pas? C'était juste après ton mariage....

– Je... bien sûr que je m'en souviens, balbutia Avery. Il est parti pendant...

– Six mois, continua Dorothy Rae d'une voix piteuse. Les six mois les plus longs de ma vie. Je ne savais même pas où il était, ce qu'il faisait, s'il reviendrait un jour.

– Mais il est revenu...

– Il disait qu'il avait besoin d'être seul, de réfléchir à certaines choses.

– Lesquelles ?

– Oh, répondit-elle d'un geste évasif de la main. Le cabinet juridique, la campagne de Tate, mon goût pour l'alcool, Fancy...

– Fancy a besoin d'une mère, Dorothy Rae.

Elle eut un petit rire désabusé.

– Peut-être, mais pas moi. Elle me déteste.

– Comment le sais-tu ? Que sais-tu d'elle ? Est-ce que tu lui parles ?

– J'essaie, gémit-elle, mais elle est impossible.

– Elle craint que personne ne l'aime. Et j'ai bien peur qu'elle n'ait raison.

– Mais je l'aime, protesta Dorothy Rae. Je lui ai toujours donné ce qu'elle voulait.

– Non, tu ne fais que te lamenter sur tes deux fausses couches au lieu de t'occuper de l'enfant que tu as.

Dorothy Rae en avait parlé le soir de la scène de l'avortement. Peu après, Avery avait réussi à soutirer des détails de Fancy. Elle se rapprocha d'elle pour mieux se faire écouter.

– Fancy va droit au désastre. Elle a besoin de toi et de son père. Elle a besoin d'autorité. Si Jack ne s'inquiétait pas tant pour ta dépendance, peut-être jouerait-il mieux son rôle de père.

Dorothy Rae repoussa une mèche de cheveux et répondit, sur la défensive :

– Fancy a toujours été insupportable et obstinée. Ce n'est qu'une adolescente.

– Ah oui, vraiment ? Une adolescente ? T'es-tu au moins rendu compte qu'elle est rentrée l'autre soir après avoir été battue par un type qu'elle avait trouvé dans un bar ? Oui, insista-t-elle devant l'air abasourdi de Dorothy Rae. Je ne veux pas jouer les psychologues, mais je crois que Fancy mérite mieux. Elle pense qu'elle n'est pas digne d'être aimée car personne ne l'a jamais aimée, malgré tous ses efforts pour capter ton attention.

– Ce n'est pas vrai ! répliqua Dorothy Rae en secouant la tête.

– Je crois bien que si... Et ce n'est pas tout, ajouta Avery après quelques secondes d'hésitation. Elle couche avec Eddy Paschal.

– Je ne te crois pas ! souffla Dorothy Rae. Il pourrait être son père.

– Je l'ai vue sortir de sa chambre d'hôtel au petit

matin, quand nous étions à Houston. Et j'ai toutes les raisons de croire que leur liaison continue.

– Non, il ne ferait pas ça...

– Si !

Dorothy se tut un moment puis se tourna de nouveau vers Avery :

– Ça te va bien de dénoncer ma fille !

– Tu te trompes, dit Avery. Je ne juge pas la morale de Fancy, mais je m'inquiète à son sujet. Ce qui me tracasse le plus, c'est qu'elle se croit amoureuse d'Eddy. Et si jamais il la laisse tomber, elle aura encore moins d'estime pour elle-même.

Dorothy Rae émit un petit rire dédaigneux.

– Une chose est pourtant sûre, c'est que Fancy a une très haute opinion d'elle-même.

– C'est pour cela qu'elle se fait ramasser par le premier venu ? C'est pour cela qu'elle passe de l'un à l'autre et les laisse faire ce qu'ils veulent de son corps ? Non. Fancy ne se respecte pas. Et elle se punit elle-même de ne pouvoir être aimée.

Déchirant méthodiquement son mouchoir en papier, Dorothy Rae avoua doucement :

– Je n'ai jamais réussi à la contrôler.

– Parce que tu ne sais pas te contrôler toi-même !

– Tu es cruelle...

Malgré son envie de la prendre dans ses bras, Avery se contenta de répondre comme l'aurait fait Carole.

– J'en ai simplement assez d'être tenue pour responsable de tes problèmes de couple. Conduis-toi en femme envers Jack, non en pleurnicheuse.

– A quoi cela servirait-il ? soupira-t-elle d'un air découragé. Jack me déteste.

– Pourquoi dis-tu ça ?

– Tu sais très bien pourquoi... Parce qu'il croit que je l'ai dupé pour l'épouser. Mais je croyais sincèrement que j'étais enceinte.

– Si Jack te détestait, protesta Avery, n'aurait-il

pas divorcé depuis longtemps ? Serait-il revenu après six mois d'absence ?

– Oui, puisque Nelson le lui a ordonné, réponditelle tristement.

Jack agissait toujours selon la volonté de son père. Il était lié à sa femme par devoir, non par amour. Il était le cheval de somme, Tate, le pur-sang. Son attitude s'expliquait peut-être par son désir de rentrer dans les bonnes grâces de son frère et des parents qui le chérissaient tant.

Dorothy Rae apparaissait à présent sous un tout autre jour. Comment ne pas recourir à la boisson quand l'harmonie d'une famille dépendait uniquement de l'autorité du patriarche ? La situation était d'autant plus décourageante qu'elle semblait profondément attachée à son mari.

– Tiens, fit Avery en lui tendant un nouveau mouchoir, essuie-toi les yeux et remets un peu de rouge à lèvres.

A peine avait-elle terminé que Fancy ouvrit la porte et vint s'installer en face d'elles, sur le strapontin.

– Quelle merde cette campagne électorale ! Regardez ce que ce foutu vent a fait à mes cheveux !

Dorothy Rae jeta un regard indécis à Avery, dont l'expression était restée impassible. Prenant son courage à deux mains, elle se tourna vers sa fille :

– J'aimerais que tu cesses de parler ainsi !

– Pourquoi ?

– Parce que c'est tout à fait inconvenant pour une jeune fille, voilà pourquoi.

– Une jeune fille ? Laisse-moi rire, fit-elle en clignant malicieusement de l'œil. Je crois que tu te fais des illusions, maman. Bois donc un peu ! Où est la radio dans cette caisse ?

– Je préférerais que tu ne l'allumes pas, Fancy, dit Avery. Cela va réveiller Mandy.

Fancy grommela quelques injures et fit claquer ses bottes l'une contre l'autre.

– Il va falloir que tu mettes quelque chose d'un peu plus convenable pour le meeting de ce soir, observa Dorothy Rae en regardant les cuisses dénudées de sa fille.

– Ah ouais ? fit Fancy en étirant les bras. C'est que je n'ai rien de *convenable*. Dieu merci !

– A notre retour à l'hôtel, je regarderai les affaires que tu as apportées et...

– Tu plaisantes ! s'écria Fancy. Je porterai ce qui me plaira. D'ailleurs, je viens de te dire que je n'avais rien...

– Si vous faisiez des courses cet après-midi ?

Deux visages éberlués se tournèrent vers Avery.

– Je suis sûre que tu pourrais trouver une robe un peu originale mais correcte, reprit-elle. Je ne peux pas vous accompagner, bien sûr, mais vous pourriez prendre un taxi jusqu'au centre commercial pendant l'interview de Tate. D'ailleurs, j'ai une liste d'achats que vous pourriez faire pour moi.

– Je n'ai jamais dit que j'irais, fit Fancy avec rudesse.

– Cela te plairait-il, Fancy ?

Fancy jeta un bref regard à sa mère qui avait posé la question d'une voix douce et timide. Elle n'en croyait pas ses oreilles. Elle la dévisagea d'un œil méfiant mais intrigué.

– Pourquoi pas ? continua Dorothy Rae d'un air mal assuré. Cela fait tellement longtemps que nous ne sommes pas sorties ensemble. Je pourrais peut-être même m'acheter une robe, moi aussi, si tu m'aides à la choisir.

Les lèvres de Fancy s'entrouvrirent un instant puis se refermèrent dans leur habituelle moue d'indifférence.

– Oui, si tu veux, je t'accompagne. Pourquoi pas ?

Elle regarda par la vitre et remarqua Eddy dans le groupe qui s'approchait des limousines.

– De toute façon, il n'y a rien de mieux à faire...

38

– Bonjour, monsieur Lovejoy.

Occupé à manipuler sa caméra, Van releva la tête et repoussa d'un geste les longs cheveux qui lui tombaient sur les yeux.

– Oh, bonjour Av... euh, madame Rutledge.

– Ça me fait plaisir de vous revoir.

– Moi aussi.

Il introduisit une cassette vierge dans la caméra et l'installa sur son épaule.

– Je vous ai manquée pendant la première semaine du voyage, mais je vois qu'à présent la famille est réunie.

– Oui, M. Rutledge voulait que nous l'accompagnions.

– Ah ouais ? fit-il d'un ton plein de sous-entendus. Comme c'est gentil !

Elle lui lança un regard désapprobateur. Bien qu'elle l'ait rencontré plusieurs fois au cours de la journée, elle n'avait pas réussi à lui parler avant cet instant.

– Comment ça se passe ? demanda Van.

– La campagne ? C'est épuisant. J'ai dû serrer un millier de mains aujourd'hui, et encore, ce n'est rien à côté de ce que Tate doit endurer.

Rien d'étonnant à ce qu'elle l'ait trouvé dans un tel état de fatigue en arrivant à Fort Worth hier soir. Et pourtant, devant le public, il ne devait jamais se départir de sa vigueur et de son enthousiasme.

Cette allocution était la dernière de la journée. Bien que le banquet soit officiellement terminé, l'estrade était encore grouillante de personnes qui avaient acclamé son discours et souhaitaient le rencontrer. Elle le plaignait d'avoir à prolonger cette longue journée, mais en avait néanmoins profité pour rencontrer Van.

– J'ai entendu dire qu'il avait renvoyé ces deux types de Wakely & Foster.

– Les nouvelles circulent vite...

– Paschal a déjà fait une déclaration à ce sujet. Si vous voulez mon avis, il était grand temps que Rutledge les fiche à la porte. Il devenait impossible de l'approcher.

– Avez-vous reconnu quelqu'un ? demanda-t-elle d'un air détaché en parcourant la foule du regard.

– Pas *ce soir*.

L'insistance qu'il mit à prononcer ces deux mots la fit se retourner.

– Mais en revanche, j'ai aperçu quelques têtes connues cet après-midi, reprit-il d'un ton tout aussi dégagé.

Contrairement à Van, Avery n'avait pas encore repéré Cheveux Gris.

– Ah oui ? Où ça ? Ici, à l'hôtel ?

– A General Dynamics et de nouveau à la base militaire de Carswell.

– Je vois, dit-elle d'une voix vacillante. Est-ce la première fois depuis le début du voyage ?

– Hm-hm, répondit-il en faisant oui de la tête. Veuillez m'excusez, madame Rutledge, mais le devoir m'appelle. Le reporter me fait signe, je dois y aller.

– Oh, pardonnez-moi de vous avoir retenu, monsieur Lovejoy.

– A votre service.

Il s'éloigna puis revint sur ses pas.

– A propos, madame Rutledge, vous est-il venu à l'idée que quelqu'un se trouvait ici pour vous voir vous, et non pas votre mari ?

– Moi ?

– Oh, c'est juste une idée !... Mais peut-être vaut-elle la peine d'être étudiée, fit-il en la regardant fixement, comme pour donner plus d'intensité à son message.

Elle n'eut pas le temps de répondre qu'il avait déjà disparu dans le flot mouvant de la foule.

Immobile, Avery ressassa l'angoissante idée, inconsciente du mouvement de la foule, du bruit et de l'agitation, inconsciente que quelqu'un, à l'autre bout de la salle, l'observait en se demandant ce qu'elle avait bien pu trouver à dire à ce cameraman débraillé.

– Jack ?

– Hmm ?

– As-tu remarqué ma nouvelle coiffure ?

Dorothy Rae s'admirait dans la glace pour la première fois depuis de longues années. Dans sa jeunesse, lorsqu'elle était l'une des plus jolies étudiantes de son lycée, elle passait le plus clair de son temps à se pomponner. Mais cela faisait une éternité qu'il n'y avait plus grand-chose à admirer dans l'image que lui renvoyaient les miroirs.

Jack, allongé sur le lit de leur chambre d'hôtel, répondit machinalement, sans même lever les yeux de son journal :

– Très jolie.

– Aujourd'hui, Fancy et moi sommes passées devant un de ces salons de beauté où toutes les esthéticiennes sont habillées en noir et ont plusieurs anneaux à chaque oreille. Je ne sais pas ce qui m'a pris, mais j'ai décidé de me refaire une beauté. Alors nous sommes rentrées et on m'a fait les cheveux, les ongles et le visage.

– Hmm.

Elle jeta un coup d'œil au miroir, se tournant d'un côté puis de l'autre.

– Fancy pense que je devrais m'éclaircir un peu les cheveux autour de la figure. Elle trouve que ça me rajeunirait. Qu'en dis-tu ?

– Je pense que tu devrais te méfier de ses conseils...

Le visage assuré de Dorothy Rae se décomposa, mais elle résista à la tentation d'aller se verser un verre d'alcool.

– J'ai... j'ai arrêté de boire, Jack, jeta-t-elle soudain.

Il baissa son journal et la regarda pour la première fois de la soirée. Sa nouvelle coiffure était plus courte, aérée, et surtout plus flatteuse ; le maquillage discret parvenait à estomper avantageusement les rougeurs et les boursouflures qu'avaient imprimées des litres de vodka et redonnait un peu de vivacité au visage habituellement éteint de Dorothy Rae.

– Depuis quand ?

Sa confiance retrouvée s'effondra un peu plus devant l'air sceptique de Jack, mais elle s'obstina à garder la tête haute.

– Depuis ce matin.

Jack replia son journal et le jeta à terre. Il éteignit la lampe de chevet et dit :

– Bonne nuit, Dorothy Rae.

Elle se dirigea vers le lit et ralluma. Il la regarda, l'air ahuri.

– Cette fois, c'est pour de bon, Jack.

– Tu dis cela à chaque fois que tu décides d'arrêter de boire.

– Cette fois-ci, c'est différent. Je vais même m'inscrire dans un de ces centres de désintoxication dont tu m'as parlé. Après les élections, bien sûr...

– Tu n'es pas alcoolique.

– Si, Jack, sourit-elle tristement. Si. Tu aurais dû

me le faire comprendre depuis longtemps. Mais je ne te reproche rien, ajouta-t-elle en lui posant une main hésitante sur l'épaule. Je suis seule responsable. Et je ne veux plus être l'ivrogne que je suis.

– Nous verrons...

Il ne semblait guère optimiste mais, chose rare, elle avait réussi à éveiller son attention. Généralement, il n'écoutait pas la moitié de ce qu'elle disait car cela n'avait aucun intérêt.

Elle l'invita à se pousser et s'assit sur le bord du lit en croisant sagement les mains sur ses genoux.

– Il va falloir avoir l'œil sur Fancy.

– Bon courage, railla-t-il.

– Je me rends bien compte que nous ne pouvons pas la tenir en laisse. Elle est trop âgée...

– Et trop mal partie.

– Peut-être. J'espère que non. Je veux qu'elle sache qu'elle ne m'est pas indifférente. D'ailleurs, nous nous sommes bien entendues cet après-midi, dit-elle en souriant. Elle m'a aidée à choisir une nouvelle robe. As-tu remarqué celle qu'elle portait ce soir ? Elle était un peu voyante, mais décente. Même Zee en a fait la remarque. Je crois que Fancy a besoin d'autorité, c'est la seule manière de lui faire comprendre que nous l'aimons.

Elle s'interrompit quelques secondes en le regardant d'un air hésitant.

– Et je veux t'aider, toi aussi, ajouta-t-elle.

– M'aider à quoi ?

– A te remettre de tes déceptions.

– Mes déceptions ?

– A propos de Carole. Je ne te demande pas d'avouer ou de nier quoi que ce soit, s'empressa-t-elle de dire. Je sais que ton attirance n'était pas le fruit de mes illusions d'ivrogne. Que tu sois ou non parvenu à tes fins n'a pas d'importance. Je n'ai pas le droit de te reprocher ton infidélité ; j'étais souvent plus intéressée par le contenu de mon verre que par toi. Je sais que tu es amoureux de Carole ou, du moins, que tu as un faible pour elle. Mais elle s'est servie de toi et t'a profondément blessé. Je veux t'aider à l'oublier.

Encouragée par son assurance, elle lui caressa le visage d'une main à peine tremblante.

– Tu as toujours été mon héros, Jack.

– Tu parles d'un héros ! se moqua-t-il. Où veux-tu en venir, Dorothy Rae ?

– J'aimerais que nous nous aimions à nouveau.

Il la regarda un long moment, comme il ne l'avait pas fait depuis des années.

– Je doute que ce soit possible...

Son ton dégagé la terrorisait ; elle parvint néanmoins à lui adresser un pauvre sourire.

– Il suffit d'essayer. Bonne nuit, Jack.

Elle éteignit la lampe et s'allongea tout contre lui. Il ne réagit pas lorsqu'elle l'entoura de ses bras mais, pour la première fois depuis bien longtemps, il ne la repoussa pas.

Depuis que Carole était revenue de l'hôpital, ses insomnies étaient fréquentes. Mais ces longues heures de veille solitaires étaient loin d'être néfastes ; au contraire, elles lui permettaient de penser tout à son aise. Personne alentour, aucun bruit, aucun mouvement dérangeant. Le silence.

Malgré le déroulement normal des événements, quelque chose lui échappait. De quelque manière qu'on analyse la situation, la logique faisait défaut.

Carole n'était pas Carole.

Les pourquoi et les comment seraient peut-être élucidés plus tard, mais il semblait indéniable que Carole Navarro Rutledge avait été remplacée par quelqu'un d'autre. A moins que l'amnésie ne soit la raison de cette métamorphose... Certes, cela expliquerait son nouvel attachement pour son mari, mais pas son changement de caractère. Seule l'usurpation pouvait expliquer cette attitude.

Carole n'était pas Carole.

Mais qui était-elle, alors ?

Trop de choses étaient en jeu pour prendre cette question à la légère. Le projet organisé depuis des années allait bientôt se réaliser... à moins qu'il ne soit contrarié par un imposteur. Tous les éléments étaient en place, il était trop tard pour reculer. Trop tard pour renoncer à se venger.

Mais avant d'y parvenir, il fallait garder un œil vigilant sur cette Carole. Elle ne semblait pas très dangereuse, mais mieux valait être prudent.

Si elle était véritablement quelqu'un d'autre, il faudrait s'occuper de trouver sa véritable identité dès le retour au ranch. Peut-être faudrait-il même l'appâter de nouveau pour s'assurer qu'elle suivait toujours le plan fixé. Oui, un autre message semblait nécessaire. Il fallait découvrir qui elle était, sans toutefois lui faire comprendre qu'elle était surveillée.

Et pour commencer, il fallait découvrir qui avait réellement péri dans ce fameux accident d'avion... et qui avait survécu.

– B'jour.

– Salut, Jack. Assieds-toi, fit Tate en lui désignant une chaise de l'autre côté de la table dressée pour le petit déjeuner.

– Tu n'attends personne ?

– Non. Carole et Mandy se sont réveillées tard ce matin, après que je suis revenu de mon jogging. Je suis descendu sans elles. Heureusement que tu es là, je déteste manger seul.

– Ah oui ? Le petit déjeuner numéro trois, fit-il à l'adresse du serveur. Assurez-vous que le bacon soit bien grillé, s'il vous plaît.

– Mais bien sûr, monsieur Rutledge.

– Ça vaut le coup d'avoir un frère célèbre, ricana

Jack une fois que le serveur se fut éloigné. Le service est meilleur.

– Que me vaut ce ton moqueur ? demanda Tate en s'appuyant sur le dossier de sa chaise. M'en veux-tu toujours d'avoir renvoyé Dirk et Ralph ?

– C'est ta campagne, répondit Jack avec insolence.

– C'est notre campagne.

– Tu veux rire...

Tate s'apprêtait à lui donner la réplique quand le serveur revint avec le petit déjeuner. Il attendit d'être de nouveau seul avec son frère pour lui dire d'un ton conciliant :

– Je n'ai jamais sous-estimé ta décision, Jack.

– J'en ai pourtant eu l'impression... Et tout le monde pense comme moi, d'ailleurs.

Tate se plongea dans l'examen de son assiette entamée puis releva les yeux.

– Je suis désolé que tu l'aies pris à cœur, mais les tactiques de ces gens ne me revenaient pas du tout. Je t'ai écouté, ainsi qu'Eddy et papa, mais...

– Mais tu t'es rangé à l'avis de Carole.

Interloqué par l'insolence de cette remarque, Tate demanda :

– Mais qu'a-t-elle à voir là-dedans ?

– C'est à toi de me le dire.

– C'est ma femme.

– Et c'est ton affaire.

Peu désireux d'aborder ses problèmes conjugaux avec son frère, Tate entra dans le vif du sujet.

– Jack, si jamais je suis élu au Congrès, je dois me porter garant de ma propre personne, Tate Rutledge, articula-t-il, et personne d'autre.

– Je sais bien...

– Dans ce cas, travaille avec moi et pas contre moi !

Encouragé par sa propre fougue, Tate repoussa son assiette et posa les coudes sur la table.

– Je n'aurais jamais pu faire cela seul. Tu t'imagines que je ne me rends pas compte de ton dévouement ?

– La chose que je souhaite le plus au monde, c'est ta victoire aux élections.

– Je le sais, Jack. Tu es mon frère et j'apprécie ton obstination, tes sacrifices et tout ce que tu fais pour me faciliter la vie. Je suis désolé pour notre querelle d'hier soir, mais j'ai parfois besoin de répondre à mes instincts et d'ignorer les conseils. Réfléchis ! Serait-il correct que je préconise quelque chose à quoi je serais opposé, du simple fait que cela semble plus populaire et plus commode ?

– Non, bien sûr ! Mais il est normal que je te fasse part de mon opinion quand je pense que tu as tort.

Ils se turent pendant que le serveur débarrassait leurs assiettes et remplissait à nouveau leurs tasses de café, puis Jack reprit :

– Pendant que nous y sommes...

– Hmm ?

– J'ai l'impression que la situation s'améliore entre toi et Carole.

Tate lança un bref regard à son frère avant de dire :

– En effet.

– Ma foi, c'est... c'est bien. Du moment que tu es heureux, fit-il en tripotant un sachet de sucre vide.

– Où veux-tu en venir, Jack ?

Jack s'éclaircit la voix et remua gauchement sur sa chaise.

– Je ne sais pas, il y a quelque chose... Tu vas croire que je suis devenu fou, finit-il par dire en se passant la main dans les cheveux.

– Vas-y.

– Quelque chose ne tourne pas rond.

– Que veux-tu dire ?

– Je ne sais pas, moi... Après tout, c'est toi qui couches avec elle. Mais si tu n'as rien remarqué, c'est que je me fais sûrement des idées.

Il s'interrompit puis, dérouté par l'impassibilité de Tate, continua :

– Est-ce que tu l'as vue parler à ce type de la télé hier soir ?

– Quel type de la télé ?

– Celui qui nous a filmés au ranch, pour le spot publicitaire.

– Il s'appelle Van Lovejoy. C'est lui qui couvre ma campagne pour K.T.E.X.

– Oui, je sais, fit Jack en riant d'un petit rire sec. Mais ça me paraissait bizarre qu'elle se soit déplacée pour lui parler au milieu de tout le boucan, c'est tout. Elle a filé droit sur lui après être descendue de l'estrade. Ce n'est pas vraiment son genre de type. Euh... je veux dire, s'empressa-t-il d'ajouter devant le regard étonné de Tate, il n'est pas... enfin, tu vois ce que je veux dire.

– Je vois ce que tu veux dire, fit Tate d'une voix calme.

– Bon, eh bien, je vais monter réveiller Dorothy Rae et Fancy. Eddy veut que tout le monde se réunisse dans le hall avec ses bagages à 10 h 30. Merci pour ta compagnie, fit-il en administrant une claque amicale dans le dos de son frère.

– Merci à toi, Jack.

Le regard de Tate se perdit derrière les vitres. Ainsi, Carole s'était encore entretenue avec Van Lovejoy hier soir. Pourquoi ne lui en avait-elle rien dit ? Jusqu'à présent, les choses s'étaient parfaitement bien passées entre eux deux. Pourquoi ce nouveau nuage à l'horizon ?

Il n'avait cessé de songer à elle de toute la journée d'hier. De scabreuses pensées s'étaient glissées dans son esprit au milieu des conversations les plus animées et des discours les plus passionnés. Chaque fois que leurs regards se rencontraient, ils savaient qu'ils pensaient exactement à la même chose au même moment : ils n'avaient qu'une hâte, que le temps qui les sépare du coucher s'écoule aussi rapidement que possible.

Il avait contracté l'étrange et inconsciente habitude de s'assurer constamment de sa présence, évaluant la distance qui les séparait et inventant des raisons de l'effleurer lorsqu'elle se trouvait à ses côtés. Mais jouait-elle la comédie ? Sa modestie et sa réserve n'étaient-elles que des jeux érotiques ? Pourquoi s'intéressait-elle tant à ce cameraman ?

D'une certaine façon, Tate souhaitait des explications immédiates. Mais si cela devait mettre un terme à la paix du moment et à l'harmonie de leurs relations sexuelles, il préférait attendre indéfiniment la réponse.

39

Debout devant la console, Zee Rutledge était perdue dans la contemplation des photographies encadrées au mur. Elle aimait ce bureau uniquement pour ces portraits qu'elle était capable de regarder pendant des heures. Les souvenirs qu'ils évoquaient étaient à la fois doux et amers.

Au son de la porte qui s'ouvrait, elle se retourna en sursautant.

– Bonjour, Zee, vous ai-je fait peur ?

Zee refoula discrètement ses larmes en clignant des yeux et se ressaisit immédiatement.

– Bonjour, Carole. En effet, vous m'avez surprise ! J'attendais Tate...

Ils avaient prévu de se retrouver à son bureau pour déjeuner ensemble. Un déjeuner tous les deux, rien que tous les deux.

– C'est à ce sujet qu'il m'envoie ici. J'ai bien peur d'être porteuse de mauvaises nouvelles.

– Il ne peut pas venir, fit Zee d'une voix qui trahissait sa déception.

– Je crains que non. Il y a eu des manifestations syndicales au sein du commissariat de Houston.

– Oui, je suis au courant. Tous les journaux en parlent.

– Eh bien, ce matin les choses ont dégénéré et Eddy a demandé à Tate de s'y rendre pour évaluer la situation et faire une déclaration. D'après les derniers sondages, Tate rattraperait son retard. Il n'est plus qu'à cinq points derrière Dekker. Ces événements de Houston sont une occasion rêvée pour faire connaître ses vues sur le problème syndical et les forces de l'ordre. Ils partiront en jet dans quelques heures, mais le déjeuner doit être annulé.

– Tate est comme son père, remarqua Zee en souriant mélancoliquement, il adore prendre l'avion.

– Puis-je vous proposer ma modeste compagnie pour le remplacer ?

L'offre d'Avery la tira de ses rêveries.

– Vous voulez dire, déjeuner avec moi ?

Elle détailla longuement sa belle-fille, sans pouvoir trouver le moindre reproche à lui adresser. Carole avait considérablement changé depuis son accident. Elle s'habillait avec la même recherche, mais de façon plus stylée que provocante.

Son tempérament exubérant lui ayant toujours fortement déplu, elle était contente qu'elle se fût assagie. Malgré tout, la jeune femme élégante qui se tenait devant elle lui inspirait la même répugnance que le jour où elle l'avait rencontrée pour la première fois.

– Je préfère tout annuler.

– Pourquoi ?

– Vous ne savez décidément pas vous effacer au bon moment, Carole, fit Zee en coinçant son sac à main sous son bras.

– Pourquoi refusez-vous de déjeuner avec moi ? demanda Avery en se plaçant devant la porte pour l'empêcher de sortir.

– Je désirais déjeuner avec Tate, répondit-elle. Je comprends pourquoi il a annulé, mais je suis déçue et ne vois pas pourquoi je prétendrais le contraire. Nous nous voyons tellement rarement, lui et moi, depuis quelque temps...

– Et c'est vraiment cela qui vous ennuie ?

Le petit corps replet de Zee tressaillit. Si Carole désirait une confrontation, elle serait satisfaite.

– Qu'insinuez-vous exactement ?

– Vous ne supportez pas le fait que Tate passe tant de temps avec moi. Vous êtes jalouse de notre relation, qui s'étoffe chaque jour.

Zee eut un petit rire méprisant.

– Cela vous plaît de le croire, n'est-ce pas, Carole ? Vous préférez penser que je suis jalouse alors que vous savez pertinemment que j'étais opposée à votre mariage depuis le début.

– Ah bon ?

– Ne faites pas l'innocente ! Tate, lui, est parfaitement au courant et je suppose que vous en avez parlé ensemble.

– En effet ! Et même s'il ne m'en avait rien dit, votre mépris serait suffisamment parlant... Vous ne savez pas très bien cacher vos sentiments.

Zee sourit d'un air triste.

– Vous seriez étonnée de savoir à quel point je peux cacher ce que je pense et ressens. Je suis même très douée pour cela...

Devant le regard inquisiteur de Carole, elle se ressaisit et poursuivit d'un ton sec :

– Vous avez fait des efforts indéniables pour vous raccommoder avec Tate. Nelson en est ravi, pas moi.

– Pourquoi ? Je croyais que vous souhaitiez le bonheur de Tate ?

– Exactement ! Mais tant que vous le tiendrez dans vos griffes, il ne pourra pas être heureux. Voyez-vous, Carole, je sais parfaitement que toutes vos simagrées ne sont que des manigances. Elles sont aussi fausses que vous l'êtes.

Zee nota avec satisfaction son visage blêmissant et sa voix soudain voilée :

– Fausse ? Que voulez-vous dire ?

– Peu après votre mariage, quand j'ai commencé à percevoir un froid entre vous deux, j'ai engagé un détective privé. J'avoue que ce n'était pas joli-joli mais je l'ai fait pour protéger mon fils.

» Ce détective, aussi abject fût-il, a effectué un excellent travail. Comme vous l'avez sûrement deviné, il m'a remis un dossier complet sur vous avant que vous ne deveniez assistante juridique au cabinet des frères Rutledge.

Le cœur de Zee battait la chamade et tout son corps bouillonnait de haine devant cette femme qui, avec une habileté digne d'un espion du K.G.B., était parvenue à impressionner les Rutledge et à se faire épouser par Tate.

– Je ne pense pas qu'il soit utile de vous faire part de l'ignoble contenu de ce dossier, n'est-ce pas ? Dieu seul sait ce qui y fait défaut ! Je vous dirai seulement qu'il ne manque pas de mentionner vos activités de danseuse de cabaret. Entre autres, bien entendu, ajouta-t-elle en aparté.

Carole semblait près de défaillir. Elle déglutit avec peine dans le silence oppressant du bureau.

– Quelqu'un d'autre connaît-il ce... ce dossier ?

– Personne, répondit Zee. Bien que j'aie été plus d'une fois tentée de le montrer à Tate, surtout depuis que je me suis rendu compte qu'il retombait amoureux de vous. A mon grand désespoir, je dois dire.

Zee inclina la tête et dévisagea son adversaire un court instant.

– Vous êtes une jeune femme très intelligente. Votre métamorphose pour séduire Tate a été tout à fait remarquable. Cela a dû demander un travail considérable, sachant d'où vous venez. Vous avez même choisi un nom d'origine espagnole. C'est très habile, pour la future femme d'un sénateur texan.

» Mais votre nouvelle transformation depuis l'accident est d'autant plus stupéfiante que vous semblez y croire vous-même. Pourtant, voyez-vous, continua-t-elle en secouant la tête, personne n'est capable de changer aussi radicalement.

– Qui vous dit que je n'ai pas changé par amour pour Tate ? J'essaie uniquement d'être ce dont il a besoin.

Lui lançant un regard fulgurant, Zee la repoussa et se dirigea vers la porte.

– Je suis profondément convaincue que vous n'êtes *pas* ce que vous voulez nous faire croire.

– Quand avez-vous l'intention de me dénoncer ?

– Pas pour le moment. Tant que Tate semblera heureux et satisfait, je ne dissiperai pas ses illusions, et ce dossier restera secret. Mais à la moindre offensive de votre part, Carole, je vous jure que je me débarrasserai de vous. Il me suffira de lui montrer ce dossier ; il ne tolérera jamais qu'une ancienne prostituée élève sa fille. C'est tout aussi insupportable pour moi, mais je n'ai, hélas, pas le choix !

Le désespoir se lisait sur le visage de Carole. Elle agrippa le bras de Zee.

– Vous ne pouvez pas le dire à Tate. Je vous en supplie, Zee, ne le faites pas. Il en mourrait...

– Seul Tate me retient de le faire, répliqua Zee en se libérant. Mais croyez-moi, Carole, entre le voir devenir l'objet d'un scandale ou malheureux pour le restant de ses jours, je préfère la première solution.

Avant de refermer la porte derrière elle, elle ajouta :

– Je suis sûre que vous allez chercher ce dossier. Ne vous donnez pas la peine de le détruire. J'en ai fait une copie et l'ai déposée dans un coffre-fort qui ne peut être ouvert que par moi-même ou, si je meurs, par Tate.

Avery introduisit la clé dans la porte d'entrée, ouvrit et pénétra dans la maison.

– Mona ? Mandy ?

Elle les entendit dans la cuisine. La joue qu'elle pressa contre celle de Mandy était toute froide, car elle avait fait le trajet de retour depuis San Antonio les vitres entièrement baissées. Elle avait eu besoin d'air frais pour apaiser le feu de son visage et la nausée qui l'envahissait chaque fois qu'elle repensait à l'histoire de Carole Navarro.

– Ta soupe est bonne, ma chérie ?

– Hmm, répondit Mandy en absorbant bruyamment une cuillerée de bouillon au vermicelle.

Avery se débarrassa de son manteau et s'assit sur une chaise.

– Cela vous ennuierait-il de me préparer une tasse de thé, Mona, s'il vous plaît ? demanda-t-elle à l'employée.

Elle attendit en se tordant nerveusement les mains que Mona lui apporte le thé fumant, puis entoura la tasse de ses doigts gelés.

– Vous sentez-vous bien, madame ? Vos joues sont écarlates.

– Oui, ça va. J'ai juste un peu froid, expliqua-t-elle en souriant faiblement. Finis ton jus de fruits, Mandy, et je te lirai une histoire avant la sieste.

Elle fit son possible pour répondre au bavardage incessant de l'enfant, mais son esprit ne pouvait se détacher de son entrevue avec Zee et des renseignements accablants qu'elle avait recueillis sur Carole.

– Tu as fini ?

Elle vérifia l'assiette et le verre de Mandy et la conduisit dans sa chambre. Après l'avoir aidée à défaire ses chaussures, elle la porta dans son lit et la recouvrit d'une couette. Puis, s'installant à ses côtés, elle ouvrit un grand livre d'images.

Lorsque Mandy se fut endormie, Avery sortit discrètement de la chambre et referma la porte derrière elle.

A l'exception de Mona, qui s'était retirée dans ses appartements, personne n'était là. Cependant, Avery préféra prendre des précautions, et c'est à pas feutrés qu'elle se dirigea vers la partie de la maison réservée à Zee et à Nelson. Elle s'était refusé à peser le pour ou le contre de ce qu'elle allait entreprendre. Elle commettait une indiscrétion impardonnable, mais que les circonstances actuelles rendaient nécessaire.

Elle trouva leur chambre sans aucune difficulté. Une chambre agréable, obscurcie par des volets empêchant le vif soleil automnal de s'infiltrer.

Ses yeux se posèrent sur l'élégant secrétaire. Recelait-il les documents ? Pourquoi pas ? Ce meuble paraissait tellement innocent que nul ne songerait à le violer. Nelson possédant lui-même un bureau personnel pour la direction du ranch, il ne devait guère mettre le nez dans ce meuble apparemment anodin.

Avery s'empara d'une lime à ongles posée sur la commode et l'introduisit dans le petit verrou doré. Elle n'essaya même pas de masquer son délit ; Zee s'attendait à ce qu'elle le commette. Du moins, c'est ce qu'elle avait dit.

Le verrou n'étant pas très solide, Avery parvint en quelques secondes à baisser l'abattant. A l'intérieur se trouvaient quelques boîtes de papier à lettres aux initiales de Zee, un carnet de timbres, un agenda, deux petites bibles noires portant chacune en lettres dorées le prénom de ses deux fils.

L'enveloppe beige reposait au fond d'un tiroir. Avery s'en saisit et en défit les agrafes.

Cinq minutes plus tard, elle sortait de la pièce, le visage blême et le corps secoué de convulsions. Elle se précipita vers sa propre chambre qu'elle ferma à double tour. S'appuyant contre la porte, elle reprit peu à peu son souffle.

Tate ! Oh, Tate ! S'il voyait l'exécrable contenu de ce dossier...

Elle eut envie de prendre un bain. Immédiatement.

Elle se débarrassa de ses chaussures, retira son pull-over, et ouvrit la porte de son placard.

Et hurla.

Reculant d'un pas chancelant, elle porta les mains à sa bouche, tentant désespérément d'étouffer les sons qui s'échappaient de sa gorge. Sous son nez, l'affiche électorale de Tate se balançait au bout d'un galon de satin rouge, comme un cadavre au bout d'une corde.

En rouge vif, un orifice sanglant avait été peint en plein milieu du front de Tate. La peinture dégoulinant le long de son visage souriant était du plus grotesque effet. Sur toute la largeur de l'affiche, en grosses lettres rouges, se lisaient les mots : « Le jour des élections » !

Avery courut vers la salle de bains et vomit.

40

– C'était affreux... Epouvantable !

Avery s'assit, tenant à la main le verre de cognac que lui avait vivement recommandé Irish. La première gorgée lui brûla l'estomac, mais elle garda son verre car elle avait besoin de tenir quelque chose.

– Cette foutue histoire est vraiment sordide, déclara son hôte, indigné. D'ailleurs, je l'ai toujours dit. Ne t'avais-je pas prévenue ?

– Mais si, tu l'avais prévenue ! Cesse de rabâcher tout le temps la même chose !

– On t'a parlé ? fit Irish en se retournant brutalement vers Van qui tirait sur son joint.

– Allez-vous cesser de vous chamailler ! s'écria Avery d'un ton péremptoire. Et toi, Van, jette-moi cette chose. L'odeur me donne envie de vomir...

Reprise de nausée, elle porta une main à sa bouche et poursuivit :

– Cette affiche m'a terrorisée. C'est vraiment sérieux. Je l'avais toujours pensé, mais cette...

Elle reposa son verre sur la table basse et se frictionna les bras. Malgré son épais pull-over, elle ne parvenait pas à se réchauffer.

– Qui est-ce, Avery ?

Elle secoua fortement la tête.

– Je ne sais pas... N'importe lequel d'entre eux. *Je n'en sais rien.*

– Qui a pu pénétrer dans ta chambre ?

– Dans la matinée et avant que je ne rentre à la maison, n'importe qui. Tout le monde entre et sort, et plus les élections approchent, plus il y a de va-et-vient.

– Es-tu sûre que personne ne t'a suivie jusqu'ici ?

– Oui. J'ai gardé un œil sur le rétroviseur et fait plusieurs détours. De plus, personne n'était à la maison quand je suis partie.

– Parle-nous de Carole Navarro, dit Irish.

– Carole, si c'est son vrai prénom, n'était qu'une traînée. Elle dansait dans les boîtes les plus miteuses, sous plusieurs noms aussi évocateurs les uns que les autres. Elle a été arrêtée une fois pour attentat à la pudeur et une autre pour prostitution, mais les poursuites ont été abandonnées.

– Tu es certaine de ces renseignements ?

– Le détective privé engagé par Zee était peut-être dépravé mais consciencieux. D'après les renseignements glanés dans ce dossier, je n'ai eu aucun mal à retrouver les endroits que fréquentait Carole.

– Mais quand ? s'enquit Irish.

– Juste avant de venir ici. J'ai même parlé à certains danseurs et employés qui la connaissaient, en me faisant passer pour une cousine éloignée afin d'expliquer notre ressemblance.

– Qu'ont-ils dit à son sujet ?

– Qu'elle avait coupé les ponts. Personne ne savait ce qu'elle était devenue. Un travesti qui a bien voulu me répondre contre un billet de vingt dollars m'a dit qu'elle lui avait fait part de son désir de changer de vie et d'entrer dans une école de commerce. C'est tout ce dont il se souvient. Il ne l'a jamais revue depuis son départ du club.

» Ce ne sont que des suppositions, mais je pense que Carole a dû subir une complète métamorphose pour pouvoir s'infiltrer dans le cabinet juridique des

Rutledge et faire un pas de plus dans l'échelle sociale en épousant Tate.

– Mais ne craignait-elle pas que quelqu'un la reconnaisse, que son passé louche finisse par resurgir ?

Avery y avait effectivement songé.

– Justement, cela faisait probablement partie du plan. Tate aurait été profondément humilié d'apprendre le véritable passé de sa femme avant qu'il ne l'épouse.

– Il doit être particulièrement niais, murmura Van, pour s'être laissé prendre.

– Tu ne peux pas savoir comme elle était calculatrice, rétorqua Avery en prenant la défense de Tate. Elle est devenue exactement conforme à ce qu'il désirait : jolie, vive et sexy. Mais surtout, quelqu'un de proche a dû lui montrer comment tirer les ficelles pour transformer le désir de Tate en amour.

– Celui qui veut le tuer.

– Exactement, fit Avery en réponse à Irish. Il a dû sentir, tout comme Zee, que Carole était une opportuniste.

– Mais lorsqu'il lui a fait part du complot, pourquoi n'en a-t-elle pas soufflé mot à Tate ?

– Ça, je ne sais pas très bien, avoua Avery. Il reste encore quelques lacunes dans ma théorie. Peut-être que devenir la veuve éplorée d'un haut fonctionnaire avait plus de prestige à ses yeux qu'être la femme d'un sénateur...

– Le même statut, mais sans le fardeau d'un mari gênant, supposa Irish.

– Hmm... Et elle n'était pas sûre non plus que Tate remporte les élections. Ou alors, son complice lui faisait miroiter la perspective d'un arrangement financier. En tout cas, elle avait pour rôle de rendre Tate malheureux, et s'en est très bien acquittée.

– Mais *pourquoi* le rendre malheureux ? interrogea Irish.

– Je ne sais pas ! répondit Avery d'une voix découragée. J'aimerais tellement le savoir...

– Comment interprètes-tu ce dernier message ? demanda Irish.

– De toute évidence, dit-elle en se passant une main dans les cheveux, ils ont l'intention d'agir le jour des élections. Et probablement avec une arme à feu.

– Ce n'est pas certain, fit Irish d'une voix incrédule. Cette fois-ci, le symbolisme me paraît un peu gros.

– Que veux-tu dire ?

– Je ne sais pas exactement, confessa-t-il en se mordant la lèvre. Qu'est donc devenue la subtilité des messages précédents ? Ou bien il teste ta résistance, ou bien c'est le plus bel arrogant que j'aie jamais rencontré.

– C'est peut-être justement parce que les dés sont jetés, remarqua Van d'un ton maussade. Le coup partira, quoi qu'il arrive. Tout est déjà en place.

– Tu veux parler de Cheveux Gris ? demanda Avery.

En guise de réponse, Van haussa les épaules.

– A propos, apparaît-il dans les séquences que tu as filmées aujourd'hui à Houston ? demanda Irish.

– Non. Il ne s'est pas montré depuis Fort Worth. Pas depuis qu'Avery est restée au ranch, répondit-il en lui adressant un regard entendu qui n'échappa pas à Irish.

– Dites donc, vous deux, que me cachez-vous ?

Avery passa la langue sur ses lèvres et répondit :

– Van pense qu'il est fort probable que Cheveux Gris en ait après toi, pas après Tate.

Irish se tourna d'un bond vers le photographe.

– Qu'est-ce qui te fait croire une chose pareille ?

– C'est juste une supposition. Un peu hâtive, peut-être, mais...

– Avery...

Irish lui prit la main, la fit asseoir sur le canapé et se campa debout devant elle.

– Ecoute-moi bien, maintenant, reprit-il. Il faut avertir les autorités.

– Je...

– Je t'ai demandé de m'écouter, l'interrompit-il brusquement. Tu perds complètement la tête, ma petite. Je sais pourquoi tu t'es lancée dans une telle aventure. C'était une idée formidable, l'occasion unique de te faire un nom et de sauver des vies en même temps. Mais ça ne peut plus durer. Ta vie est en danger, et tant que tu continueras ce petit jeu, celles de Rutledge et de la gosse seront également menacées. Il faut appeler le F.B.I., déclara-t-il en s'asseyant à ses côtés.

– Les services secrets ? fit Van, sans cacher sa surprise.

– J'ai un ami qui y travaille, insista Irish en ne relevant pas sa question. C'est un agent secret, spécialisé dans le trafic de drogue. Même si notre affaire n'est pas de son ressort, il pourra toujours nous dire qui appeler et nous donner des conseils.

Avant même qu'il n'ait eu le temps de terminer, Avery secoua vigoureusement la tête.

– Non, Irish, c'est impossible. Si le F.B.I. est au courant, tout le monde le sera. Les gens se douteraient de quelque chose si Tate était soudain entouré de gardes du corps armés ou d'agents secrets affublés de lunettes noires, tu ne crois pas ? Tout finirait par se découvrir.

– Alors, c'est bien ça ! s'écria-t-il avec colère. Tu ne veux pas que Rutledge sache ! Et tu ne veux pas qu'il sache parce que cela te ferait perdre ta petite place douillette au creux de son lit !

– Non, ce n'est pas ça ! rétorqua-t-elle sur le même ton. Les autorités pourraient peut-être le protéger d'une agression extérieure, mais pas des membres de sa famille. Et nous savons fort bien que la personne qui souhaite sa mort est quelqu'un de très proche. Nous ne pouvons pas avertir Tate sans avertir son ennemi. De plus, poursuivit-elle après avoir repris son souffle, personne ne croirait une telle histoire.

– Que proposes-tu, alors ? demanda Irish.

Elle se cacha le visage dans les mains et éclata en sanglots.

– Je ne sais pas...

Van se leva et revêtit une veste en cuir élimé.

– Il faut que j'y aille...

– Déjà ?

– Je dois visionner quelques cassettes de ma vidéothèque.

– Pour quoi faire ?

– Juste une intuition.

Avery s'empara de sa main.

– Merci pour tout, Van. Et si jamais tu vois ou entends...

– Je te le dirai.

– As-tu toujours le numéro de ma boîte postale ? demanda Irish.

– Ouais, mais je ne vois pas pourquoi je m'en servirais. Je te vois tous les jours au bureau.

– Mais tu peux avoir besoin de m'envoyer quelque chose quand tu es en tournée avec Rutledge – quelque chose que tu ne pourrais pas envoyer aux studios.

– Pigé. Salut.

A peine la porte se fut-elle refermée qu'Avery consulta sa montre.

– Je dois y aller, moi aussi. Il se fait tard. Tate me pose toujours des questions quand je tarde et je commence à manquer d'excuses plausibles. Une femme ne peut tout de même pas passer son temps à faire des courses, fit-elle en tentant une pointe d'humour.

Mais Irish ne se dérida pas ; il l'attira contre lui et

la tint dans ses bras en passant une main maladroite dans ses cheveux.

– Tu l'aimes, déclara-t-il.

Elle acquiesça d'un signe de tête.

– Mon Dieu ! soupira-t-il. Pourquoi faut-il toujours que ce soit si compliqué ?

Elle ferma les yeux, mais des larmes coulaient déjà sur l'épaule d'Irish.

– Je l'aime tellement, Irish, que c'en est douloureux.

– Je sais exactement ce que tu ressens.

Avery était trop préoccupée pour se rendre compte qu'il parlait de son amour impossible avec sa mère.

– Que vais-je faire ? Je ne peux rien lui dire, mais ne peux pas le protéger non plus.

Elle s'agrippa à Irish pour se donner des forces. Il la serra davantage et l'embrassa gauchement sur la tempe.

– J'ai peur pour toi, Avery, confessa-t-il.

– Et je dois avouer que, depuis la découverte de cette sordide affiche, j'ai un peu peur pour moi-même.

– Tu ne veux vraiment pas que j'appelle les autorités ?

– Pas encore. Pas avant que je ne puisse déclarer avec certitude : « C'est lui, le conspirateur. »

Il recula d'un pas et lui souleva le menton du doigt.

– A ce moment-là, il sera peut-être trop tard...

Elle le savait, mais se devait d'essayer. Elle l'embrassa une dernière fois et sortit.

La nuit était si noire que ni l'un ni l'autre ne remarqua la voiture garée tout près de là.

41

Le voyage improvisé de Tate à Houston pour calmer les esprits des policiers mécontents eut un effet phénoménal sur le résultat des sondages. Ils lui accordèrent trois points supplémentaires. Chaque jour, le fossé qui le séparait du sénateur Dekker se resserrait un peu plus.

Talonné comme il l'était au fil des jours, Dekker n'aurait pas hésité une seconde à se servir de l'avortement de Carole Rutledge pour distancer son rival, s'il en avait eu connaissance. Mais, quels que fussent les procédés utilisés par Eddy pour faire taire l'importune infirmière, ils s'étaient jusqu'à présent révélés efficaces. Lorsqu'il ne fit pas l'ombre d'un doute que Dekker n'en avait rien su, les membres du clan Rutledge poussèrent un soupir de soulagement.

Après un voyage épuisant quoique stimulant dans sept villes en l'espace de deux jours, tout le monde aux bureaux électoraux fut gagné par l'agitation fébrile de l'approche des élections. Bien que Dekker fût encore légèrement en tête, l'opinion semblait à présent basculer en faveur de Tate. On ne parlait que de ses apparitions et du terrain gagné chaque jour. L'optimisme était à son comble et tous ses partisans jubilaient.

Tous, sauf Fancy.

Errant d'un bureau à l'autre, elle s'affalait dans les

chaises inoccupées, ignorait la bonne humeur générale, et passait le plus clair de son temps à suivre Eddy dans ses moindres mouvements, le regardant d'un air boudeur et rancunier.

Voilà plus d'une semaine qu'ils n'avaient pas été seuls. Chaque fois que ses yeux se posaient sur elle, c'était comme s'il ne la voyait pas. Quand, ravalant son orgueil, elle se décidait à s'approcher de lui, il la repoussait en lui assignant quelque tâche domestique, qu'elle n'exécutait que parce que cela lui permettait d'être près de lui. Cela valait encore mieux que de rester à la maison et ne pas le voir du tout.

Il n'arrêtait pas de bouger, hurlant des ordres à la manière d'un sergent instructeur et sortant de ses gonds lorsque ceux-ci n'étaient pas exécutés assez rapidement à son goût. Il ne semblait survivre que grâce au café, aux canettes de soda et aux friandises des distributeurs. Il arrivait toujours le premier et était le dernier à partir, s'il partait.

Le dimanche précédant les élections, les Rutledge vinrent s'établir au *Palacio Del Rio*, un grand hôtel du centre de San Antonio, d'où il leur serait plus facile de suivre les résultats, dès le mardi matin suivant.

Tate, Avery et Mandy s'approprièrent la suite impériale du vingt et unième étage tandis que les autres membres de la famille s'installaient dans les chambres avoisinantes. Chaque poste de télévision était pourvu d'un magnétoscope pour faciliter l'enregistrement et l'analyse des bulletins d'informations. On installa des lignes téléphoniques supplémentaires dans chaque chambre et des gardiens chargés de la sécurité devant tous les ascenseurs.

A l'entresol, vingt étages plus bas, on commençait à décorer la salle de réception de banderoles rouge, blanc et bleu. Sur le mur du fond, d'immenses posters de Tate avaient été placardés ; l'estrade était ornée de drapeaux et de pots de chrysanthèmes blancs entourés de cellophane rouge et bleu. Un gigantesque filet suspendu au plafond avait été rempli de ballons qu'on libérerait au moment voulu.

Ce dimanche après-midi-là, dans le vacarme et l'agitation du personnel obséquieux de l'hôtel, des dépanneurs de télévision et des installateurs de téléphone, Eddy tentait désespérément de se faire entendre au milieu du salon de la suite de Tate.

– De Longview, tu prends l'avion jusqu'à Texarkana. Tu y restes une heure et demie maximum, puis tu vas à Wichita Falls, Abilene et tu rentres. Tu devrais arriver vers...

– Papa ?

– Tate, pour l'amour du ciel ! fulmina Eddy en levant le nez de son bloc-notes.

– Chut, Mandy, fit Tate en posant un doigt sur ses lèvres à l'adresse de l'enfant assise sur ses genoux.

– Tu m'écoutes, oui ou non ?

– Je t'écoute, Eddy. Longview, Wichita Falls, Abilene et je reviens.

– Tu as oublié Texarkana.

– Toutes mes excuses... Mais je suis sûr que ni toi ni le pilote n'oublieront. Est-ce qu'il reste des bananes dans la coupe de fruits ?

– Bon sang, explosa Eddy, tu es à deux jours des élections pour un siège sénatorial et tu parles de bananes ! Sois un peu sérieux, nom d'un chien !

Sans se formaliser, Tate prit la banane que lui tendait sa femme et la pela pour Mandy.

– Détends-toi, Eddy. Tu nous rends tous fous !

– Je me détendrai quand tu auras remporté les élections, pas avant, rétorqua Eddy en replongeant dans son bloc-notes. Je ne sais même plus où j'en étais... Ah oui ! Tu reviens ici demain soir vers 19 h 30. Je m'occupe d'organiser un dîner en famille dans un restaurant du coin. Après quoi, tu rentres te coucher.

– Est-ce que j'ai le droit de faire pipi et de me brosser les dents entre le dîner et le coucher ?

Tout le monde éclata de rire, sauf Eddy qui ne goûta pas la plaisanterie.

– Mardi matin, nous irons tous ensemble voter dans ta circonscription à Kerrville, puis nous rentrerons ici pour attendre les résultats.

– Je vais gagner ! déclara Tate en débarrassant Mandy de sa peau de banane.

Sur cette perspective optimiste, la réunion prit fin et chacun s'en retourna dans ses appartements pour laisser Tate préparer le discours qu'il devait prononcer ce même soir dans une paroisse hispanophone.

Fancy attendit que tout le monde se soit retiré, puis se dirigea vers la chambre d'Eddy, un peu plus loin dans le couloir. Elle frappa quelques coups discrets.

– Qui est-ce ?

– Moi.

Il ouvrit la porte mais n'attendit même pas qu'elle soit entrée pour se diriger vers son placard et en sortir une chemise propre. Elle fit claquer la porte et la verrouilla.

– Pourquoi mets-tu une chemise ? demanda-t-elle en se frottant langoureusement contre sa poitrine nue.

– Je ne pense pas que ce soit très correct de me rendre aux bureaux sans chemise.

– Tu y vas maintenant ?

– Oui.

– Mais c'est dimanche.

Il leva un sourcil interrogateur.

– Ne me dis pas que tu te mets à observer le jour du Seigneur...

Le voyant rentrer les pans de sa chemise dans son pantalon, Fancy tenta de l'en dissuader.

– Non, mais je veux rester avec toi.

– Eh bien, accompagne-moi aux bureaux. Je suis sûr qu'il y a du travail pour toi.

– Ce n'est pas au travail que je pense.

– Désolé, mais c'est la seule chose prévue jusqu'aux résultats des élections.

C'en était plus que son amour-propre ne pouvait supporter.

– Ça fait plusieurs semaines que tu m'ignores, lança-t-elle. Qu'est-ce qui te prend ?

– Quelle question ! fit-il en se peignant les cheveux. J'essaie simplement de faire élire ton oncle Tate au Congrès américain.

– Je n'en ai rien à foutre, du Congrès !

– Excuse-moi, Fancy, mais il faut que j'y aille, à présent.

Alors qu'il s'avançait vers la porte, elle le retint.

– N'y va pas, Eddy, supplia-t-elle. Du moins, pas tout de suite. Reste un petit moment...

Se frottant de nouveau contre lui, elle roucoula :

– Faisons l'amour.

– L'amour ? ricana-t-il.

Elle se saisit de sa main et la fit glisser sous sa jupe, entre ses cuisses.

Il la retira d'un geste brusque et souleva Fancy pour l'éloigner de la porte qu'elle bloquait.

– J'ai autre chose à faire !

A peine la porte se fut-elle refermée que Fancy s'empara du premier objet à sa portée – un cendrier en verre – et l'y lança de toutes ses forces. Mais il ne fit que rebondir et atterrir intact sur la moquette, ce qui l'exaspéra davantage.

Elle n'avait jamais été si cavalièrement rejetée de sa vie. Personne, absolument personne, jusqu'à ce jour n'avait refusé Fancy Rutledge quand elle était prête à se donner. Elle sortit d'un pas rageur de la chambre d'Eddy, entra en coup de vent dans la sienne pour passer un pull-over et un jean moulants et descendit dans le garage de l'hôtel jusqu'à sa voiture.

Ils allaient voir si ces fichues élections allaient l'empêcher de vivre !

– C'est moi. Rien de neuf ?

– Salut, Irish, fit Van en calant le récepteur contre son oreille. Je viens de rentrer. Rutledge a fait un discours dans une église mexicaine, ce soir.

– Je sais. Comment cela s'est-il passé ?

– Du tonnerre !

– Avery y était ?

– Tout le monde était là, sauf la fille, Fancy.

– Et Cheveux Gris ? Tu l'as vu ?

Van hésita un instant, puis décida de lui dire la vérité.

– Oui, il était là.

Irish débita un flot d'injures et demanda :

– Mais n'est-il pas apparu comme un cheveu sur la soupe au milieu de tous ces Mexicains ?

– Il se tenait un peu à l'extérieur, en se faisant passer pour l'un de nous.

– Tu veux dire pour un journaliste ?

– C'est ça...

– Tu as pu l'approcher ?

– Grand type. L'air méchant.

– Méchant ?

– Sévère. Du genre qui ne plaisante pas.

– Une tête de tueur ?

– C'est seulement une hypothèse.

– Oui, mais tout ça ne me plaît pas, Van. Nous ferions peut-être bien d'avertir le F.B.I. sans le dire à Avery.

– Elle ne te le pardonnerait jamais...

– Mais au moins, elle s'en sortirait vivante !

Plongés dans leurs pensées, les deux hommes se turent un court instant jusqu'à ce qu'Irish rompe le silence :

– Demain, reste dans les parages ! Pas la peine d'accompagner Rutledge dans sa tournée.

– C'est ce que je comptais faire, répondit Van. Je l'attendrai à l'aéroport demain soir. Son retour est prévu pour 19 h 30.

– Bien. Tu essaieras de parler à Avery à ce moment. Elle dit qu'il est très difficile de la joindre à l'hôtel.

– D'accord !

– Le matin des élections, rejoins-moi d'abord aux studios. Ensuite, je t'enverrai au *Palacio Del Rio*. Je ne veux pas que tu quittes Avery d'une semelle ce jour-là. Si tu remarques quelque chose de suspect, *la moindre chose*, tant pis pour elle, appelle les flics.

– Je ne suis pas bête, Irish.

– Et ne profite pas de ton jour de congé demain pour te défoncer à je ne sais quoi...

– T'inquiète pas ! J'ai beaucoup à faire, ici.

– Ah oui ? Quoi donc ?

– Je regarde mes cassettes vidéo.

– Tu en as déjà parlé l'autre jour. Qu'est-ce que tu cherches ?

– Je te le dirai quand j'aurai trouvé.

Après lui avoir dit au revoir, Van se leva et retourna à la console devant laquelle il passait le plus clair de son temps. Le nombre de cassettes qu'il lui restait à voir diminuait progressivement, mais pas assez rapidement.

Il ne savait pas encore ce qu'il cherchait. Et, comme il venait de le dire à Irish, il ne le saurait que quand il le trouverait. A vrai dire, cela semblait une perte de temps.

Mais comme il avait été assez stupide pour entamer ce projet insensé, il ne lui restait plus qu'à le poursuivre... Il tira sur son joint, but une gorgée de bière, et introduisit une nouvelle cassette dans l'appareil.

42

Tate ouvrit la porte de la suite et dévisagea d'un air curieux les trois personnes qui se tenaient sur le seuil.

– Que se passe-t-il ?

– Excusez-moi de vous déranger, monsieur Rutledge, fit l'un des policiers en uniforme. Connaîtriez-vous cette jeune fille ?

– Tate ? demanda Avery en le rejoignant près de la porte. Qui... ? *Fancy ?*

Affalée contre un policier et dans un état d'ébriété manifeste, Fancy roulait des yeux d'un air maussade.

– Que se passe-t-il ? intervint Eddy en s'approchant à son tour. Mon Dieu ! fit-il d'un air dégoûté.

– Auriez-vous la gentillesse de leur dire qui je suis pour qu'ils me fichent enfin la paix ? demanda Fancy d'un ton acerbe.

– C'est ma nièce, expliqua Tate aux policiers. Francine Rutledge.

– C'est ce qu'indique son permis, mais nous ne pouvions nous en tenir à sa parole...

– Etait-il vraiment nécessaire de la ramener ainsi escortée ?

– C'était cela ou la prison, monsieur.

– Pour quel motif ? demanda Avery.

– Excès de vitesse et conduite en état d'ivresse. Elle faisait du cent cinquante à l'heure.

– Cent cinquante-cinq, corrigea Fancy avec insolence.

– Je vous remercie, messieurs, de l'avoir raccompagnée jusqu'ici, fit Tate.

Fancy se libéra de l'étreinte du policier.

– Ouais, merci beaucoup.

– Nous pensions que ce n'était pas le moment de faire éclater un scandale ; et après votre discours de Houston en faveur des policiers, mon collègue et moi avons pensé que c'était la moindre des choses.

– Merci infiniment !

– Bonne chance pour les élections, monsieur Rutledge.

Ils soulevèrent respectueusement leur casquette et s'éloignèrent dans le couloir en direction des ascenseurs.

Avery ferma la porte derrière eux et un silence sinistre tomba dans la pièce, telle une accalmie avant la tempête.

– Fancy, d'où viens-tu ? demanda doucement Avery.

La jeune fille leva les bras au-dessus de sa tête et exécuta une pirouette maladroite.

– D'une boîte de nuit. Je m'y suis amusée comme une folle, roucoula-t-elle en papillonnant des paupières à l'adresse d'Eddy. Evidemment, vous ne pouvez pas comprendre, vous êtes trop vieux. Trop coincés et trop...

– Sale petite garce ! fit Eddy en la giflant si violemment qu'elle en perdit l'équilibre.

– Fancy !

Avery se précipita vers la jeune fille qui s'affalait au sol, la lèvre ensanglantée.

– Eddy, mais tu es devenu fou ? s'exclama Tate en lui agrippant le bras.

Eddy se dégagea brutalement et se pencha au-dessus de Fancy.

– Tu veux tout gâcher ou quoi ? Sais-tu au moins

ce qui ce serait passé si ces flics ne t'avaient pas raccompagnée ? Cette sale gamine aurait pu nous faire perdre les élections ! cria-t-il.

Tate le saisit par le col de sa chemise et le secoua fortement.

– Mais qu'est-ce qui te prend ?

– Elle l'a bien cherché !

– Ce n'est pas à toi de la réprimander ! rugit Tate.

Il le repoussa si fort qu'Eddy faillit tomber à la renverse. Mais, retrouvant l'équilibre, il jura et se précipita sur Tate.

– Arrêtez, vous deux ! cria Avery en s'interposant. Vous allez attirer tout le personnel de l'hôtel. Croyez-vous que ce soit raisonnable ?

L'un en face de l'autre, tels deux taureaux piaffant, les deux hommes cessèrent leurs cris. Avery se pencha vers Fancy qui gémissait de douleur et l'aida à se redresser. Tate effleura brièvement la joue endolorie de sa nièce et tendit un doigt menaçant en direction de son ami :

– Ne touche plus jamais, *jamais*, à un membre de ma famille.

– Je suis désolé, Tate, s'excusa Eddy en remettant de l'ordre dans ses cheveux.

– C'est une partie de ma vie dans laquelle tu n'as pas à intervenir, gronda Tate entre ses dents.

– Je t'ai déjà dit que j'étais désolé, que puis-je faire de plus ?

– Tu peux arrêter de coucher avec elle !

Ils restèrent tous paralysés de surprise. Eddy et Fancy ne s'étaient jamais doutés que Tate était au courant. Avery lui avait fait part de ses soupçons, mais bien avant qu'elle n'en ait acquis la certitude. Devant le visage interloqué des deux femmes, Eddy se dirigea vers la porte et, avant de sortir, se retourna :

– Je crois que nous avons tous besoin de reprendre nos esprits.

Avery lança à Tate un regard reconnaissant puis prit la jeune fille par l'épaule.

– Viens, je t'accompagne dans ta chambre.

S'asseyant sur le lit de Fancy, Avery attendit que celle-ci se douche et sorte de la salle de bains, vêtue d'un T-shirt long qui lui donnait l'air jeune et innocent.

– Je t'ai préparé une poche de glace pour ta lèvre, fit-elle en lui tendant un sac en plastique rempli de glaçons.

– Merci ! Tu commences à devenir douée pour ça...

Fancy se jeta sur le lit défait et appliqua le sac contre sa lèvre enflée. Elle ferma les yeux, et de grosses larmes en coulèrent jusqu'au bas de ses joues. Avery s'approcha d'elle et lui prit une main.

– Ce salaud ! Je le déteste...

– Pourtant, fit Avery avec douceur, je pensais que tu croyais l'aimer.

Fancy se tourna vers elle.

– *Croyais* l'aimer ?

– Je pense que tu es plus amoureuse de l'amour que d'Eddy. Que sais-tu de lui ? Tu m'as dit toi-même que tu ne savais pas grand-chose. Je pense que tu voulais être amoureuse de lui parce que, au fond de toi-même, tu savais que cette aventure était risquée et peu durable.

– Tu joues les psys, maintenant ?

Fancy avait le don d'abuser de la patience des gens, mais Avery répondit avec flegme :

– J'essaie simplement d'être ton amie.

– Tu parles ! Tu cherches à m'éloigner d'Eddy parce que tu le veux pour toi.

– Tu le crois vraiment ?

La jeune fille la regarda un long moment, jusqu'à ce que de nouvelles larmes emplissent ses yeux. Elle finit par baisser la tête.

– Non. Tout le monde voit bien que tu aimes oncle

Tate, fit-elle en reniflant. Et il est complètement gaga de toi lui aussi.

Elle se mordit la lèvre et ajouta en gémissant :

– Pourquoi personne ne m'aime-t-il comme ça ? Pourquoi tout le monde me traite-t-il comme une moins-que-rien, comme si j'étais invisible ?

Avery prit Fancy dans ses bras et la laissa donner libre cours à son chagrin. Lorsque ses sanglots cessèrent enfin, elle lui demanda :

– Sais-tu à qui tu devrais en parler ?

Fancy essuya son visage humide du revers de la main.

– A qui ?

– A ta mère.

– Tu plaisantes !

– Non. Tu as besoin d'elle, Fancy, fit Avery, et surtout, elle a besoin de toi. Elle fait tout ce qu'elle peut pour rattraper ses erreurs, tu devrais lui donner une chance.

Fancy y réfléchit quelques instants puis hocha la tête de mauvaise grâce.

– Pourquoi pas ? Si ça lui donne l'impression d'être importante...

Avery composa le numéro de la chambre. Jack répondit d'une voix ensommeillée.

– Dorothy Rae est-elle déjà couchée ? Il faudrait qu'elle vienne dans la chambre de Fancy.

– Que se passe-t-il ?

– Rien de grave, mentit Avery.

Moins d'une minute plus tard, Dorothy Rae frappait à la porte.

– Que se passe-t-il, Carole ? demanda-t-elle.

– Entre.

A peine eut-elle aperçu la lèvre meurtrie de Fancy qu'elle s'arrêta net en portant les mains à sa poitrine.

– Oh, ma chérie, que t'est-il arrivé ?

La lèvre de Fancy se mit à trembler. Un flot de

larmes emplit ses yeux et, tendant une main, elle murmura d'une voix vacillante :

– Maman...

– Je les ai laissées pleurer dans les bras l'une de l'autre, expliqua Avery quelques minutes plus tard. C'était la meilleure chose à faire.

– J'ai rarement vu Eddy aussi déchaîné ! fit Tate.

Torse nu, il faisait les cent pas dans la chambre, encore sous le choc de leur querelle.

– Il a l'intention de te faire gagner les élections. Et chaque fois que quelque chose menace de déjouer ses ambitions, il explose.

– Mais frapper une femme ! s'exclama Tate d'un air scandalisé.

– Depuis quand sais-tu qu'il couche avec Fancy ?

– Quelques semaines...

– C'est lui qui te l'a dit ?

– Non, j'ai deviné tout seul.

– Lui en as-tu dit quelque chose ?

– Que voulais-tu que je lui dise ? Ils sont tous les deux adultes. J'espère qu'il ne l'a pas forcée...

– Ecoute ! s'écria soudain Avery en l'interrompant.

Quelques secondes plus tard, ils se précipitaient vers la chambre de Mandy.

Agitant les bras dans tous les sens, le visage trempé de sueur, l'enfant pleurait à chaudes larmes.

– Maman ! Maman ! cria-t-elle à plusieurs reprises.

Instinctivement Avery s'approcha d'elle, mais Tate la retint.

– Laisse-la ! Le moment est peut-être venu.

– Oh, non, Tate. Je t'en prie...

Il secoua la tête d'un geste obstiné.

– Nous devons la laisser.

Résolument, ils s'assirent chacun d'un côté du lit, espérant de tout leur cœur que ce cauchemar provoquerait le déclic suffisant.

– Non, non ! gémit Mandy, haletante. Maman ? Où es-tu, maman ? Je ne peux pas sortir.

Avery regarda Tate. Se tordant nerveusement les mains, il ne quittait pas sa fille des yeux.

– Maman ! hurla-t-elle soudain en se redressant sur son séant. Détache-moi. J'ai peur. *Détache-moi !*

Ses paupières se mirent à battre et le rythme de sa respiration s'apaisa peu à peu.

– Maman est là, murmura-t-elle. Maman est là, maintenant.

Mandy retomba brusquement en arrière et se réveilla. Avery se précipita sur elle et la serra dans ses bras, tandis que Tate lui caressait doucement les cheveux.

Quelques minutes plus tard, il appela un garçon et demanda qu'on vienne changer les draps trempés de l'enfant. Pendant ce temps, Avery revêtit Mandy d'une chemise de nuit propre et lui brossa les cheveux.

– J'ai fait un mauvais rêve, leur déclara la petite fille en brossant elle-même le poil de son ours en peluche. Mais je n'ai plus peur parce que maman est venue me chercher.

Lorsque son lit fut prêt, ils la recouchèrent et s'assirent près d'elle jusqu'à ce qu'elle s'endorme calmement. A peine furent-ils sortis de la chambre qu'Avery commença à pleurer.

– C'est fini, murmura Tate en l'embrassant sur la tempe. Elle est guérie.

– Dieu merci !

– Alors, pourquoi pleures-tu ?

– Je suis éreintée, confessa-t-elle en riant doucement. Je crois que je vais prendre un bon bain.

Une demi-heure plus tard elle sortait de la salle de bains, la peau fraîche et exhalant un délicieux parfum. Dans le halo de lumière, son corps se devinait sous la chemise de nuit légère.

– Toujours fatiguée ? demanda-t-il.

La chambre était plongée dans une demi-obscurité et le lit avait été défait pour la nuit. Mais Avery le remarqua à peine : elle n'avait d'yeux que pour Tate. La lumière de la salle de bains éclairait faiblement ses cheveux décoiffés et la toison de sa poitrine qui s'étoffait autour de son nombril pour disparaître sous la ceinture de son pantalon.

– Beaucoup moins, répondit-elle d'une voix rauque. Surtout si tu ne désires pas dormir...

– Ce que je désire, fit-il en s'approchant d'elle, c'est faire l'amour avec ma femme.

Lorsqu'il arriva à sa hauteur, il posa une main derrière son cou et, sans la moindre hésitation, glissa l'autre sous sa chemise de nuit pour couvrir son sein dont il caressa la pointe.

– Et je ne désire pas avoir un rapport avec la personne que j'ai épousée, chuchota-t-il en accélérant sa caresse. Je veux faire *l'amour* avec *ma femme.*

Il attira son visage tout contre le sien, l'immobilisa un instant pour sonder la profondeur de ses yeux puis posa ses lèvres sur les siennes. Ce n'était pas le même baiser que de coutume. La différence, quoique très subtile, n'échappa pas à Avery. Ce baiser semblait plus personnel, plus intime et beaucoup plus généreux.

Quelques minutes plus tard, ils étaient au lit ; allongé sur elle, Tate embrassait avec ardeur la douce peau veloutée de son ventre.

– Je n'aurais jamais cru que je pourrais t'aimer de nouveau. Mais après ce que tu as fait pour Mandy, et pour moi, ajouta-t-il d'une voix sourde, je crois que je t'aime plus que jamais.

Il glissa ses mains sous ses hanches et les souleva légèrement. Ses lèvres entrouvertes glissèrent sur sa peau et vinrent embrasser le delta de boucles brunes qui frémirent sous son souffle.

Empoignant ses cheveux à pleines mains, Avery s'arqua, offrant ses cuisses ouvertes à la caresse de sa bouche. Il savoura longuement la douceur soyeuse et humide de son sexe brûlant et lui arracha des gémissements de plaisir.

D'un geste, elle inversa leur position et lui rendit la pareille.

Plus tard dans la nuit, tandis qu'ils reposaient, à demi assoupis, Tate vint se coller contre son dos et embrassa sa nuque. Puis il lui mordilla l'épaule, sans un mot, et s'arrêta comme s'il attendait la permission de continuer.

Elle ronronna langoureusement et le laissa soulever sa cuisse contre ses seins, avant de la pénétrer avec une exquise lenteur. Leurs corps ondulèrent en cadence, en parfaite harmonie.

Peu de temps après, le corps brûlant et détendu, elle se retourna pour lui faire face. Leurs bouches se rencontrèrent et se fondirent en un long, délicieux et ultime baiser.

Puis ils s'endormirent.

43

Leur départ ayant été prévu de bonne heure ce matin-là, Avery se réveilla plus tôt que Tate. Elle parvint à dégager ses membres enlacés dans les siens, puis ses cheveux pris dans ses doigts.

Elle sortit du lit et le regarda par-dessus son épaule. Qu'il était beau lorsqu'il dormait, une jambe dépassant des couvertures et son menton mal rasé reposant sur la blancheur de l'oreiller ! Soupirant d'aise au souvenir de leurs délicieux ébats, elle se dirigea vers la salle de bains.

Elle tressaillit au grincement des robinets de la douche. Il ne fallait pas le réveiller : entre les heures de vol, les discours et les poignées de main, la dernière journée avant les élections s'annonçait dure.

Avery s'avança sous le puissant jet, se lava les cheveux et savonna son corps encore marqué par leur nuit voluptueuse. Elle s'abandonnait à la chaleur bienfaisante de l'eau quand, soudain, le rideau de douche fut brusquement tiré.

– Tate !

– Bonjour...

– Mais que... ?

– J'avais envie de me doucher avec toi, dit-il d'une voix suave et langoureuse. Cela fera des économies de temps et d'eau.

Tremblante, Avery se tenait debout devant lui, impuissante à cacher sa nudité. Les jets d'eau chaude semblaient s'être transformés en pointes de glace qui lui lacéraient la peau. Son visage pâlit, ses lèvres se décolorèrent et ses yeux se renfoncèrent au plus profond de leurs orbites. Elle fut parcourue d'un long frisson.

Intrigué, Tate inclina sa tête encore bouffie de sommeil.

– On dirait que tu as vu un fantôme. Je t'ai fait peur ?

Elle déglutit avec peine. Ses lèvres s'entrouvrirent et se refermèrent à plusieurs reprises mais aucun son ne s'en échappa.

– Carole, que se passe-t-il ?

Déconcerté, il la dévisagea de haut en bas dans l'espoir de trouver la raison de son étrange attitude. Le cœur d'Avery faillit cesser de battre lorsque son regard inquisiteur s'arrêta sur sa poitrine, son ventre, son pubis et ses cuisses, endroits sur lesquels seuls le regard d'un amant ou d'un mari pouvait se poser.

Il remarqua sa cicatrice d'appendicite, ordinairement à peine visible, mais que la lumière vive de la salle de bains faisait ressortir. Avery s'était souvent posé la question, mais à présent elle le savait : Carole n'avait jamais été opérée de l'appendicite.

– Carole ? demanda-t-il d'un air ahuri.

Instinctivement, elle tenta de cacher une partie de sa nudité d'une main, tandis que l'autre se tendait désespérément vers Tate.

– Tate, je...

Ses yeux se plissèrent et il darda sur elle un regard foudroyant.

– Tu n'es pas Carole, dit-il d'une voix calme tandis qu'il ne réalisait pas encore la portée de ces mots.

Lorsque le sens de cette révélation le toucha de plein fouet, il répéta avec fermeté :

– Tu n'es pas Carole !

Son bras se projeta à travers le jet de la douche et il lui saisit le poignet pour la faire sortir de la baignoire. Les tibias d'Avery cognèrent contre la porcelaine et ses pieds glissèrent sur le carrelage. Elle émit un cri de désespoir.

– Tate, arrête ! Je vais...

Il la poussa brusquement contre le mur et la maintint prisonnière en lui serrant le cou d'une poigne ferme.

– Qui es-tu, nom de Dieu ! Où est ma femme ? Qui es-tu ?

– Ne crie pas, gémit-elle. Tu vas réveiller Mandy.

– Parle, sacré nom d'un chien !

Il avait baissé la voix mais ses yeux assassins continuaient à la transpercer tandis que sa main se resserrait autour de son cou.

– Qui es-tu ? reprit-il.

– Avery Daniels.

– Qui ?

– Avery Daniels.

– Avery Daniels, le reporter de... ?

Elle hocha la tête.

– Où est Carole ? Qu'est-ce...

– Carole a péri dans l'accident d'avion, Tate, répondit-elle. Et moi, j'ai survécu. On nous a confondues parce que nous avions échangé nos places dans l'avion. Je me suis échappée en emportant Mandy dans mes bras. On a cru...

Il s'empara de ses mains ruisselantes.

– Carole est *morte* ?

– Oui, parvint-elle à balbutier. Oui, je suis désolée...

– Depuis l'accident ? Elle est morte dans l'accident ? Tu veux dire que... depuis ce temps, tu...

Elle hocha de nouveau la tête.

Le cœur déchiré, elle le regardait tenter de comprendre l'incompréhensible. Peu à peu, il relâcha son étreinte et recula de quelques pas.

Elle attrapa le peignoir accroché au portemanteau de la salle de bains et s'en revêtit prestement, puis se précipita vers la baignoire et éteignit les robinets. Mais elle regretta son geste : le silence qui s'ensuivit, chargé de doute et d'incrédulité, était insupportable.

Il le rompit bientôt par cette seule question :

– Pourquoi ?

Le moment des règlements de comptes était venu. Elle s'y attendait mais n'aurait pu imaginer que ce puisse être ce jour-là. Elle ne s'y était pas préparée.

– C'est très compliqué...

– Je me fiche éperdument de savoir si c'est compliqué ou non, gronda-t-il d'une voix tremblante de colère. Tu ferais mieux de me parler maintenant, avant que je n'appelle la police.

– Je ne sais pas quand ni comment la confusion a commencé, fit-elle sincèrement. Je me suis réveillée à l'hôpital, bandée de la tête aux pieds, incapable de bouger ou de parler. Tout le monde m'appelait Carole. Au début, je ne comprenais pas. Je souffrais tellement... J'avais peur, j'étais perdue... J'ai mis plusieurs jours à réunir les éléments et à comprendre ce qui s'était passé...

– Et quand tu t'en es rendu compte, pourquoi n'as-tu rien dit ?

– Je ne le pouvais pas ! Il m'était impossible de communiquer !

Elle lui prit le bras, mais il la repoussa d'un geste brutal.

– Tate, j'ai essayé de te le faire comprendre avant que mon visage ne soit transformé mais je n'ai pas pu. Chaque fois que je me mettais à pleurer, tu croyais que c'était par peur de l'opération. C'était une des raisons, mais c'était surtout parce qu'on allait me voler mon identité et la remplacer par celle d'une autre.

– Mon Dieu ! mais c'est de la science-fiction...

Il plongea ses doigts dans ses cheveux et, se ren

dant soudain compte qu'il était encore nu, se saisit d'une serviette qu'il drapa autour de sa taille.

– Il y a plusieurs mois de cela, continua-t-il.

– Il fallait que je reste Carole un moment...

– Pourquoi ?

Elle leva la tête et fixa le plafond. Son premier aveu n'était rien en comparaison de ce qui allait suivre.

– Cela va te paraître...

– Je me fous de comment cela va me paraître, fit-il d'un ton menaçant. Je veux savoir pourquoi tu as usurpé l'identité de ma femme.

– Parce que quelqu'un veut te tuer.

La réponse franche et directe le cloua sur place.

– *Quoi ?*

– Quand j'étais à l'hôpital, commença-t-elle en se tordant nerveusement les mains, quelqu'un est entré dans ma chambre.

– Qui ?

– Je ne sais pas... Ne m'interromps pas avant que j'aie terminé de t'expliquer.

Elle inspira fortement et laissa les mots s'échapper de ses lèvres.

– J'étais bandée et ne voyais pas très bien. Quelqu'un, m'appelant Carole, m'a dissuadée de faire la moindre révélation, même à l'article de la mort. Il a également dit que le projet tenait toujours et que tu ne sortirais pas vivant des élections.

Il resta immobile un instant, puis un sourire lui détendit le coin des lèvres. Il finit par ricaner avec mépris.

– Et tu penses que je vais te croire ?

– C'est la vérité !

– La seule vérité que je connaisse, c'est que je t'envoie en prison. Immédiatement !

Il lui tourna le dos et se dirigea vers le téléphone.

– Non, Tate ! cria-t-elle en le rattrapant par le bras. Je comprends très bien ce que tu ressens pour moi...

– Je crois que tu n'en as pas la moindre idée.

Ignorant son sarcasme, elle poursuivit :

– Je ne mens pas, je te le jure. Quelqu'un a l'intention de te supprimer avant que tu n'entres en fonction.

– Je ne suis même pas élu !

– C'est comme si tu l'étais...

– Et tu ne peux pas identifier cette personne ?

– Pas encore. J'essaie...

Il la détailla un instant, puis émit un petit rire méprisant.

– Quand je pense que je suis en train d'écouter ton baratin ! Voilà des mois que tu ne cesses de me mentir et tu t'imagines que je vais croire qu'un inconnu s'est introduit dans ta chambre d'hôpital pour te susurrer qu'il allait m'assassiner ?

Il secoua la tête d'un air dédaigneux.

– Pas un inconnu, Tate. Quelqu'un de proche. Quelqu'un de la famille.

Ebahi par une telle audace, il la fixa avec un air de profonde incrédulité.

– Qu'est-ce que tu...

– Réfléchis ! Seuls les proches parents sont admis dans l'enceinte du service de réanimation.

– Tu es en train d'insinuer qu'un membre de ma famille est en train de comploter mon assassinat !

– Je sais que ça a l'air absurde, mais c'est la vérité ! Je n'ai rien inventé ni imaginé. D'ailleurs, il y a eu certains messages.

– Des messages ?

– Des lettres laissées à des endroits seulement accessibles à Carole, indiquant que le projet tenait toujours.

Elle se précipita vers le placard, et ouvrit la poche d'une de ses valises. Elle en sortit les lettres et l'affiche profanée.

– Elles ont été tapées avec la machine à écrire du ranch, lui apprit-elle.

Il étudia chacune d'entre elles minutieusement.

– Tu aurais très bien pu les écrire toi-même pour que je morde à l'hameçon...

– Non ! s'écria-t-elle. C'était le moyen dont se servait le complice de Carole pour...

– Attends un peu, fit-il soudain en jetant les lettres. C'est de mieux en mieux ! Carole et ce prétendu assassin étaient tous les deux dans le coup, c'est bien ça ?

– Exactement ! Depuis le jour où elle t'a rencontré. Peut-être même avant...

– Pourquoi Carole aurait-elle souhaité ma mort ? Elle n'avait aucune inclination pour la politique.

– Ce n'est pas politique, Tate. C'est personnel. Carole avait pour objectif de t'épouser. Elle est devenue tout à fait conforme à ce que tu attendais et a tout fait pour que tu tombes amoureux d'elle. Qui te l'a présentée ?

– Jack, répondit Tate en haussant les épaules. Quand elle est venue poser sa candidature à la société.

– Ce n'est peut-être pas par hasard qu'elle est venue demander un emploi dans votre cabinet juridique...

– Ses références étaient excellentes et elle savait parfaitement taper à la machine.

– Je sais que j'ai raison.

– Et je suppose que tu peux le prouver, fit-il ironiquement en croisant complaisamment lès bras sur sa poitrine.

– Je n'en ai nul besoin... Zee elle-même peut le faire !

Visiblement choqué, il laissa tomber les bras le long de son corps.

– Ma mère ?

– Elle possède tout un dossier sur Carole Navarro. Je l'ai vu. Me prenant pour ta femme, elle m'a menacée de te le montrer si jamais je te rendais malheureux.

– Pourquoi ferait-elle ça ?

– Elle semble croire que tu tombes à nouveau amoureux de ta femme, dit Avery en lui lançant un regard qui en disait long. Après la nuit que nous avons passée, j'ai de bonnes raisons de penser la même chose.

– Oublie la nuit dernière ! Comme tu le sais, ce n'était que de la comédie...

Rageusement, il lui tourna le dos.

– Même si tu ne voyais pas Carole telle qu'elle était, Zee, elle, l'a percée à jour. Elle a engagé un détective privé pour fouiller dans son passé.

– Et qu'a-t-il trouvé ?

– Je préfère ne pas parler de...

– Qu'a-t-il trouvé ? demanda Tate sèchement en se retournant pour lui faire face. Pour l'amour du ciel, ne joue pas les pudibondes, maintenant !

– Elle était danseuse de cabaret. Elle s'est fait arrêter pour prostitution, entre autres choses, dit-elle en tentant de lui tendre une main qu'il repoussa brutalement. Je ne te demande pas de me croire, continua-t-elle d'une voix chargée de colère devant son orgueil blessé. Demande à ta mère de te montrer le dossier ! Elle le gardait pour s'en servir contre elle si le besoin s'en faisait sentir. Et ça ne doit pas t'étonner tant que ça, Tate, car tu l'as assez accusée d'avoir eu des aventures extraconjugales, d'avoir avorté et pris de la drogue. Pendant des mois, j'ai dû supporter ton mépris pour cette femme !

Il la regarda un moment en se mordant l'intérieur des joues.

– Bon. Admettons que cette histoire à dormir debout soit vraie. Tu voudrais me faire croire que tu as mis ta vie en danger uniquement par bonté d'âme ? Pourquoi ne m'as-tu pas averti plus tôt, dès que tu en as eu l'occasion ?

– Est-ce que tu m'aurais crue plus facilement à ce moment-là ?

Comme il ne trouvait pas de réponse, elle la formula à sa place :

– Non, Tate. J'étais impuissante. Je n'avais pas la force de me protéger, et moins encore de te protéger. De plus, le risque était trop important. Si cette personne avait fini par s'apercevoir qu'elle avait chuchoté ses projets à l'oreille d'Avery Daniels, le reporter, crois-tu qu'elle l'aurait épargnée ?

Il plissa les yeux et hocha lentement la tête.

– Je crois que je commence à comprendre pourquoi Avery Daniels a joué toute cette comédie. C'est pour l'exclusivité du reportage, n'est-ce pas ?

Elle passa sa langue sur ses lèvres, comme chaque fois qu'elle se sentait coupable ou nerveuse.

– Pas uniquement ! J'avoue que relancer ma carrière a été un motif décisif dans cette aventure, dit-elle en lui agrippant le bras. Mais ce n'est plus le cas à présent. Plus depuis que je me suis mise à aimer... Mandy. Une fois prise au piège, je ne pouvais plus m'en sortir ; je ne pouvais pas partir sans avoir tout résolu...

– Et pendant combien de temps avais-tu l'intention de te faire passer pour ma femme ? Aurions-nous continué à baiser dans le noir jusqu'à la fin de nos jours ? M'aurait-il été à jamais interdit de te voir nue ?

– Non, répondit-elle en laissant tomber son bras d'un geste las. Je ne sais pas... J'avais l'intention de te le dire, mais seulement...

– Quand ?

– Quand j'aurais été sûre de la guérison de Mandy, et de ta sécurité.

– Nous revoilà à cette histoire de complot !

– Cesse d'en parler avec autant de désinvolture, s'exclama-t-elle. Tu es vraiment menacé !

– Alors, dis-moi qui tu soupçonnes ! Tu as vécu

entourée des mêmes personnes que moi depuis ta sortie de l'hôpital.

Il secoua la tête et rit amèrement de sa propre bêtise.

– Tout s'explique, maintenant, poursuivit-il. Les trous de mémoire, Shep, le cheval... Oui, tout s'explique, continua-t-il en la détaillant insolemment du regard. Pourquoi ne l'ai-je pas vu ?

– Tu n'y faisais pas attention. Carole et toi n'étiez plus intimes depuis longtemps.

Il préféra ne pas répondre, et continua sur sa lancée :

– Qui soupçonnes-tu de vouloir me tuer ? Mes parents ? Mon frère ? Mon meilleur ami ? Dorothy Rae ? Non, je sais, Fancy ! s'écria-t-il en faisant claquer ses doigts. Elle s'est fâchée avec moi il y a quelques années parce que je ne voulais pas lui prêter ma voiture. Et je parie qu'elle m'en veut à mort !

– Ne plaisante pas avec ça, fit Avery avec exaspération.

– Mais tout ça n'est qu'une plaisanterie ! fit-il en s'approchant tout près d'elle. Une sale plaisanterie inventée par une petite garce aux grandes ambitions. J'ai été aveugle et sourd, mais maintenant, c'est clair comme de l'eau de roche. N'as-tu pas commis une erreur professionnelle il y a environ un an ? Oui, je crois bien que c'était toi. Tu as donc imaginé cette comédie pour réparer ta faute et retrouver l'estime de tes collègues. Tu avais besoin d'un sujet brûlant et, quand l'occasion s'est présentée, tu n'as pas hésité.

Elle secoua la tête et marmonna un « non » du bout des lèvres.

– Vraiment, je te félicite, Avery Daniels. Rien ne t'arrête, n'est-ce pas ? Est-ce que tu te prostitues comme ça avec toutes les personnes que tu interviewes ? Est-ce la manière dont tu leur soutires tous leurs secrets ?

– Je ne me suis pas prostituée ! rétorqua-t-elle en

resserrant la ceinture de son peignoir. Tout ce qui s'est passé entre nous était sincère !

– Foutaises !

– Je t'assure que c'est vrai !

– Dire que j'ai couché avec un escroc !

– N'empêche que ça t'a plu !

– Uniquement parce que tu es aussi douée dans ce domaine que pour jouer la comédie !

La colère d'Avery fit place à un désespoir amer. Elle leva vers Tate des yeux gonflés de larmes.

– Tu te trompes... Je t'en prie ! Il faut te tenir sur tes gardes. Il agira le jour des élections, reprit-elle en montrant l'affiche du doigt. Demain.

Il secoua la tête, sourd à ses supplications.

– Tu n'arriveras jamais à me convaincre que quelqu'un de ma famille a l'intention de me tirer une balle dans la tête.

– Attends ! s'écria-t-elle soudain, comme si elle se souvenait de quelque chose. Il y a un grand type aux cheveux gris qui te suit partout.

Elle énuméra rapidement les différents endroits où Cheveux Gris avait été repéré dans la foule.

– Van en a la preuve sur ses cassettes vidéo, ajouta-t-elle.

– Ah, le cameraman de K.T.E.X., ricana-t-il. Je comprends mieux, maintenant. Et qui d'autre est dans le coup ?

– Irish McCabe.

– Qui est-ce ?

Elle le lui expliqua succinctement et lui apprit dans quelles circonstances il avait identifié le corps de Carole.

– D'ailleurs, il possède ses bijoux, si tu les veux...

– Et ce médaillon ? demanda-t-il en posant les yeux sur son cou.

– Un cadeau de mon père.

– Très bien joué, admit-il de mauvaise grâce.

– Ecoute-moi, Tate ! Si je me procure les cassettes

de Van, est-ce que tu les regarderas pour voir si tu reconnais cet homme ?

Elle lui raconta brièvement comment ils en avaient déduit qu'un tueur professionnel avait été engagé.

– Quel trio vous formez... commença-t-il.

Mais il fut interrompu par deux coups frappés à la porte.

– Qui est-ce ? demanda Tate.

C'était Eddy.

– Rendez-vous en bas pour le petit déjeuner dans vingt minutes, avant de partir pour l'aéroport. Sinon, est-ce que tout va bien ? demanda-t-il.

Avery porta ses mains jointes sous son menton, priant pour que Tate ne la dénonce pas.

– Oui, tout va bien, fit-il à contrecœur. A tout à l'heure au restaurant. D'ici vingt minutes...

Avery s'effondra dans le canapé avec un soupir de soulagement.

– Il ne faut rien lui dire, Tate ! Jure-moi que tu n'en souffleras mot à personne ! Personne !

– Pourquoi devrais-je t'accorder ma confiance plus qu'à ma propre famille et à mes confidents ?

Elle répondit avec prudence :

– Si ce que je t'ai dit est vrai, ton silence peut te sauver la vie. Si ce n'est qu'une sordide invention de ma part, ton silence peut te sauver de l'opprobre. Comme tu ne gagnerais rien à dévoiler ma véritable identité, je te demande de n'en souffler mot à personne.

Il lui lança un long regard glacial.

– Tu es aussi sournoise que Carole !

– Cela me peine de t'entendre dire une chose pareille...

– J'aurais dû m'en douter ! J'aurais dû deviner que tes changements – *ses* changements – étaient trop beaux pour être vrais ! Je comprends maintenant pourquoi tu t'es subitement intéressée aux élections, et pourquoi... tant de choses avaient changé en toi.

Il la fixa un long moment, comme s'il tentait de résister à une force invisible qui l'attirait vers elle, puis se détourna en ricanant méchamment.

Avery s'élança à sa suite avant qu'il n'ait le temps de s'enfermer dans la salle de bains.

– Que vas-tu faire ?

– Pour l'instant, rien du tout. Toi et tes infâmes manigances n'allez pas nous empêcher, ma famille et moi, de remporter ces élections.

– Que vas-tu faire de moi ?

– Je ne sais pas, répondit-il sincèrement. Si je te dénonce, je compromets ma réputation ainsi que celle de ma famille.

Il l'empoigna par les cheveux et lui fit relever la tête.

– Et si tu dénonces l'un de nous, je te tue.

Elle n'en douta pas une seconde.

– Je ne mens pas, Tate. Tout ce que je t'ai raconté est vrai.

Il la relâcha brusquement.

– Je vais sûrement demander le divorce, comme j'avais l'intention de le faire avec Carole. Et tu seras contrainte à rester l'ex-Mme Rutledge pour le restant de tes jours.

– Fais attention, Tate ! Quelqu'un veut te tuer...

– Avery Daniels est morte et enterrée depuis des mois. Elle restera morte et enterrée.

– Méfie-toi d'un grand homme aux cheveux gris. Ne t'approche pas de lui.

– Finie ta carrière à la télévision, finis tes reportages à sensation. Vous vous êtes donné beaucoup de mal pour rien, mademoiselle Daniels, ajouta-t-il avec dédain.

– Je l'ai fait parce que je t'aime.

Il lui referma brutalement la porte au nez.

44

La longue quête de Van prit fin la veille des élections. Pendant quelques secondes, il resta figé devant l'écran couleurs, ahuri par ce qu'il venait de découvrir.

Au petit matin, alors que les premières lueurs du jour se faufilaient à travers les fentes de ses volets, il avait fait une sieste pour se reposer de la longue nuit passée à regarder ses cassettes. Puis il s'était préparé un café serré et était retourné devant sa console, couverte de vieux papiers gras, de canettes vides et de cendriers débordants.

Mais Van ne se souciait guère du désordre environnant, et se moquait également de n'avoir pas pris un seul repas digne de ce nom depuis quarante-huit heures. Ses cassettes étaient son unique préoccupation.

A 21 h 30 ce soir-là, sa quête arriva à son terme. Son obsédante recherche s'était terminée sur cette vidéo qu'il avait filmée trois ans auparavant pour la filiale d'une chaîne de Washington. Il se souvenait parfaitement de la mission pour laquelle il avait été engagé. Il avait fait quatre films de vingt minutes chacun, qu'il avait dû compresser en un reportage de cinq minutes pour les informations télévisées.

Van avait visionné les quatre-vingts minutes de la version originale pour s'assurer qu'il ne commettait pas d'erreur. Lorsqu'il fut absolument sûr de lui, il appuya sur quelques boutons, introduisit une cassette vierge, et commença à préparer une copie du plus compromettant des quatre films.

Pendant que l'enregistrement s'opérait, il fouilla dans le désordre de la console, d'où il parvint à extraire une cigarette qu'il alluma. Puis il saisit le téléphone et composa le numéro du *Palacio Del Rio*.

– Ouais, j'aimerais parler à Mme Rutledge. Mme Tate Rutledge.

– Désolée, monsieur, répondit la standardiste d'une voix formelle, je ne peux pas vous la passer. Mais si vous voulez bien laisser votre nom et votre numéro...

– Non, vous ne comprenez pas. C'est un message personnel pour Av... euh, Carole Rutledge.

– Je peux transmettre votre message à leur équipe...

– Ecoutez, ma vieille, c'est très important. Pigé ? C'est extrêmement urgent...

– C'est à quel sujet, monsieur ?

– Je ne peux pas vous le dire ! Je dois parler en personne à Mme Rutledge.

– Désolée, monsieur, continua l'imperturbable standardiste. Je ne peux pas vous la passer. Si vous laissez votre...

– Merde !

Il raccrocha violemment et composa le numéro d'Irish. Il laissa sonner trente fois avant d'abandonner.

– Mais où diable est-il passé ?

Il se mit à arpenter la pièce de long en large, cherchant la meilleure façon de les avertir de sa découverte. Il lui fallait impérativement remettre la cassette à Avery, mais comment ? S'il ne pouvait la joindre par téléphone, il n'était même pas envisageable qu'il la lui remette en main propre ce soir. Et pourtant, il *fallait* qu'elle la voie avant demain.

Lorsque la duplication fut achevée, Van n'avait

toujours pas trouvé la solution. Il ne pouvait que tenter de trouver Irish. Lui seul pourrait le conseiller.

Mais après une demi-heure de coups de fil entre l'appartement, la salle d'information de K.T.E.X. et la maison d'Irish, Van ne lui avait toujours pas parlé. Il décida alors d'amener la cassette chez lui. Il l'attendrait là-bas, s'il le fallait.

Ce n'est qu'une fois descendu dans le parking de son immeuble qu'il se souvint que sa camionnette était au garage.

– Merde ! Et maintenant, qu'est-ce que je fais ?

La boîte postale. C'était l'ultime recours. Il rentra et, fouillant dans un tas de vieux papiers, dénicha celui où en était inscrit le numéro. Il mit la cassette dans une enveloppe rembourrée au nom de Mme Rutledge, revêtit une veste, et partit d'un bon pas, son paquet sous le bras. La boîte aux lettres la plus proche n'était qu'à quelques centaines de mètres, mais pour Van, cela représentait une véritable expédition.

En chemin, il acheta des cigarettes, de la bière, et suffisamment de timbres pour les frais d'expédition. Il glissa le paquet dans la boîte et vérifia que la levée se faisait bien à minuit. La cassette serait vraisemblablement dans les mains d'Irish dès le lendemain matin.

Il décida cependant de continuer à l'appeler toutes les cinq minutes jusqu'à ce qu'il réussisse à le joindre. L'envoi de cette copie n'était qu'une mesure de sécurité.

Mais où ce crétin pouvait-il être à cette heure-ci, si ce n'est chez lui ou au bureau ?

Une canette de bière à la main, Van rentra chez lui sans se presser, se débarrassa de sa veste, et reprit place devant sa console vidéo. Il rembobina l'une des cassettes et la regarda de nouveau.

Une dizaine de minutes plus tard, il attrapa le combiné et composa le numéro d'Irish. Au bout de cinq sonneries, la ligne fut subitement coupée. Il jeta un œil sur le téléphone et vit qu'une main gantée avait appuyé sur le bouton. Son regard glissa de la main jusqu'à un visage souriant.

– Très intéressant, monsieur Lovejoy, dit le visiteur en tournant les yeux vers l'écran. Je n'arrivais plus à me souvenir exactement de l'endroit où je vous avais déjà rencontré...

Puis il sortit un pistolet et tira à bout portant dans le front de Van.

Irish ouvrit fébrilement la porte d'entrée et décrocha le téléphone au bout de la sixième sonnerie. Trop tard. Zut ! s'écria-t-il. Il était sorti tardivement de la rédaction où il avait dû préparer la tumultueuse journée du lendemain.

Il avait vérifié mille fois le planning, passé en revue les différentes missions de chacun, et questionné les présentateurs pour s'assurer qu'ils savaient tous quel était leur rôle.

Il avala un comprimé pour faire passer l'assiette qu'il venait d'engloutir et retourna vers le téléphone. Il appela Van, et raccrocha au bout d'une douzaine de sonneries. Si cet imbécile était en train de se soûler quelque part, il le tuerait. Il avait besoin d'un Van frais et dispos pour le lendemain matin.

Il l'enverrait avec un reporter filmer le vote des Rutledge à Kerrville, puis le déléguerait toute la journée au *Palacio Del Rio* pour attendre l'arrivée des premiers résultats.

Irish doutait que quelqu'un puisse être assez stupide pour commettre une tentative d'assassinat un jour d'élections, mais Avery semblait en être convaincue. Si la présence de Van parmi la foule soulageait son anxiété, Irish ferait tout pour qu'il soit là, joignable et disponible à tout moment.

Il semblait impossible de joindre Avery par téléphone. Il avait essayé de l'appeler ce matin, mais on lui avait répondu que Mme Rutledge ne se sentait pas très bien. Plus tard dans la journée, il avait essayé de nouveau et s'était entendu dire que les Rutledge étaient partis dîner. Déconcerté, il était passé à la poste pour vérifier sa boîte. Elle était vide, et cela l'avait un peu rassuré : pas de nouvelles, bonnes nouvelles ! D'ailleurs, si Avery avait besoin de lui, elle savait où le trouver.

Il se prépara pour aller se coucher. Après ses prières, il tenta d'appeler Van une dernière fois. En vain.

Avery passa la soirée précédant les élections dans un état d'intense nervosité. Tate lui avait dit d'un ton sans réplique qu'il ne souhaitait pas qu'elle l'accompagne lors de son dernier déplacement. Malgré ses supplications, il n'en avait pas démordu.

A son vif soulagement, il était revenu sain et sauf pour le dîner qui les attendait dans un restaurant du coin. Grâce aux efforts de Tate, personne ne sembla remarquer leur distance. Pendant tout le repas, il la traita avec la plus grande courtoisie. Elle le harcela de questions sur sa journée et sur la façon dont il avait été reçu dans chaque ville. Il lui répondit poliment mais succinctement. L'extrême froideur de ses yeux la glaçait jusqu'aux os.

Il joua avec Mandy, raconta quelques anecdotes de son voyage à ses parents, et taquina gentiment Fancy. Puis il écouta les derniers conseils de Jack et se querella avec Eddy à propos de la tenue qu'il lui faudrait porter le lendemain.

– Je ne vais pas me mettre sur mon trente et un pour aller voter ! Je ne me changerai que si je dois faire un discours pour célébrer ma victoire.

– Dans ce cas, je ferais bien de demander au pressing de l'hôtel de repasser ton costume pour demain, déclara Avery avec conviction.

– Ecoute-moi ça ! fit joyeusement Nelson en frappant du poing sur la table.

Tate lui jeta un regard acéré. S'il devait accuser une seule personne de perfidie dans cette assemblée, c'était elle. En tout cas, pour quelqu'un dont la vie était aussi menacée, il paraissait étrangement calme.

Avery mourait d'envie de se retrouver seule avec lui. Une fois qu'ils eurent regagné l'hôtel, elle se réjouit de voir sa dernière réunion avec Eddy et Jack se terminer rapidement.

– Je vais me promener le long de la rivière, lança Jack en passant une veste. Dorothy Rae et Fancy regardent un film dans notre chambre. Le genre de film à l'eau de rose que je ne peux pas supporter. Il vaut mieux que je m'éclipse !

– Je descends avec toi, fit Eddy. Je vais voir au kiosque du hall si nous n'avons pas raté quelques articles...

Ils quittèrent la chambre ensemble. Mandy était déjà endormie. A présent, songea Avery, elle avait le temps de plaider sa cause. Peut-être serait-il moins inflexible, cette fois. Hélas ! à son grand désarroi, il s'empara de la clé de la chambre et se dirigea vers la porte.

– Je vais passer un petit moment avec papa et maman, déclara-t-il.

– Tate, as-tu aperçu Van à l'aéroport ? J'ai essayé de l'appeler chez lui, mais il n'était pas encore rentré. J'aurais aimé qu'il apporte les cassettes pour...

– Tu as l'air fatiguée. Ne m'attends pas...

Il sortit de la suite et s'absenta un long moment. Lasse d'attendre et épuisée par cette journée interminable, elle décida de se coucher.

Tate ne revenait pas. Elle se réveilla au milieu de la nuit, paniquée de ne pas sentir son corps et de ne pas entendre son souffle. Elle sortit du lit, traversa la chambre et ouvrit la porte.

Il dormait sur le canapé du salon.

Elle en eut le cœur brisé.

Pendant des mois, il lui avait échappé à cause de la duperie de Carole. Maintenant, il la tenait à distance à cause de sa propre duperie.

45

Les douleurs d'estomac avec lesquelles Irish s'était endormi n'étaient rien en comparaison de celles qui le réveillèrent en ce matin d'élections.

L'aube annonçait une journée d'automne fraîche et claire et laissait présager une forte participation électorale dans l'Etat.

Le climat qui régnait dans la salle de rédaction de K.T.E.X., cependant, était loin d'être aussi clément. Le patron était dans tous ses états.

– Espèce de sale bon à rien, jura Irish en reposant de toutes ses forces le combiné.

Van ne s'étant pas présenté à 6 h 30 du matin, comme cela avait été convenu, Irish s'était empressé de l'appeler chez lui, mais sans plus de résultats que la veille.

– Mais où peut-il être ?

– Il est peut-être sur la route, remarqua un photographe essayant de le rassurer.

– Peut-être, grommela Irish en allumant la cigarette qu'il s'était pourtant promis de ne pas fumer. En attendant qu'il arrive, vas-y à sa place. Si tu te dépêches, tu peux encore trouver les Rutledge à leur hôtel. Sinon, fonce à Kerrville et essaie de les rattraper. Et filme à peu près toutes les cinq minutes, vociféra-t-il au cameraman qui s'éclipsait avec le reporter, heureux d'échapper à son chef.

Irish décrocha de nouveau le téléphone et composa le numéro qu'il connaissait à présent par cœur.

– *Palacio Del Rio*, bonjour, répondit une voix mélodieuse.

– J'aimerais parler à Mme Rutledge.

– Désolée, monsieur. Je ne peux pas vous passer...

– Oui, je sais, je sais, mais c'est très important.

– Si vous voulez bien me laisser votre nom et votre nu...

Il raccrocha au nez de la voix mielleuse et composa aussitôt le numéro de Van, sans plus de succès. Malencontreusement bousculé par un coursier, il attrapa ce dernier par le col et lui hurla au visage :

– Dis donc, toi, va là-bas et fais-le sortir du lit !

– Qui, monsieur ?

– Van Lovejoy ! Qui veux-tu que ce soit d'autre ? s'impatienta Irish en griffonnant son adresse sur un bout de papier qu'il tendit au jeune homme terrorisé. Et ne t'avise pas de revenir sans lui !

Avery sortit de l'hôtel, tenant Mandy d'une main et le coude de Tate de l'autre. Elle sourit aux nombreuses caméras, dans un effort déscspéré pour ne pas laisser paraître son trouble et le tremblement qui l'agitait.

Tate, lui, ne semblait pas éprouver la moindre difficulté à arborer son sourire le plus engageant et à soulever les pouces en signe de confiance, tandis qu'ils se frayaient un chemin dans la foule de micros vers la limousine qui les attendait. D'une voix assurée, il répondit aux questions qu'on lui posait jusqu'à ce qu'Eddy les pousse à l'arrière de la voiture.

Lorsque celle-ci démarra, Avery jeta un œil à travers la vitre pour tenter de localiser Van. Elle repéra deux reporters de K.T.E.X., mais ce n'était pas lui qui tenait la caméra. *Pourquoi ?* se demanda-t-elle. *Où est-il ?*

Il ne figurait pas non plus parmi la horde des journalistes qui les attendaient devant le bureau de vote de Kerrville. Elle sentit la panique s'emparer d'elle, à un point tel que Tate se pencha pour lui chuchoter à l'oreille :

– Souris, bon sang ! A te regarder, on dirait que j'ai déjà perdu...

– J'ai peur, Tate...

– Tu as peur que je ne perde alors que la journée vient à peine de commencer ?

– Non. J'ai peur que tu ne meures.

Elle soutint son regard quelques secondes avant que Jack ne les interrompe pour parler à son frère.

Le trajet du retour, à cause d'une circulation exceptionnellement dense, lui parut interminable. Alors qu'ils descendaient de la limousine, Avery scruta la foule une fois de plus mais le seul visage qu'elle reconnut n'était pas celui qu'elle souhaitait voir. L'homme aux cheveux gris se tenait devant le centre des congrès de l'autre côté de la rue, et Van était toujours absent.

Pourtant, Irish avait promis.

Quelque chose ne tournait pas rond.

Tandis qu'ils entraient dans leur suite, Avery se précipita dans la chambre et décrocha le téléphone. Au bout de dix longues sonneries, elle parvint enfin à joindre la rédaction.

– Irish McCabe, s'il vous plaît, demanda-t-elle d'une voix qui trahissait l'urgence de son appel.

– Irish ? Attendez, je vais le chercher.

Ayant déjà couvert des élections, elle savait l'angoisse et le défi qu'une telle journée représentait pour les médias. Tous les journalistes étaient sur le qui-vive.

Allons, dépêche-toi, Irish ! s'impatienta-t-elle au bout du fil.

Elle revit en pensée la silhouette immobile et crispée de Cheveux Gris.

– Allô ?

– Irish ! s'exclama-t-elle avec soulagement.

– Non. C'est à lui que vous voulez parler ? Ne quittez pas.

– C'est Av...

Lorsqu'on la mit en attente une seconde fois, elle faillit sangloter de désespoir.

– Allô ? fit soudain une voix d'homme hésitante. Allô ?

– Oui. Qui est... Eddy, c'est toi ?

– Ouais.

– C'est A... euh, Carole.

– Mais où es-tu ?

– Dans ma chambre. Je suis en ligne.

De toute évidence, il avait décroché le combiné du salon.

– Bon, dépêche-toi, d'accord ? Il ne faut pas monopoliser les lignes.

Il raccrocha. Elle était toujours en attente. On avait manifestement mieux à faire que partir à la recherche du directeur le jour le plus mouvementé de l'année. Désespérée, elle reposa le récepteur et rejoignit la famille et les quelques supporters qui s'étaient rassemblés dans l'autre pièce.

Tout en conversant le plus normalement du monde, elle tenta d'imaginer où se trouvait Van. Pour l'instant, elle ne pouvait rien faire d'autre. Ils avaient sûrement de bonnes raisons pour avoir changé de plan. Elle résolut d'oublier un instant sa panique et s'approcha du canapé où s'était étendu Tate.

Fidèle à sa parole, il était allé voter en toute simplicité, en jean et veste de cuir. Avery s'assit sur l'accoudoir et, d'un geste machinal, Tate posa la main sur son genou qu'il caressa négligemment.

Lorsque Zee s'éloigna pour commander le déjeuner, il leva les yeux vers elle et lui sourit.

– Salut !

– Salut, répondit-elle.

Puis il se souvint. A mesure que lui revenait la

mémoire, la lueur chaleureuse de ses prunelles disparaissait, jusqu'à faire place à un regard d'une froideur implacable. Il éloigna la main de son genou.

– Il y a une chose que je voudrais te demander, fit-il.

– Oui ?

– As-tu pensé à utiliser un moyen contraceptif ?

– Non. Et toi non plus.

– Bravo !

Le regard qu'il lui lança était si méprisant qu'elle sut que jamais encore elle n'avait été aussi loin de lui.

– Irish, quelqu'un pour toi sur la deuxième ligne...

– Tu ne vois pas que je suis déjà au téléphone ? hurla-t-il dans le chahut de la salle de rédaction. Fais-le attendre ! Mais, fit-il en reprenant sa conversation téléphonique, tu as essayé de frapper à la porte ?

– Jusqu'à m'en écorcher les doigts, monsieur. Il n'est pas chez lui...

Irish passa une main sur son visage rubicond. Il n'arrivait pas à croire ce que lui disait le coursier.

– As-tu regardé par les fenêtres ?

– J'ai essayé mais les volets sont fermés. J'ai écouté à la porte et n'ai rien entendu. Je ne pense pas qu'il y avait quelqu'un. En plus, sa camionnette n'était pas là.

– Nom d'un chien ! grommela Irish qui avait espéré que Van serait chez lui, même dans le pire des états.

Mais si sa camionnette n'était pas là, c'est qu'il n'était pas chez lui. Il n'y avait pas à revenir là-dessus. Il songea alors qu'il s'était peut-être rendu directement au *Palacio Del Rio*, mais l'équipe envoyée sur place lui répondit qu'ils ne l'avaient pas vu.

– Bon, merci. Continuez, fit-il en appuyant sur le bouton clignotant pour changer de ligne. McCabe annonça-t-il brutalement.

Mais personne ne répondit.

– Hé, je croyais qu'il y avait quelqu'un pour moi sur la deux ?

– En effet...

– Eh bien, il n'y a plus personne !

– On a sûrement raccroché.

– Qui était-ce ? s'enquit-il.

– Une femme.

– A-t-elle donné son nom ?

– Non. Elle avait l'air un peu inquiète.

Le sang d'Irish ne fit qu'un tour.

– Mais pourquoi ne me l'as-tu pas dit ?

– Mais je te l'ai dit !

– Et merde ! jura-t-il d'un ton exaspéré.

Persuadé qu'il s'agissait d'Avery, il composa le numéro de l'hôtel où la même voix impassible lui répéta l'éternelle litanie.

– Ecoutez, triple crétine, je me fous complètement des instructions qu'on vous a données ou des appels que vous devez filtrer. J'exige que vous me la passiez immédiatement. C'est compris ? Et si vous ne le faites pas, je vous promets que je viens vous casser la gueule.

Elle lui raccrocha au nez.

Furieux, Irish se mit à arpenter la pièce en tirant nerveusement sur sa cigarette. Qu'allait penser Avery ? Qu'ils l'avaient abandonnée ?

Il retourna à grands pas dans la rédaction et revêtit sa veste en tweed.

– Je sors...

– Tu sors ?

– Tu es sourd ou quoi ? Oui, je sors ! Si quelqu'un m'appelle ou me cherche, dites-lui d'attendre ou de laisser un message. Je reviendrai dès que je pourrai.

– Où vas...

Le subalterne se surprit à poser sa question à une volute de fumée.

– Vous êtes sûr qu'il n'est pas là ? insista Avery d'une voix stupéfaite. J'ai appelé un peu plus tôt et...

– Tout ce que je sais, c'est que quelqu'un m'a dit qu'il était sorti et, comme je ne le trouve pas, je suppose que c'est vrai.

– Mais sorti où ?

– Personne ne le sait...

– Mais Irish ne sortirait pas un jour d'élections !

– Ecoutez, madame, c'est une maison de fous ici, alors si vous voulez bien laisser un message...

– Non, répondit-elle d'une voix neutre. Pas de message.

Découragée, elle retourna dans le salon, où Tate s'entretenait avec Nelson. Zee semblait écouter attentivement leur conversation, mais ses yeux étaient fixés sur Tate avec cette étrange et rêveuse admiration qu'elle lui manifestait si souvent.

Jack et Eddy étaient descendus dans la salle de réception pour effectuer les derniers préparatifs et recevoir les premiers résultats. On était encore loin de la fermeture des bureaux de vote, mais les premières estimations donnaient Tate en avance sur Dekker.

Dorothy Rae, en proie à une violente migraine, s'était retirée dans sa chambre pour se reposer. Fancy, assise par terre près de Mandy, l'aidait à dessiner.

Mue par une inspiration soudaine, Avery l'appela.

– Fancy, peux-tu venir une seconde, s'il te plaît ?

– Pourquoi ?

– J'ai... j'aimerais que tu me fasses une course.

– Grand-mère m'a demandé de m'occuper de Mandy...

– Je m'en charge ! Je t'en prie, c'est important.

De mauvaise grâce, Fancy se leva et suivit Avery jusque dans sa chambre. Depuis l'incident qui s'était produit quelques jours auparavant, elle était beaucoup plus agréable à vivre.

Dès qu'elle eut refermé la porte derrière elle, Avery déposa une petite clé dans la paume de Fancy.

– J'ai besoin de tes services.

– Qu'est-ce que c'est que cette clé ?

– C'est une clé de boîte postale. J'aimerais que tu y passes pour voir s'il y a quelque chose pour moi. Si c'est le cas, ramène-le et ne me le donne qu'en main propre.

– Qu'est-ce qui se passe ?

– Je ne peux pas t'expliquer pour le moment...

– Je ne vais pas aller courir...

– Je t'en prie, Fancy ! C'est extrêmement important...

– Alors pourquoi me le demandes-tu à moi ? En général, on ne me confie que des tâches sans importance.

– Je croyais que nous étions amies, dit Avery. Tate et moi t'avons bien aidée, l'autre soir. Tu nous dois une faveur.

Fancy réfléchit un court instant puis fit rebondir la clé dans sa paume.

– Où est-ce ?

Avery lui donna l'adresse de la poste.

– Dis donc, c'est à des milliers de kilomètres !

– Tout à l'heure, tu te plaignais d'être enfermée dans cet hôtel ! Allons, tu veux bien faire cela pour moi ?

– D'accord, finit par répondre Fancy en haussant les épaules.

– Merci.

Avery l'embrassa et, avant de sortir de la chambre, s'arrêta.

– Ne te fais pas trop remarquer en partant. Sors le plus discrètement possible. Si quelqu'un me demande où tu es, je trouverai une excuse.

– Mais qu'est-ce que c'est que ces petits secrets ? Tu ne couches pas avec un facteur, par hasard ?

– Fais-moi confiance. C'est très important pour

Tate et pour nous tous. Et dépêche-toi de revenir, s'il te plaît.

Fancy récupéra son sac à main dans le salon et se dirigea vers la porte.

– Je reviens, lança-t-elle par-dessus son épaule.

Personne ne lui prêta la moindre attention.

46

Fancy se hissa sur le tabouret et posa le petit paquet rectangulaire qu'elle avait trouvé dans la boîte postale sur le bois poli du comptoir. Un barman jeune et vigoureux s'approcha d'elle.

Elle lui adressa son sourire le plus angélique et demanda :

– Un gin-tonic, s'il vous plaît.

Les yeux pétillants du barman se posèrent sur elle d'un air sceptique.

– Quel âge avez-vous ?

– L'âge de boire...

– Deux gins-tonic, fit un homme en s'installant près de Fancy. Je paie celui de la demoiselle.

– C'est bon ! dit le barman en haussant les épaules.

Fancy se tourna vers son sauveur. Un jeune cadre en assurances ou en informatique, imagina-t-elle. Dans les vingt-huit-trente ans. Probablement marié.

Ce bar à la mode était surtout fréquenté par les célibataires ou les hommes mariés en mal d'aventures. En début de soirée, c'était le rendez-vous quotidien de tous les jeunes cadres dynamiques du coin qui sautaient de leur BMW ou de leur Porsche le temps de prendre un verre.

Tandis qu'elle l'observait en détail, lui la dévisageait de la même manière. La lueur de ses yeux qui remontaient le long de son corps trahissait sa satisfaction.

– Merci pour le verre, dit-elle.

– Pas de quoi. Vous avez l'âge de boire, n'est-ce pas ?

– Bien sûr. J'ai l'âge de boire, mais pas celui de payer.

Ils rirent ensemble et trinquèrent.

– Je m'appelle John.

– Fancy.

– Fancy ?

– Francine, si vous préférez.

– Non, Fancy.

Le vieux rituel de la cour avait commencé. Fancy en connaissait toutes les règles. D'ailleurs, elle en avait inventé un certain nombre. Dans deux heures – peut-être moins – ils seraient quelque part dans un lit.

Après sa récente déception avec Eddy, elle avait juré de renoncer aux hommes. Tous des cons qui n'avaient qu'une idée en tête. Mais au bout de trois jours de tranquillité forcée, elle avait besoin de distraction. Et ce Jim, Joe ou John, quel que soit son nom, était sûrement capable de lui en donner.

Elle avait docilement exécuté la course de Carole, mais n'avait pas la moindre envie de réintégrer l'hôtel. Elle y retournerait plus tard, mais pas avant de s'être donné un peu de bon temps.

Dénicher une place près de l'hôtel relevait de l'impossible. Irish finit par se garer dans un parking, à quelque distance de là. Soufflant et transpirant, il franchit le seuil de l'hôtel, bien déterminé à employer tous les moyens pour gagner la suite des Rutledge. Il fallait qu'il voie Avery. A eux deux, ils pourraient peut-être deviner où se trouvait Van.

Peut-être s'inquiétait-il pour rien. Peut-être s'étaient-ils déjà retrouvés. En tout cas, il l'espérait.

Il se faufila à travers un groupe de touristes japonais qui faisaient la queue devant la réception. La patience n'étant pas sa vertu cardinale, il tenta en maugréant de se frayer un passage.

Au milieu de la pagaille, quelqu'un lui effleura le coude.

– Bonjour !

– Oh, bonjour ! répondit Irish en le reconnaissant.

– Vous êtes Irish McCabe, n'est-ce pas ? L'ami d'Avery ?

– C'est exact !

– Elle vous cherche. Suivez-moi.

Ils traversèrent tant bien que mal le hall encombré et, après avoir franchi plusieurs portes, se retrouvèrent près d'un ascenseur de service. Ils y rentrèrent et les portes se refermèrent.

– Merci, dit Irish en essuyant ses mains moites sur ses manches. Est-ce qu'Avery...

Mais sa question resta en suspens car il venait de se rendre compte que le vrai prénom de son amie avait été utilisé quelques instants plus tôt. Il leva les yeux vers son interlocuteur.

– Vous êtes au courant ?

Sourire.

– Oui...

Irish aperçut le pistolet mais n'eut pas le temps de comprendre qu'il lui était destiné. Moins d'un battement de cœur plus tard, il portait la main à sa poitrine et s'effondrait sur le sol de l'ascenseur.

Celui-ci s'arrêta au dernier étage de l'hôtel. L'assassin braqua son pistolet vers les portes qui s'ouvraient, mais n'en usa point : le palier était vide.

Le corps d'Irish fut traîné dans un petit couloir divisé par des portes à battants, puis déposé dans une étroite alcôve abritant un distributeur de boissons à l'usage du personnel. Les quatre néons qui éclairaient l'endroit furent aussitôt brisés par le silencieux dont était muni le canon du pistolet.

Couvert de tessons de verre, dans l'obscurité opaque, le corps d'Irish McCabe fut ainsi abandonné. L'assassin savait qu'au moment où on le découvrirait, un autre crime – plus spectaculaire – aurait déjà été commis.

Les informations du soir furent uniquement consacrées au dépouillement. Chacun des trois téléviseurs du salon était branché sur une chaîne différente. La lutte s'étant avérée très serrée, il était encore difficile de se faire une idée.

Lorsqu'on annonça que Rutledge prenait l'avantage sur Dekker, des cris d'enthousiasme s'élevèrent dans le salon. Cette soudaine manifestation de joie fit sursauter Avery qui, dans un état de nervosité intense, manquait de défaillir à chaque instant.

Toute cette agitation avait surexcité Mandy. Avery avait dû la confier à une baby-sitter de l'hôtel pour permettre à tous de suivre tranquillement le dépouillement. Cela lui laissa plus de temps pour penser à l'étrange disparition d'Irish et de Van. Elle avait déjà appelé trois fois la salle de rédaction, mais personne n'avait pu la renseigner. Elle songea un instant à se rendre à la chaîne, mais elle ne voulait pas quitter Tate. Deux choses semblaient claires dans son esprit à présent : Tate allait remporter les élections, et un malheur était arrivé à ses amis.

Et Fancy ? Où était-elle ? Voilà plusieurs heures qu'elle était partie. Lui était-il également arrivé quelque chose ? Même si la circulation était particulièrement dense en ce jour, l'aller et retour n'aurait pas dû lui prendre plus d'une heure.

– Tate, une des chaînes vient d'annoncer ta victoire ! s'écria Eddy en passant la tête par la porte. Tu es prêt à descendre ?

– Non ! répondit-il. Pas avant que l'on en soit absolument certain. Pas avant que Dekker ne m'appelle pour admettre sa défaite.

– Au moins, change-toi !

– Pourquoi ? Ma tenue ne te plaît pas ?

– Tu m'embêteras jusqu'au bout avec ça, n'est-ce pas ?

– Jusqu'au bout ! confirma Tate en riant.

Nelson s'approcha de Tate et lui serra la main.

– Bravo ! Tu as réussi exactement ce que j'attendais de toi.

– Merci, papa, répondit Tate d'une voix émue. Mais ne vendons pas la peau de l'ours...

A son tour, Zee vint embrasser son fils.

– Bravo, petit frère, dit Jack en lui administrant une petite claque amicale sur la joue. Tu crois que nous pouvons tenter la Maison-Blanche la prochaine fois ?

– Je n'aurais rien pu faire sans toi, Jack.

– C'est gentil à toi de dire ça, Tate, fit Dorothy Rae en l'embrassant.

Dans les bras de sa famille, Tate baissa les yeux sur Avery et la fixa d'un regard qui trahissait tout le dédain qu'il éprouvait à son égard. Il était entouré de gens qui l'aimaient. Elle était la seule à l'avoir trahi.

La porte s'ouvrit de nouveau. Avery fit volte-face, espérant voir surgir Fancy. C'était un des supporters.

– Tout est prêt dans la salle de réception ! Tout le monde chante la gloire de Tate au son de l'orchestre. C'est formidable !

– C'est le moment de sabler le champagne, déclara Nelson.

Quand le premier bouchon sauta, Avery faillit également bondir au plafond.

Le bras de John frôla la poitrine de Fancy. Elle recula. Sa cuisse vint se frotter contre la sienne. Elle recroisa les jambes. Ses tentatives d'approche commençaient à devenir lassantes. Elle n'était pas d'humeur à ça. Son gin-tonic avait un drôle de goût et elle ne s'amusait pas du tout.

Je croyais que nous étions amies.

La voix de Carole semblait couvrir celle de Rod Steward.

Carole l'avait traitée avec beaucoup de gentillesse ces derniers mois ; en fait, depuis son retour. Tout ce qu'elle lui avait dit sur le respect de soi commençait à prendre un sens. Comment pouvait-elle éprouver la moindre dignité si elle se laissait embobiner par ce genre de types qui disposaient d'elle à leur gré ?

Carole, au moins, ne semblait pas la prendre pour une idiote. Elle lui avait même confié une mission importante. Et qu'avait-elle fait en retour ? Elle l'avait laissée tomber.

– Dites, il faut que j'y aille, dit-elle soudain à John qui s'occupait maintenant de lui mordiller l'oreille. Merci pour le verre, ajouta-t-elle en attrapant son sac à main et en y glissant l'enveloppe.

– Hé ! Où vas-tu ? Je croyais, enfin, tu sais bien...

– Ouais, je sais, répondit Fancy. Désolée !...

Il descendit de son tabouret, posa les mains sur ses hanches et demanda d'un ton irrité :

– Et qu'est-ce que je fais, moi, maintenant ?

– Tu continues tout seul, je suppose.

Elle retourna à l'hôtel à une allure vertigineuse, gardant cependant un œil sur d'éventuels radars ou voitures de police. Non qu'elle ait trop bu, mais le gin-tonic qu'elle venait d'absorber aurait fait virer l'Alcotest.

En sortant du garage, elle pénétra dans le hall bondé et surmonté d'immenses affiches de Tate Rutledge. Tout le comté de Bexar semblait s'être réuni là pour célébrer sa victoire.

– Pardon, pardon, fit Fancy en se frayant un chemin dans la foule. Laissez-moi passer...

– Hé, la p'tite blonde, vous devez faire la queue pour monter comme tout le monde, fit une voix féminine derrière elle.

– Je vais me gêner ! rétorqua Fancy. Excusez-moi !

Ce n'est qu'au bout d'interminables minutes qu'elle parvint enfin à gagner les ascenseurs.

Un silence tomba soudain dans le salon lorsque la sonnerie retentit. Tous les yeux convergèrent vers le téléphone.

– Bon, déclara Eddy avec calme. C'est lui !

Tate décrocha.

– Allô ? Oui, monsieur, ici Tate Rutledge. C'est aimable à vous d'appeler, monsieur Dekker.

Eddy serra les poings et les brandit au-dessus de sa tête, en signe de victoire. Zee joignit les mains sous son menton, Nelson hocha la tête d'un air approbateur, Jack et Dorothy Rae échangèrent un long sourire.

– Oui, monsieur. Merci, monsieur. Moi de même. Merci d'avoir appelé.

Tate raccrocha et s'assit sans mot dire. Au bout de quelques secondes, il leva la tête et, souriant de toutes ses dents, déclara :

– Je crois bien que je suis le nouveau sénateur du Texas...

La pièce fut immédiatement plongée dans un indescriptible chaos. Quelques supporters grimpèrent sur des chaises en poussant des cris sauvages. Eddy entraîna Tate par le bras et le poussa vers sa chambre.

– *Maintenant*, tu peux aller te changer. Que quelqu'un aille retenir un ascenseur. Je vais appeler en bas et leur demander cinq petites minutes, fit-il en se précipitant vers le téléphone.

Malgré sa folle envie d'exulter et de partager ce moment de triomphe avec Tate, Avery, terrorisée, tremblait comme une feuille.

Lorsqu'elle le rejoignit dans leur chambre, il était déjà en slip et s'apprêtait à enfiler un élégant pantalon.

– Tate, n'y va pas !

– Quoi ! fit-il en relevant brusquement la tête.
– Ne descends pas...
– Je ne peux...
Elle lui agrippa le bras.
– Cet homme dont je t'ai parlé, celui aux cheveux gris... il est ici. Je l'ai aperçu ce matin. Tate, pour l'amour du ciel, n'y va pas !
– Mais je dois y aller !
– Je t'en prie, implora-t-elle tandis que des larmes lui venaient aux yeux. Je t'en prie, crois-moi !
Ses doigts s'arrêtèrent de boutonner sa chemise.
– Pourquoi devrais-je te croire ?
– Parce que je t'aime. Et c'est pour cette raison que je joue ce rôle. Tu m'as séduite pendant mon séjour à l'hôpital. Bien avant que je ne puisse bouger ou parler, je t'aimais déjà. Tout ce que je t'ai dit est la vérité. Ta vie est menacée. Il est vrai que j'ai un peu profité de la situation mais... je l'ai fait parce que je voulais te protéger, dit-elle en le prenant par les épaules. Je t'aime depuis le début.
– Tate, ils sont... interrompit Eddy en ouvrant la porte. Mais que se passe-t-il ici ? Il y a longtemps que tu devrais être habillé ! Ils sont en train de faire un raffut de tous les diables, en bas. Ils t'attendent. Allez, viens !
Le regard de Tate glissa de son ami à Avery.
– Même si je te croyais, murmura-t-il d'un air impuissant, je n'aurais pas le choix...
– Tate, je t'en prie ! supplia-t-elle d'une voix brisée.
– Je n'ai pas le choix...
Il la repoussa et s'habilla à la hâte tandis qu'Eddy lui donnait quelques recommandations de dernière minute.
– Carole, avant de descendre, arrange-toi un peu. Tu n'as vraiment pas bonne mine, ordonna-t-il en poussant Tate vers le couloir.
Sans écouter Avery, Tate s'élança à leurs trousses

La suite grouillait de monde à présent. Des supporters avaient forcé les portes pour y pénétrer et apercevoir leur héros, à grand renfort de cris et de hurlements. Mais, au milieu de l'assourdissant tumulte, Avery entendit qu'on l'appelait, ou plutôt qu'on appelait Carole, et se retourna.

Fancy, se frayant un chemin entre une forêt de corps qui l'écrasaient, finit par atterrir dans ses bras.

– Fancy ! Mais où étais-tu passée ?

– Pas de sermon, s'il te plaît ! J'ai eu un mal fou à arriver jusqu'ici. Il y a un type en bas qui est furieux parce que je...

– Y avait-il quelque chose dans la boîte ?

– Tiens, fit la jeune fille en lançant le paquet à Avery. J'espère que ça vaut tout ce que j'ai pu endurer pour le ramener ici.

– Carole ! Toi aussi, Fancy, venez ! leur cria Eddy en faisant des gestes en direction de la porte.

Avery déchira l'enveloppe et en sortit une cassette vidéo.

– Essaie de les retenir avant qu'ils ne descendent, si tu peux.

– Hein ? s'exclama Fancy qui, interloquée, la vit se faufiler dans sa chambre et refermer la porte.

Un inconnu qui dansait à côté d'elle lui fourra un magnum de champagne dans la main. Elle en but une longue gorgée.

Avery introduisit la cassette dans le magnétoscope, recula jusqu'au lit et s'assit sur le bord. A l'aide de la télécommande, elle rembobina la cassette. Elle reconnut le logo inscrit à l'écran. Il s'agissait d'une chaîne de Washington. Le nom du reporter ne lui disait rien, mais c'est le nom de Van Lovejoy qui apparut pour la photographie.

Le cœur d'Avery se mit à battre la chamade. Si Van lui avait envoyé cette cassette dans la boîte postale d'Irish, c'est qu'elle devait contenir quelque chose d'une importance capitale. Cependant, au bout de quelques minutes, elle commença à déchanter. Van lui faisait-il une farce ?

Le reportage traitait d'un groupe paramilitaire basé dans un lieu dont on tenait le nom secret. Pendant le week-end, ses membres se réunissaient pour préparer leurs projets d'anéantissement. Leur but était de faire des Etats-Unis le pays de la seule race blanche.

Van, qui à sa connaissance n'avait aucune couleur politique, avait dû être fortement choqué par ce parti pris de haine. Il les avait filmés en train d'échanger des armes et des munitions, d'entraîner les nouveaux membres aux tactiques de guérilla, et d'endoctriner leurs enfants. Tout ceci au nom du christianisme.

Aussi captivant fût-il, ce reportage n'aidait pas Avery à comprendre la raison qui avait poussé Van à le lui envoyer. A présent, la caméra s'attardait sur un groupe d'hommes vêtus de treillis et armés jusqu'aux dents. Avery rembobina un peu le film et le repassa au ralenti pour étudier chaque visage en détail. Le commandant hurlait des ordres à l'oreille des soldats. Lorsque la caméra de Van prit l'un d'eux en gros plan, Avery étouffa un cri en le reconnaissant. La tête commença à lui tourner.

Il n'avait pas le même aspect mais, malgré son crâne rasé et son visage camouflé, elle n'avait eu aucune peine à le reconnaître : elle vivait avec lui depuis plusieurs mois.

– L'idée que tous les hommes ont été créés égaux n'est que foutaises, hurlait l'instructeur dans le micro qu'on lui tendait. Une pauvre théorie lancée par des inférieurs dans l'espoir de nous embobiner.

L'homme qu'Avery avait reconnu applaudit puis siffla, alors que ses yeux lançaient des éclairs de haine.

– Souhaitez-vous vivre au milieu des nègres, des youpins et des pédés ?

– Non !

– Souhaitez-vous qu'ils corrompent nos enfants avec leur propagande coco ?

– Non !

– Alors que faisons-nous quand on s'oppose à nos idées ?

Dans un ensemble parfait, le groupe se leva. La caméra de Van restait figée sur l'élément qui semblait le plus fanatisé.

– On tue la racaille ! cria-t-il dans sa tenue de camouflage. On tue la racaille !

La porte s'ouvrit soudain. Avery arrêta promptement la cassette et bondit du lit.

– Jack ! s'écria-t-elle en portant une main à sa bouche.

– On m'a envoyé te chercher. Nous devrions descendre, mais je suis content que nous puissions être seuls une minute...

Derrière son épaule, Avery remarqua que le salon était désert à présent. Tout le monde était descendu dans la salle de réception. Il s'approcha d'elle.

– Je voudrais savoir ce qui t'a poussée à faire ça.

– A faire quoi ?

– A me racoler comme tu l'as fait...

La poitrine d'Avery se souleva puis s'abaissa brutalement.

– Jack...

– Non, je veux savoir ! Dorothy Rae dit que tu ne m'as jamais cherché, que tu flirtais avec moi uniquement pour rendre Tate jaloux. Mais pourquoi, bon sang ? J'ai failli me fâcher avec mon frère ! J'ai failli laisser tomber Dorothy Rae à cause de toi...

– Jack, je suis désolée, dit-elle avec ferveur. Je suis vraiment désolée, mais...

– Tu voulais tout simplement me faire passer pour un idiot, n'est-ce pas ? Est-ce que ça flatte ton orgueil d'humilier Dorothy Rae ?

– Jack, écoute-moi, s'il te plaît...

– Non, c'est à toi de m'écouter ! Ma femme te vaut

mille fois ! As-tu remarqué la volonté avec laquelle elle a arrêté de boire ? Cela demande une force de caractère dont tu es incapable. Et elle m'aime toujours, malgré tout...

– Jack, quand Eddy a-t-il commencé à travailler pour Tate ?

Il jura dans sa barbe et trépigna.

– Je suis en train de vider mon sac et toi tu...

– C'est très important ! cria-t-elle. Comment Eddy s'est-il imposé comme directeur de campagne ? Quand a-t-il fait son apparition ? Est-ce que quelqu'un a seulement songé à vérifier ses qualifications ?

– Mais de quoi parles-tu ? Tu sais aussi bien que moi qu'il ne s'est pas imposé comme spécialiste ! Il a été recruté.

– Recruté ? répéta-t-elle. Par qui, Jack ? Qui en a eu l'idée ? Qui a engagé Eddy Paschal ?

Jack lui jeta un regard absent puis haussa les épaules.

– Papa.

47

Bien que la salle de réception du *Palacio Del Rio* fût un endroit très agréable, elle était loin d'être idéale pour célébrer cette victoire, car elle ne disposait que d'une seule entrée. Entre les deux énormes portes et la salle, l'étroit et court passage qui en permettait l'accès formait un véritable goulet d'étranglement.

Le nouveau sénateur y fut propulsé par une vague de proches, d'amis et de supporters tous aussi enjoués et excités les uns que les autres. Dans le halo des spots, il souriait de ce sourire radieux où se mêlaient la confiance et l'humilité.

L'observateur aux cheveux gris se faufila dans la foule en direction de la plate-forme décorée, de l'autre côté de l'entrée. Il s'installa au milieu d'un groupe de journalistes et de fans de Tate Rutledge, tâchant de passer inaperçu, ce à quoi il parvenait fort bien en général.

Cependant, il se demandait si ses talents ne s'étaient pas un peu émoussés depuis quelque temps. Il était en effet presque certain que Mme Rutledge l'avait repéré dans la foule à plusieurs occasions.

En pensant à elle, il se rendit soudain compte qu'elle ne figurait pas dans le groupe d'admirateurs qui menaient Tate à l'estrade. Son regard acéré se porta vers l'entrée. Ah, la voici qui apparaissait, fermant la marche et visiblement ennuyée d'être séparée du reste de la famille.

Il se tourna de nouveau vers le leader charismatique qui, à présent, grimpait les marches de l'estrade sous une pluie de ballons multicolores.

Une fois sur scène, Rutledge prit le temps de serrer la main de ses supporters les plus prestigieux, puis fit un signe de bienvenue à ses disciples qui l'ovationnèrent.

Cheveux Gris évita le coin d'un placard qu'il faillit heurter du front pour ne pas avoir quitté le héros des yeux. Au milieu de la liesse, seul son visage exprimait de la détermination.

C'est alors qu'il se dirigea résolument vers la plateforme, sans sembler prêter la moindre attention au charivari ambiant. Rien ne pourrait l'empêcher d'approcher Tate Rutledge.

Essoufflée et rompue par les vingt étages qu'elle venait de dévaler, Avery atteignit enfin la porte de la salle de réception.

Elle n'avait même pas tenté de prendre l'ascenseur ; accompagnée de Jack qui venait d'apprendre que la vie de son frère était en danger, elle s'était précipitée dans les escaliers. Quelque part derrière elle, Jack devait essayer de la rattraper.

Ne s'arrêtant qu'un quart de seconde pour reprendre son souffle, elle plongea dans la foule en direction de l'estrade, jouant des coudes dans la masse compacte des corps déchaînés.

Elle aperçut sa tête au-dessus de la cohue, au moment où il grimpait les marches conduisant à la plate-forme.

– Tate !

Il entendit son appel et tourna la tête, mais n'eut pas le temps de la voir car quelqu'un agrippa son bras et lui serra vigoureusement la main.

Dans tous ses états, Avery chercha Eddy du regard

et le vit en train de placer Nelson, Zee, Dorothy Rae et Fancy en demi-cercle derrière le podium. Puis, se tournant vers Tate, il lui fit un signe de tête en lui désignant le bord de la tribune où une douzaine de micros attendaient de répercuter les paroles du nouveau sénateur.

Tate s'en approcha.

– Tate !

Il lui était impossible de se faire entendre dans le tintamarre de l'orchestre et du public en liesse.

– Ô mon Dieu ! Laissez-moi passer, laissez-moi passer !...

Dans un dernier effort, elle se lança à corps perdu au milieu de la foule et des ballons qui la séparaient de l'estrade. Jack finit par la rattraper.

– Carole, dit-il, le souffle court, pourquoi me dis-tu que la vie de Tate est en danger ?

– Aide-moi à l'approcher, Jack ! Pour l'amour du ciel, aide-moi !

Il s'évertua à lui ouvrir un passage au milieu de la foule, dans lequel elle se précipita en agitant frénétiquement les bras.

– Tate ! Tate !

Cheveux Gris !

Il se tenait au bord de l'estrade, à moitié caché derrière un drapeau du Texas.

– Non ! hurla-t-elle. Tate !

Jack la propulsa en avant. Elle trébucha contre les marches, faillit tomber, puis se reprit.

– Tate !

Entendant son cri, il se tourna vers elle sans se départir de son sourire glorieux et lui tendit la main. Elle s'élança, mais pas vers lui.

Ses yeux étaient rivés sur l'ennemi qui la fixait avec la même intensité. Lorsqu'il comprit qu'elle savait tout, son regard se figea.

Comme au ralenti, Avery vit Eddy glisser la main dans sa veste. Elle ouvrit la bouche et un cri de terreur s'en échappa tandis qu'il sortait le pistolet et le pointait en direction de la nuque de Tate.

Avery se précipita sur Tate pour le faire tomber à la renverse. Un millième de seconde plus tard, la balle d'Eddy la frappa de plein fouet, et elle s'écroula dans les bras de Tate.

Elle entendit les hurlements de la foule, les exclamations de stupeur de Tate ; elle vit l'expression d'horreur et d'incrédulité sur les visages de Jack, Dorothy Rae et Fancy.

Ses yeux rencontrèrent ceux de Nelson au moment même où une deuxième balle l'atteignait en plein front, éclaboussant Zee de sang. Elle hurla.

Le visage de Nelson passa de la surprise à la colère, puis se figea à jamais dans une expression d'horreur. Il mourut avant même de tomber au sol.

Eddy sauta de l'estrade dans la foule hystérique. Le drapeau texan vacilla. Un homme en surgit et fit feu. La tête d'Eddy Paschal explosa sous l'impact de la balle.

C'est la voix de Zee qu'Avery entendit ensuite, comme un lointain écho :

– Bryan ! Mon Dieu. *Bryan !*

48

– J'ai pensé qu'il valait mieux que nous nous réunissions tous pour que je vous explique l'histoire en une seule fois.

L'agent secret du F.B.I. Bryan Tate s'adressait au groupe consterné qui s'était rassemblé dans la chambre d'hôpital d'Avery. La tête de lit était légèrement relevée pour lui permettre de se tenir assise. Ses yeux étaient rouges et gonflés d'avoir pleuré, elle avait l'épaule gauche bandée et le bras en écharpe.

Les autres – Jack et sa famille, Zee et Tate – occupaient les chaises disponibles ou s'appuyaient contre les murs de la chambre, se tenant tous à distance respectueuse de son lit. Depuis que Tate leur avait révélé sa véritable identité, elle était devenue un objet de curiosité. Après les tragiques événements de la veille, on avait ramené Mandy au ranch et on l'avait placée sous la garde de Mona.

– Vous avez tous vécu le drame d'hier soir, commença Bryan Tate, mais vous n'en connaissez pas les raisons. Elles ne sont pas faciles à expliquer...

– Dis-leur tout, Bryan, dit Zee avec douceur. Ne leur épargne rien sur mon compte. Je veux, *j'ai besoin* qu'ils comprennent.

Grand et distingué, il se tenait derrière sa chaise, une main sur son épaule.

– Zee et moi sommes tombés amoureux il y a très

longtemps, fit Bryan sans détour. Ce n'était pas quelque chose que nous avions prévu ou même souhaité. C'était fâcheux, mais plus fort que nous. Et nous y avons succombé.

Il leur raconta alors comment il était rentré de Corée quelques mois avant son camarade Nelson.

– A sa demande, j'allais voir Zee régulièrement. Et quand Nelson est rentré à son tour, Zee et moi n'étions déjà plus de simples amis. Nous savions que nous nous aimions et que Nelson en souffrirait.

– Je savais également que j'étais enceinte, continua Zee en prenant la main de Bryan dans la sienne. Enceinte de toi, Tate. J'ai dit la vérité à Nelson. Il est resté calme mais m'a posé un ultimatum. Si je partais avec mon amant et son bâtard de fils, je ne reverrais plus jamais Jack.

Des larmes lui montaient aux yeux tandis qu'elle souriait à son fils aîné.

– Nelson savait que je t'aimais et l'a utilisé à son avantage. Lorsque j'ai dû jurer de ne jamais revoir Bryan, il m'a pardonné et a promis d'élever Tate comme son propre fils.

Les yeux de Tate rencontrèrent ceux de Bryan. Cet homme se disait son père alors qu'il ne l'avait rencontré que la veille. Et l'homme qu'il avait connu et aimé comme son père avait été tué devant ses yeux.

– Je n'ai rien su de cet ultimatum, continua Bryan. J'ai seulement reçu un mot de Zee stipulant que tout était fini entre nous et qu'elle aurait préféré que rien ne se soit jamais passé.

Poussé par le désespoir, il s'était porté volontaire pour une dangereuse mission outre-mer. Lorsque son avion avait commencé à avoir des ratés au-dessus de la mer, il s'était réjoui à l'idée de sa mort imminente, car il valait mieux mourir que vivre sans Zee. Mais le destin en avait décidé autrement, et il avait survécu.

Pendant sa longue convalescence, il avait été contacté par le F.B.I. qui lui avait proposé de rester

« mort » et de travailler secrètement pour eux. C'est ce qu'il faisait depuis trente ans.

– Dès que je le pouvais, je venais te voir, Tate, dit-il à son fils. Toujours à distance, pour ne pas risquer de tomber sur Nelson ou Zee. Je t'ai vu jouer au football plusieurs fois et j'ai même assisté à la cérémonie de remise des diplômes. Je n'ai jamais cessé de vous aimer, toi et ta mère.

– Et Nelson n'a jamais oublié et ne m'a jamais pardonné, fit Zee en se tamponnant les yeux avec son mouchoir.

Bryan lui passa une main réconfortante dans les cheveux, puis reprit le cours de son histoire. Sa dernière mission avait été d'infiltrer un groupe d'extrémistes du nord-ouest des États-Unis dont il avait reconnu l'un des plus fervents éléments, Eddy Paschal, l'ancien camarade d'université de Tate.

– Nous avions déjà tout un dossier sur lui, car il avait été impliqué dans différentes activités subversives néo-nazies, fit Bryan en se tournant vers Tate. Sachant combien ses idées étaient aux antipodes des tiennes, tu ne peux imaginer mon étonnement lorsque j'ai su que Nelson l'avait contacté. Il s'en est occupé, l'a transformé jusqu'à ce qu'il ait l'air irréprochable, lui a payé des cours de communication et de relations publiques, et l'a fait venir au Texas pour qu'il devienne ton directeur de campagne. C'est à ce moment que j'ai compris que les intentions de Nelson étaient loin d'être louables...

Tate recula jusqu'au mur et appuya la tête contre la paroi bleutée.

– Ainsi, il avait projeté de me faire tuer depuis le début ! Tout était prévu ! Il m'a incité à me présenter aux élections, m'a insufflé une ambition politique, a engagé Eddy, tout, quoi...

– J'en ai bien peur !... dit Bryan avec amertume.

Zee quitta sa chaise et se précipita vers Tate.

– Mon chéri, pardonne-moi !

– Te pardonner ?

– C'est moi qu'il châtiait, pas toi ! expliqua-t-elle. Tu n'étais rien d'autre que l'agneau du sacrifice. Il voulait me faire souffrir et il savait que la plus terrible punition pour une mère serait de voir son fils mourir, surtout à l'apogée de sa gloire.

– Je n'arrive pas à y croire... dit Jack en se levant à son tour.

– Moi, si, admit Tate avec calme. Maintenant que j'y repense, tout me paraît clair. Combien de fois nous a-t-il prêché la justice, l'équité, l'expiation ? Il croyait que tu avais payé de ta vie, dit-il en se tournant vers Bryan, mais maman devait encore expier son péché.

– Nelson était très intelligent et très malin, dit Zee. Il a fait en sorte que tu épouses Carole, une femme qui me rappellerait constamment mon propre adultère. J'ai dû fermer les yeux à chacune de ses infidélités.

Jack était en proie à une agitation extrême. Son visage blême et ravagé trahissait sa longue nuit de veille.

– Mais ça n'a pas de sens ! S'il haïssait tant Bryan, pourquoi a-t-il ainsi nommé Tate ?

– Encore une de ses plaisanteries cruelles, répondit Zee, pour que je garde mon péché à l'esprit.

– Je ne peux pas croire qu'il ait été aussi manipulateur. Non, pas papa, fit Jack en secouant la tête tandis que Dorothy Rae lui prenait les mains et les serrait fermement.

Zee se tourna vers Avery, qui était restée silencieuse depuis le début.

– Son seul but était de prendre sa revanche. Il avait tout fait pour que Tate épouse Carole Navarro. Même après avoir été informé de son passé dissolu, jamais je n'aurais pu imaginer que Nelson était responsable de sa métamorphose. La mission de Carole consistait à saper le moral de Tate, car Nelson savait que, plus il était malheureux, plus je l'étais.

Zee s'approcha du lit et prit la main d'Avery.

– Me pardonnerez-vous les cruelles accusations que j'ai portées contre vous ?

– Vous ne pouviez pas savoir ! répondit Avery avec brusquerie. Et Carole méritait bien votre mépris.

– Je suis désolé pour votre ami M. Lovejoy, mademoiselle Daniels, dit Bryan avec douceur. Un des nôtres était chargé de surveiller Paschal, mais ce dernier est parvenu à lui échapper.

– C'est seulement grâce à Van que Tate a la vie sauve, dit Avery d'une voix qui trahissait son émotion. Il a dû visionner des heures et des heures de cassettes vidéo avant de trouver celle qu'il cherchait. Eddy vous a probablement échappé plus d'une fois, monsieur Tate, car je suis persuadée qu'il m'a suivie jusqu'à la maison d'Irish et qu'il a compris qu'ils étaient liés.

– Avez-vous des nouvelles de M. McCabe ?

Avery sourit à travers ses larmes.

– On a fini par me laisser lui rendre visite ce matin. Il est toujours en réanimation, dans un état critique. Mais on pense qu'il s'en sortira...

– L'ironie du sort a voulu que sa crise cardiaque lui sauve la vie. Cela a empêché Paschal, qui le croyait mort, de lui tirer dessus. Puis-je vous demander, mademoiselle Daniels, continua Bryan, qui vous a avertie de cet assassinat ?

– On le lui a dit, répondit Tate à sa place.

La surprise les fit tous tressaillir, comme sous l'effet d'une décharge électrique. Jack fut le premier à prendre la parole.

– Mais qui ? Quand ?

– Quand j'étais à l'hôpital, répondit Avery. Quand j'étais encore bandée et qu'on me prenait pour Carole.

Elle leur expliqua l'engagement qu'elle avait pris

depuis lors et qu'elle avait tenu jusqu'à la veille. Une fois son récit terminé, elle lança à Bryan un regard chargé de remords.

– Je vous avais pris pour un tueur à gages...

– Vous m'aviez donc remarqué ?

– N'oubliez pas que j'ai des yeux de reporter...

– En fait, dit-il, j'étais personnellement engagé dans cette affaire et n'ai pas pris les précautions habituelles. J'ai souvent couru le risque d'être reconnu en m'approchant trop près de Tate.

– Il m'est difficile de me souvenir de la voix, mais je crois que c'est Nelson, et non pas Eddy, qui m'a parlé, ce soir-là, à l'hôpital, remarqua Avery. Je n'aurais jamais imaginé que cela puisse être lui.

Parlant en son nom, Bryan expliqua :

– Mlle Daniels ne pouvait rien dire à personne sans risquer de mettre sa vie en danger.

– Et celle de Tate, ajouta-t-elle en baissant timidement les paupières devant le regard perçant de ce dernier.

– En tout cas, tu as vachement bien réussi, déclara Fancy. A te faire passer pour Carole, je veux dire...

– Cela n'a pas dû être facile ! dit Dorothy Rae en glissant son bras sous celui de son mari. Je suppose que tu es contente que tout éclate au grand jour.

Elle gratifia Avery d'un regard plein de reconnaissance. Elle comprenait à présent pourquoi sa belle-sœur s'était montrée si compatissante et obligeante ces derniers temps.

– Est-ce tout, monsieur Tate ? Pouvons-nous disposer et laisser Avery se reposer ?

– Appelez-moi Bryan... Oui, c'est tout pour le moment !

Tandis qu'ils se préparaient à sortir, Zee s'approcha du lit.

– Vous avez sauvé la vie de mon fils. Comment puis-je m'acquitter de cette dette ?

– Vous ne me devez rien ! Tout n'était pas simulé...

Les deux femmes échangèrent un regard lourd de sens. Zee lui tapota la main puis sortit sous le bras protecteur de Bryan.

Un lourd silence s'ensuivit. Tate finit par quitter sa place contre le mur et vint se poster au bout du lit.

– Ils vont sûrement se marier, remarqua-t-il.

– Qu'est-ce que tu en penses, Tate ?

Il se plongea un instant dans l'examen de ses bottes avant de relever la tête.

– On ne peut pas leur en vouloir. Ils s'aiment depuis si longtemps...

– Je comprends maintenant pourquoi Zee avait toujours l'air triste.

Il la dévisagea un long moment et remarqua :

– J'aurais dû t'écouter hier, quand tu m'as mis en garde.

– Cela te paraissait trop gros pour être vrai !...

– N'empêche que tu avais raison...

– Je n'ai jamais soupçonné Nelson, dit-elle en secouant la tête. Eddy, oui. Même Jack. Mais Nelson, jamais.

– Je sais que je devrais pleurer sa mort, mais quand je pense à sa cruauté envers ma mère, quand je pense qu'il a engagé mon meilleur ami pour me tuer... mon Dieu ! soupira-t-il avec dégoût en passant une main dans ses cheveux.

Des larmes lui montèrent aux yeux.

– Tu n'as pas à t'en vouloir, Tate. Tu en as tellement lourd sur le cœur...

– Quand tu feras ton reportage, j'aurai une faveur à te demander.

– Il n'y aura pas de reportage.

– Si, répliqua-t-il avec fermeté en s'asseyant sur le bord du lit. On te considère déjà comme une héroïne.

– Tu n'aurais jamais dû révéler mon identité, ce matin, pendant la conférence de presse.

Elle avait suivi la conférence qui avait été filmée en direct depuis le hall du *Palacio Del Rio*.

– Tu aurais pu annoncer ton divorce d'avec Carole, comme tu l'avais prévu, reprit-elle.

– Je ne peux pas commencer ma carrière politique par un mensonge, Avery.

– C'est la première fois que tu m'appelles par mon prénom, murmura-t-elle, tout émue de l'entendre le prononcer.

Ils échangèrent un long regard, puis Tate continua :

– Pour l'instant, personne – à part ceux qui étaient dans cette chambre et quelques agents du F.B.I. – ne sait que Nelson était à l'origine du complot. Tout le monde croit qu'Eddy est le seul responsable et qu'il a agi ainsi par rancune envers l'Amérique d'après-guerre. Au nom de ma famille, et surtout au nom de ma mère, je te demande de ne divulguer que cette version.

– Si on me le demande, c'est ce que je dirai. Mais il n'y aura pas de reportage.

– Si !

Sentant de nouveau les larmes lui monter aux yeux, elle lui prit nerveusement la main.

– Je ne supporte pas que tu croies que j'ai fait ceci pour t'exploiter et ou en tirer une gloire personnelle.

– Je crois que tu l'as fait pour la raison que tu m'as donnée hier, et que je me suis obstiné à refuser. Tu l'as fait parce que tu m'aimes.

Son cœur battit à se rompre et elle glissa ses doigts dans la chevelure de Tate.

– Oui, Tate ! Plus que ma propre vie...

Il posa les yeux sur le bandage de son épaule et, frissonnant légèrement, les ferma un instant. Lorsqu'il les rouvrit, des larmes y perlaient.

– Je sais...

ÉPILOGUE

– Tu le regardes encore ?

Cet après-midi-là, le sénateur Tate Rutledge entra dans la salle de séjour de la confortable maison de Georgetown qu'il partageait avec sa femme et sa fille. Il y trouva Avery occupée à regarder son documentaire à l'écran.

A l'instigation de Tate, elle avait réalisé un reportage qui avait été retransmis sur un grand nombre de chaînes publiques, six mois après son entrée en fonction. Les faits y étaient relatés avec impartialité, concision et sans la moindre exagération, malgré son rôle personnel.

Tate l'avait convaincue que le public avait le droit de connaître l'étrange série d'événements qui s'étaient produits, depuis l'accident d'avion jusqu'au soir des élections. Bien qu'il n'ait reçu aucun prix, ce reportage avait été très bien accueilli par les téléspectateurs, la critique et le monde de la presse. Pour l'instant, elle examinait les différentes propositions qu'elle avait reçues pour réaliser d'autres documentaires.

– Tu te complais dans la gloire, hein ? fit Tate en posant son attaché-case sur une table basse.

– Ne me taquine pas ! répliqua Avery.

Elle lui attrapa une main qu'elle embrassa et l'attira à ses côtés sur le canapé.

– Irish a appelé aujourd'hui. C'est lui qui m'y a fait penser, reprit-elle en montrant l'écran du doigt.

Le reportage s'achevait sur cette phrase : « Dédié à Van Lovejoy. »

– Nous sommes trop loin pour aller déposer des fleurs sur sa tombe, dit-elle d'une voix rauque en éteignant l'appareil. Regarder son œuvre est ma façon de lui rendre hommage.

Les machinations de Nelson les avaient tous marqués à jamais. Jack avait toujours du mal à surmonters cette épreuve et avait choisi de continuer à diriger leur cabinet juridique de San Antonio plutôt que de se joindre à l'équipe de Tate à Washington. Malgré la distance qui les séparait, les deux demi-frères n'avaient jamais été aussi proches l'un de l'autre. Il ne restait qu'à espérer que leurs blessures cicatriseraient un jour.

Tate, qui devait lutter chaque jour pour accepter la duperie de Nelson, ne pouvait cependant s'empêcher de pleurer la perte de cet homme qu'il avait toujours considéré comme son père. Dans son esprit, celui-ci et le traître étaient deux personnes distinctes.

Ses sentiments envers Bryan Tate étaient mitigés. Il l'aimait beaucoup, le respectait, et lui était reconnaissant pour le bonheur qu'il donnait à Zee depuis leur mariage. Mais il n'était pas encore prêt à l'appeler papa et gardait aussi secret que possible leur lien de parenté.

Pendant ces moments d'instabilité, le soutien et l'amour de sa femme l'avaient considérablement aidé. A cette pensée, Tate la prit dans ses bras et la serra longuement, enfouissant son visage dans son cou.

– T'ai-je déjà dit quelle femme courageuse et fascinante tu es ? Mon Dieu, quand je repense à ce soir-là, quand j'ai senti ton sang couler sur mes mains... fit-il en l'embrassant. J'étais de nouveau tombé amoureux de ma femme, et n'arrivais pas à comprendre pourquoi. Dire que j'ai failli te perdre avant même de t'avoir vraiment trouvée !...

[redacted]

– J'avais peur qu'au moment où tu découvres ma véritable identité, tu ne veuilles plus de moi...

Il l'embrassa de plus belle.

– Je te voulais, et te veux encore, murmura-t-il contre ses lèvres. Je suis toujours en train de découvrir qui tu es vraiment, même si je te connais intimement. Plus intimement que toutes les femmes que j'aie connues, et ça, je te le jure. Je sais exactement ce que tu ressens et reconnais le goût de chaque parcelle de ton corps.

Il ponctua sa déclaration d'un tendre baiser.

– Tate, soupira-t-elle quand leurs lèvres se séparèrent, lorsque tu me regardes, qui vois-tu ?

– La femme à qui je dois la vie. La femme qui a sauvé Mandy. La femme qui porte mon enfant, dit-il en caressant doucement son ventre. La femme que j'aime plus que tout au monde.

– Non, je veux dire...

– Je sais ce que tu veux dire.

Il l'invita gentiment à s'allonger sur le canapé et, prenant sa tête entre ses mains, il effleura ses lèvres et murmura :

– Je vois Avery.

3666

Achevé d'imprimer en France (La Flèche)
par Brodard et Taupin
le 4 avril 2007. 41179
Dépôt légal avril 2007. EAN 9782290003879

Éditions J'ai lu
87, quai Panhard-et-Levassor, 75013 Paris
Diffusion France et étranger : Flammarion